LE SECRET DE COPERNIC

Les Bâtisseurs du ciel *

Né en 1951, Jean-Pierre Luminet est astrophysicien et directeur de recherche au CNRS. Récompensé par de nombreux prix pour ses travaux scientifiques, il est membre de plusieurs académies et a publié plus de cent cinquante articles pour des revues spécialisées, des dictionnaires et des encyclopédies. Il a toujours essayé d'établir des ponts entre les sciences et les lettres, d'où des ouvrages de vulgarisation scientifique et des romans traitant des grandes découvertes. Il a également publié des recueils de poésie…

Paru dans Le Livre de Poche :

LE BÂTON D'EUCLIDE

LA DISCORDE CÉLESTE

JEAN-PIERRE LUMINET

Le Secret de Copernic

Les Bâtisseurs du ciel *

JC LATTÈS

ISBN : 978-2-253-12028-5 – 1re publication LGF

Parmi toutes les découvertes et opinions, aucune n'a jamais exercé une plus grande influence sur l'esprit humain que la doctrine de Copernic. À peine le monde était-il devenu connu, comme rond et complet en lui-même, que nous devions renoncer à l'extraordinaire privilège d'en constituer le centre. Jamais sans doute il ne fut exigé davantage de l'humanité, car l'admettre implique de voir tant de choses s'évanouir en brume ou en fumée ! Qu'en était-il du paradis, de notre monde d'innocence, de piété et de poésie ?

Johann Wolfgang von Goethe.

Je trouve bon qu'on n'approfondisse pas l'opinion de Copernic.

Blaise Pascal.

Avant-propos

Le roman que vous tenez en main a été écrit pour divertir, mais aussi pour instruire. Instruire en divertissant, tel était déjà le projet d'Alexandre Dumas lorsqu'il conta l'histoire de France dans ses romans inimitables.

L'histoire des sciences, et surtout celle des grands hommes qui l'ont forgée, reste quant à elle largement ignorée du public. Elle fourmille pourtant de grandes et de petites âmes, de héros et de traîtres, de princes et de gueux, de téméraires et de lâches, bref d'hommes et de femmes animés de passions célestes autant que terrestres, intellectuelles autant que matérielles, spirituelles autant que charnelles. Dans la grande quête des mystères de l'Univers, jalousie, soif de pouvoir et de reconnaissance, cupidité, mesquinerie voisinent avec hauteur de vue, désintéressement, abnégation, fulgurances de l'esprit.

Au cours des XVIe et XVIIe siècles, une poignée d'hommes étranges, des savants astronomes, ont changé de fond en comble notre façon de voir et de penser le monde. Ils ont été des précurseurs, des inventeurs, des inspirateurs, des agitateurs de génie… Mais pas seulement. Ce qu'on ignore généralement – peut-être parce que leurs découvertes sont tellement extraordinaires qu'elles éclipsent les péripéties de leur existence –, c'est qu'ils ont été *aussi* des personnages hors du commun, des caractères d'exception, de véritables figures romanesques dont la vie fourmille en intrigues, en suspense, en coups de théâtre…

La série « Les Bâtisseurs du ciel », inaugurée par ce premier volume consacré à Copernic, illustre et développe l'aphorisme que lance Shéhérazade au sultan en leur 849e nuit : « Mais les savants, ô mon seigneur, et les astronomes en particulier, ne suivent pas les usages de tout le monde. C'est pourquoi les aventures qui leur arrivent ne sont pas celles de tout le monde. » Elle redonnera chair, sang et esprit à ces héros de l'humanité que sont Nicolas Copernic, Tycho Brahe, Johannes Kepler et Isaac Newton… En façonnant une nouvelle vision de l'Univers, tous ont contribué à bâtir le socle de notre civilisation moderne, au même titre que Christophe Colomb ou Gutenberg.

Pourquoi ce choix plutôt que Darwin, Pasteur, Maxwell ou Einstein ? Parce que les XVIe et XVIIe siècles marquent une étape essentielle de l'histoire des sciences, de l'astronomie en particulier et de la civilisation en général.

Quelles étaient les connaissances et les polémiques sur la nature et l'organisation du monde à cette époque ?

La cosmologie d'Aristote, perfectionnée par l'astronomie de Ptolémée, a été aménagée au Moyen Âge pour satisfaire aux exigences des théologiens. L'Univers antique et médiéval est considéré comme fini, très petit, centré sur la Terre. Le pouvoir temporel et spirituel trouve naturellement sa place au centre de cette construction, de sorte que ce modèle d'univers s'impose et conserve une indiscutable suprématie jusqu'au XVIIe siècle.

La première faille apparaît avec le chanoine polonais Nicolas Copernic (1473-1543). Il propose un système « héliocentrique », c'est-à-dire dans lequel le Soleil est au centre géométrique du monde tandis que la Terre tourne autour de lui et sur elle-même. Mais il conserve l'idée d'un cosmos clos, borné par la sphère des étoiles.

Copernic ne sera pas compris ni lu de son vivant. Plusieurs décennies s'écouleront avant que de nouvelles failles lézardent l'édifice aristotélicien. En 1572, une étoile nouvelle est observée par le Danois Tycho Brahe (1546-1601), qui démontre qu'elle est située dans les régions célestes lointaines, jusqu'alors présumées immuables. Il observe aussi des comètes, fait bâtir le premier observatoire européen – un incroyable palais baroque nommé Uraniborg, et accumule pendant trente ans les meilleures observations sur le mouvement des planètes.

L'Allemand Johannes Kepler (1571-1630) est le grand artisan de la révolution astronomique. Utilisant les données de Tycho Brahe, il découvre la nature elliptique des trajectoires planétaires, et renverse le dogme aristotélicien du mouvement circulaire et uniforme comme explication des mouvements célestes.

En Italie, à partir de 1609, les observations télescopiques de Galilée ouvrent définitivement la voie à une nouvelle vision de l'Univers, construite sur la base d'un espace infini. Son contemporain et compatriote Giordano Bruno paiera de sa vie sa passion de l'infini et son obstination à ne pas abjurer sa philosophie devant l'Inquisition. En France, René Descartes élabore un système philosophique nouveau d'une portée considérable, qui prône la mathématisation des sciences physiques et la séparation du corps et de l'esprit. Selon lui, l'Univers s'étend dans toutes les directions jusqu'à des distances indéfinies et est entièrement rempli d'une matière continue et tourbillonnaire.

Ce changement radical de conception cosmologique est achevé par l'Anglais Isaac Newton (1642-1727). Il explique la mécanique céleste en termes d'une loi d'attraction universelle, agissant au sein d'un espace infini, selon lui « l'organe sensible » de Dieu.

Cette succession d'idées a révolutionné l'astronomie et la science en général. Mais surtout, par imprégnation dans les autres domaines de l'activité humaine, elle a conditionné l'éclosion et l'évolution de notre société occidentale moderne.

L'enjeu de la fiction

Chaque volume narrera donc la vie exceptionnelle de l'un de ces aventuriers du savoir, chacun restitué dans sa personnalité profonde à travers son œuvre, bien sûr, mais aussi et surtout par ses relations passionnées et conflictuelles avec ses proches, la société, la politique, les mœurs et les conventions de son temps. Chaque étape du savoir se situe en effet dans le contexte bien précis de la société de l'époque ; le génie de quelques individus entre en résonance avec l'histoire politique, religieuse et culturelle de leur temps, et ce processus engendre un progrès soudain et décisif des connaissances.

Dans ces romans biographiques en forme de réflexion sur la science, ce n'est pas de vulgarisation qu'il s'agit, mais de sensibilisation. La fiction permet de mettre de la chair sur des personnages historiques et des concepts à première vue abstraits, parce que « scientifiques ». La fiction humanise le propos et démontre que le savoir n'est jamais séparé de l'émotion.

Les récits restent profondément ancrés dans la réalité historique et scientifique de l'époque. Le lecteur parcourt l'Europe toutes voiles dehors en compagnie de savants-aventuriers, liés au pouvoir politique et religieux. Intrépides, érudits, intègres mais habiles négociateurs, carriéristes parfois, les savants sont avant tout humanistes. Tous sont universalistes, en contact avec d'autres cultures, tous ont conscience d'œuvrer au progrès de l'humanité. Ainsi, au fil des pages, le lecteur découvre à la fois les avancées de la science mais aussi les progrès des idées d'une Europe en train de se faire.

La série « Les Bâtisseurs du ciel » est un hymne à la science, au plaisir et à la hardiesse d'esprit. Car c'est à ces hommes d'exception que nous devons la première image d'un cosmos qui est toujours le nôtre – celle d'un Univers démesuré, et cependant mesurable par l'intelligence et l'imagination créatrice.

Le Secret de Copernic

ALLEMAGNE et POLOGNE

ITALIE

Tübingen, le 29 septembre 1595

Cher Johannes,

Je t'envoie quelques observations de détail à ce travail remarquable que tu m'as communiqué et que tu appelles trop modestement « ébauche ». Je t'encourage vivement à le développer et à le publier, tout en avouant franchement que je n'ai pas tout compris. Tu n'as visiblement plus rien à apprendre de moi en mathématiques, toi le meilleur de mes disciples. Dans la quête des mystères célestes, je suis allé jusqu'au bout de mes capacités. Il y a maintenant un demi-siècle, Nicolas Copernic, cet Atlas de l'astronomie, nous a ouvert des portes donnant sur des palais merveilleux. Je n'ai pu y pénétrer plus avant. Toi, tu le pourras, je le sais.

Tu me demandes justement de t'envoyer les écrits de mon défunt professeur, le fameux Rheticus, où il évoque son propre maître Copernic. Rheticus m'avait légué le récit qu'il avait fait de cette vie exemplaire, car moi aussi j'avais senti que je comprendrais mieux l'œuvre de Copernic si j'apprenais quelle avait été sa vie. Je voulais savoir qui était ce colosse qui avait arraché la Terre du milieu du monde où les Anciens l'avaient posée, et lancée dans sa course éperdue autour du grand Soleil immobile, osant ainsi contredire les Saintes Écritures.

Hélas, quand Rheticus mourut à Cracovie, les

Jésuites se précipitèrent dans sa demeure et brûlèrent tout. Mon ami et condisciple Valentin Otho, qui était resté à son chevet jusqu'au dernier moment, avait pu dérober aux griffes du Saint-Office quelques écrits qu'il eut la sagesse de copier et de confier à des mains sûres, dont les miennes. Mais l'histoire de la vie de Copernic, telle que Rheticus l'avait écrite et qu'il tenait de la bouche de son maître, avait disparu dans les flammes.

Par bonheur, quand je vins à Cracovie écouter ses leçons, il m'avait permis de lire cette trentaine de feuilles couvertes d'une belle et ample écriture, qu'il avait pour projet de mettre en tête d'une nouvelle édition de l'œuvre de Copernic. Comme tu le sais, il n'y eut pas de nouvelle édition. Souviens-toi : il y a cinq ans, lorsque je t'ai divulgué la théorie de Copernic, l'Héliocentrisme, c'était dans le plus grand secret, ma position officielle de professeur m'obligeant à enseigner l'immobilité de la Terre selon Ptolémée.

Rien n'a changé depuis. Je dirais même que les choses ont empiré. Nous vivons en un temps de troubles et de suspicion. T'envoyer des documents relatifs à un philosophe que les papistes accusent d'hérésie et nos frères réformés de papiste n'est pas de la plus grande prudence. Qu'adviendrait-il de nous s'ils venaient à tomber dans les mains d'un censeur ou d'un espion ? Ne vaudrait-il pas mieux, Johannes, que tu me fasses le plaisir de me visiter à Tübingen afin de parler de tout cela en privé, ou à tout le moins, consulter ma bibliothèque ?

Je devine ce que tu penses : un tel déplacement serait pour toi une perte de temps et d'argent, surtout pour venir entendre mes radotages. J'étais comme toi, à vingt ans, je croyais aussi que tout instant perdu est un instant gagné par la mort ! Aussi ai-je décidé de te raconter moi-même la vie de Copernic, dans cette lettre et celles qui suivront. Pas comme un professeur dictant un cours à son élève, ni comme Rheticus l'avait fait : il décrivait un ange, et non un homme. Tel est souvent le lot de ceux qui témoignent, après avoir connu. Ils sont comme ces gens regardant une toile de Vinci de trop près et qui n'y voient que la brume. Rheticus avait approché Copernic de trop près, il n'en voyait que la lumière.

Mon récit sera à la façon de ces romans castillans, dans lesquels les personnages prennent vie en parlant, en bougeant, à l'avant d'un décor en trompe l'œil de couleurs vives, où se glissent des princes et des gueux de carnaval. Au moins aurai-je le sentiment qu'il me reste, en ce domaine, quelque chose à t'apprendre !

Sache quand même que ce n'est pas seulement pour toi que je vais me livrer à cet exercice. Je ne te cache rien : je ferai cela aussi pour plaire à Helena. Oui, elle s'appelle Helena ! Moi qui me suis usé les yeux sur des colonnes de chiffres ou braqués vers les cieux, je les ai levés, l'autre jour, dans la grand-rue de Tübingen, sur une calèche qui passait. Et j'y ai vu le plus beau visage de femme que l'on puisse imaginer. C'est la fille du doyen de l'université. Il paraît que les femmes se délectent de ce genre de récit et surtout des chroniqueurs qui les rédigent. Je l'épouserai, Johannes, je l'épouserai, et j'espère bien que tu seras de la noce !

Un dernier mot encore. Je réitère mes conseils de prudence en ce qui concerne les lettres que je t'enverrai. Selon certaines informations que j'ai pu glaner et qui circulent sous le manteau, j'ai cru comprendre que la Sacrée Congrégation du Saint-Siège apostolique, à Rome, envisage de mettre l'œuvre de Copernic à l'index, ou à tout le moins d'en suspendre la diffusion jusqu'à correction. Mais qu'y aura-t-il à corriger ? Copernic a quitté ce monde en 1543, c'est-à-dire il y a cinquante-deux ans, et son astronomie a été édifiée sur des fondements tels que quiconque chercherait à s'opposer à eux travaillerait en vain – sans compter que les défenses de sa forteresse sont plus solides et mieux protégées que ne l'avait compris Copernic lui-même, comme cela est évident à partir de tes propres travaux et des miens. On peut donc dire que la censure de ces cardinaux et le jugement d'aveugles sur les couleurs rentrent dans la même catégorie !

Certains philosophes anciens paraissent avoir eu un avant-goût de cette astronomie copernicienne et, par suite, s'être écartés de l'opinion du vulgaire, jusqu'à ce qu'enfin Aristarque, tel un second Atlas, la prît sur ses épaules. Celui-ci, je te le rappelle, enseigna la même disposition des sphères célestes que démontre et confirme maintenant solidement Copernic à l'aide de raisonnements absolument invincibles, faits à partir d'observations astronomiques et au moyen de la géométrie. Cet Aristarque florissait en 280 avant Jésus-Christ, mais déjà en son temps il fut accusé d'hérésie par les prêtres égyptiens. La même chose arrive aujourd'hui à Copernic et à son astronomie.

Ton maître et ami,
Michael Maestlin

I

Nicolas Copernic vint au monde à Torun le 19 février 1473 à 4 heures 48 minutes de l'après-midi. Le nom de cette petite ville de la Pologne prussienne perchée sur la Vistule vient de *tarn*, mot qui désigne le prunellier, un arbre particulièrement abondant dans la région. Mais nous autres Allemands l'appelons Thorn, depuis que les chevaliers de l'ordre Teutonique l'ont transformée en forteresse voici deux siècles, y introduisant des colons de langue allemande afin de consolider leur emprise sur les terres arrachées de force aux précédents habitants.

Lorsque naquit Copernic, cet ordre moitié religieux moitié guerrier, ennemi des Polonais, disputait encore la cité aux sujets du roi Casimir IV Jagellon. Dix fois vaincus, dix fois repoussés dans une guerre qui dura treize ans, ces barbares, qui se disaient les ultimes défenseurs de la chrétienté, finirent par s'incliner en signant avec la Pologne un traité portant le nom très illusoire de « paix perpétuelle ». Puis ils plièrent leurs genoux bardés de fer devant le roi Jagellon. Ils ne gardèrent en Prusse qu'une poignée de leurs commanderies, se repliant à l'Ouest dans leur fief du Brandebourg, et à l'Est, à Königsberg, aux marches de la Moscovie.

Les chevaliers Teutoniques n'en continuèrent pas

moins leurs rapines et leurs brigandages, leurs meurtres et leurs viols. Tels les fantômes sanglants des âges obscurs, ils lorgnaient toujours les quatre évêchés prussiens et la riche part que s'était taillée le roi de Pologne, dont les villes de Dantzig et de Thorn n'étaient pas les moindres joyaux. Cette forteresse austère, avec ses rues rectilignes en damier, avait été investie par les marchands de la Hanse, qui y déversaient de leurs navires descendant le fleuve toutes les richesses venues d'Italie. Parmi eux, un des plus prospères était le père de Nicolas, venu de Cracovie pour contribuer à la Ligue prussienne, alliée à la Pologne afin de combattre les Teutoniques.

Ce serait une erreur, Johannes, de croire que les bourgeois de ce temps-là ressemblaient à ceux que nous connaissons, à s'engraisser derrière leurs comptoirs. C'étaient des hommes d'épée, des hommes d'audace capables de risquer leur vie pour un gulden ou un zloty de plus. Copernic, le père, épousa la sœur d'un de ses compagnons d'armes, Lucas Watzenrode, bourgmestre de la ville, marchand lui aussi, mais surtout homme d'Église maniant le sabre avec plus de vigueur que le goupillon ou le boulier.

J'ignore tout de cette femme sinon son prénom, Barbara, et Rheticus n'en savait guère plus. Son mari lui donna quatre enfants. Deux garçons, Andreas, l'aîné, Nicolas, le cadet, et deux filles dont je ne sais rien non plus, sinon que l'une épousa un notable de Dantzig et que l'autre fut mise au couvent. Comme tu le sais, mon maître Rheticus n'aimait guère les femmes et ne s'intéressait pas à elles. Il appréciait en revanche, à la mode de la Grèce de Platon, les beaux jeunes gens. J'en étais, et j'eus bien du mal à me soustraire à ses assiduités, lors de l'année que je passais auprès de lui. Mon condisciple Valentin Otho n'avait pas ce genre de répugnance. Aussi céda-t-il et devint-il son disciple favori. Nous vivions alors une époque légère, où chacun menait sa vie selon ses goûts et ses plaisirs.

Barbara, la mère de Nicolas Copernic, mourut en couches lors de la naissance de sa benjamine, et le père décéda alors que son puîné n'avait que dix ans. Son oncle maternel, Lucas Watzenrode, prit alors les quatre orphelins sous sa tutelle, devenant du même coup le plus puissant notable, non seulement de Thorn, mais de toute la Prusse. Et sitôt que la charge fut libre, le roi de Pologne, qui l'aimait pour avoir combattu à ses côtés contre les Teutoniques, donna à cet homme de trente-six ans l'évêché prussien de l'Ermlande – avec la bénédiction du pape, bien entendu. Ce choix était le meilleur qui pouvait être. Héroïque dans ses combats mais fort savant de toute chose en temps de paix, Lucas possédait autant d'énergie dans la bataille que d'habileté dans la diplomatie. Or, l'Ermlande, dont les frontières touchaient à celles de la Prusse, restait indépendante de son suzerain le roi de Pologne. Le nouvel évêque avait pour ambition de faire de son domaine une Florence du Nord dont il serait le Médicis. On aurait pu l'appeler Lucas le Magnifique. De quoi terroriser plus encore ses ennemis teutoniques, qui disaient de lui qu'il était le Diable fait homme et priaient chaque jour pour demander au ciel sa mort. Ils prétendirent qu'il était un tyran brutal, vénal et débauché, portrait auquel je ne saurais souscrire : ils l'avaient fait à leur image. Certes, des concubines lui avaient donné au moins deux bâtards, dont un fils, Philippe Teschner, qu'il éleva avec autant de soins et de tendresse que ses quatre neveux orphelins. Mais il ne faisait rien d'autre que tous les princes de l'Église de cette époque, à commencer par les pontifes eux-mêmes ! Et l'on pourrait bien dire qu'en ce temps-là, dans le clergé, la chasteté n'était plus la règle, mais l'exception. Il fallut attendre bien des années encore avant que Martin Luther, en se mariant, mît fin à cette absurdité, ce qui scandalisa autrement plus ces hypocrites que ses quatre-vingt-quinze thèses !

Que fut l'enfance de Nicolas, dans cette ville bien protégée et prospère qu'était alors Thorn ? Fut-il longtemps attristé par les décès de ses parents, ou au contraire se consola-t-il vitc grâcc à cct onclc aimant, vivant avec ses frère et sœurs ainsi que les rejetons de son tuteur, tantôt dans la cité de sa naissance, tantôt dans le palais épiscopal de Heilsberg, à quelques journées de cheval ou de bateau par un affluent de la Vistule ?

On sait qui fut son premier précepteur : un jeune bachelier aussi pauvre qu'érudit, que l'on disait lui aussi bâtard de l'évêque – Bernard Soltysi, qui prendra le nom latin de Sculteti quand il deviendra le secrétaire du cardinal Jean de Médicis, avant d'être son chapelain lorsque ce grand seigneur florentin sera élu pape sous le nom de Léon X. Il faut croire que l'enseignement de Soltysi fut excellent, car Nicolas ne fut envoyé à la faculté qu'à l'âge de dix-huit ans.

L'université Jagellon de Cracovie était alors l'une des plus prestigieuses de la chrétienté, du moins dans nos contrées septentrionales. Elle était ouverte au vent léger venu d'Italie, porteur des traductions en latin de Platon par Ficin, et des auteurs arabes par Pic de la Mirandole, qui disait « qu'on ne peut rien voir de plus admirable au monde que l'homme ». Le roi Casimir IV, qui savait tout juste écrire son nom, lire et compter, se posait en nouveau mécène de la Vistule, encourageant lui-même à peindre à la manière italienne. Ainsi, il fit venir de Nuremberg le fameux Stoss, qui créa l'admirable et gigantesque retable du maître-autel de la cathédrale ; il aida le chroniqueur Jan Dlugosz à écrire son *Histoire de la Pologne*, tandis que les imprimeurs de la ville sortaient de leurs casses autant de plombs en caractères latins que grecs ou cyrilliques.

C'est en grand équipage que Lucas accompagna ses deux neveux et son bâtard Philippe jusqu'à Cracovie, plus volontiers sur sa selle, l'épée battant sa cuisse, à la tête de sa solide escorte, que dans sa lourde voiture aux armes de l'évêché d'Ermlande. Les portes de la cité royale s'ouvrirent à deux battants pour accueillir comme il se devait l'un des plus puissants seigneurs du royaume. Perché sur son cheval caracolant auprès du véhicule où l'évêque avait enfin consenti à s'installer pour son entrée en ville, Nicolas était ébloui par la splendeur de la capitale. En haut de sa colline, l'immense château Wawel et le clocher de la cathédrale Stanislas étincelaient de mille feux sous le soleil d'été, tandis qu'au pied des remparts roulaient les eaux tumultueuses de la Vistule en crue.

Le cortège de l'évêque d'Ermlande escalada la grand-rue, qui s'ouvrait sur une place immense cernée de palais d'une somptueuse blancheur, aux arcades pleines de grâce. Devant, les étals du marché paraissaient offrir à la foule des chalands tous les fruits, toutes les épices, toutes les étoffes du monde. Et Nicolas se disait que l'austère forteresse de Thorn n'était qu'un hameau de paysans en comparaison de cette grouillante splendeur.

Son oncle l'arracha à sa contemplation en lui demandant de remonter dans la voiture afin de pénétrer dans l'enceinte du château royal. Puis il donna ordre à son escorte de le quitter et de se rendre à sa résidence, située dans la ville basse.

Autant, vu d'en bas, Wawel avait l'air d'une rude place forte, autant, une fois franchi son lourd portail clouté, on avait l'impression d'entrer dans le palais du Grand Turc à Constantinople. Les cours à un ou deux étages de péristyles aux colonnes sculptées comme de la dentelle se succédaient, tandis qu'au centre de ces cloîtres bruissait une fontaine jaillissant d'un bassin rond, où flottaient des nénuphars coiffés de fleurs roses et blanches. Des phalanges de messieurs, que Nicolas jugea grands seigneurs à la richesse de leurs habits, délaissèrent de belles dames protégeant sous l'ombrelle leur peau délicate des rayons du soleil d'août, pour aller s'incliner devant l'évêque et recevoir une bénédiction de deux doigts, qui sembla désinvolte à un Nicolas en train de s'apercevoir avec fierté que son oncle était un très puissant personnage.

La salle d'audience royale était couverte de tapisseries et d'immenses tableaux figurant, avec un grand réalisme, les victoires de la dynastie Jagellon sur les Ottomans, les Hongres, les Moscovites et les chevaliers Teutoniques, mais aussi et surtout, la conversion au christianisme du premier d'entre eux, Ladislas II. On le voyait, renonçant au paganisme, ou peut-être à l'hérésie d'Arius, à genoux devant saint Stanislas le coiffant de la triple couronne de Pologne, de Hongrie et de Lituanie.

Son fils Casimir IV, en revanche, était fait de chair et d'os. Vieillard bonhomme négligemment assis sur son trône, il regarda l'évêque d'Ermlande se prosterner devant lui pour rendre son hommage vassalique. Puis, le roi releva familièrement Lucas, le prit par le bras et l'entraîna dans une salle plus petite, où était dressée une table chargée de mets fort appétissants pour un estomac de dix-huit ans qui n'avait rien pris depuis le matin. Le roi s'assit, invita Lucas à faire de même à ses côtés, puis, levant les yeux vers les trois jeunes gens :

— Prenez place, mes enfants, vous devez être affamés. Mais dis-moi, l'évêque, ces gaillards-là sont-ils tous issus de ta crosse ? Trois bâtards ! Voilà une étrange façon de respecter tes vœux ! Veux-tu donc faire de l'ombre à Sa Sainteté Innocent VIII, qui a semé des petits corniauds dans toute l'Italie et à qui il distribue généreusement la pourpre cardinalice ?

— Que Dieu m'en préserve, Majesté, répliqua Lucas en riant. Mon seul fils parmi eux est Philippe, ce grand nigaud qui essaie en vain de se faire pousser une ombre de moustache. Une tête politique, ce garçon, et qui un jour saura être utile à la Pologne. Les deux autres sont mes neveux, que j'ai recueillis à la mort de leur père, Nicolas Copernic. Voici l'aîné, Andreas, qui n'a même pas attendu votre ordre pour commencer à s'empiffrer. Andreas ! Combien de fois t'ai-je dit…

— Laisse, l'évêque, laisse ! J'ai moi-même cinq garçons, et dont l'appétit, crois-moi, ne s'ouvre pas seulement sur une cuisse de poularde. Et l'autre ?

— L'autre ? Ah c'est Nicolas ! Nicolas le sage, Nicolas l'artiste ! Un très joli coup de pinceau, croyez-moi, Majesté. Et puis il sait jouer du poing et de l'épée aussi bien que son oncle. Un bel évêque en perspective, peut-être…

— Eh bien dis-moi, gentil Nicolas, lança le roi avec cette familiarité rugueuse qui sentait encore sa soldatesque, ce nom-là, Copernic, ça me dit quelque chose… N'est-ce pas celui d'une de mes bonnes villes dont les mines de cuivre sont fort riches ?

Nicolas rougit, se mordit les lèvres pour reprendre ses esprits, décida en un éclair qu'il fallait entrer dans ce jeu et répliqua d'un ton léger, comme s'il s'adressait à un aïeul et non à un monarque :

— Votre Majesté connaît son immense et puissant royaume aussi bien qu'un paysan son lopin. À ce que j'ai appris, à Copernic le cuivre gît à profusion, mais n'y fait pas la fortune de ceux qui l'arrachent à une terre ingrate. Et Copernic n'est pas, hélas, une de vos plus belles cités. Ce n'est qu'une bourgade aux cabanes en rondins et aux habitants en haillons.

— Le précieux métal aurait pourtant dû leur apporter la prospérité, fit remarquer le roi d'un ton légèrement cynique.

— Cependant, Majesté, repartit Copernic sans se démonter le moins du monde, il ne profita qu'à quelques-uns. Dont mon grand-père, qui prit le nom de sa ville natale, comme c'était la coutume, et qui partit s'installer à Cracovie. Quand il eut atteint sa majorité, son fils, c'est-à-dire mon père, partit à son tour à Thorn afin de s'y occuper de bataille plutôt que de négoce. Avec mon oncle, monseigneur Lucas, ils réussirent vaillamment à repousser nos ennemis loin dans leurs terres du couchant.

— J'en étais, mon garçon, j'en étais, répliqua le roi soucieux d'abréger, et j'ai connu ton père. Un brave. Comme l'est toujours notre cher Lucas. N'est-ce pas, l'évêque ? Mais que veux-tu me dire, avec ton histoire de cuivre ? Mange un peu d'abord… Bois ton verre…

— Le cuivre, Majesté, est la chance de la Pologne, mais peut-être aussi son malheur. L'argent semble s'évaporer dans l'alliage des zlotys, et…

— Holà, Nicolas, mon jeune ami, l'interrompit le roi, tu t'aventures là sur un terrain mouvant. Ton oncle, qui n'a pas un caractère des plus souples, ne manque pas d'ennemis dans son évêché et à ses frontières. Si tu y ajoutes les orfèvres et les frappeurs de monnaie, je ne donne pas cher de lui. Ah, l'évêque, à ce propos, je dois te parler maintenant en tête à tête…. Restez assis, les enfants, et continuez vos agapes.

Le vieux monarque se leva, prit Lucas par le bras, et l'emmena dans une pièce attenante dont les murs, sans doute, connaissaient bien des secrets d'État.

Dans les multiples cloîtres de l'université Jagellon soufflait un vent de liberté, bien que les étudiants fussent tenus de se vêtir d'une austère tenue noire à rabats blancs et au bonnet carré, d'où pendaient des rubans dont la couleur indiquait le grade. Mais, sitôt sonnée la fin des cours, les plus aisés d'entre eux, fils de grands seigneurs, se précipitaient dans la taverne qui prospérait de l'autre côté de la rue et où les attendaient leurs plus beaux habits. Ils sortaient alors des remparts vers le faubourg, vers des délices qui leur auraient valu les foudres de leur professeur de théologie. Derrière les murs du collège Maius, on ne parlait que latin, mais aussi l'allemand de Nuremberg. Dehors, le polonais primait.

L'accueil réservé par le roi Casimir à l'évêque d'Ermlande et à ses trois protégés avait vite fait le tour de la capitale et du collège. Mais il y avait trop d'étudiants eux-mêmes rejetons de bien plus haute lignée que ces Copernic et ce bâtard d'un Watzenrode, ces bourgeois qui sentaient encore leurs marécages prussiens. De fait, les trois jeunes gens de Thorn paraissaient bien rustiques : derrière les épaisses murailles de leur ville natale, leur précepteur Bernard Soltysi ne s'était guère soucié de leur inculquer les manières raffinées de la cour royale.

Heureusement, et comme toujours, ils finirent par se noyer dans la masse estudiantine. Firent le reste le charme et la séduction d'Andreas, la force physique de Philippe, et surtout l'aisance et la rapidité avec lesquelles Nicolas, le plus jeune du trio, comprenait toutes choses, puis expliquait, aidait ses condisciples à comprendre, sans arrogance. Il n'avait rien pourtant du « bon élève », du tâcheron blême isolé dans son coin. Au contraire, il était de tous les joyeux chahuts en ville, de toutes les banquetées à la taverne. Il possédait un joli coup de fusain et amusait ses condisciples à tracer leur portrait sur un coin de table, ou celui de leurs professeurs en animaux de basse-cour.

La vie estudiantine au collège Maius de Cracovie n'avait donc rien à envier aux autres universités du monde. Nicolas en profita, mais il profita surtout des leçons d'un prestigieux professeur en arts libéraux, Albert de Brudzewo, qui, lors d'un long séjour en Italie, avait rencontré Laurent le Magnifique, Marsile Ficin, Pic de la Mirandole et Léonard de Vinci, avait traduit nombre d'œuvres du grec, de l'arabe ou de l'hébreu en latin, puis en polonais, et entretenait une abondante correspondance avec tous les grands esprits d'Europe qui voulaient arracher au vieux monde le carcan des âges obscurs, afin de faire renaître l'harmonieuse beauté de la sapience Antique.

Auteur lui-même de plusieurs ouvrages de mathématiques, Brudzewo s'était vite aperçu des prodigieuses aptitudes de Nicolas dans ce domaine, et de son vif intérêt d'apprendre. Il décida de s'en occuper particulièrement et lui recommanda nombre de livres qui n'avaient guère de rapport avec le droit canon. Un droit canon que Nicolas négligeait singulièrement. Il avait vite assimilé cette dialectique qu'il jugeait aussi lourde sur la forme et puérile sur le fond que l'était la scolastique. Mais il faudrait bien en passer par là pour dénicher une sinécure, grâce à l'aide de l'oncle Lucas, qui lui permettrait d'être le continuateur de son maître

Brudzewo, à la recherche des anciens savoirs, à la découverte de nouveaux.

Car c'était à cela qu'il voulait vouer sa vie. En fait, Nicolas Copernic ne savait trop vers quoi aller. Ou plutôt il voulait tout dévorer. Euclide, puis sa révélation des études récentes sur la perspective en peinture, sans oublier les travaux de rénovation dont faisaient l'objet le château royal, l'université et plusieurs églises de la ville, lui semblaient des signes l'appelant irrésistiblement vers l'architecture. Être à Cracovie ce que Brunelleschi fut à Florence ! Bâtir ! Allier la beauté à l'utilité ! D'autres rêves, d'autres ambitions encore : suivre Ficin ou Pic et se plonger dans le terreau de l'histoire pour y puiser les vrais textes des siècles disparus, textes oubliés ou déformés, trahis, enfouis sous des monceaux de palimpsestes ou de falsifications des clercs. Les faire renaître dans leur pureté initiale, puis les traduire en latin, voire en langue vulgaire.

Mais Copernic ne levait guère le nez vers les étoiles et la danse des planètes, malgré les incitations de son maître qui, lui, éprouvait une grande passion pour ce genre de choses. Nicolas ne voyait aucun intérêt à supputer du ciel l'avenir des hommes ; cela lui rappelait trop la glose des exégètes. L'*Almageste* de Ptolémée, passe encore, car il y avait dans cette théorie planétaire quelques subtiles mathématiques ; mais sa *Tétrabible*, qu'il avait été obligé de lire dans une mauvaise traduction latine, de laquelle un obscur moine copiste avait coupé les passages qui lui paraissaient trop païens pour les remplacer par des commentaires fumeux, cela lui avait paru d'une prétention sans bornes, d'une vanité verbeuse. Oser fixer le monde, une fois pour toutes… « Ce Ptolémée n'est qu'un cuistre », avait-il lâché un jour à son maître, qui avait failli en mourir d'un coup de sang. Nicolas, alors, décida de ne plus s'occuper de ce qu'il considérait comme un monde d'inepties et d'à-peu-près : l'astrologie.

C'était un matin de carnaval. Nicolas Copernic avait délaissé ses studieux condisciples pour se joindre à la joyeuse bande menée par son frère aîné Andreas, qui l'attendait dans la taverne dite du Collège, et que les étudiants avaient rebaptisée « Ici mieux qu'en face ».

Quand Nicolas descendit d'un bond les six marches menant à la salle basse où était attablée une vingtaine de jeunes gens, il fut accueilli par un tollé général :

— La porte, foutre du diable ! On ne chauffe pas le dehors ! Tu veux nous faire mourir de froid !

Le nouvel arrivant les toisa d'un air comiquement dédaigneux :

— Voyez donc ces femmelettes frileuses. La bière et l'alcool de seigle ne suffisent donc pas à vous réchauffer ?

Il évita de justesse une chope qu'un des étudiants lui avait lancée, puis, avec une lenteur calculée, remonta l'escalier, ouvrit la porte en grand et, saluant très bas le vent glacial qui y pénétrait en tourbillons de neige :

— Bienvenue dans notre palais, monseigneur Carnaval !

Il consentit enfin à la refermer, sous les applaudissements et les huées de ses camarades. Les cloches de Saint-Stanislas venaient à peine de sonner quatorze coups que l'ivresse tournait déjà les têtes et que le cochon rôtissant dans la cheminée s'était singulièrement amaigri. Les conversations s'empâtaient un peu. Andreas se leva, frappa son couteau contre sa chope et clama :

— Messieurs, messieurs, vous n'allez pas dormir maintenant, alors que la fête vient à peine de commencer. Pas de carnaval sans ivresse, c'est vrai, mais pas de carnaval sans filles non plus. Pas de bacchanales sans bacchantes. Laissez-moi vous guider vers le meilleur bordel de la ville.

Dehors, la neige avait cessé. Dans le ciel, net de tout nuage, un grand soleil faisait étinceler le blanc cru de la rue et des toits. Ils descendirent vers le pont franchissant la Vistule gelée et entrèrent sans encombre dans la ville neuve. En ce jour de fête, toutes les portes étaient ouvertes. Ils traversèrent le quartier de la Juiverie. Les échoppes et les volets étaient clos. Le peuple d'Abraham savait trop bien que les fièvres de Carnaval risquaient toujours d'embraser leurs maisons, de tuer leurs fils, de violer leurs femmes et leurs filles. En passant devant la synagogue, l'un des compagnons de Copernic cracha. Les autres se mirent à crier en cognant de leurs cannes ou de leurs épées contre les parois et les portes :

— Mort aux juifs, empoisonneurs de puits, blasphémateurs d'hostie, mangeurs d'enfants !

Nicolas se mordait les lèvres, silencieux, maudissant sa lâcheté de ne pas oser jouer le trouble-fête. Son oncle Lucas et son maître Brudzewo – que d'aucuns prétendaient nouveau chrétien – lui avaient appris que ces gens, fuyant la France ou l'Espagne, avaient été attirés en Pologne par le premier Jagellon pour qu'ils fassent profiter ce pays encore barbare de leurs connaissances en médecine, en langues anciennes, en lettres de change, et dans tous les savoirs qui étaient aussi ceux de l'Arabie, de la Perse, de l'Inde ou du Cathay. Il fut soulagé quand le cortège quitta enfin la Juiverie sans qu'ils eussent rencontré l'un de ses habitants, car, à coup sûr, ils l'auraient mis à mal.

Ils pénétrèrent dans le quartier des Hongrois, dont la réputation sulfureuse n'était plus à faire. Collée contre les remparts, une grande bâtisse aux murs cinabre s'agrippait aux épais moellons, tel un lierre minéral et pisseux. Une lanterne rouge coiffée d'un chaperon de neige surplombait la porte cloutée peinte d'un rose écœurant. Nicolas connaissait cette auberge à l'enseigne du « Bouquet de violettes », pour l'avoir fréquentée deux ou trois fois, ne serait-ce que pour y jeter sa gourme. En revanche, son frère Andreas, toujours flanqué du brave Philippe qui lui servait de garde du corps, était un habitué des lieux. Aussi, quand le judas s'ouvrit, n'eurent-ils aucun mal à entrer, car le tenancier avait reconnu l'un de ses clients les plus assidus.

La grande salle dans laquelle ils pénétrèrent prétendait reconstituer un harem ottoman, avec ses carreaux de céramique aux motifs d'arabesques et ses empilements de coussins, sur lesquels une douzaine de filles presque nues se vautraient. Au centre, un petit bassin rond, mais à sec, empli de fleurs séchées. Il y faisait une chaleur d'enfer, car dans la cheminée et dans les deux poêles, qui n'avaient rien de turc, le feu ronflait, alimenté sans cesse par une vieille servante.

Ils n'étaient plus que huit étudiants. Les autres, trop timorés ou simplement prudents, avaient préféré rester dans la ville haute pour suivre le défilé du carnaval. Tandis que ses compagnons ricanaient, dansant d'un pied sur l'autre, Andreas, fort à l'aise, désigna une très jeune fille, au teint sombre et à la longue chevelure noire, aux yeux immenses lourdement soulignés par le fard, et qui restait à l'écart :

— Tiens, une nouvelle ! Comment t'appelles-tu, petite ?

— Cléopâtre, répondit la fille avec un fort accent bohémien.

Sa légère tunique transparente et le diadème en fer

qu'elle portait pouvaient, avec beaucoup d'imagination, passer pour les parures de la reine d'Égypte.

— Eh bien, Cléopâtre, repartit joyeusement Andreas, viens donc rendre à César les hommages qui me sont dus.

Et le couple enlacé monta les escaliers grinçants. Nicolas, lui, se sentait extrêmement mal à l'aise. Il avait moins bu que les autres, et leur marche dans le froid l'avait dégrisé. Ce n'était pas cette descente au bordel qui l'embarrassait ainsi. Il s'était d'ailleurs pourvu d'un condom en vessie de porc, en prévision de cette visite. Mais il était surtout inquiet de l'attitude de son frère, depuis le début, à l'auberge. Andreas avait montré une telle hargne à boire chope sur chope, puis, dans la Juiverie, à hurler ses insultes, que son cadet ne reconnaissait plus en lui l'ami de son enfance, le frère avec qui il partageait tout, non comme un aîné, mais comme un jumeau. D'ailleurs, depuis leur installation à Cracovie, Andreas avait changé. Tantôt il jouait au chef de famille, ce qui devenait très agaçant alors que ce garçon, fragile comme du cristal, toujours tendu et les nerfs vibrants, avait plus besoin d'être protégé par un Nicolas posé et réfléchi, ou par un Philippe solide et doté d'un gros bon sens ; tantôt il disparaissait une semaine entière, n'assistant plus aux cours, sans que son cadet pût savoir ce qu'il avait fait durant tout ce temps.

Maintenant, alors qu'il dégoulinait de sueur sous sa pelisse en renard, Nicolas eut envie un instant de tourner les talons et de quitter cet établissement sordide. Mais non, il ne devait pas abandonner son frère. Aussi, par lassitude, demanda-t-il à la grosse Isabelle de monter avec lui. Cette femme sans âge, vêtue légèrement à la mode espagnole pour justifier l'emprunt de son prénom à la reine de Castille, l'avait déniaisé fort habilement l'an passé.

La chambre n'était qu'une petite pièce sale, sous les toits. Pour tout lit, une paillasse. Isabelle défit sa ceinture. Soudain, à travers la mince cloison, éclata un cri strident de femme. Puis la voix d'Andreas :

— Salope, truie, chienne de Juive ! Je t'avais prévenue pourtant... Je t'avais prévenue !

Nicolas sortit d'un bond, la culotte défaite, en bras de chemise. Il surgit dans la pièce contiguë. Son frère se dressait, dépenaillé, sa dague sanglante à la main. La fille gisait à ses pieds, nue, une plaie rouge au défaut de l'épaule.

— Qu'as-tu fait, Andreas ? Es-tu devenu fou ?

— C'est elle, c'est elle ! Elle est pourrie de vérole. Regarde... Je lui ai demandé de me rendre mon argent, elle a refusé. Elle a même commencé à me battre. Alors...

Les autres étudiants s'étaient amassés dans l'embrasure de la porte. Le tenancier allait sans doute accourir.

— Filons tous ! lança Nicolas. Andreas, laisse cet argent ici. Filons, vous dis-je !

Après avoir récupéré leurs vêtements, la bande dégringola l'escalier quatre à quatre. Le tenancier leur barrait la porte. D'un coup de poing, Philippe l'envoya rouler dans les coussins, cependant que Nicolas lui jetait une bourse pleine. Dans la rue couverte de neige, ils se mirent à courir pour sortir au plus vite du quartier hongrois et s'éparpillèrent. Nicolas, Philippe et Andreas, qui ne lâchait pas une bouteille d'alcool de seigle à moitié vide, se retrouvèrent bientôt devant la Juiverie. Là, une bande de masques défilait en hurlant des injures et en cognant contre les portes et les persiennes closes. Quelques-uns brandissaient des flambeaux, ce qui laissait augurer que les choses allaient mal tourner.

— Enfin des gens qui savent s'amuser, lança un Andreas de plus en plus excité. Joignons-nous à eux.

Nicolas le saisit par le bras :

— Je t'en prie, rentrons à la maison !

Son aîné se débarrassa violemment de cette étreinte :

— Laisse-moi donc, rabat-joie ! C'est carnaval, aujourd'hui. Tout est permis.

Le placide Philippe se mit devant lui et, posément, lui envoya une magistrale paire de gifles. Étourdi, Andreas vacilla. Son frère et son cousin le soutinrent en plaçant ses bras autour de leurs épaules et le traînèrent littéralement à travers le faubourg, contournant la Juiverie d'où, déjà, des panaches de fumée commençaient à s'élever, franchirent le pont de la Vistule sous le regard goguenard et blasé des soldats qui le gardaient. Ils traversèrent la grand-place en fête et pénétrèrent enfin dans la belle résidence de l'évêque d'Ermlande.

Andreas resta prostré trois jours dans sa chambre. Quand Nicolas ou Philippe venaient s'inquiéter de lui, il se jetait à leurs genoux pour leur demander pardon. Le matin du quatrième jour, un laquais en livrée royale vint frapper à la porte. Il était porteur d'une convocation du monarque ordonnant à Nicolas et Andreas Copernic de se rendre immédiatement au château de Wawel pour être entendus en audience. En toute hâte, Nicolas monta chercher son frère, mais la chambre était vide. Leur domestique lui dit alors qu'il venait de voir Andreas sortir par la porte de service. La venelle, derrière, était déserte. Fort embarrassé, Nicolas annonça cette disparition au laquais et eut la sottise de proposer que Philippe remplaçât celui qu'il fallait bien appeler un fugitif. L'autre haussa les épaules et Nicolas comprit : le bâtard de l'évêque n'était considéré, officiellement, que comme un parent pauvre hébergé par charité.

Nicolas escalada donc seul l'avenue montant vers le château Wawel, derrière le laquais. La peur lui tenaillait le ventre. Il savait bien le motif de cette convocation. Et apparemment, Andreas l'avait compris aussi.

Casimir IV avait fait transporter son lit dans la petite salle d'audience privée. Depuis quelque temps, le vieux roi était fort malade, et ses médecins ne lui donnaient plus que quelques mois à vivre. Pendant que Nicolas s'agenouillait, le laquais se pencha vers le visage considérablement amaigri du monarque dont le teint, naguère rubicond, était devenu bistre. Après que le messager eut expliqué en un chuchotement l'absence d'Andreas, Casimir eut un drôle de sourire et lança, d'une voix qui se voulait de tonnerre mais qui était singulièrement voilée :

— Nicolas, Nicolas, qu'as-tu fait de ton frère ?

Ne sachant pas si l'auguste malade plaisantait, l'étudiant bredouilla :

— Majesté, Majesté…

Le roi tourna alors la tête vers un personnage qui se tenait droit à ses côtés, le pire ennemi de tous les bacheliers de Cracovie : le lieutenant général de la maréchaussée, le baron Glimski. Ce dernier inclina légèrement la tête et dit d'un ton monocorde :

— Monsieur Copernic, vous et votre frère nous avez mis dans un grand embarras lors de votre équipée mouvementée. Par bonheur, la fille n'est pas morte. Mais le propriétaire de… l'établissement en question est venu protester auprès de mes services. Or, cet individu est l'un de mes meilleurs agents. Vous l'ignorez sans doute, monsieur Copernic, mais le quartier que l'on dit des Hongrois pullule d'espions du Grand Turc. Et Arpad, tel est le nom de ce malheureux proxénète qui eut à subir le poing de votre… cousin, les connaît tous et me renseigne sur leurs agissements. Je ne tiens pas à ce qu'un homme aussi précieux vienne à me manquer à cause des frasques de stupides étudiants imbibés d'alcool.

— Surtout quand les ivrognes en question, précisa le roi, sont de la famille d'un homme que j'aime comme mon fils, et qui sait protéger mon royaume contre les menées du grand maître des Teutoniques. Ah, je l'entends déjà rire, le Hohenzollern, quand il apprendra que les neveux de l'évêque d'Ermlande n'ont d'autres distractions que d'assassiner des putains. Mais poursuivez, lieutenant, poursuivez !

Tandis que Nicolas, toujours à genoux, tremblait de tout son corps, le baron Glimski reprit de sa voix sèche et soupçonneuse :

— Nous avons payé le prix fort pour qu'Arpad oublie l'incident. Il n'en a pas été de même avec les juifs. Quelques-unes de leurs maisons ont été pillées et brûlées. Deux fillettes de douze ans violées. Un vieux rabbin molesté et rasé des pieds à la tête, ce qui est pour eux la pire des humiliations. Et j'ai eu bien du mal à convaincre le chef de leur secte que les neveux de monseigneur l'évêque d'Ermlande n'étaient pour rien, comme me l'ont affirmé mes agents, dans cette autre affaire. Et savez-vous qui est le chef de leur secte, monsieur Copernic ? Le docteur Johann Faust, seul médecin dans toute la Pologne à pouvoir soulager les douleurs de Sa Majesté. Le docteur Faust qui soigna votre oncle, durant la guerre contre les Teutoniques, d'une méchante blessure. Que cherchez-vous, monsieur Copernic ? À perdre le royaume ?

Avec ses pommettes très hautes et ses paupières

lourdes bridant son regard, le baron Glimski avait tout d'un corbeau.

— Relève-toi, joli Nicolas, dit le roi d'une voix douce, et assieds-toi près de moi. Je sais que tu as su garder la tête froide durant toute cette affaire. Ton bon cousin Philippe, qui n'est certes pas la lumière de la Chrétienté, mais possède de plaisants talents de conteur, a su me narrer l'aventure. J'en aurais sans doute bien ri, me rappelant ma folle jeunesse, mais pas dans ce genre de circonstance. Relève-toi, te dis-je !

L'étudiant obéit et posa un quart de fesse sur la sellette que le roi lui avait désignée. Il avait l'impression que ses os craquaient de partout. Philippe ! Le traître ! Il rapportait donc tous leurs faits et gestes au lieutenant, au roi, à l'oncle Lucas. Nicolas se jura de dire à son cousin sa façon de penser, dès qu'il en aurait l'occasion.

— Nous avons enfin réussi à étouffer l'incident, reprit le baron. Non sans mal. Mais, pour votre frère…

Il laissa sa phrase en suspens, comme une menace.

— Hélas, je ne sais où il s'est enfui, supplia Nicolas. Pardonnez-lui, Majesté. Je vous fais le serment que je saurai désormais le surveiller et le maintenir dans le droit chemin. C'est un être faible, et je crois avoir sur lui une bonne influence…

— Ce sera inutile, coupa Glimski. Nous avions alerté monseigneur l'évêque le jour même de l'incident. Et ce matin, un de ses messagers m'a demandé de le renvoyer au plus vite à Thorn. Deux de mes hommes ont peut-être déjà mis la main dessus. Il a dû se réfugier chez sa maîtresse…

— Sa maîtresse ? s'exclama Nicolas.

Le roi eut un petit rire narquois :

— Ah, gentil Nicolas ! Tu le surveilles bien mal, ton cher aîné. Toute la ville, et même son roi, c'est dire, connaît sa liaison avec Philomena, la belle Napolitaine, un peu fanée à mon goût, et qu'il dispute à monseigneur Pasolesi, légat en Pologne de Sa Sainteté Innocent VIII.

Nicolas crut s'évanouir de stupeur et de rage. Dans quel guêpier Andreas était-il allé se fourrer ? Et lui, quel sort lui destinait son oncle ? Comme s'il avait lu dans ses pensées, le lieutenant général de la maréchaussée intervint à nouveau :

— Nous avons bien expliqué à monseigneur votre oncle le rôle bénéfique que vous avez joué dans cette pénible affaire. Poursuivez donc vos études…

— … aussi brillamment que jusqu'à aujourd'hui, interrompit le roi. Et ma foi, un jour que je ne verrai pas, et que je souhaite au cher Lucas le plus tardif possible, tu feras un évêque d'Ermlande très présentable. Ou un pape ! Encore qu'un pape polonais, ça ne s'est jamais vu et ça ne se verra jamais !

Casimir IV partit d'un énorme éclat de rire, qui se changea subitement en grimace de douleur :

— Aïe, ça va péter, ça va péter ! Glimski, appelle-moi le docteur Faust. Et laissez-moi !

Une fois sortis de la petite salle d'audience, où les médecins empressés avaient pénétré, le lieutenant saisit assez brutalement Nicolas par le coude :

— Mon garçon, je t'ai sorti d'un mauvais pas. Je vais te demander un petit service en échange. Connais-tu un de tes condisciples, un Prussien, Othon, dit Achille de Hohenzollern ?

— Oui, de vue. Un garçon maladif et taciturne. Un peu arrogant, aussi. C'est cela ? Je ne le fréquente pas. Ou du moins il ne nous fréquente pas, nous autres, les Polaques, comme ils disent.

— Eh bien non seulement tu vas le fréquenter, mais tu vas devenir son meilleur ami. C'est le fils du burgrave du Brandebourg, qui cherche à mettre la main sur l'ordre des chevaliers Teutoniques. Tu entreras dans sa confiance. Et tu me rapporteras le moindre de ses propos, les gens qu'il rencontre. Si, en plus, tu peux accéder à sa correspondance… J'ai l'aval de ton oncle. Et du roi…

Glimski n'eut pas à en dire plus. Nicolas avait parfaitement compris le rôle qu'on lui demandait de jouer : celui d'espion. Finalement, constata-t-il en revenant chez lui, cela ne lui déplaisait pas. Ça l'excitait même un peu.

Contrairement à son attente, il n'eut aucun mal à entrer dans l'intimité de cet Othon von Hohenzollern. Sa famille montait en puissance dans son fief du Nord, et devenait inquiétante aux marches de la Prusse polonaise. En revanche, le jeune homme était méprisé des étudiants que l'on disait de nation allemande, en fait des Bavarois qui considéraient tout natif des contrées septentrionales du Brandebourg ou du Mecklembourg comme des barbares germaniques, pour ne pas dire des Goths. De plus, tout le monde savait que les Hohenzollern actuels n'étaient issus que d'une très petite noblesse des parages de Nuremberg.

Malgré son surnom d'Achille, Othon n'avait rien d'un vaillant guerrier ou d'un junker. C'était un garçon chétif, et ce que Nicolas prenait pour de l'arrogance n'était qu'une terrible timidité qui le faisait bégayer. Quand, prétextant la copie d'un cours de droit canon qu'il avait manqué, Copernic l'aborda, à la rentrée des classes suivant la semaine de carnaval, Achille, rougissant comme une pucelle, lui avoua son admiration pour le trio inséparable que le collège appelait « les trois fils de l'évêque d'Ermlande ». Il aurait tant aimé participer à leurs frasques et à leurs chahuts ! Cela fit bien rire Nicolas, qui envoya une solide bourrade à celui qui était promis à devenir un jour burgrave, voire grand maître des chevaliers Teutoniques. Achille vacilla sous cette claque dans le dos chaleureusement envoyée par le natif de Thorn, puis se désola du départ d'Andreas :

— Sans lui, ça ne sera plus pareil, maintenant, au collège Maius, soupira-t-il.

— Eh bien, tu vas le remplacer ! Ho ! Philippe, si nous allions boire une bière avec notre nouvel ami à « Ici mieux qu'en face » ?

Achille de Hohenzollern s'attacha alors à Nicolas Copernic comme un chien à son maître. Il lui racontait tout, lui confiait tout de son aride et triste enfance à Königsberg, sans mère, sans la moindre présence féminine, sans la moindre tendresse, au milieu de soudards avinés et puants dans leurs armures qu'ils ne quittaient que pour dormir. Il montrait à son nouvel ami les lettres que lui envoyait son oncle, le grand maître des chevaliers Teutoniques, le pire ennemi de l'évêque d'Ermlande. Ce n'était que recommandations frustes, « ne fréquente que les meilleurs élèves de ta classe, sois respectueux avec tes professeurs », truffées de solécismes et de barbarismes, ponctuées d'adages et de proverbes paysans, « dix couronnes dépensées dans un missel valent mieux qu'un zloty perdu à la taverne, mais une prière chaque soir vaut mieux qu'un missel… » En communiquant son contenu au lieutenant général de la maréchaussée, Nicolas se demandait en quoi ces sottises pourraient être utiles au baron Glimski et à la sauvegarde de la Pologne. Mais cela l'amusait de plus en plus.

En revanche, ce qui l'amusait beaucoup moins, c'étaient ces promenades nocturnes, hors des murs, dans lesquelles l'entraînait Achille maintenant que le printemps était revenu. Le frêle garçon, « cette mauviette » selon un Philippe un peu jaloux, s'accrochait au bras de Nicolas ; parfois il lui prenait la main dans la sienne, qu'il avait maigre et moite. Il le forçait à s'asseoir en haut d'un talus et à contempler le ciel nocturne, en ce printemps très doux.

— Vois, Nicolas, comme la Lune est pleine. Qui peut dire quelle est sa course autour de notre mère la Terre ? Et Mars, cette étoile vagabonde, regarde comme elle est rouge. Qui sait si, là-haut, vivent des hommes comme nous ? Hein ? Qui sait ?

Achille était d'une parfaite nullité en algèbre et en géométrie : Nicolas lui faisait tous ses devoirs. Et leur maître, Albert de Brudzewo, n'était pas dupe de la supercherie. Il encourageait même son meilleur élève à abonder dans le sens des vaticinations du Prussien, sachant pertinemment, car Glimski l'en avait informé, que cette amitié incongrue entre le neveu de l'évêque d'Ermlande et celui du grand maître des chevaliers Teutoniques n'avait pour motivation que des raisons d'État. Les visées de Brudzewo étaient autres. Depuis le temps qu'il s'acharnait à tenter de démontrer à Copernic qu'Euclide et Pythagore étaient avant tout des outils capables de fabriquer la mécanique céleste, il s'était heurté à un mur. Maintenant, à cause des sottises d'Achille, Copernic était bien obligé de décortiquer avec un peu plus d'attention Ptolémée et les philosophes alexandrins, ne serait-ce que pour donner un peu de piment à ces fades conversations sous la voûte étoilée. Et pour démontrer ensuite au lieutenant de la maréchaussée que le probable futur grand maître des chevaliers Teutoniques n'était qu'un être aussi efféminé qu'inoffensif.

C'est ainsi que Nicolas Copernic s'intéressa enfin à l'astronomie alexandrine et arabe.

II

Année prodigieuse, décidément, que cet an 1492… Le roi Casimir IV mourut au début de l'été. À Florence, Laurent le Magnifique l'avait précédé dans la tombe deux mois auparavant. À Rome, Innocent VIII les suivit de peu. Celui-là, ce fut certainement pour aller rôtir dans les flammes de l'enfer !… D'autres nouvelles plus extraordinaires encore atteindraient bientôt les rives de la Vistule : un marin génois, payé par la Castille, avait atteint les rivages d'un monde inconnu. Mais bien sûr, ce fut la mort du roi de Pologne qui pesa le plus sur le destin de Nicolas.

L'évêque Lucas revint en toute hâte de son fief pour assister aux funérailles de son suzerain et au choix de son successeur par la Diète, dont il faisait partie en tant qu'électeur d'Ermlande. Andreas l'accompagnait, sous des humbles habits de prêtre, ce qui en fit ricaner quelques-uns sous les péristyles du collège Maius. Ce garçon fantasque, à qui son oncle avait donné une vague fonction de secrétaire, semblait maintenant tout repentant, confit en dévotion… Cela ne faisait que quatre mois qu'il avait blessé de sa dague une putain égyptienne du quartier hongrois.

L'élection du successeur de Casimir ne faisait pas de doute : ce serait son aîné, Jean Albert, ce qui inquiétait fort Lucas. Le prince-évêque d'Ermlande avait donc réuni en grand secret, dans sa résidence cracovienne, quelques alliés sûrs, mais aussi le baron Glimski, lieutenant général de la maréchaussée, et il avait demandé à Nicolas de leur faire office de secrétaire.

— Pourquoi moi et non Andreas, mon oncle ? avait demandé le bachelier. Mon frère ne risque-t-il pas de se froisser ?

— Parce que tu as une plus belle écriture que lui, mon neveu !

L'évêque partit de ce gros rire qui lui secouait les épaules et qu'il avait légué, en quelque sorte, à Nicolas, qui prenait de plus en plus, en mûrissant, les allures faussement rugueuses de Lucas. La salle où ils attendaient les invités de l'évêque était plongée dans une semi-obscurité. Lucas s'était installé au bout d'une longue table, face à l'entrée ; Nicolas avait posé son écritoire sur un guéridon, un peu à l'écart dans un coin plus sombre, et seulement éclairé d'une chandelle.

— Je plaisante, naturellement, précisa le prélat. Mais votre affaire du bordel hongrois, malgré les efforts du baron Glimski, risque fort de réapparaître : on ne m'aime pas beaucoup dans l'entourage de notre futur monarque. J'ai exigé d'Andreas qu'il se fasse le plus transparent possible. Il a compris la leçon… enfin, pour le moment. Quant à toi, tu as été parfait. Tout le monde a oublié que tu faisais partie de cette virée. Et ceux qui s'en souviennent n'ont aucun reproche à te faire. Depuis, tu as impeccablement tenu ton rôle de paisible étudiant, le nez dans les étoiles ou dans tes grimoires. Glimski m'a écrit le plus grand bien de toi. Patiente encore un peu. Nous allons avoir une partie fine à jouer. Nous attendons peut-être la visite d'un très important personnage. Ne marque aucune surprise à sa venue, sois le scribe placide et indifférent caché derrière son encrier. Tu comprends mieux maintenant pourquoi je n'ai pas confié cette tâche à ton malheureux aîné ?

Enfin, les invités entrèrent. Nicolas reconnut le très riche prévôt de la guilde des marchands de Dantzig, le général de la place de Stettin et le prince-évêque de Glock. Il se leva pour les saluer profondément, mais ils ne semblèrent pas le remarquer. Apparut enfin le baron Glimski, toujours aussi raide et pincé, et qui ne lui jeta pas un regard. Après les congratulations d'usage, les cinq conspirateurs s'installèrent autour de la table et gardèrent un instant le silence.

— Viendra-t-il ? demanda enfin le prévôt, en chuchotant presque.

— Pas avant une heure, je le crains, répliqua Glimski. Il est retenu au château.

— Ça nous donne le temps d'établir ce que nous lui proposerons, dit Lucas. Peut-être d'ailleurs ne lui proposerons-nous rien. Tout dépend de ses intentions à lui.

L'élection presque assurée et le couronnement du fils aîné du défunt roi semblaient une sombre perspective à ces importants personnages des marches nord de la Pologne. Ils étaient en effet directement exposés aux ambitions des chevaliers Teutoniques ainsi qu'à leurs alliés prussiens du Brandebourg. Or, Jean Albert, âgé d'un peu plus de trente ans, encore grand-duc de Lituanie, ne rêvait que de se mettre à la tête d'une croisade contre le Turc. Il s'était entouré de cadets de famille de vieille souche polonaise et chrétienne, comme pour tenter de faire oublier qu'il n'était jamais que le petit-fils d'un païen fraîchement converti. Eux aussi voulaient en découdre et reprendre Constantinople, voire Jérusalem, afin de gagner fortune et gloire au fil de l'épée.

Des hommes d'expérience, comme ceux qui parlaient à voix basse dans le secret de la résidence cracovienne de l'évêque d'Ermlande, savaient fort bien que l'armée polonaise se ferait massacrer sitôt pénétrée en Moldavie. Quels alliés, alors, sinon les chevaliers Teutoniques ? Mais à quel prix, sinon celui de Dantzig et de l'Ermlande, si rudement reconquise par Casimir… Et puis, comme le soulignait le prévôt de la guilde hanséatique, une guerre contre les Ottomans fermerait pour longtemps la route des épices et de la soie qui parvenaient jusqu'à Dantzig, par Venise et Cracovie, jusqu'au Danemark d'où revenaient en échange or, ambre et argent. Que faire, alors ?

— On dit le futur roi de santé bien fragile, dit le baron Glimski.

Le ton insidieux sur lequel le lieutenant de la maréchaussée avait prononcé cela laissait entendre que des mains obscures pourraient bien la fragiliser plus encore, en versant dans son verre quelque concoction… Lucas balaya ce propos d'un revers de la main :

— Et qui le remplacerait ? Alexandre, son puîné, cette marionnette entre les mains de sa clique de gitons ? Le remède serait pire que le mal.

— Pour le puîné, soit ! Mais le benjamin, messieurs, le benjamin…

À ces mots venant de la porte qu'ils n'avaient pas entendu s'ouvrir, les conjurés sursautèrent. Tous se levèrent précipitamment devant le nouvel arrivant. Celui-ci jeta négligemment à terre la grande cape dont il s'était couvert, malgré la chaleur qui régnait sur la ville. À l'âge de vingt-cinq ans, son altesse Sigismond Jagellon, duc de Glogau, troisième fils de Casimir, était un homme dont le corps, pourtant mince, dégageait une force extraordinaire. Son visage ressemblait de façon étonnante à celui de son père, mais l'éducation très approfondie qu'il avait suivie auprès de maîtres italiens l'avait rendu plus doux, moins rugueux.

— Pardonnez mon propos, Votre Altesse, lança Lucas, qui ne semblait pourtant pas vraiment empli de confusion. Vos frères…

— Je sais que vous m'aimez, messieurs, l'interrompit le grand-duc. Je vous demande de la patience. Mes amis sont nombreux à la Diète, à commencer par vous. Et je vous demande à tous de donner la couronne à Jean Albert. Cela liera définitivement la Lituanie à notre royaume. Je puis vous rassurer également sur les projets qu'il avait de se lancer dans une folle guerre contre Bajazet. Je crois avoir sa confiance. J'ai longuement parlé avec lui. Si vous saviez comme la perspective d'un trône peut changer un homme ! Quant au temps que durera son règne, Dieu seul le sait. Et vous n'êtes pas Dieu, baron Glimski. Tout ce que je puis vous dire, c'est ce que m'ont rapporté les médecins : une malformation de sa verge interdit à mon aîné d'avoir jamais un héritier, à moins qu'il ne se la fasse couper, tel un juif. Quant à Alexandre, ce n'est pas de la façon dont il se commet avec ses affectueux compagnons qu'il en aura un jour. Messieurs, sitôt les fêtes du couronnement terminées, rentrez dans vos cités respectives. Vous m'êtes trop précieux. Quant à vous, baron Glimski, il semble que mon frère ne vous aime pas. Il a considéré comme une bonne farce de vous donner à moi. Vous voici donc capitaine de ma garde personnelle, à moins que vous ne refusiez…

Glimski posa un genou en terre et dit :

— C'est bien plus qu'un honneur que vous me faites là, Votre Altesse, c'est la plus grande joie de ma vie.

Il ramassa la longue cape du duc et l'en enveloppa.

Puis, le précédant comme pour faire barrière de son corps, il sortit. Les autres les suivirent.

— Prépare tes bagages, Nicolas, et dis à Philippe et Andreas de faire de même. Vous partez pour Thorn dès demain à l'aurore.

— Je n'assisterai donc pas aux cérémonies du couronnement ?

— Désolé de te décevoir, mon neveu, mais je n'ai nulle envie de vous exposer. Les débuts de règne sont toujours périlleux. D'ailleurs, l'université restera fermée encore trois mois. Vous serez comme tous les étudiants qui rentrent dans leur famille. Et puis, si tu as bien écouté nos débats, tu dois comprendre que tu en verras d'autres, des sacrements de rois de Pologne. Alors, plus tard, si tu tiens les promesses que je mets en toi, tu m'y remplaceras en tant qu'évêque d'Ermlande.

Le séjour morose d'un trimestre derrière les murailles de sa ville natale lui sembla durer une éternité. Nicolas rôdait comme une âme en peine dans le château épiscopal. Même la bibliothèque n'avait plus d'attrait pour lui : il en avait lu tous les livres depuis bien longtemps. Il évitait le plus qu'il pouvait son frère Andreas, qui jouait avec trop de zèle son rôle de débauché repentant. Qu'était donc devenu le turbulent compagnon de son enfance ? Son aîné, désormais, le répugnait un peu. Quant à Philippe, son père Lucas l'avait envoyé à Braunsberg, une des cités que l'évêque gouvernait, pour des raisons que Nicolas ignora car l'autre, en partant, fit son mystérieux. Adieu les joyeuses parties de chasse avec ce hardi compagnon, seule distraction capable de le tirer de son ennui. Les semaines passaient et son oncle ne revenait toujours pas. Dans un bref message que celui-ci lui adressa dans le courant du mois de juillet, l'évêque lui apprit que le pape venait de mourir et qu'il devait donc se rendre à Rome car la partie là-bas, pour sa succession, risquait d'être chaude, même si l'évêque d'Ermlande n'avait pas voix au chapitre. Puis, avec cette affection rugueuse et rigolarde qu'il aimait prendre avec lui, Lucas ajoutait qu'il décrétait son neveu favori « chef de famille ».

Nicolas n'eut pas à attendre longtemps avant de jouer ce rôle qui le gênait un peu, à cause d'Andreas, mis très évidemment à l'écart par son oncle, sous sa tutelle en quelque sorte. Il avait tant admiré son aîné, dans leur adolescence, et ses audaces à être le premier à se jeter dans la Vistule, au moment du dégel, ou à poser ses lèvres sur la joue d'une petite paysanne, d'une bouquetière, d'une servante.

Quelques jours après l'annonce par Lucas de son voyage à Rome, un messager venu de Dantzig lui annonça que sa sœur aînée, qui avait épousé trois ans auparavant le rejeton d'une ancienne lignée du plus grand port hanséatique, venait de mettre au monde un deuxième enfant qui s'appellerait Nicolas, si son oncle acceptait de le plonger dans les fonts baptismaux. La première avait été baptisée Lucie, en l'honneur de l'oncle et tuteur. Et Andreas ? Il n'eut qu'un ricanement désabusé quand son cadet, le plus diplomatiquement possible, lui apprit que ce ne serait pas lui, l'aîné, qui serait le parrain de l'enfant, comme cela aurait dû se faire.

Enfin les choses bougeaient en ce sinistre été 1492 ! Sinistre pour le seul Nicolas, car il se déroulait sous un ciel lumineux. Malgré ses dix-neuf ans, ou peut-être à cause d'eux, le « chef de famille » par défaut organisa le voyage à Dantzig comme un général dispose ses troupes. Il décida que cela se ferait par le fleuve, sur les deux lourdes galiotes épiscopales. Il justifia ce choix comme étant le plus sûr, en ces temps où des soldats perdus des Teutoniques écumaient les chemins, estimant par ailleurs que la voie fluviale serait plus douce et plus agréable à ces dames. En plus, calcula-t-il très sérieusement, on allait plus vite par l'eau, car même si on y allait plus lentement que par la route, on y allait tout le temps, nuit et jour…

À ces dames… Car il y aurait des dames. Outre les chambrières, les servantes, quelques religieuses et sa sœur cadette Barbara, destinée à entrer dans les ordres, monteraient à bord la gouvernante de l'évêque, que tout le monde appelait Mme veuve Schillings, et sa fille Anna, une jolie et vive gamine de huit ans que l'évêque avait adoptée, comme il avait adopté Philippe. Et nul n'avait de doute sur qui était son père, ni sur le prétendu veuvage de Mme Schillings, femme d'une beauté que faisait rayonner l'approche de la trentaine.

Les deux gros bateaux ronds se détachèrent du quai de Thorn à l'aurore d'une journée d'été qui promettait d'être radieuse. Trois vaisseaux marchands les suivaient. Il leur faudrait deux jours et deux nuits pour atteindre Dantzig, poussés par le courant régulier, voiles gonflées par le doux vent du sud, et le double au retour, aidés par les rameurs ou des chevaux les halant de la rive. Ils soupèrent tard dans la nuit, sur le pont ; l'air était tiède, le ciel sans nuage, car exceptionnellement la brume n'était pas montée des marécages dans lesquels se perdait souvent le cours inférieur du fleuve roulant vers son delta.

Nicolas avait pris place à bord du premier bateau, avec sa sœur Barbara et Mme veuve Schillings, accompagnée de sa fille Anna. Andreas, malgré l'insistance de son cadet, avait préféré monter sur la seconde galiote, avec la garde épiscopale, un prêtre et quelques marchands qui avaient payé leur voyage.

La table avait été retirée, et l'on rêvassait, le nez dans un ciel constellé. La petite Anna était trop excitée pour qu'on l'envoyât dormir. Elle harcelait celui qu'elle ignorait être son oncle, en l'appelant familièrement Nico, avec des questions sur le nom des étoiles. Il y répondait patiemment, lui faisait chercher les constellations, puis lui racontait l'histoire des personnages mythologiques qui leur avaient donné leur nom. Et lui-même se demandait quels secrets se cachaient derrière cette harmonie. Une harmonie, oui, une musique, et non cette cacophonie de l'*Almageste*. Soudain, Anna poussa un cri :

— Et celle-là, Nico, comment s'appelle-t-elle ?

— C'est une étoile filante, petite Annette, elle n'a pas de nom. Fais un vœu en y pensant très fort et il se réalisera…

— C'est fait ! Quand je serai grande, je me marierai avec toi.

— Ah, il te fallait le garder secret. Car ton vœu, maintenant, ne se réalisera pas.

— Alors, je le refais, car en voilà une autre, puis une autre…

C'était comme si une pluie de fils d'argent allait se déverser là-bas, dans le golfe.

L'enfant se tut. Nicolas, toujours les yeux au ciel, ressentit une sorte de plénitude qu'il n'avait jamais connue auparavant. Son esprit s'envola… Il se vit, comme Sénèque, entrer dans l'Univers ainsi qu'on entre dans une ville – la ville commune des dieux et des hommes, celle qui obéit à des lois constantes et éternelles, où les corps célestes accomplissent leurs infatigables révolutions. Des myriades d'étoiles étincelaient de tous côtés ; au centre se tenait le Soleil, astre unique, emplissant de ses rayons tout l'espace. De son foyer fraternel, la Lune recevait une douce et molle lumière, tantôt cachée, tantôt surplombant la Terre de sa face épanouie, croissant et décroissant tour à tour, chaque fois différente de ce qu'elle était la veille. Il vit les cinq planètes suivre une route opposée à celle des autres astres, et progresser en sens inverse du mouvement général du ciel. Était-ce de leurs moindres variations dont dépendaient les destinées des peuples, les grandes comme les plus petites choses ? Avec le Soleil, au centre…

Sa rêverie poétique fut brisée par le contact du pied de Mme Schillings contre sa cheville. Croyant à une maladresse, il retira sa jambe. Mais ce n'était pas une maladresse. Le pied revint et doucement caressa celui du jeune homme. Puis une main chaude vint se poser dans sa paume ouverte. Leurs doigts s'enlacèrent, tandis que leurs jambes se liaient.

Ce fut la sœur cadette qui rompit ce silence, souligné par le froissement velouté de l'eau contre la coque.

— Il est temps d'aller dormir. Tu viens, petite Anna ? dit la jeune nonne d'une voix un peu sèche, comme si elle avait perçu quelque chose.

Quand le pont fut désert, à l'exception du timonier somnolent sur sa barre, Nicolas, très embarrassé, détacha sa main et fit mine de se lever de son fauteuil.

— Me laisserez-vous accomplir mon vœu ? lui chuchota Mme Schillings à l'oreille.

Ils s'unirent alors, couchés sur le plancher verni, à la lueur des fanaux, sous l'immense écrin de velours noir piqueté de diamants.

Durant les deux mois qui suivirent leur retour à Thorn, ils ne renouvelèrent qu'une fois leurs étreintes, sans retrouver le plaisir de cette nuit sur le pont de la galiote. C'était trop dangereux et ils risquaient de se faire surprendre à tout instant par un domestique, un prêtre ou, pire encore, par la petite Anna, qui se montrait maintenant d'une grande agressivité, allant jusqu'à la méchanceté, tant à l'égard de sa mère que de Nicolas. Quand Mme Schillings et lui se croisaient dans les longs corridors sombres du château, cherchant tout à la fois à s'éviter et à se rencontrer, ce n'était plus que frôlements, regards lourds et mouillés, caresses subreptices qui rendaient leur désir encore plus douloureux.

L'évêque revint d'Italie au début de l'automne. Nicolas n'osa le regarder en face, craignant sottement que son oncle lût sur son visage les traces de sa trahison, qu'obscurément il considérait maintenant comme une sorte d'inceste. Sa honte s'accrut encore quand l'évêque, toujours aussi jovial, lui fit montre d'une affection bien plus chaleureuse qu'avec Andreas et Philippe. Ce dernier, revenu pour l'occasion de Braunsberg, avait fière allure sous son casque panaché de capitaine des gardes épiscopaux de cette cité faisant face à Königsberg, fief des chevaliers Teutoniques. En montrant à tous sa préférence pour le plus jeune de ses neveux, l'évêque le désignait comme son successeur. Le lendemain de son arrivée, alors que toute la petite cour d'Ermlande était accourue pour lui baiser l'anneau, il ne laissa entrer dans la salle d'audience que ses trois coadjuteurs, le bourgmestre de la cité, ses deux neveux et le capitaine de Braunsberg, que nul n'aurait osé appeler son bâtard.

— Mes amis, leur dit-il, notre petit évêché risque de connaître des jours agités. Sa Majesté Jean Ier Albert de Pologne et grand prince de Lituanie ne s'entoure que de junkers, de hobereaux arrogants plus soucieux d'aller combattre le Turc que de la prospérité du royaume. Déjà, plusieurs cités franches et marchandes ont vu perdre leurs privilèges au profit de ces soudards écervelés. De plus, Jean Albert s'est aliéné le nouveau pape, Sa Sainteté Alexandre VI, en le traitant de débauché et en réclamant sa destitution immédiate, au risque de provoquer un nouveau grand schisme. Comme vous ne savez sans doute pas encore, Sa Sainteté, née Borgia, est espagnole, et les richesses du royaume de Grenade, que Ferdinand d'Aragon et son épouse Isabelle de Castille viennent de reprendre aux Maures, ont largement contribué à son élection, encore que sa fortune personnelle aurait pu y pourvoir à elle seule.

Grenade… Castille… Aragon… Nicolas se sentit soudain emporté dans le grand vent de l'Histoire.

— … Du même coup, voilà la Pologne soupçonnée par l'Espagne et l'empereur Maximilien de soutenir les appétits du roi de France sur le royaume de Naples. Nous sommes bien loin de l'Ermlande, pensez-vous ? Pas autant que vous le croyez. J'étais allé à Rome pour tenter d'obtenir la dissolution de l'ordre des Teutoniques. Quand elle n'était encore que le cardinal Rodrigue Borgia, Sa Sainteté s'y était montrée largement favorable et avait même soutenu ma requête auprès de son prédécesseur. Mais, après les malencontreux propos de Sa Majesté Jean Albert, tout Polonais, même évêque et prince d'Ermlande, est devenu *persona non grata* au Vatican. L'audience que l'on m'accorda fut brève, et fort sèche. Pourtant, naguère, le cardinal Borgia s'était toujours montré affable à mon égard. Nous partagions en effet les mêmes goûts pour les arts, les belles lettres…

« Et les jolies femmes, mon oncle ! » compléta Nicolas dans son for intérieur en songeant à la belle Mme veuve Schillings.

— … Bref, les Teutoniques ne vont pas tarder à comprendre qu'ils ont les coudées franches. Nous devrons mettre toutes les cités de l'Ermlande sur le pied de guerre. Nous devrons abandonner Thorn et Dantzig, qui, vous le savez, sont domaines royaux, mais où feu Casimir IV nous avait donné tolérance de séjourner afin que nous puissions y poursuivre nos activités de négoce. Les privilèges accordés à la Hanse risquent d'être bientôt supprimés au profit des junkers. Pour ma part, je m'installerai à demeure dans mon palais épiscopal de Heilsberg dont je vais renforcer les défenses. Faites-en de même à Frauenburg, à Elbing, à Allenstein, à Mehisack, à Marienbourg, à Braunsberg.

À cette énumération, le burgrave, le coadjuteur et le bourgmestre de ces villes inclinèrent la tête. Et Nicolas se demandait quel serait son rôle dans ce qui était une sorte de levée de l'ost. Devrait-il abandonner ses études à Cracovie ?

— … Surtout n'hésitez pas, messieurs, à puiser dans les coffres épiscopaux, si le besoin s'en fait sentir, conclut l'évêque. Mais modérément, je vous prie, et seulement si vos propres coffres sont vides. Allez, je ne vous retiens pas. Tâchez d'être le plus discret possible dans votre repli sur l'Ermlande. Inutile d'alarmer les Teutons.

À l'issue de ce long discours il se leva de son fauteuil, qu'on aurait pu dire un trône. Chacun vint à son tour, dans l'ordre hiérarchique, lui baiser l'anneau avant de s'en aller. Quand ce fut à sa parentèle de s'incliner devant lui, Lucas dit à voix assez forte pour que tout le monde l'entende :

— Restez, mes enfants, j'ai encore quelques mots à vous dire.

Quand il fut seul avec Andreas, Nicolas et Philippe,

l'évêque se détendit, envoya une bourrade dans le torse puissant de son bâtard et dit en s'esclaffant :

— Mes doux agneaux, le tableau n'est pas aussi sombre que je l'ai dépeint à ces braves gens. En toute confidence, c'est Jean Albert lui-même qui m'a suggéré de rester à demeure dans mon évêché. Pour y accomplir mon apostolat, selon lui. Mon apostolat ! Ah, j'en aurais ri, si je n'avais failli pleurer de rage devant tant de sottise. Bref, me voilà en disgrâcc. Mais il m'a paru inutile d'en faire cas devant les autres. Oh, rassurez-vous, j'ai encore de très bons amis à Cracovie. Il est vrai toutefois que la menace teutonique peut resurgir au cas où le roi mènerait contre vents et marées sa fichue croisade moldave. Ce repli sur l'Ermlande n'est donc pas inutile. Philippe, tu vas repartir au plus tôt pour Braunsberg. On m'a dit que tu ferais un remarquable bourgmestre. Il faudrait pour cela que cette vieille baderne de Wojtila, que tu remplaces en fait, passe enfin l'arme à gauche.

Philippe rougit sous le compliment. Diriger une garnison, à vingt-trois ans ! Son rêve d'enfant allait enfin s'accomplir.

— Quant à vous mes neveux, vous allez reprendre vos chères études à Cracovie. Mes grandes manœuvres en Ermlande risquent en effet d'alerter l'entourage royal. Il faut donc que ma résidence dans la capitale soit ostensiblement habitée. Votre présence sera en quelque sorte ma caution de fidélité à mon suzerain. Vous serez ses otages. Mais attention, pas de bêtise, hein, Andreas ? Je veux deux studieux petits étudiants bien lisses. Quant à toi, Nicolas, ne t'étonne pas si ce misérable baron Glimski ne te demande plus rien. Ce serait trop dangereux qu'on vous surprenne ensemble. Pour ce qui est de ta correspondance avec moi, si tu veux bien la poursuivre, pas la moindre allusion politique. Sois plat ! Parle-moi, par exemple, des étoiles et des planètes. Il paraît que tu es intarissable sur le sujet…

Le cœur de Nicolas se mit à battre plus vite… Son oncle savait-il ? Cette allusion…

Les premiers mois de retour à Cracovie furent paisibles, et pour tout dire ennuyeux. Andreas était méconnaissable, aussi excessif dans la vertu affichée que naguère dans la frénésie des plaisirs.

Une nuit, son ancienne maîtresse, dont Nicolas avait ignoré longtemps l'existence, vint frapper à la porte de la résidence épiscopale. Elle fut introduite, voilée, dans le petit bureau où l'aîné des Copernic était plongé dans quelque pieuse lecture. Nicolas rentra sur ces entrefaites d'une soirée animée autour d'une bonne table avec de joyeux compagnons. En haut à l'étage, il entendit des cris. Il n'eut pas le temps de s'enquérir de ce qui se passait qu'une femme tout de noir vêtue surgit, dévala l'escalier et s'effondra en sanglots sur la plus basse marche. Quand il eut enfin compris qui elle était et comment Andreas l'avait chassée brutalement, il s'assit à ses côtés, lui passa le bras autour des épaules et tenta de la consoler en lui racontant une fable selon laquelle son aîné avait eu la révélation divine et qu'il avait décidé, une fois ses études terminées, de rentrer dans un monastère suivant la règle de saint Benoît.

Un mensonge n'est cru que quand il est vraisemblable… Un instant, Nicolas, passablement éméché, s demanda s'il n'allait pas abuser de la situation et d désarroi de la dame, mais il se reprit : même si le lég du pape, dont elle avait été la maîtresse, avait été ra pelé à Rome par Alexandre VI, il aurait pu y av objet à scandale. Et puis, après celles de l'on ramasser les miettes de son frère… Non ! Il se conte de raccompagner la malheureuse jusqu'au pas de sa porte, avant de revenir à la taverne où les survivants du banquet de tout à l'heure ne furent pas surpris de le voir de retour.

Quand, à la rentrée universitaire, Nicolas pénétra dans le collège Maius, la première personne qui se précipita vers lui fut Achille, alias Otho de Hohenzollern.

— Mon ami, te voilà dc rctour, gémit ce dernier de sa petite voix flûtée en lui saisissant les mains et en levant vers lui de grands yeux bleus éplorés, nous allons pouvoir recommencer nos belles et bonnes discussions…

Nicolas, qui se sentait désormais déchargé de la mission impartie par le baron Glimski, s'était attendu à cette rencontre et l'avait préparée. Sous ses apparences de rugueux paysan d'Ermlande, un rôle qu'il se complaisait à jouer, il n'aimait pas faire de la peine. Il dégagea ses mains de cette étreinte qui le répugnait un peu.

— Achille, mon vieux, dit-il d'un ton bougon et paternel qui sentait son évêque Lucas à sept lieues, il ne faut plus qu'on nous voie trop ensemble. Comme tu le sais, entre la Prusse et l'Ermlande, les choses ne sont pas au mieux en ce moment. Notre amitié risquerait peut-être de compromettre une paix fragile. Allez ! Je te laisse. Sois prudent, mon ami, surtout sois prudent !

Ravi de sa formule et de l'effet qu'elle avait produit sur un Achille stupéfait, il s'en fut de sa démarche de cavalier, chaloupée, les épaules roulantes, vers quelques joyeux drilles qui l'interpellaient :

— Alors, Nico, avec qui traînes-tu encore ? Viens voir ce que j'ai rapporté de Nuremberg !

Achille obéit. Désormais, quand il le croisait dans les cours, les couloirs et les péristyles du collège, il lui faisait des signes mystérieux, pour bien lui faire comprendre qu'ils avaient tous les deux un secret. Ses hochements de tête, clins d'œil, petits gestes de la main, donnaient furieusement envie à Nicolas de lui envoyer une paire de claques, surtout quand un de ses camarades, voyant le manège de cette « folle », comme il disait, lui lançait :

— Hé Nico, il y a ton amoureuse qui te dit bonjour !

Ce qui avait le don de le mettre en fureur. Mais il se calmait vite, car le camarade en question était ce Bavarois qui lui avait rapporté de Nuremberg un objet qu'il lui avait commandé et qui lui avait coûté cher : un superbe astrolabe en cuivre, et non en bois comme on les fabriquait encore en ce temps-là, qu'avait inventé le fameux Martin Behaim.

Car enfin, Nicolas avait décidé de se mettre sérieusement à l'observation des astres, à la grande satisfaction de son maître, Albert de Brudzewo. Ce dernier lui avait déclaré doctement :

— Tout comme il appartient à toutes les bonnes sciences de conduire l'esprit de l'homme à des choses meilleures et de l'éloigner du vice, l'astronomie, en plus de la volupté incroyable qu'elle procure, peut l'opérer mieux que les autres.

Nicolas reprit la formule à son compte et l'adapta pour ses compagnons de beuverie, répétant à qui voulait l'entendre que l'astronomie était devenue pour lui comme ces olives venues d'Italie et présentées pour ouvrir l'appétit en début de repas. On en croque une, par mégarde, et sans qu'on sache comment, l'écuelle s'est vidée en un clin d'œil.

Mais là, l'écuelle semblait inépuisable, et l'appétit de Nicolas de plus en plus féroce. Il entendit parler d'un certain Jan de Glogow, un érudit qui avait enseigné à Cracovie pendant quarante ans, écrivant dans des traités astronomiques et philosophiques que le Soleil était la plus importante des planètes et qu'elle gouvernait le mouvement de toutes les autres. Il fut intrigué par l'étude d'un ouvrage de Cicéron inscrit au programme des cours magistraux de Brudzewo, et que ce dernier commentait amplement à l'appui de ses critiques de Ptolémée : en effet, *Le Songe de Scipion* faisait état des révolutions de Vénus et de Mercure, non point autour de la Terre, mais autour du Soleil.

Nicolas refusait toutefois de consulter les ouvrages plus savants sur le sujet que lui recommandait son maître, comme les *Théoriques* de Peurbach et l'*Épitomé* de Regiomontanus. Il préférait remettre leur lecture à plus tard pour ne pas, disait-il, gâcher son plaisir de découvrir tout seul cet infini dans lequel il plongeait.

Un jour de septembre 1493, alors qu'il sortait d'une leçon particulièrement ennuyeuse de droit canon, il vit venir à lui un Achille Othon de Hohenzollern très excité et brandissant un petit opuscule. Pas moyen de l'éviter.

— Tu as lu cela ? Tu as lu cela ?

Nicolas jeta un œil au titre de l'ouvrage. Il prit un ton blasé et dédaigneux :

— Ah, oui ! C'est cette lettre d'un marin de Castille qui prétend avoir atteint le Cathay par l'ouest. Et alors ?

— C'est une nouvelle extraordinaire ! Le monde va basculer.

— Si ce ne sont pas des îles perdues au milieu de l'océan. Et quand bien même il s'agirait des Indes ou du royaume du prêtre Jean, ce ne serait pas une bonne nouvelle pour la prospérité de la Pologne. Adieu, maintenant, j'ai à faire.

— Voudrais-tu que nous soupions ensemble, ce

soir, pour en parler ? J'ai reçu une lettre de mon oncle qui me dit ne voir aucune objection à ce que je fréquente le neveu de l'évêque d'Ermlande.

Il fallait couper les ponts, brutalement, même si Nicolas n'aimait pas faire souffrir les autres.

— Eh bien, j'en ai une, d'objection, et de taille. Tu m'importunes, je ne peux plus supporter tes propos insipides et puérils.

Et il tourna les talons pour rejoindre son ami de Nuremberg, qui l'attendait à quelques pas de là et lui lança, goguenard :

— Alors c'est la rupture ? Pauvre petite Achillette ! Nicolas, tu n'es qu'un briseur de cœurs !

— Un jour, Bernard, répliqua Copernic en riant, tu recevras ma main dans la figure et tu ne sauras pas pourquoi.

Pas très fier de lui quand même, il se sentit soulagé d'être définitivement débarrassé du pauvre Achille. Il se trompait. Car l'autre se mit à lui écrire : des supplications mouillées de larmes, des poèmes… Une lettre par jour, un mois durant. Il ne les lisait plus, mais cela l'excédait, surtout quand le commissionnaire, franchement rigolard, lui demandait systématiquement s'il n'y avait pas de réponse. À la fin, n'en pouvant plus, il vint à sa rencontre dans la grande cour du collège, alors qu'Achille le regardait venir de ses grands yeux éplorés.

— Cela suffit, maintenant, avec ta larmoyante littérature. Tu arrêtes, définitivement, ou je vais déposer ce tas de lettres, que je n'ai même pas ouvertes, à l'archevêché. Et tu sais ce qu'il en coûte, de l'accusation de sodomie : un feu de joie sous tes petits petons !

Puis il lui tourna le dos, furieux contre lui-même de n'avoir pas su mieux contrôler sa colère et son propos. Mais enfin, le résultat était là : la correspondance cessa et on ne revit plus Achille de Hohenzollern au collège Maius.

Quelques semaines passèrent. Une pluie froide et diluvienne inondait Cracovie, roulant des eaux torrentielles dans les rues en pente qui menaient au château. Devant la cheminée de la grande salle de la résidence de son oncle, pour se consoler de ne pas pouvoir se livrer à dcs obscrvations sur une lune qui aurait dû être pleine, Nicolas s'était plongé dans la lecture d'un ouvrage d'un cardinal allemand nommé Cues, et qui avait le même prénom que lui. Dans cet ouvrage, *La Docte Ignorance*, qui plaidait, contrairement à Ptolémée, pour un univers infini, Nicolas avait relevé cette phrase qui le fascinait : « Le centre du monde est partout, et sa circonférence nulle part. » Il avait déjà relevé à peu près la même formule dans un livre de Ficin dont il ne se rappelait pas le titre. C'était fort beau, mais hélas pas démontré par le calcul mathématique. Peut-être dans Regiomontanus…

Un domestique entra et annonça qu'un homme qui n'avait pas voulu dire son nom demandait à le voir. Un visiteur à une heure aussi tardive et par un temps pareil, cela intrigua Nicolas. Tout en demandant de le faire entrer, il se jura que si, par malheur, il s'agissait de « l'Achillette », il le flanquerait dehors à grands coups de bottes dans le train. Ce ne fut pas Achillette, mais un homme d'une haute stature, qui ne consentit à ôter sa cape dégoulinante d'eau, dont le capuchon lui masquait le visage, que quand le domestique fut sorti après avoir refermé la porte.

— Baron Glimski ! s'exclama Nicolas.

— Pas de nom, monsieur Copernic, pas de nom ! dit l'ancien lieutenant de la maréchaussée du roi Casimir IV, en jetant un regard furtif dans la salle, de ses petits yeux étroits aux lourdes paupières, pour voir s'ils étaient bien seuls.

Copernic n'aimait pas cet homme, qui lui faisait peur. Il lui tendit un fauteuil et lui proposa, d'un ton faussement badin, de goûter un petit vin qu'un ami de retour d'Italie lui avait offert. Glimski refusa d'un geste impatient. S'il continuait dans ses manières arrogantes, Nicolas était bien décidé à le mettre à la porte. Décidément, il n'aimait pas cet homme.

— Que me vaut l'immense joie de votre visite ? dit-il avec une ironie très appuyée. Mon oncle, monseigneur Lucas, m'avait pourtant donné la consigne formelle de ne jamais nous rencontrer.

Enfoncé dans son fauteuil, le baron croisa ses longues jambes maigres aux hautes bottes boueuses.

— Vous nous avez mis dans un bien mauvais pas, monsieur Copernic, avec vos bouillantes amitiés estudiantines…

— Je ne comprends pas. Pouvez-vous cesser vos allusions, et vous faire un peu plus clair, pour une fois ?

— Achille Othon de Hohenzollern s'est donné la mort.

Nicolas bondit de son siège.

— Que dites-vous ?

Après lui avoir demandé de se rasseoir, comme s'il était chez lui, Glimski raconta qu'on avait repêché, dix jours auparavant, le cadavre d'Achille, une corde nouée au cou, dans les filets que les pêcheurs mettent parfois au travers du fleuve en aval de la ville. On avait retrouvé chez le malheureux une lettre qu'on avait communiquée au baron, qui avait encore des fidèles dans la maréchaussée.

— Et dans cette lettre, hélas, il ne parle que de vous.

Il semble vous tenir responsable de ce qui paraît être un crime contre lui-même : un suicide.

— Ce qui paraît ? Mais de quoi m'accuse-t-il ?

— D'avoir brisé la plus belle et la plus noble des amitiés. C'est assez confus : il y parle en effet d'un banquet auquel vous auriez participé tous les deux chez un certain Platow, et qui aurait été déterminant dans sa fatale décision…

— Platow ? Mais je ne connais pas de…

Puis il comprit et ne put s'empêcher d'ébaucher un sourire : *Le Banquet*… Platon…

— Peu importe, poursuivit Glimski. On ne m'a pas permis de faire une copie de cette lettre. En tout cas, vous vous êtes mis dans un pas extrêmement dangereux, monsieur Copernic.

— Mais je ne suis en rien responsable de cela, moi !

— Comment un garçon aussi savant que vous peut-il être aussi aveugle ? Croyez-vous que des familles aussi puissantes que les Brandebourg ou les Hohenzollern vont accepter que le corps d'un de leurs enfants soit brûlé et ses cendres dispersées, comme est le sort de tous les suicidés, monsieur l'étudiant en droit canon ? Ils vont vous accuser de meurtre, au plus grand plaisir de beaucoup de gens à la cour ! Et le conflit plus ou moins apaisé entre la Prusse et l'Ermlande va se transformer en une querelle de clans, entre celui des Brandebourg et celui de monseigneur l'évêque Lucas Watzenrode. La pire des choses qui pouvait arriver.

Entre la panique et la colère, Nicolas choisit cette dernière :

— C'est de votre faute aussi ! Si vous ne m'aviez pas imposé ce rôle de petit espion, inutile d'ailleurs, auprès de ce pauvre garçon qui n'avait visiblement pas toute sa tête, nous n'en serions pas là. Et pourquoi m'avoir prévenu si tard ? Dix jours !

La face émaciée de Glimski se fit inquiétante.

— Il n'est plus temps d'avoir des regrets. D'ailleurs, ne croyez pas que votre mission ait été aussi vaine que cela. Quant à ces dix jours... Je reviens d'Ermlande. J'ai tué deux chevaux sous moi. Votre oncle et moi avions pensé un instant vous envoyer poursuivre vos études en Italie, où vous vous seriez fait oublier quelques années. Hélas, les circonstances ne s'y prêtent pas : les armées de Charles VIII de France ont franchi les Alpes et descendent vers Naples. Aussi, vous et votre frère allez faire vos bagages, les plus légers possible. Vous partirez cette nuit pour Heilsberg. Le capitaine Philippe Teschner vous attend avec une solide escorte derrière la poterne nord. Je ne pourrai pas vous accompagner, car mon absence prolongée loin de Son Altesse le grand-duc risque de faire jaser. Allez maintenant préparer vos bagages, et donnez-moi un lit. Je suis fourbu. Demain, je renverrai les domestiques et fermerai la résidence, comme m'en a prié votre oncle.

Ce fut une fuite éperdue dans la nuit, le visage fouetté par des bourrasques de pluie. Ils passèrent sans encombre les murailles de la ville, car les gardes avaient déserté leurs guérites. Plus curieusement, la poterne nord était entrouverte. Décidément, le baron Glimski, malgré sa disgrâce, avait encore bien des amis... Le brave Philippe les attendait comme prévu, une quinzaine d'hommes armés sous ses ordres. Leurs effusions furent brèves. Il leur fallait laisser Cracovie au plus vite derrière eux. Ce ne fut qu'à l'aurore, grise et boueuse sous un ciel toujours menaçant, qu'ils mirent au pas leurs montures. La petite troupe fit alors bien des détours pour éviter les villes, couchant le soir dans des auberges de campagne ou des fermes, enveloppés dans leurs pelisses. Sur sa paillasse, malgré sa fatigue, Nicolas avait beaucoup de mal à s'endormir. Et quand il y parvenait, c'était pour s'éveiller en sueur. Dans son rêve, il avait vu le fin visage pâle d'Achille de Hohenzollern, flottant entre deux eaux, ses grands yeux bleus mouillés le fixant intensément avant d'aller se perdre dans des filets de pêcheurs.

Plus l'Ermlande se rapprochait, plus ses compagnons se faisaient joyeux, malgré le danger de rencontrer un parti de Teutoniques. Andreas, surtout, qui avait troqué ses sombres habits de prêtre pour une martiale tenue de soldat en campagne qu'il exhibait sous une longue fourrure de renard argenté, chantait à tue-tête des airs de marche ou de chasse, ne refusant jamais la gourde pleine d'eau-de-vie que lui tendait un des membres de l'escorte. On avait retrouvé l'Andreas de jadis, léger, toujours la plaisanterie à la bouche, aimable avec tous, même le plus humble. En revanche Nicolas, qui, naguère, n'aimait rien tant que ces chevauchées dans la campagne vidant son corps et sa tête des jours passés sur des grimoires poussiéreux, s'était tenu à l'écart de ses compagnons durant tout le voyage, morose et taciturne.

L'évêque, qui, sous ses dehors parfois bourrus, possédait une grande finesse de jugement, perçut fort bien le changement provoqué par la mort du jeune Hohenzollern chez son neveu préféré. La résidence épiscopale de Heilsberg avait tout d'une forteresse. Elle était sur le pied de guerre. Après le bref rapport que lui fit Philippe de leur voyage, Lucas, ostensiblement, prit Nicolas par le bras et l'entraîna à l'écart, dans l'embrasure d'une fenêtre aux allures de meurtrière, qui donnait sur la plaine. Ils s'assirent en vis-à-vis sur les deux petits bancs de pierre sur lesquels avaient été disposés des coussins mauves à pompons dorés.

— Crois-moi, mon garçon, dit le prélat d'une voix

douce, tu n'as pas à te tenir responsable de la mort de ce pauvre enfant. C'est un peu de ma faute. Je n'aurais jamais dû accepter la proposition de Glimski de te confier une aussi stupide mission. Je me demande d'ailleurs s'il ne cherchait pas ainsi à me compromettre.

— Vous compromettre ? Je ne comprends pas, mon oncle…

— Mais si, voyons ! En te forçant à nouer des liens d'amitié avec ce Hohenzollern faible et fragile, il voulait laisser soupçonner à nos ennemis teutoniques que nous voulions nous servir de leur rejeton contre eux. Quant à la Ligue prussienne, dont on prétend que je suis le fer de lance, elle aurait bien pu croire que je changeais de camp.

Nicolas ne put s'empêcher d'avoir une moue dubitative, tant cela lui semblait affreusement biscornu. Lucas perçut ce scepticisme et ajouta, un peu sèchement :

— Si tu veux agir un jour sur le cours des choses de la politique, et il me semble que tu en possèdes toutes les aptitudes, tu devras te montrer un peu moins naïf, mon neveu. Glimski est une âme torve, qui n'agit que dans le sens de ses intérêts. Il m'a affirmé, lors de sa visite ici, que ce seraient les Hohenzollern qui auraient simulé ce suicide pour faire d'une pierre deux coups : se débarrasser d'un rejeton taré et t'impliquer dans cette mort. C'est possible. On a vu pire. Je n'en ai rien dit, évidemment, mais une autre possibilité s'est présentée à mon esprit : Glimski aurait tout intérêt à ce qu'une nouvelle guerre éclate entre les Teutoniques et nous.

Nicolas ne voyait pas quels intérêts l'inquiétant baron pourrait avoir à la rupture de la trêve, mais il s'abstint de poser la question, approuvant chaudement de la tête aux propos de son oncle. Au fond de lui-même, l'idée d'un crime maquillé en suicide ne le convainquait pas. Non, la vie et la mort étaient beaucoup plus simples que tous ces complots imaginés par Lucas et Glimski.

Nicolas Copernic venait d'avoir vingt ans.

III

Durant les deux ans qui suivirent, Nicolas Copernic attendit. Il était toujours inscrit à l'université de Cracovie, et même s'il ne s'y rendit jamais durant cette longue période, il y était toujours noté sur les registres d'entrée et de sortie, car les amis que l'évêque avait encore dans la capitale y pourvoyaient en faisant de fausses signatures. Mais cela coûtait cher. Outre les inscriptions des deux pseudo-étudiants, il fallait aussi donner à ces « amis » la juste récompense de leur zèle. Les orphelins du riche marchand Copernic, dont quatre nefs voguaient encore sur la Baltique, n'auraient pas eu de souci à se faire, si les routes du Sud ne commençaient pas à se tarir sous les coups de boutoir que le Grand Turc Bajazet II donnait aux Vénitiens et aux Viennois.

Mais il y avait plus inquiétant : Andreas. Sitôt sa majorité venue, l'aîné des Copernic décida de lever la tutelle de son oncle et de reprendre en main les affaires paternelles dont il était, par primogéniture, le seul héritier. Nul n'y vit d'objection car, s'il n'avait montré aucune aptitude aux études, peut-être s'épanouirait-il dans le négoce. Il partit donc pour Thorn, où se trouvait le siège de la maison Copernic et fils. On apprit bientôt qu'il avait tout chamboulé dans la bonne marche de l'entreprise. En plus, il y menait grand train, ayant fait raser la maison familiale pour bâtir à la place une sorte de palais à la mode italienne. Au bout de quelque temps, il annonça par lettre à son cadet qu'il entreprenait un voyage en Espagne, car il avait pour projet de nouer des liens commerciaux solides avec la Castille, maintenant que s'ouvrait, au Ponant, la route du Cathay, celle de l'or et des épices. Nicolas et son oncle n'auraient rien trouvé à y redire si leurs amis de la Hanse ne les avaient alertés qu'avec ses extravagances, Andreas courait droit à la banqueroute. Voilà qui réjouirait les ennemis de l'évêque d'Ermlande et leur donnerait des armes supplémentaires contre lui. Que faire ? Un conseil de famille ?

En attendant, il fallait prévoir l'avenir de Nicolas. Un avenir que l'évêque voyait tout tracé : sa succession ou un autre épiscopat dans la région. Ce n'était pas cela qui manquait. Mais le chemin serait long. Deux sièges de chanoine pouvaient se libérer rapidement au chapitre de Frauenburg, car leurs vieux titulaires ne pouvaient plus espérer un long temps à vivre. Ce port florissant, niché dans ce que ses habitants appelaient la baie de la Vistule, mais où ne se jetait qu'un de ses affluents, était bien protégé par un lido des violentes tempêtes de la mer Baltique, et avait cet autre avantage sur sa rivale Dantzig de n'être pris par les glaces que quelques semaines après. De plus, ces deux grands ports hanséatiques n'avaient pas la même juridiction, puisque Dantzig dépendait directement de l'administration royale, tandis que Frauenburg était sous la juridiction directe de l'évêque d'Ermlande. Ce dernier incitait, par de nombreuses dispenses de taxes, les navires marchands à y jeter l'ancre.

La fonction de chanoine était fort enviée. Il y en avait seize, et deux étaient moribonds. La nomination à cette charge peut aujourd'hui faire sourire des réformés comme nous. En effet, un mois, c'était le pape qui désignait le nouveau titulaire, un mois, c'était l'évêque. On attendait donc avec impatience, au jour près, la mort du chanoine en place. Éventuellement même, on la hâtait un peu. Et au chevet du mourant, dans le palais épiscopal, voire dans les vestibules romains, ce n'étaient qu'intrigues afin d'obtenir, pour soi ou sa famille, cette sinécure largement prébendée. Mais l'évêque Lucas ne se faisait pas trop de soucis. Il savait qu'Alexandre VI avait d'autres préoccupations : l'invasion française, les vitupérations du moine Savonarole, les rois espagnols et le monarque portugais qui lui demandaient de partager la terre en deux par une méridienne, une pour Isabelle de Castille, l'autre pour Jean II le Parfait.

Lucas, d'ordinaire subtil politique, fit pour une fois preuve de présomption. Quand enfin l'un des chanoines de Frauenburg mourut, ce fut pendant le mois du pape. Alors que le cadavre était encore chaud, l'évêque de Dantzig envoya l'un de ses émissaires à Rome, les fontes remplies de somptueux cadeaux. L'émissaire ne tarda pas à revenir avec la nomination de son candidat, rejeton d'un des plus importants négociants de son évêché.

Lucas ne lui en voulut pas – c'était de bonne guerre, et il se morigéna en secret de sa négligence. Quant à l'autre chanoine de Frauenburg, il n'en finissait pas d'agoniser. À croire qu'il y prenait du plaisir. L'évêque d'Ermlande hésita un instant à faire abréger ses souffrances, puis il préféra patienter. Deux décès aussi rapprochés dans son diocèse auraient fait jaser. En attendant, il lui fallait doter le cadet de ses neveux, car celui-ci, à vingt et un ans, n'était toujours rien aux yeux du monde, alors que l'évêque misait beaucoup sur lui. Il apprit qu'il y avait quelque chose qui se libérait, en Silésie. Ça tombait bien ! Le prince évêque de cette contrée était un de ses meilleurs amis. C'est ainsi que Nicolas Copernic devint scolastique de l'église collégiale de la Sainte-Croix de Breslau. Une assez jolie prébende.

— Quand devrai-je partir enseigner là-bas, mon oncle ?

À cette question, Lucas partit d'un gros éclat de rire qui lui secoua lcs cpaules.

— Je te savais naïf, mon bon Nico, ne va pas me faire croire maintenant que tu n'es qu'un sot. Si un jour tu te rends à Breslau, ce sera pour profiter des agréments de cette jolie ville, ou pour y jouer le diplomate. En attendant, tu restes ici et sois patient ! Les choses dont tu rêves, et dont je rêve pour toi, adviendront. Crois-en papa Lucas !

De la patience… Comment en avoir dans cette citadelle sinistre ? La bibliothèque y était d'une maigreur épouvantable. Nicolas suppliait par lettres ses amis de Cracovie de lui envoyer quelques volumes, quelques nouveautés… Et il lui semblait qu'ils tardaient toujours à lui répondre, qu'ils l'oubliaient au fond de ses brumes et de ses marécages.

Peu après son retour de Cracovie, il avait appris par le baron Glimski que la résidence de son oncle dans la capitale avait été mise à sac et entièrement pillée par des voleurs. Ce qui le désola le plus, ce fut la perte de son astrolabe de Nuremberg. Alors, avec quelques bouts de bois, il se fabriqua une arbalestrille, avec sa règle graduée et son viseur. Formé de deux tiges disposées perpendiculairement en forme de croix, de sorte que la tige la plus courte puisse coulisser sur l'autre, cet instrument permettait de mesurer la hauteur des astres, donc la latitude du lieu d'observation ; il permettait aussi des mesures topographiques, par exemple la hauteur d'un édifice ou sa distance. Mais les erreurs d'observation étaient considérables, et Copernic n'insista guère.

Enfin, au bout d'une longue année, un autre chanoine de Frauenburg mourut. Ce n'était pas celui qu'on attendait et les circonstances du décès, une chute de cheval, furent assez étranges pour que certains murmurassent qu'il n'était pas accidentel. En tout cas cette place vacante arriva à point nommé, un mois pair ; c'était donc au tour de l'évêque de désigner son successeur.

Quand son oncle lui apprit la nouvelle de son intronisation, Nicolas ne put s'empêcher de pousser un soupir. La perspective de finir ses jours dans ce port du bout du monde n'avait rien pour enchanter ce jeune homme de vingt-deux ans, toujours actif, l'âme bouillonnante d'idées audacieuses, altérée de savoir, de connaissance, de sapience, la jambe et l'œil impatients de découvrir des horizons nouveaux.

— Quand dois-je partir m'installer là-bas ? demanda-t-il à Lucas en appuyant dédaigneusement sur le « là-bas ».

— T'installer ? Tu plaisantes, mon garçon ! Crois-tu que je vais confier ma cathédrale de Frauenburg à un blanc-bec ignorant de tout, et qui n'a pas le moindre grade en droit canon ?

Le blanc-bec considéra l'évêque avec une mine tellement ahurie que Lucas s'effondra de rire dans son fauteuil. Il essuya une larme, reprit son air solennel et dit enfin :

— Nous nous rendrons « là-bas », comme tu dis, dès demain, afin que je te présente à tes quinze futurs confrères. Tu te feras très humble et très respectueux. Le temps de signer le registre, ce qui te permettra de toucher ton bénéfice – à ton âge, mon garçon, je ne puis plus me permettre de t'avoir à ma charge…

L'évêque fit une pause, l'œil pétillant de malice, et reprit :

— Le temps aussi que le chapitre m'accorde pour toi un congé de trois ans. Ah mais, il ferait beau voir qu'ils me le refusent !

— Trois ans, mais qu'est-ce que… bredouilla Nicolas qui ne comprenait rien.

— Eh bien, nigaud, tu boucles tes malles, et en route pour l'Italie !

Nicolas faillit s'évanouir de joie. L'Italie !

L'escorte commandée par Philippe ne quitta Nicolas qu'à Thorn, une fois le danger teutonique laissé derrière eux. Copernic ne passa qu'une nuit dans une auberge de sa ville natale, la demeure de son enfance étant close : Andreas, semblait-il, était toujours quelque part entre Séville et Lisbonne.

Tôt le matin, il franchit les remparts, enfin seul, enfin libre sur les grands chemins. Seul… pas tout à fait. Son oncle lui avait adjoint un domestique, un colosse à la face écrasée et glabre que l'on nommait Radom. Et Nicolas, pas dupe, se demandait comment les grosses mains en battoir de son nouveau valet pourraient repriser ses chemises et amidonner ses cols. La veille, il avait bien tenté d'en savoir un peu plus sur celui qui serait son seul compagnon durant ce long voyage. Il n'avait pu en tirer que quelques monosyllabes – des grognements plutôt. Au fond, dans la douceur de cette aurore estivale, perché sur son haut cheval français, son épée de chanoine-gentilhomme pendue à la croupe de sa bête, il se satisfaisait de cette présence invisible qui le suivait. Radom savait se faire oublier autant que la mule chargée de bagages qui complétait sa petite suite. Nicolas Copernic était seul, il était libre, il était heureux : il voyageait.

Bien sûr, ils avaient pris place au sein d'une troupe de marchands solidement armés se rendant à Nuremberg, mais qui n'essayèrent pas d'entrer en familiarité avec celui qu'ils savaient être de la parentèle d'un puissant personnage. Et Nicolas se réjouit que d'autres étudiants ne se soient pas agrégés à eux.

Après les plaines vertes, percées de longs lacs aux nuances d'étain, le paysage se faisait plus montueux, moins monotone. Il pénétrait en Saxe. Dresde était belle, son air incroyablement doux et sucré. Vint la forêt de Thuringe, crête fine et longue que l'on redescendait sans qu'elle vous ait donné l'impression qu'on l'avait escaladée.

Nicolas mettait à profit ces longues heures de route pour développer ses talents de dessinateur. L'Italie passait à juste titre pour le pays le plus propre à éveiller l'imagination et à perfectionner le goût, par la magnificence et la variété des sites, par la beauté du ciel, par la grandeur des souvenirs historiques et la splendeur des arts. Nicolas avait toujours estimé que, pour être à même d'apprécier un chef-d'œuvre de peinture, de sculpture ou d'architecture, il ne fallait pas être étranger à la culture des arts. De plus, en route vers l'Italie, c'était un excellent moyen pour recueillir ses impressions, conserver le souvenir des plus beaux sites, ébaucher des plans topographiques.

Enfin un jour apparut, nichée au cœur de ses forêts impériales, la cité de Nuremberg et son armée de toits de tuiles brunes et roses partant à l'assaut du puissant château perché sur son piton, menée par les élancements dentelés des cent flèches de ses églises en haut desquelles étincelaient des boules et des girouettes d'or. Plus on approchait de ses épais remparts, plus le chemin empierré se bordait de forges. Les eaux roulantes de la Peignitz, en faisant tourner les aubes des moulins, soulevaient les lourds martinets haletants.

Sous la porte monumentale de l'octroi, les guichetiers ne jetèrent qu'un œil machinal aux passeports que Copernic leur tendit. Une seule pièce de bronze suffit à son entrée, à laquelle s'ajouta un aimable : « Bienvenue dans la libre cité impériale de Nuremberg. » Ravi de cet accueil, Nicolas demanda alors quelle était la meilleure auberge de la ville. Un sergent lui indiqua celle tenue par son beau-frère, bien sûr. Poliment, le cavalier fit mine d'écouter les explications de son interlocuteur, se jurant bien de ne pas refaire l'erreur commise à d'autres étapes de s'apercevoir trop tard que le prétendu plus beau logis n'était qu'un bouge. De toute façon, il avait soigneusement préparé son voyage, avec son oncle qui semblait avoir visité toutes les villes du monde. Mais ici, il n'avait aucune envie d'aller loger chez tel chanoine, tel magistrat ou tel membre du petit conseil des vingt-trois familles qui étaient, forcément, des meilleurs amis de l'évêque.

Non, Nuremberg se prêtait à l'auberge, comme Cracovie au collège. Ici, tout était labeur, industrie et richesse. Joie aussi. De toutes les fenêtres, de toutes les échoppes, on entendait chanter au rythme des outils martelant le cuivre, l'argent, le fer. Sur la grand-place, Nicolas opta pour l'auberge « Aux armes de Venise ». Il sauta de cheval et fit signe à Radom de décharger la mule.

— Mais monseigneur l'évêque nous avait dit, monsieur, que nous irions loger chez Son Excellence Ulman von Stromer, à l'hôtel de ville, objecta le valet d'une voix étrangement aiguë pour une aussi énorme carcasse.

— Tu parles, toi, maintenant ? Voilà qui est nouveau. Tu pourras rassurer mon oncle, méchant espion, j'irai rendre visite à monsieur le bourgmestre, sitôt que l'envie m'en prendra.

— Mais monseigneur l'évêque…

— Cela suffit ! Maintenant monseigneur l'évêque est loin. Et je suis ton seul maître désormais. Emmène les bêtes à l'écurie. Je vais m'enquérir d'une chambre.

Libre, oui, il était libre de son oncle comme du reste de l'univers. L'auberge était splendide, les appartements, vastes.

Il attendit quand même deux jours avant de rendre visite au bourgmestre, ce grand ami de l'oncle Lucas. En revanche, ce fut dès le lendemain qu'il demanda à être reçu par celui dont son maître à Cracovie lui avait fait les plus grands éloges, et dont son condisciple bavarois lui avait vendu le remarquable astrolabe en cuivre : Martin Behaim.

Nicolas s'était attendu à être accueilli par un petit vieillard recroquevillé dans sa robe de chambre, les yeux las derrière des besicles à force de s'être usés sur des grimoires ou dans l'observation du ciel. C'était ainsi qu'il s'imaginait ceux qui faisaient métier de dessiner des cartes de géographie et de fabriquer des instruments de mesure. Une opinion qui se confirma quand une servante bossue et claudicante l'introduisit dans une grande bâtisse sentant le propre et la cire, dans une rue donnant sur la place où se dressait son hôtellerie. Elle le mena dans l'arrière-cour, presque entièrement envahie par une sorte de long hangar en briques et dominée par une haute cheminée comme celle des forges ou des boulangeries.

Il fut surpris. Et soudain inondé de sueur. En cette fin de matinée d'été caniculaire, il pénétra dans une longue pièce d'un seul tenant, au bout de laquelle, dans un âtre, une marmite noircie paraissait vouloir exploser au-dessus d'un feu ronflant. Ailleurs, c'était un bric-à-brac d'outils, d'équerres, de rouleaux de papier. Au centre, un tour grinçait, sous une pédale actionnée par un homme à moitié nu qui lui tournait le dos. Un dos large, musculeux et velu. Martin Behaim se retourna à l'annonce de son visiteur. Il n'était vêtu que d'une culotte de toile grossière et grise, et d'un tablier en cuir de forgeron. Son visage était enfoui sous une large barbe en éventail, très brune, d'où coulaient des traînées de mèches argentées. Sous le sourcil broussailleux, l'œil était vert émeraude, éclatant, à faire peur. Il se leva de son tabouret, essuya ses mains noires de suie sur son tablier, puis secoua avec vigueur celles de Nicolas.

— Ainsi, c'est vous le fameux Copernic ? Ne faites pas l'étonné. Ce vieux Brudzewo m'a tellement fait votre éloge… Vous seriez selon lui un puits de science, un prodige qui jonglerait avec Euclide comme un bateleur de foire avec ses quilles. Un nouveau Pythagore, un Thalès ressuscité !

Copernic tenta de protester avec modestie. Il était stupéfait que son maître eût ainsi parlé de lui, et jusqu'à Nuremberg. Certes, il connaissait ses aptitudes dans ces domaines et dans quelques autres, mais il pensait qu'elles étaient, finalement, relatives au niveau assez médiocre de l'université polonaise. Cependant que Behaim évoquait ses rencontres et sa correspondance avec Brudzewo et d'autres personnes dont le nom lui était inconnu, son attention fut attirée par un étrange objet posé sur une tablette dans un angle de la pièce : une sphère, d'une coudée de diamètre, percée par un pivot, et peinte de couleurs vives.

— Vous regardez mon globe ? demanda Behaim, sans s'offusquer de ce que le bachelier ne l'écoutait déjà plus.

— Oui, je me demandais…

— Mais c'est la Terre, monsieur Copernic, notre mère la Terre !

Sans demander l'autorisation, Nicolas se leva et s'approcha. Oui, c'était bien la Terre. Y était dessinée la Chrétienté, avec les drapeaux de chacune de ses nations, dont l'Espagne lançant son lion ibérique vers la mer ténébreuse ; en dessous l'Afrique et ses animaux fabuleux, avec le long de ses côtes les oriflammes portugaises…

— Je peux… ? demanda un Nicolas pris d'une timidité qui avait toutes les allures d'une terreur sacrée.

— Allez-y ! Faites-la tourner, elle est faite pour ça. Ce pivot est d'ailleurs une mienne invention dont je suis assez content, car les globes faits par mes confrères étaient fixes, et donc d'une manipulation malcommode. Pour le reste…

Copernic posa un index précautionneux, comme par hasard, tout en haut, dans la baie de Dantzig. La grosse sphère se mit à pivoter doucement sur elle-même, sous son arc de cercle gradué : la Terre sainte, le royaume supposé du prêtre Jean, les Indes, le Cathay, Océan à nouveau et ses îles Antilla, l'archipel de Saint-Ronan et l'Europe qui revint sous son doigt.

— Pour le reste, poursuivit Behaim, très amusé par les mines extatiques de son visiteur, je ne le garde que comme une relique de mon séjour à Lisbonne, car il ne correspond plus à aucune vérité.

— Que voulez-vous dire ?

— Si vous le permettez, j'ai très faim. Partagerez-vous mon déjeuner ? Mais je vais d'abord mettre une tenue un peu plus décente. Pendant ce temps, consultez donc ceci. Ce sont des tables astronomiques de mon défunt maître Johann Müller, de son nom latin Regiomontanus. Et gardez-les, j'en ai des copies à ne plus savoir qu'en faire. J'en offre à chacun de mes visiteurs.

Le repas fut délicieux et fort bien arrosé. Nicolas regretta simplement que le chou fermenté et finement haché ne fût accompagné que de mouton et de volailles, et non de porc comme il l'aimait. Il s'étonna également que le maître de maison ne récitât pas le moindre bénédicité ni ne fît la moindre croix sur le pain avant de le faire partager à ses convives. Car, outre la jeune épouse de Behaim, femme brune, menue, aux yeux gigantesques et aux traits extraordinairement fins que le géomètre avait ramenée six ans auparavant du Portugal, il y avait également un homme d'à peu près le même âge que Copernic, à la barbe et à la longue chevelure blonde, et qui semblait empreint d'une infinie tristesse. Cet Albrecht Dürer, qui faisait métier de graveur, avait le verbe rare et portait à Behaim une tendresse filiale non dénuée d'une gentille ironie.

— Hélas, monsieur Copernic, vous n'y échapperez pas, vous non plus, soupira-t-il comiquement, quand leur hôte, pressé par les questions de Nicolas, se mit à raconter l'histoire de son globe terrestre et de quelques autres de ses aventures et pérégrinations.

Une quinzaine d'années auparavant, Martin Behaim était connu dans la Chrétienté comme le principal disciple du maître incontesté de la géométrie et de l'astrologie, le défunt Regiomontanus de Nuremberg. C'est à ce titre que l'infant du Portugal, le futur Jean II le Parfait, l'appela auprès de lui, pour se lancer à nouveau à l'assaut du passage au sud de l'Afrique, menant vers les Indes.

— Lisbonne était alors la nouvelle Jérusalem. Saxons, Bavarois, Florentins, Vénitiens, Génois, Normands, maîtres maçons, géomètres, banquiers… Ah !

Nous y inventions les meilleures façons de naviguer, dans l'allégresse, avec les mots de tous les pays du monde, joyeuse tour de Babel ! Et les femmes, ah les femmes ! Forcément, leurs maris étaient en mer. Oh… *Disculpe, Umbellina !*

— *Naõ faz mal*, *Martin*, répliqua l'épouse de Behaim avec un sourire d'enfant ponctué d'un malicieux clin d'œil.

Puis Martin Behaim, à son tour, prit la mer. Il longea les côtes de l'Afrique et pénétra dans un fleuve qu'il croyait être le passage vers les Indes. En vain. Sa caravelle, commandée par le capitaine Diogo Cao, revint à Lisbonne. Pendant plusieurs années, il travailla avec deux Génois, les frères Colomb, à dessiner cartes et portulans. L'aîné de ces frères, Christophe, demanda à Behaim de réaliser ce globe pour démontrer au roi Jean qu'entre le levant de l'Asie et le couchant de l'Europe, il n'y avait qu'une toute petite mer, dont le franchissement serait bien plus aisé que de chercher un hypothétique passage au sud de l'Afrique.

— Ce globe que vous aviez tant admiré tout à l'heure est un faux, mon cher Copernic. Nous avons resserré les degrés de Ptolémée, nous avons allongé considérablement l'Afrique, nous avons inventé ces îles d'Antilla et de Cipango, pour mieux convaincre le monarque de nous affréter des navires afin de réaliser cette traversée.

Mais les choses ne se passèrent pas comme prévu. Jean II le Parfait hésita jusqu'au jour où il convoqua Colomb et Behaim. Un de ses marins, Bartholomé Dias, venait de revenir à Lisbonne dans la plus grande discrétion : il avait découvert le passage vers l'est. À quoi bon, dès lors, se lancer dans une hasardeuse expédition vers le couchant ? Colomb s'en fut donc proposer ses services à la reine de Castille. Quant à

Behaim, comme d'ailleurs les autres cartographes et géomètres étrangers, il était devenu objet de méfiance au Portugal, car soupçonné, pas forcément à tort, de communiquer des portulans de plus en plus précis aux puissances rivales, en particulier à la Castille et à la France. Interdit de sortir du pays, Behaim réussit à s'enfuir clandestinement pour rejoindre sa ville natale de Nuremberg.

— Mais pourquoi n'avez-vous pas suivi Colomb ? demanda Copernic.

— Parce que, cher ami, les gens de ma race, même convertis au Christ, ne sont pas désirables dans la nation d'Isabelle la Catholique.

Il y eut un silence un peu gêné que Dürer finit par rompre :

— Quand repartez-vous pour l'Italie, monsieur Copernic ?

— Ma foi, je me demandais si je n'allais pas prolonger mon séjour ici. Votre belle cité… et ses habitants sont tellement hospitaliers et ont tant de choses à m'apprendre.

— Figurez-vous, dit alors Behaim, que Albrecht et moi devons nous rendre, lui à Padoue, moi à Rome. Nous partirons d'ici deux semaines. À moins que notre compagnie ne vous importune…

C'est ainsi qu'un beau jour d'août 1496, Nicolas Copernic, Albrecht Dürer et Martin Behaim, après avoir franchi le col du Brenner et descendu le long de la vallée de l'Adige, pénétrèrent dans Vérone. Ce voyage avait été pour Nicolas un émerveillement de chaque instant. Albrecht Dürer, le beau taciturne, parlait plus avec son fusain qu'avec sa bouche. En route, malgré le mouvement de sa monture, il ébauchait sans cesse des bouts de paysage sur ses cahiers, des montagnes, des rivières, des chaumières qui semblaient plus vraies que le modèle. Intimidé devant un tel maître, Copernic n'osait plus sortir ses propres crayons, dont il s'était auparavant si abondamment servi. À l'étape, Dürer s'en prenait aux visages des clients de l'auberge. Puis il s'avisa de portraiturer Copernic. Il le représenta sous la forme d'un ange, assis, plongé dans une terrible méditation et contemplant des instruments de géomètre et des rouleaux de papier, un chien couché à ses pieds dont on ne savait s'il dormait ou s'il était mort. Comment ce fils d'orfèvre de Nuremberg avait-il ainsi trouvé la vérité profonde d'un homme qu'il connaissait à peine ? L'ange à son image semblait pris d'un vertige devant l'immensité des mystères et des secrets de l'univers qui lui restaient à dévoiler.

— Pourquoi m'avez-vous fait si triste, Albrecht ? Suis-je donc un aussi sinistre compagnon ?

— Triste, non, Nicolas. Mélancolique, ce qui n'est pas la même chose. Mélancolique…

Et le jeune peintre rougit d'avoir été aussi impudique. Pourtant, dans les toiles que lui avait montrées Dürer, à Nuremberg, Copernic n'y avait vu aucune timidité, bien au contraire. L'une d'entre elles, surtout, l'avait frappé. Le peintre s'y représentait seul, orgueilleux, rayonnant comme un Christ en majesté. Mais c'était l'artiste qu'il mettait ainsi en avant, et non des dieux ou des princes. L'artiste ? Mieux ! C'était l'homme. En contemplant ce tableau, Nicolas avait senti ses yeux se mouiller de larmes. Lui aussi, un jour, se représenterait ainsi quand il aurait peaufiné son coup de pinceau. Lui aussi serait un jour un artiste en majesté.

Behaim était tout à l'opposé de son jeune compatriote, et pourtant les deux hommes semblaient s'accorder parfaitement. Autant Albrecht était taiseux, autant Martin était prolixe. Mais jamais bavard. C'était un conteur. Évoquait-il quelque anecdote de son voyage africain, et l'on croyait entendre les tambours des nègres et les cris des animaux dans la forêt. Son savoir était universel et les idées audacieuses, blasphématoires parfois, jaillissaient de lui comme d'une fontaine. Ainsi, affirma-t-il avec force, les îles découvertes par Colomb n'étaient pas les Indes, mais une grande terre ferme, un Nouveau Monde. Il se rendait d'ailleurs à Rome pour cela, pour aider le pape dans ce partage du monde qui n'en finissait pas de faire litige entre l'Espagne et le Portugal, car il semblait que cette dernière nation avait dépassé la méridienne et rencontré, dans les eaux imparties à la Castille, d'immenses terres qui n'étaient ni des îles ni le Cathay. C'était un navigateur florentin, cartographe habile et fort lié avec Behaim, Amerigo Vespucci, qui les avait découvertes. Malgré l'interdiction qui lui en avait été faite par Jean II le Parfait, Vespucci en avait informé Alexandre VI et le grand-duc de Médicis.

À l'écoute de ces secrets merveilleux, Nicolas se dit que lui aussi, un jour, prendrait la mer et partirait à la recherche du pays de l'or et des épices.

Albrecht Dürer les quitta à Vérone, après de grandes embrassades et des serments d'amitié éternelle. Martin et Nicolas traversèrent ensuite les riches plaines lombardes. L'invasion française n'avait pas laissé de traces, et au bord du chemin, les glaneuses lançaient aux deux voyageurs des invites gaillardes qui n'avaient d'autre objectif que de chanter leur belle langue, pour le plaisir des mots.

Sitôt entré dans Bologne, Martin Behaim se fit plus soucieux, plus silencieux. Comme Nicolas lui demandait les raisons de ce changement d'humeur, il lui répondit :

— Je doute, mon ami, je doute. Sais-je qui tu es ? Sans doute homme d'esprit, et d'un grand savoir. Mais… Justement ! Tant de candeur et tant de sapience à la fois cachent peut-être bien d'autres choses. J'avais d'abord dans l'intention de te présenter à des gens qui… Mais non ! Je ne te connais pas assez.

— Eh bien, adieu, mon maître, répondit sèchement Copernic. C'est ici que nos chemins se séparent.

Et il fit mine de tourner bride.

— Attends, mon ami, ne prends pas la mouche. J'espérais ta colère. Elle me prouve ta sincérité. Mais, vois-tu, nous vivons dans un temps où des gens comme nous doivent se méfier de l'autre.

Nicolas ne résista pas, sachant que son compagnon de voyage connaissait beaucoup de monde à Bologne et lui épargnerait ainsi nombre de démarches, d'attentes, de demandes d'audience refusées. Et il pensait d'ailleurs que toutes les recommandations dont l'avait chargé son oncle ne lui serviraient que peu : un monde séparait l'Ermlande de l'Émilie. Un monde qu'il ne regardait plus, vexé qu'il était par la soudaine méfiance de Behaim ; et les larges avenues bolognaises bordées d'arcades portant de fins palais aux couleurs joyeuses n'eurent droit qu'à sa bouderie. Vérone et Mantoue avaient suffi à son enthousiasme. Il ressentait aussi cette amertume que l'on a à la fin d'un long voyage, amertume teintée de soulagement et de crainte.

Dès le lendemain matin, Behaim le tira du lit très tôt. Nicolas avait passé une mauvaise nuit, bien que l'auberge fût la meilleure de la ville et le lit moelleux. Aussi, quand ils se retrouvèrent dans la rue, il était de fort méchante humeur, contrairement à un Martin sifflotant. Comme ils approchaient de l'université, il grommela :

— Vous savez, Martin, je n'ai plus besoin depuis longtemps d'un précepteur pour m'accompagner au collège. Et puis, j'ai le ventre vide, moi. Vous ne m'avez pas laissé le temps de manger la moindre soupe ni le moindre croûton de pain.

Behaim fit mine de ne pas relever la grossièreté de son compagnon et dit d'un air guilleret :

— Je vais vous présenter, cher ami, à un des meilleurs astronomes et géomètres de ce temps, qui dépasse même mon maître Regiomontanus ou Nicolas de Cues. Il possède des instruments d'observation hors pair. Il faut dire que c'est votre humble serviteur qui les lui a fabriqués.

Domenico Maria Novara était un petit homme souffreteux qui logeait non loin de l'université, dans une maison qui semblait plutôt, aux yeux du natif de Thorn, celle d'un prince que d'un professeur. Martin et lui s'embrassèrent comme des amis de toujours. Nicolas se sentit blessé dans son amour-propre quand Behaim le présenta avec désinvolture comme « M. Copernic, mon compagnon de voyage, qui vient étudier à Bologne ». Décidément, ce marchand de cartes et d'instruments de marine en prenait un peu trop à son aise avec lui, le chanoine du chapitre de Frauenburg.

Et de fait, Novara et Behaim entamèrent, après les politesses d'usage et le récit d'un voyage sans histoire, puis les nouvelles de la santé de gens dont le nom n'évoquait rien à un Copernic devenu transparent, une discussion de maquignons sur le prix d'un nouvel astrolabe perfectionné par Behaim et qu'il avait apporté tout exprès pour Novara dans ses fontes. De plus, ils n'avaient même pas la courtoisie de s'exprimer en latin, mais en toscan, que Nicolas comprenait très mal. Quand l'affaire fut conclue et que Behaim eut baissé considérablement ses prétentions en échange de relevés des côtes africaines, ils consentirent enfin à se tourner vers Nicolas.

— M. Copernic est non seulement le plus charmant des compagnons de voyage, dit alors Behaim avec son sempiternel ton pince-sans-rire, mais il est également un remarquable astronome et géomètre. Du moins à ce que peuvent en juger mes maigres connaissances en ces matières. Vous aurez en lui le meilleur disciple. Je ne lui ai pas fait l'offense de l'inclure dans nos négociations, mais croyez-moi, il aurait bien valu quelques portulans de notre ami Vespucci.

Novara se tourna alors vers Nicolas, comme s'il le voyait pour la première fois, le considéra de pied en cap et lui demanda en latin :

— As-tu appris le grec ?

La langue de Cicéron, qui ne s'encombrait pas de formules de politesse, permettait aux deux hommes de se trouver sur un pied d'égalité, malgré la différence d'âge et de statut.

— Hélas non, car à Cracovie, on le considère encore, ainsi que l'hébreu, comme un parler diabolique. Pire encore, comme celui du Grand Turc.

Le professeur apprécia la saillie d'un fin sourire.

— Cracovie… Brudzewo enseigne-t-il encore ? As-tu lu son *Commentaire sur les Théoriques de Peurbach* ?

— Non à la première question. Il n'enseigne plus. Oui à la seconde, répondit Nicolas avec une insolence calculée. Après le changement de règne, la chaire de mathématiques a été supprimée. L'enseignement d'Euclide et de Ptolémée doit sembler incompatible, à notre nouveau monarque, avec la préparation de la croisade.

— Pas de politique, s'il te plaît ! D'ailleurs, à Bologne, mathématiques et astronomie n'ont toujours pas de chaire, malgré ma demande et celle de certains autres confrères. La plus vieille université d'Italie a bien du mal à se mouvoir. Mais je t'en prie, pas de politique ! Imite ton oncle en ce qu'il fait de bien, et pas en ce qu'il fait de mal !

— Mon oncle ? Monseigneur Watzenrode ? Je ne comprends pas.

— Quand Lucas usait ses culottes sur les mêmes bancs que moi, ici même à Bologne, il mettait plus de fougue à réclamer auprès de son recteur des avantages pour les étudiants de la « nation allemande », dont il faisait partie, que de disserter sur saint Augustin. Fort joyeux compagnon, au demeurant.

Et Novara, l'œil malicieux, examina l'effet de ses propos sur son interlocuteur. C'était réussi. Copernic béait. Il venait de s'apercevoir qu'il ignorait tout de l'évêque d'Ermlande, de ses études à Bologne, de sa jeunesse… Et il réalisa enfin que sitôt que Lucas l'avait adopté, sa voie avait été toute tracée : il lui succéderait un jour. Une bouffée de révolte le prit à la gorge.

Martin Behaim partit le lendemain pour Rome alors que son séjour à Bologne aurait dû se prolonger une semaine. Mais Novara lui avait appris qu'à Florence, un moine fanatique du nom de Savonarole avait soulevé la populace et chassé de la ville les princes de Médicis. Il ne faisait pas bon être artiste ou savant dans cette malheureuse cité. Aussi, pour atteindre Rome, le voyageur devrait-il faire un large détour par Pise et suivre la côte.

De son côté, Copernic partit s'inscrire à l'université, au sein de « la nation allemande » qui avait son propre collège et son recteur. Bien décidé à prendre son destin en main, il se rendit à nouveau chez Novara et sollicita de lui, comme c'était l'usage en ce temps-là en Italie, de lui louer une chambre, dans sa maison, affirmant ainsi que ses études seraient essentiellement consacrées aux arts profanes, astronomie, mathématiques, grec et langues orientales. Novara le sonda longtemps sur ses connaissances et ses aptitudes, mais son siège était fait depuis leur première rencontre. Dans cette université où le droit régnait en maître absolu, les cours de grec ne connaissaient guère d'affluence, et il arrivait même, selon l'expression un peu amère de celui qui serait désormais le maître et le logeur de Nicolas, « que Sophocle joue dans un théâtre vide ». C'est ainsi que Copernic eut droit, non à une chambre, mais à tout un étage de la maison de Novara. Et il renvoya Radom en Pologne porteur d'une lettre à l'évêque, lettre très déférente, mais qui laissait pointer une certaine insolence car elle annonçait qu'une fois le cursus bolognais achevé, son neveu irait s'inscrire à Padoue pour y devenir médecin.

Lucas eut l'habileté de ne pas aller à l'encontre de cette subite vocation qui avait toutes les allures d'une révolte, une manière de jeter sa gourme. Au contraire même, dans sa réponse, il l'encouragea à aller jusqu'au bout de son entreprise et lui affirma qu'il pèserait de tout son poids sur le chapitre de Frauenburg pour obtenir le prolongement de son congé autant de fois qu'il serait nécessaire, afin que Nicolas puisse continuer à toucher son bénéfice. Une manière de rappeler à son neveu qu'il tenait toujours les cordons de la bourse.

Nicolas comprit la leçon et se lança à corps perdu dans l'étude. Deux ans durant, de mémoire estudiantine, on ne le vit dans aucune taverne, dans aucun charivari, dans aucune bataille de rue entre Allemands, Italiens et Français, quand ces trois nations ne s'unissaient pas pour aller étriller le bourgeois. À Cracovie, pourtant, il n'avait jamais été le dernier à lever la chope ou la canne. Et plus d'un, à Bologne, regrettait de ne pas avoir à ses côtés, lors d'expéditions hasardeuses, ce grand gaillard aux larges épaules, au menton puissant, au regard noir et franc, et au nez bosselé qui avait dû recevoir plus d'un coup. Lui qui, jadis si chaleureux, n'hésitait jamais à faire les premiers pas vers quelqu'un qui lui paraissait avoir une bonne tête, il s'isolait, et il ne faisait pas bon l'aborder quand il n'était pas d'humeur. Lui qui, à Cracovie, était toujours prompt à faire des grâces à une jolie bouquetière sur la grand-place ou, à la taverne, à caresser la croupe de la servante, on ne lui connaissait aucune liaison. Il étudiait.

Il étudiait avec une gourmandise d'ogre. Droit, rhétorique, théologie, bien sûr, mais ce n'était qu'ingurgitation, développement du muscle de la mémoire. Et aussi le grec, l'hébreu, l'arabe, le toscan. L'apprentissage lui en fut aisé puisque, dès la prime enfance, il avait tété avec le lait de sa nourrice ces deux langues si différentes que sont l'allemand et le polonais. Toutefois, il ne jouait plus de ses immenses facilités avec cette désinvolture qui faisait l'admiration et l'envie de ses condisciples, à Cracovie. Désormais, il s'appliquait. Et son maître Novara savait canaliser ce tempérament fougueux, qui aurait facilement cédé à toutes les tentations que dispensait le doux air bolognais, pris parfois, vers la fin du printemps, de bouffées brutales, parfumées et lascives.

Or, Nicolas n'était ni le plus soumis ni le plus respectueux des disciples. Novara avait fini par savoir comment le remettre dans le droit chemin quand son élève se rebiffait ou le contestait : « Tu ressembles à ton oncle », lui disait-il, et Copernic redevenait alors plus docile. En fait, le maître se délectait : il avait à cultiver un terreau riche, mais vierge, ou plutôt mal labouré.

— Celui qui veut philosopher doit avoir l'esprit libre de tout préjugé, de toute connaissance, lui dit-il un jour.

De fait, l'ancien étudiant de Cracovie, dans son cursus chaotique, avait ingurgité un peu tout et n'importe quoi. Il mettait sur le même niveau le plus incontestable des Anciens et le plus obscur des copistes. Novara entreprit alors de le considérer comme une riche bibliothèque dont les ouvrages étaient simplement mal classés.

Malgré son impétuosité, Copernic était loin d'être un jeune chien fou. Il était parfaitement conscient qu'à vingt-trois ans, après toutes ces années d'études brouillonnes ou solitaires, il lui fallait repartir au début, remonter à la source. Et la source, c'était l'Égypte, c'était Pythagore, c'était Hermès Trismégiste. Tout devait partir du nombre. Du nombre seul viennent l'harmonie, la musique, le mouvement. Et le volume le plus harmonieux, comme le disait Parménide, était la sphère.

— Le monde est sphérique, renchérit Novara, parce que la sphère est, de toutes les figures, la plus parfaite, et qu'elle n'a besoin de rien qui la maintienne ; elle forme un tout, elle jouit de la plus grande capacité. Le Soleil et la Lune sont des sphères, la sphère est la forme naturelle qu'affectent tous les corps. Regarde les gouttes d'eau, Nicolas, et ne doute pas que ce ne soit aussi la figure de tous les corps célestes.

Alors, Copernic revint à l'astronomie, sans cette frénésie qui le prenait jadis à se gausser des Anciens, mais comme on entre dans un temple. Car Novara lui apprit aussi la chance qu'ils avaient que le siècle ait redécouvert les Anciens dans leur pureté initiale. En les lisant, passant outre leur paganisme, ils en sauraient plus qu'eux. Il lui enseigna également qu'étudier la nature était d'abord apprendre un langage, bien plus qu'observer des phénomènes, car leurs apparences sont trompeuses.

— Par exemple, expliqua-t-il à Nicolas qui se faisait humble élève, les anciens philosophes ont rangé l'ordre des planètes d'après la longueur de leurs révolutions, pour la raison que les objets plus éloignés doivent paraître se mouvoir plus lentement. Ils ont donc cru que la Lune était la plus voisine des planètes, parce qu'elle fait sa révolution en un mois, moins de temps qu'aucune autre ; et que Saturne doit être plus éloignée que toutes les autres, puisqu'il emploie trente ans à parcourir une orbite plus grande. Au-dessous ils ont placé Jupiter, qui tourne en douze ans, et ensuite Mars, en deux ans. Les sentiments ont été partagés sur Vénus et Mercure, qui bouclent leurs révolutions en un an, comme le Soleil. Les uns, comme Platon, les plaçaient au-delà du Soleil, les autres, comme Ptolémée, croyaient qu'elles sont au-dessous. Pour ma part, je penche pour Platon.

— Je croyais, maître, que vous placiez Ptolémée au-dessus de tout.

— Même les plus grands sont faillibles. Vois-tu, Mercure et Vénus ne s'éloignent pas beaucoup du Soleil ; donc, si elles étaient au-dessous de lui, elles devraient avoir des phases, comme la Lune. Ou bien elles devraient produire des éclipses. Or, cela n'a jamais été observé ; j'en conclus que ces planètes sont plus éloignées que le Soleil.

— Mais, objecta Nicolas, qui nous dit qu'un jour de

meilleures observations astronomiques ne mettront pas en évidence des phases de Mercure et de Vénus, ou leur passage devant le disque solaire ? En ce cas, il serait prouvé que ces planètes sont au-dessous du Soleil…

Loin de s'offusquer de voir son raisonnement ainsi mis en doute, Novara était ravi des progrès de son élève. Et quand Copernic eut enfin la maîtrise du grec, il put remonter à toutes les sources jaillissant d'Ionie, d'Athènes, d'Alexandrie, les premiers philosophes de la Grèce, ceux qui cherchèrent l'harmonie du monde mais ne la trouvèrent pas, ou en trouvèrent tant de différentes que, toutes exposées, elles devenaient cacophoniques et ramenaient au chaos.

En ce temps-là, comme aujourd'hui d'ailleurs, régnait en maîtresse l'œuvre immense composée il y a quatorze siècles, cet *Almageste* qui fixait l'Univers tel qu'on l'enseigne encore dans nos universités. Cinq cents ans après Aristote, ce Grec, Claude Ptolémée, avait rassemblé toutes les observations faites par les Anciens sur les mouvements des planètes et les éclipses ; il y avait ajouté les siennes propres, fort nombreuses. Puis il avait construit le monde selon tous ces mouvements apparents, c'est-à-dire vus de la Terre, ou plus précisément des rivages de la Méditerranée. Vus de la Terre, ce qui signifiait qu'elle était immobile, au centre de tout, et que la Lune, Mars, Vénus, le Soleil et les autres étoiles vagabondes tournaient autour d'elle en des cercles d'une régularité plus belle que la plus belle des musiques. Et la voûte céleste, percée d'étoiles fixes, était une immense sphère creuse contenant toutes ces autres sphères en mouvement. La sphère, le cercle, le rond est en effet la figure que rien ne heurte, que rien ne peut détruire, celle dans laquelle peut entrer toute autre figure géométrique. Ne dit-on pas de Dieu qu'Il est un cercle dont la circonférence est partout et le centre nulle part ?

Il ne faut pas croire que les hommes, du moins les hommes savants, aient cru un jour que la Terre était plate. Peut-être dans des temps très anciens, très barbares, peut-être encore aujourd'hui dans les divagations d'un moine obtus, peut-être dans le verbiage de ceux que Copernic appelait « les frelons » et qui veulent détruire toute ruche construite par ces abeilles laborieuses que sont les philosophes, peut-être dans la cervelle obscure d'un paysan penché sur son sillon ou d'un berger à l'horizon borné par de hautes montagnes. Mais ces derniers ont-ils pour souci quotidien de s'interroger sur la forme de notre monde ? Non, on n'a point attendu que les nefs espagnoles de Magellan l'aient prouvé par l'expérience pour savoir que la Terre est ronde. Aristote, dans son *Traité du ciel*, concluait déjà que, puisque l'ombre de la Terre sur la Lune était toujours ronde au cours d'une éclipse de Lune, le monde devait être de forme sphérique et non pas plate. Il déduisait également la rotondité de la Terre du fait que l'on voyait disparaître à l'horizon la coque d'un navire avant ses voiles.

Ainsi, le monde construit par Ptolémée d'Alexandrie se voulait la plus indestructible harmonie, telle que l'aurait construite et créée le Seigneur de toute chose, le meilleur et le plus parfait des artistes : un Univers tournant, à la même vitesse et selon des trajectoires uniformes, autour de la Terre.

Mais l'observation des phénomènes prouvait que cela ne se passait pas ainsi. À cause de la multiplicité des orbes, il y avait plusieurs mouvements. Le plus manifeste de tous était la révolution quotidienne, c'est-à-dire l'espace de temps du jour et de la nuit. Par celui-ci le monde entier, à l'exception de la Terre, était porté de l'Orient à l'Occident. Ensuite se voyaient d'autres révolutions, en quelque sorte rétrogrades, c'est-à-dire allant de l'Occident en Orient, notamment celles du Soleil, de la Lune et des cinq planètes. Mais dans leur circuit propre, ces astres ne semblaient pas se mouvoir de façon uniforme. Sur le grand quadrillage immuable des étoiles fixes, le Soleil et la Lune se mouvaient tantôt plus lentement, tantôt plus rapidement. Quant aux cinq astres errants, on les voyait parfois rétrograder et faire des arrêts entre ces deux mouvements. Tandis que le Soleil avançait toujours sur son chemin, ceux-ci erraient de façon diverse, tantôt vers le sud, tantôt vers le nord. Telle planète tardait systématiquement à revenir au bout de son périple, à la place qu'elle aurait dû avoir dans le ciel ; telle autre donnait l'impression périodiquement, par le plus ou moins grand éclat de sa brillance, d'être trop proche ou trop lointaine.

Il fallait « sauver les apparences » : expliquer par le calcul et avec davantage de précision les mouvements apparents des sphères célestes, sans pour autant prétendre qu'ils soient réels. Suivant les traces d'Apollonios de Perge et d'Hipparque, le géomètre alexandrin imagina qu'en plus de leur grande orbite, ces vagabondes en fissent de plus petites, comme on fait le tour des remparts d'une ville à l'étape d'un long voyage. Il nomma « épicycles » ces petites circonvolutions tournant autour d'un point décrivant lui-même la grande circonférence, baptisée « déférent ». Ainsi pouvaient être mieux expliquées certaines irrégularités de la grande mécanique céleste, mais pas toutes. Ptolémée proposa alors que la Terre ne soit pas le centre exact du cercle sur lequel elles voyageaient. Il appela « équant » ce point central imaginaire. En ajustant la taille des cercles, Ptolémée était capable de sauver les apparences. Mais, plus l'art d'observer se perfectionnait, plus les hommes découvraient de nouvelles irrégularités, plus il fallait surcharger l'univers de nouveaux épicycles. De sorte qu'à la fin, le Monde, voulu par le Seigneur aussi simple qu'harmonieux, redevenait le chaos sous la plume des fils d'Adam, comme avant la Création…

En l'an 1497, le neuf des ides de mars après le coucher du soleil, dans un ciel vide de nuages, la Lune passant dans le Taureau occulta la belle fixe Aldébaran. Sur le toit en terrasse du collège, Novara et Copernic avaient installé armille, quart de cercle mobile, équatoriaux, globe céleste à pôles mobiles, dioptres, arbalète et l'astrolabe de Martin Behaim – ainsi qu'un sablier gradué que Nicolas veillait à retourner le plus vite possible.

Troublante rencontre que celle de ces deux astres disproportionnés, l'un croissant majestueux, l'autre petit point rougeâtre, sans doute séparés l'un de l'autre par un abîme vertigineux mais qui, par effet de perspective, étaient sur le point de se donner un long baiser. Dans la nuit sereine d'Émilie, l'immense croissant lunaire s'approchait en effet lentement d'Aldébaran, minuscule œil rouge. Soudain, à la cinquième heure, l'étoile toucha le bord austral de la Lune et disparut d'un coup entre ses cornes.

— Vois-tu, Nicolas, professa Novara, en mesurant l'instant d'entrée et celui de sortie d'Aldébaran derrière le disque lunaire, nous pourrons mieux déterminer les irrégularités du mouvement de la Lune. Aldébaran devrait émerger dans environ une heure ; surveille le sablier, Nicolas.

— Je comprends, fit l'intéressé en hochant le menton.

Une heure, c'est à peu près le temps qu'il faut à la Lune pour couvrir dans le ciel un trajet égal à son diamètre apparent.

— Bien raisonné, Nicolas !

Une étrange griserie, à la limite de l'ivresse, prenait peu à peu les deux hommes, tandis que les grillons crissaient au loin dans la nuit tiède et embaumée.

— Sais-tu, Nicolas, que le spectacle admirable que nous voyons là a déjà été observé il y a mille ans de cela… Je l'ai lu dans je ne sais plus quel almanach, mais je me souviens que c'était en l'an 509, à Athènes. Hélas, les cuistres de l'époque, au lieu de mesurer le phénomène, n'y ont vu qu'un signe céleste annonçant l'arrivée de l'Antéchrist !

— Au nom de l'astre rouge, Aldébaran, qui meurs entre les cornes de Phoebé…, entonna emphatiquement Nicolas en levant les bras au ciel.

Soudain il se figea, comme frappé d'une illumination subite.

— En l'an 509, dites-vous ? reprit-il après un moment de profonde réflexion. Alors il nous faut les tables !

— Mais, diable, de quelles tables parles-tu ?

— Toutes les tables ! Celles des mouvements planétaires, lunaires et solaires depuis dix siècles ! Il faut les compiler ! Ne croyez-vous pas, maître, que si l'astronomie de Ptolémée doit fonctionner sans troubles, si l'Univers est cette mécanique complexe mais aussi précise qu'il prétend décrire, alors nous devrions retrouver dans les tables l'occultation d'Aldébaran par la Lune en l'an 509 ? Sinon, c'est que la Lune a dérivé par rapport aux modèles et aux paramètres de Ptolémée ! Ne m'avez-vous pas appris que, selon Regiomontanus, les positions de Vénus et de Mars calculées par les tables sont fausses, que les prédictions des fins des éclipses sont prématurées d'une heure ? Mais alors, si les écarts entre les prévisions et les observations deviennent aussi intolérables, c'est qu'il faut rénover le système du monde !

Fut-ce cette nuit-là que Nicolas Copernic commença à concevoir ce qu'il appellera un jour, en riant, son « Grand Déménagement » ? Je l'ignore… En tout cas, les deux astronomes passèrent la nuit à observer d'autres étoiles, dans un enthousiasme silencieux. Puis, à l'aube, ils rentrèrent fourbus dans la maison de Novara. Le soleil était à son zénith quand un domestique tambourina à la porte de Nicolas Copernic pour lui annoncer la venue d'un visiteur. C'était Andreas, son frère.

IV

Andreas attendait sur le seuil de la porte. Derrière lui, l'atlante Radom portait le bagage sur ses épaules, tandis que la mule et les chevaux paissaient paisiblement les herbes poussant entre les pavés.

Débraillé dans sa robe de chambre, hirsute, Nicolas, qui venait de dégringoler les escaliers, ne trouva qu'un seul mot à dire à son frère :

— Qu'est-ce que tu fiches là, toi ?

Cet accueil bourru tentait de masquer sa stupéfaction. Andreas était méconnaissable. Son visage, jadis si fin, presque féminin, s'était comme avachi sous une peau grisâtre. De lourds cernes étouffaient son regard d'un bleu très pâle, sa lèvre, naguère gourmande de tous les plaisirs, se crispait maintenant d'un rictus vicieux et son large chapeau à la mode espagnole masquait mal le cheveu devenu rare, d'un blond sale aux traînées blanches.

Le premier moment de stupeur passé, Nicolas tendit les bras à son frère pour une vigoureuse et rituelle accolade. Mais il eut l'impression de serrer contre son cœur une poupée de chiffons d'où se dégageait une vague odeur de cadavre.

— Tu me laisses entrer ? Je suis épuisé par le voyage, demanda enfin Andreas.

— C'est que... Je ne suis pas chez moi et je ne sais

si mon maître voudrait s'encombrer d'un second locataire.

Une main amicale se posa sur son épaule.

— As-tu oublié la parabole du fils prodigue, cher Nicolas ? intervint Novara. Il y a assez de place ici pour vous deux. Et je n'ai rien à refuser aux neveux de l'évêque Watzenrode. Votre oncle, au temps de nos études communes, m'avait tiré un jour une rude épine du pied.

Puis il demanda à sa gouvernante d'ouvrir une chambre pour Andreas à l'étage où vivait déjà son frère, et d'installer Radom dans les communs. Le domestique géant tendit d'abord à Nicolas une lettre au sceau de l'évêque d'Ermlande, dont il remit la lecture à plus tard, craignant d'indisposer son frère, qui, à l'évidence, n'en connaissait pas le contenu.

Prétextant la fatigue après cette nuit blanche à observer le ciel, Novara laissa les deux frères se restaurer en tête à tête. Andreas mangea peu, mais but plus que de raison. Son ivresse n'était plus celle des joyeux banquets de Cracovie, et son propos, de plus en plus confus et bredouillant, était empli d'amertume ricanante. Il était ruiné. Parti à Séville dans la ferme intention de participer à la course aux épices et à l'or du Cathay, il avait financé l'expédition du Florentin Amerigo Vespucci, au service des rois très catholiques. Celui-ci revint avec de très mauvaises nouvelles : ce n'étaient pas quelques îles en avant-garde des Indes que Colomb avait découvertes, mais une immense terre ferme faisant barrage à la route des épices et de l'or. À cette affirmation, il ne fut plus bon être étranger, en Castille. Une dénonciation anonyme affirmait à la Sainte Inquisition que le Polonais Andreas Copernic était un nouveau chrétien, un converti de fraîche date pratiquant en secret des rituels hébraïques. Un procès aurait lieu. Andreas jugea que la péninsule Ibérique était trop dangereuse pour lui et préféra revenir en Prusse. Dans sa fuite, il ne put récupérer son argent que l'Inquisition avait confisqué le temps que durerait l'enquête. C'est ainsi qu'à Thorn, à la fin de l'année 1498, la maison de commerce Copernic et fils fut déclarée en faillite et que, déshonoré, son tenancier partit trouver refuge auprès de son oncle l'évêque.

Cette banqueroute risquait d'éclabousser le prélat. Il lui fallait se débarrasser de cet encombrant neveu. Il ne vit qu'une solution : en faire un chanoine, comme son frère cadet. Il fallait cependant que le candidat obtînt d'abord un quelconque diplôme en théologie ou en droit canon. Hors de question qu'Andreas reprenne ses études à Cracovie, où les Copernic étaient devenus *persona non grata*. C'est donc en Italie, auprès de Nicolas, que l'évêque l'avait envoyé afin qu'il s'y fasse oublier quelque temps.

— Mais je retrouverai mon argent, ça oui, tu peux m'en croire, mon Nico, dit Andreas en frappant du poing sur la table. L'argent qu'ils m'ont volé, tous ces gredins, ces banquiers, ces inquisiteurs, ces Vespucci ! Et crois-tu que l'oncle Lucas aurait levé le petit doigt pour me laver de tout soupçon de juiverie ? J'irai voir le pape, moi, et il saura bien, lui…

— Calme-toi, Andreas, je t'en prie ! demanda doucement Nicolas. Tu es fatigué par le voyage et le vin ne te réussit pas. Va dormir quelques heures. Nous reparlerons de tout cela quand tu auras les idées plus claires…

— Alors, toi aussi, tu es contre moi, tu me méprises, tu veux ma mort… Sois content, tu n'auras pas longtemps à attendre ! À Cadix, Vespucci m'avait présenté une comtesse, prétendait-il, une catin, plutôt. Tiens, regarde le cadeau que m'a fait cette noble dame…

Et Andreas ouvrit sa chemise, en arrachant ses boutons. Son torse creux était couvert de bubons blanchâtres et purulents.

— Répugnant, hein ? D'aucuns appellent cela le mal français et d'autres le mal vénitien. Ou la lèpre. Moi, je l'appelle le malheur andalou.

Il interrompit brutalement sa gesticulation, car la gouvernante de Novara, la grosse Philomena, apportait un nouveau cruchon de vin rouge, malgré le regard suppliant de Nicolas.

— Oh, nom de Dieu, ce cul ! lança alors Andreas. Viens donc border mon lit, la belle, et je te l'offrirai, ce mal andalou.

Et, de ses deux mains ouvertes, il s'apprêta à saisir le considérable fessier de la bonne fille qui, ne comprenant rien à l'allemand de l'autre, riait gentiment. Nicolas bondit de sa chaise et se mit à crier, fou de colère :

— Cela suffit, Andreas ! Je te rappelle le respect que tu dois à la maison de notre hôte. Tu vas te coucher, maintenant. Je vais te monter à la chambre à grands coups de botte dans le derrière.

Il se sentit prêt à assommer son frère à coups de poing. Mais celui-ci eut une réaction qui le dérouta. Pendant que Philomena s'enfuyait, prise de panique, Andreas s'effondra en sanglots, le front heurtant la table. Nicolas vit alors que le sommet du crâne de son aîné n'était qu'une large tonsure d'où poussait, au centre de la fontanelle, un long et unique cheveu blanc. Bouleversé, il eut envie de le prendre dans ses bras et de pleurer avec lui.

— Pardon, Nicolas, pardon ! gémit Andreas. Non seulement j'ai sombré dans le plus affreux des naufrages, mais j'entraîne au fond des abîmes tous ceux que j'aime. Nicolas, Nicolas – il prononçait le prénom à la polonaise, comme lorsqu'ils étaient enfants : « Micoulaille » et non plus le viril Nikolaus, prussien – aide-moi, je t'en supplie, je me noie, je me noie !

Puis il arrêta net ses jérémiades, se leva, annonça qu'il allait se coucher et sortit du pas trop ferme de l'ivrogne voulant faire croire à sa lucidité. Nicolas se retrouva seul, furieux et effondré. Après cette nuit merveilleuse à observer les étoiles, il lui semblait être tombé dans un cauchemar.

Rageusement, il fit sauter le cachet de cire fermant la lettre de son oncle. Et sa colère augmenta encore : « Veille sur ton frère ! » l'enjoignait l'évêque en incipit. Suivaient toutes sortes de recommandations, comme celle d'emmener Andreas à Florence où pratiquaient des médecins seuls capables de soigner le mal dont il souffrait, puis de se rendre à Rome l'an prochain, année sainte et jubilé des quinze cents ans du Christ, afin que le pape lui-même demandât à l'Inquisition espagnole de laver les Copernic de tout soupçon de judaïsme en joignant les certificats de baptêmes remontant aux trisaïeuls et collatéraux. Il lui donnait le nom d'un certain nombre de cardinaux et d'évêques qu'il devrait y rencontrer. Comme certaines phrases semblaient fort ampoulées et ne correspondaient pas au style flamboyant ordinaire à l'évêque, Nicolas partit chercher dans sa chambre la grille qu'il cachait soigneusement dans la doublure d'un de ses manteaux depuis son départ de Pologne.

Il ouvrit son secrétaire, étala la lettre bien à plat et posa la grille par-dessus en faisant coïncider les coins des deux feuillets. Dans les vides de la grille, découpés en rectangles de plus ou moins grande taille, apparurent d'autres phrases, en abrégé. Lucas lui demandait d'intercéder auprès du pape Borgia pour que celui-ci ordonne aux chevaliers Teutoniques de se joindre aux troupes du roi de Pologne afin de combattre les Ottomans en Moldavie. Il demandait aussi à son neveu de profiter de l'année jubilaire et des nombreux appuis qu'il avait à Rome, pour obtenir une audience privée du pape Alexandre VI.

Les deux années que Nicolas avait passées auprès de son oncle avant son départ en Italie l'avaient mis au fait des subtilités et des brutalités de la politique. Ce serait à lui de supplier le pape de commander à l'Ordre d'accompagner la Pologne dans sa guerre contre le Turc. Mais Andreas ? Que faire de lui ? Il risquerait, par sa conduite, de compromettre ces négociations délicates. Andreas aurait trente ans l'an prochain. Il ne faudrait tout de même pas le traîner par la main pour qu'il s'inscrive à la faculté ! Et qui paierait ?

En pestant contre le temps perdu qui lui faisait reporter à plus tard l'établissement de ses calculs sur l'occultation d'Aldébaran, il prit sa plume et, soigneusement, écrivit dans les trous de la grille sa réponse codée à son oncle. Ensuite, il lui fallut composer avec ces mots flottant sur la feuille encore presque vierge une lettre à peu près cohérente, où il ne se priva pas de se plaindre de la présence encombrante de son frère. Cela lui prit tout l'après-midi et une bonne partie de la soirée. Quand la gouvernante lui annonça que le souper était servi, et que son maître et Andreas l'attendaient, il refusa et demanda qu'on lui serve une soupe et du pain, ravi au fond de lui-même de désobéir ainsi à son envahissant tuteur. Sitôt sa tâche finie, il s'effondra sur son lit et s'endormit d'un lourd sommeil. Aldébaran patienterait.

Au matin, un peu inquiet, il pénétra dans le cabinet de son maître.

— Vous avez un frère charmant et plein d'esprit, lui dit Novara. J'ai passé un souper fort agréable à l'écouter raconter ses aventures ibériques. Quel contraste avec le caractère rugueux et taciturne de sa parentèle ! Dommage qu'il ne veuille pas étudier le grec !

Nicolas sentit son cœur se pincer de jalousie.

— Si vous me permettez, maître, je dois avoir un entretien avec lui.

— Vous ne le trouverez pas ici. Il est parti s'inscrire en droit canon. Il m'a semblé fort pressé d'obtenir son diplôme afin de revenir au plus vite dans votre pays y occuper ses fonctions de chanoine. Bien plus pressé que vous, en tout cas. Où en êtes-vous avec l'occultation de l'autre nuit ?

Copernic avoua qu'il n'avait pu s'y consacrer, occupé qu'il était à répondre à son oncle.

— Avez-vous pensé au moins à lui transmettre mes amitiés ? Allez donc la poster au collège et revenez vite. Nous avons du travail.

Nicolas partit chercher Radom à l'office, lui confia la lettre et lui ordonna de prendre la route au plus tôt. Il n'était pas mécontent de se débarrasser de cette brute patibulaire, trop voyante dans la douceur italienne. Puis, en établissant avec Novara ses observations astronomiques de l'autre nuit, il oublia tout, son frère, sa mission à Rome. Il se plongea dans l'*Épitomé de l'Almageste*, où Peurbach et Regiomontanus avaient donné à l'Europe le premier compte rendu sophistiqué de l'astronomie ptoléméenne, tout en dénotant les failles du système. La bibliothèque de Novara était extrêmement abondante. Nicolas y découvrit surtout les travaux des astronomes arabes et persans, fraîchement traduits en grec et en latin par des savants occidentaux voyageant en Perse. Il en fut profondément étonné. Ainsi, ce prince arabe dont le nom, al-Battani, avait été latinisé en Albategnius, avait, dans ses *Tables sabéennes*, déterminé la position de l'orbe solaire mieux que Ptolémée. Ou cet Ibn al-Haytham, alias Alhazen, qui, dans ses *Doutes sur Ptolémée*, avait osé critiquer l'utilisation de l'équant. Ou encore cet Ibn al-Shatir de Damas, qui avait construit une théorie lunaire et planétaire totalement concentrique, mécaniquement acceptable, débarrassée de l'encombrante machinerie de l'équant et autres épicycles. Plus Copernic avançait dans sa quête, plus quelque chose d'étrange, de puissant et terrible à la fois montait en lui, jusqu'à son âme. Il sentait que quelque chose manquait à l'édifice, quelque chose que sa bouche ne pouvait exprimer.

Andreas revint quelques jours plus tard, métamorphosé, juvénile et charmant comme jamais. Il s'était inscrit en droit canon et en rhétorique, parmi les membres de la nation allemande où il s'était fait déjà quelques amis avec qui il partagerait le gîte et le couvert. Et il disparut. Durant le semestre qui suivit, les deux frères ne se virent que parfois, dans les couloirs du collège ou à un cours auquel le cadet semblait moins assidu que l'aîné. Nicolas jugeant que les étudiants avec lesquels Andreas frayait avaient de bonnes têtes, il ne chercha pas à en savoir plus, déclina une invitation à se joindre à eux pour le banquet de fin d'année et se contenta d'envoyer à son oncle, par les voies ordinaires, une lettre rassurante. Puis il en resta là, se consacrant désormais tout entier à l'astronomie.

Nicolas obtint sans aucune difficulté sa maîtrise ès arts. Le chapitre de Frauenburg patienterait encore avant d'accueillir son nouveau chanoine : son oncle lui avait obtenu une nouvelle dispense de rejoindre sa charge durant trois nouvelles années !

Dès le mois de septembre 1499, Novara et Copernic préparèrent à Rome leur séjour de l'année suivante, l'année jubilaire, en prévision de l'afflux de pèlerins convergeant de toute la Chrétienté vers la ville sainte. Le maître, qui avait fait son assistant de son éblouissant disciple, désirait s'arrêter quelque temps à Florence, afin, disait-il, de l'introniser auprès des plus grands esprits du siècle s'achevant. De plus, il devait remettre quelques almanachs astrologiques qui lui avaient été demandés par ordre de l'université, et qui consistaient en un calendrier des phases de la Lune ainsi que la liste des bons jours et des jours néfastes.

Ils arrivèrent à Florence à la fin du mois de septembre. La douceur de la Toscane, la légèreté parfumée de l'air automnal étaient telles que Nicolas se fit le serment de ne jamais revenir en Prusse ou en Pologne. Là-bas, les premières neiges devaient déjà tomber. Il se sentait italien, étonné quand même de ne ressentir aucune nostalgie du pays natal ni de ceux qui l'y attendaient peut-être.

La prospère cité s'était apaisée de ses soubresauts populaires, et le moine Savonarole avait été brûlé l'an passé. Quant aux anciens maîtres des lieux, les Médicis, ils avaient dû se réfugier, en emportant leur immense fortune avec eux, tantôt auprès du roi de France, tantôt auprès du pape Borgia, ravi de cette nouvelle manne se déversant sur ses États et surtout sa parentèle. Les artistes et les poètes, les philosophes et les géomètres s'inquiétèrent bien un instant de se voir sans protecteurs, mais ils furent vite rassurés : les puissantes familles florentines, que les Médicis avaient jusque-là étouffées, avaient su les retenir. Car un peintre ou un ingénieur de renom avait, en ce temps béni, presque autant de valeur, en Italie, qu'une armée ou que les trésors de l'Inde. Comme ces nouveaux mécènes n'avaient pas l'intelligence et le goût du beau d'un Laurent le Magnifique, ils désignèrent parmi eux un gonfalonier de justice qui aurait tout pouvoir pour s'occuper des choses de la politique en leur nom. Celui qu'ils nommèrent eut pour principal mérite de s'être donné un secrétaire d'une trentaine d'années, subtil et fin penseur, qui serait à la chose publique ce qu'Érasme était à l'individu : Nicolas Machiavel, celui-là même qui inventa, en songeant à Savonarole, le mot terrible de « fanatique » et qui permit à la République de préserver cette *liberta* si chère aux Florentins et aux multiples académies.

C'est vers l'une d'entre elles que Novara mena Copernic, l'académie de Lyncée. Un nom bien prometteur que celui du héros des Argonautes dont la vue perçante pouvait pénétrer jusque derrière la voûte étoilée, sous la Terre et au fond des abysses.

C'était une bâtisse de modeste apparence. Au frontispice d'un porche clos était sculpté en bas-relief le symbole de Pythagore et d'Hermès Trismégiste : au centre d'une pyramide, une croix supportant un cercle. De chaque côté, comme veillant sur cet emblème, deux profils de loups-cerviers. En dessous, en caractères grecs, la même inscription qu'à l'entrée de l'antique Académie de Platon : « Que nul n'entre ici s'il n'est géomètre ! »

Novara frappa de trois coups le lourd marteau à tête de lynx, attendit un instant, et renouvela deux fois l'opération. Enfin, le judas s'ouvrit, une tête y apparut. Alors, l'astronome chuchota, mais en latin cette fois :

— Que nul n'entre ici s'il n'est géomètre !

Le portail s'ouvrit alors à deux battants pour laisser pénétrer les deux hommes, tenant leurs chevaux par la bride, puis leur domestique traînant la mule chargée des bagages. Tandis que, sous la voûte du porche, leurs montures et le valet tournaient à droite vers les écuries, les deux voyageurs suivirent le vieux guichetier presque bossu, et débouchèrent en pleine lumière dans un cloître. Au centre jaillissait, d'un globe terrestre soutenu par Atlas, un joyeux jet d'eau s'épanouissant comme une fleur argentée. Ils longèrent le péristyle jalonné des statues des seize argonautes cités par Apollonios de Rhodes, d'où se détachait, plus grande même qu'Hercule, celle de Lyncée portant une sphère armillaire dans une main et un astrolabe dans l'autre.

— Eh bien, Dominique, lança un Copernic hilare à Novara, tandis qu'ils montaient l'escalier menant à leurs chambres. Ce n'est pas dans une académie que tu m'entraînes, mais dans un temple païen ! Est-il bien décent que le pieux chanoine de Frauenburg y séjourne ? Veux-tu donc jeter mon âme éternelle à la géhenne ?

Durant leur voyage, d'un commun accord, les deux hommes avaient décidé de se tutoyer, de parler en toscan et de s'appeler par leurs prénoms. Ainsi, ils n'étaient plus maître et disciple, mais simplement amis.

— Indécrottable paysan polaque, répliqua Dominique sur le même ton. Quand je te traînerai, tout tremblant, à la réunion de samedi, tu n'en finiras pas, ensuite, de prier ton saint Stanislas et tes autres icônes.

L'académie de Lyncée était déserte, alors que, pourtant, Novara était sûr que l'on était le jour de sa séance hebdomadaire. Le guichetier ne put ou ne voulut expliquer cela. Ils repartirent donc.

Le lendemain, Novara se sentit trop fatigué pour guider son compagnon dans cette ville qu'il connaissait pourtant si bien. Copernic se résigna à partir à l'aventure. Il n'en fut pas déçu : c'était à l'aventure qu'il fallait découvrir Florence, comme c'est à l'aventure qu'on découvre la liberté.

En revenant le cœur léger, il passa devant l'académie. Les portes étaient ouvertes, le péristyle du cloître était noir de monde. Quelques-uns étaient même assis sur le gazon du carré central, comme des gens qui prennent le frais. Nicolas chercha Novara dans cette foule d'une quarantaine d'individus, et finit par l'apercevoir en grande discussion avec quelques personnes vêtues d'habits à la dernière mode, aux flamboyantes couleurs malgré leurs barbes blanches, leurs airs vénérables et sages. Passa devant lui un homme d'unc trcntaine d'années, long et mince, qui semblait observer cette assemblée d'une distance amusée. On ne savait quoi dans son allure lui donnait des airs d'étudiant.

Nicolas avait remarqué qu'à Florence, les inconnus s'abordaient sans façon. Forçant sur son accent prussien pour justifier à l'avance un impair, il se présenta comme l'assistant de Novara et demanda en latin la raison de ce rassemblement. L'autre eut un fin sourire et répliqua :

— Voici donc le neveu du fameux évêque d'Ermlande. Novara m'a parlé de vous pas plus tard que tout à l'heure. En bien, je vous rassure. Il m'a dit : « Votre Éminence… »

— Votre Éminence ?

— Ah, excusez-moi ! Je ne me suis pas présenté : Alexandre Farnèse…

Un cardinal ! Et d'une des plus hautes lignées romaines ! Machinalement, Copernic s'inclina et s'apprêta à saisir la main pour en baiser l'anneau. D'un geste, Farnèse le retint.

— Laissez cela, monsieur Copernic ! Je ne suis ici qu'un compagnon de Pythagore, comme les autres, venu honorer la mémoire du grand Ficin.

— Marsile Ficin est mort ?

— Pas plus tard qu'avant-hier, à deux lieues d'ici, dans la villa que lui avait offerte Laurent de Médicis.

Ses funérailles ont eu lieu ce matin, tandis que vous alliez par les rues pour tenter d'accréditer que les Florentines sont les plus belles femmes du monde. Or, je m'inscris en faux contre cette légende, monsieur Copernic. Vous reviendrez là-dessus quand vous serez dans ma ville natale. Les Romaines, mon cher… À moins que vous n'en restiez à vos Vénus septentrionales. Mon père me disait des Polonaises : « Quand tu les invites à s'asseoir, elles se couchent ! » Est-ce exact ?

— Mon oncle, monseigneur l'évêque d'Ermlande, me disait la même chose des Italiennes, Votre Éminence, répliqua Nicolas du tac au tac.

— Laissons là les éminences, cher monsieur. Et suivons plutôt nos amis dans la salle de réunion où nous rendrons hommage à celui qui fit revivre Platon et Hermès Trismégiste.

Le cardinal Alexandre Farnèse prit familièrement Copernic par le bras et l'entraîna. Nicolas en était tout faraud car il sentait peser sur lui pas mal de regards jaloux. En même temps, il songeait à Ficin. Novara lui avait promis de l'emmener dans cette villa de Careggi où Cosme de Médicis avait fait renaître pour le philosophe l'antique académie de Platon. N'y avait-il pas plus qu'une coïncidence entre sa venue à Florence et le décès du grand homme ? Comme s'il était écrit dans les astres qu'ils ne devaient pas se rencontrer, comme si son destin, à lui, Nicolas Copernic, était de lui succéder, de succéder aussi à Novara, mais encore au Pérugin dont les portraits de Socrate, de Pythagore et autres sages païens voisinaient avec ceux de Noé, de Moïse, des Prophètes et de Paul, accrochés aux cimaises de la grande salle de réunion où ils venaient de pénétrer. Farnèse lâcha son bras et Copernic comprit qu'il devrait aller s'asseoir au fond, tandis que le cardinal s'installait au premier rang devant l'estrade.

Les orateurs se succédaient à la tribune, tous louant la grandeur du disparu, puis développant, à partir de ses œuvres, leurs domaines de prédilection. Peu à peu, dans leur bouche, Ficin devenait le successeur de ceux qu'il avait désignés comme les porteurs de la vraie sagesse : Moïse, Atlas, Prométhée, Zoroastre, Hermès Trismégiste, Orphée, Pythagore, Platon, Plotin, Proclus…

Copernic fut un peu étonné que Novara fît partie des orateurs. Son maître lui avait en effet montré l'échange de lettres qu'il avait eu avec le philosophe défunt, où ce dernier lui reprochait de trop s'intéresser au macrocosme céleste, sans chercher à trouver les correspondances avec le microcosme humain pour qui l'Univers avait été créé, et de n'être qu'un mécanicien tel Archimède ou Euclide. L'astronome lui avait répondu, plutôt sèchement, que lui n'avait que trop peu d'entendement pour se lancer dans de hautes spéculations sur l'âme humaine, et que sa modeste recherche pour retrouver la sagesse des anciens se contenterait de briser le monde clos, compliqué et sans harmonie de Ptolémée, pour apporter ainsi sa pierre à l'édifice hermétique renaissant. Ils en restèrent là.

En montant sur l'estrade, Novara avait pris ce petit air malicieux que Nicolas lui connaissait bien et dont il usait quand il allait à l'encontre des idées convenues. L'astronome choisit de disserter sur *Les Trois Livres de la vie* du défunt. Il insista longtemps sur les trois guides célestes que Ficin avait désignés pour mener l'homme, ce pèlerin en exil, vers la résurrection : Mercure, Phébus et Vénus.

Au fond de la salle, Nicolas ne put s'empêcher de sourire. Là où Ficin parlait en médecin du corps et de l'âme, estimant que derrière ces trois divinités antiques se cachait le secret de la plénitude et de l'épanouissement individuel, Novara voyait, lui, les deux planètes et le Soleil. Son propos devint vite celui d'un astronome, plaidant pour l'harmonie du macrocosme contre la prison close aux rouages trop complexes dans laquelle l'avaient enfermé Aristote et Ptolémée. Puis il avoua, malgré toute une vie de recherche, ne rien pouvoir proposer de plus simple, donc de plus beau qui unirait enfin l'homme au cosmos, où la destinée n'irait plus se chercher des signes, dans les feux follets ou la foudre abattant un arbre, mais là-haut, dans le voyage régulier des astres errants et les étoiles fixes formées en zodiaque.

À ces mots, il y eut un murmure dans la salle dont il était difficile de dire s'il était d'amusement ou de réprobation. Le défunt en effet, ce grand esprit, avait parfois été pris de superstitions paysannes. Récemment encore, il avait cru voir, *a posteriori*, les signes de la chute des Médicis dans un violent orage qui s'était abattu peu avant sur Florence.

Un homme, qui était arrivé en retard et resté debout contre la porte, profita de ce léger brouhaha pour dire d'une voix forte :

— Pardonne mon interruption, Dominique, mais j'arrive tout droit de Milan. Les Français ont pris la ville. Le duc Ludovic est en fuite. J'ai moi-même été inquiété et j'aurais pu finir, tel Archimède, sous le glaive d'un soldat, sans l'intervention de mon ami Charles d'Amboise, qui m'a proposé d'entrer au service du roi de France. Je lui ai demandé de surseoir à cette offre, au prétexte que je devais me rendre ici, pour les funérailles de Ficin. Mais je viens surtout vous alerter : les troupes françaises sont déjà en marche sur Gênes. Leur objectif est de conquérir à nouveau le royaume de Naples. Leur chemin passera par Florence.

— Leonardo ! Je ne t'avais pas reconnu, sous cette longue barbe ! s'exclama Novara.

À ce prénom, tous se levèrent vers cet homme de belle prestance, dont la longue barbe noire et la chevelure tombant sur les épaules, contraires à la mode du temps, lui donnaient des allures de prophète ou de philosophe grec. Copernic trouva qu'il y avait là une pose. Et, tandis que le cardinal Farnèse saisissait les mains du nouveau venu comme celui d'un frère de retour d'un long voyage, et que tous les autres faisaient cercle autour de l'homme le plus fameux de la Chrétienté, plus même que Ficin, Copernic, ce Polonais, ce barbare, se sentit exclu. Sa vexation fut d'autant plus grande que, depuis le début de la réunion de Lyncée, il avait eu le sentiment d'être intronisé dans le cercle secret des sages disciples de Pythagore et d'Hermès Trismégiste. Léonard de Vinci venait de l'en chasser.

En réalité, c'est l'armée de Louis XII de France qui le chassa de Florence. La plupart des membres de l'académie de Lyncée préférèrent en effet se joindre à la solide escorte du cardinal Farnèse pour rejoindre Rome, où ils seraient en sécurité. Le voyage dura une semaine. Copernic se sentait de plus en plus étranger, lourd Teuton parmi ces gens volubiles, légers, riant de choses qui lui semblaient futiles. Il restait dans l'ombre de Novara, tel un humble assistant que personne ne voit. Au début, bien sûr, tous s'étaient enquis de son pays, de ses études, à l'exception du cardinal Farnèse qui, maintenant qu'il avait revêtu sa pourpre de prélat, ne semblait même plus reconnaître l'inconnu avec qui il s'était montré si familier lors de la réunion de l'académie. Et il prit pour du mépris ce qui n'était que de la bienséance. Il aspira alors à revenir chez lui, seul enfin, chanoine de la cathédrale de Frauenburg, voué à l'étude, protégé par l'évêque Lucas, tout comme Marsile Ficin, chanoine de la cathédrale de Florence, avait été choyé par Cosme de Médicis, qu'il appelait son second père. Tels étaient les signes. Tel serait son destin.

Ce n'était pas la Ville éternelle, c'était un chantier. Partout, des échafaudages, des empilements de pierres, des bâtisses à moitié démolies. Après avoir longé le Tibre, le cortège du cardinal Farnèse pénétra dans un palais qui était lui-même en pleine reconstruction.

Morose, Copernic suivit Novara dans le parc, jusqu'à un petit pavillon sans étage et au toit en terrasse. Une demi-douzaine de domestiques s'affairèrent à les installer. Nicolas se retrouva dans une chambre couverte de splendides tapisseries. Une gracieuse caméristе à la livrée très moulante lui défit sa malle, tout en lui lançant des œillades à consumer d'un coup le plus vertueux des chanoines de Frauenburg. Malgré l'envie qu'il en avait, il la renvoya. Il avait besoin d'être seul. Sur une table basse s'empilait une pyramide de fruits colorés, artistiquement épluchés et découpés. Il ne put en identifier qu'un : une orange. À côté, un plat en argent empli de pâtés et de fines tranches de jambon d'un pourpre cardinalice. Mais il ne préféra pas y toucher, de même qu'à la carafe pleine d'un vin rubis : on lui avait dit qu'à Rome, le poison était fort en vogue. Mais qu'aurait-on à vouloir tuer un petit chanoine prussien, même pas docteur en droit ?

« Ouais ! songea-t-il, mais pas n'importe quel chanoine… Le neveu de l'évêque d'Ermlande, en délicatesse avec le roi de Pologne et les chevaliers Teutoniques. » Il chercha un tire-botte pour se déchausser. Il n'y en avait pas. Il s'apprêta à tirer le cordon pour rappeler la caméristе. Puis il se retint. À en croire les lettres codées de son oncle, les femmes romaines étaient presque pires que le poison. Nulle hétaïre au monde n'avait autant qu'elles le talent de vous soutirer sur l'oreiller le moindre de vos secrets. Et l'oncle avait gaillardement raconté comment lui-même s'était fait berner par une fille d'auberge, qui, en plus, était trop maigre et trop grande à son goût, lui qui n'aimait rien tant que les petites boulottes.

Fort de ces conseils et recommandations, Nicolas s'échina donc à retirer ses bottes lui-même. La porte s'ouvrit et un homme, vêtu en chanoine, entra sans façon.

— Je n'ai pas cru m'entendre dire d'entrer, lança sèchement Copernic.

— Quoi donc, Nicolas, tu ne me reconnais donc pas ? répliqua le visiteur en polonais. Ai-je donc tant vieilli que cela, en vingt ans ? Bernard Sculteti…

Copernic fit une moue montrant que cela ne lui disait rien.

— Ou plutôt Soltysi, précisa l'autre. N'est-ce pas la traduction exacte en latin ? Ton ancien précepteur, chenapan !

— Maître Bernard ! Pardonnez-moi ! Je n'ai aucune mémoire des visages. Et puis, vous portiez la barbe à l'époque.

— J'ai dû la sacrifier à mes fonctions, Sa Sainteté Alexandre VI n'aimant point ce qui porte poil au menton.

Il n'y avait pas que la disparition de l'opulent système pileux. L'efflanqué et famélique précepteur de jadis était devenu gras et vermeil, une caricature de chanoine, tel qu'un vain peuple le pense.

— Quelles fonctions ? s'enquit Copernic qui savait pourtant parfaitement de quoi il retournait.

— Je représente l'évêché d'Ermlande auprès du

pape. Me voilà légat de monseigneur. Ton oncle ne t'en a-t-il donc rien dit ?

— Il n'évoque jamais dans ses lettres les choses de la politique, croyant que je ne suis encore qu'un bachelier écervelé.

C'était un mensonge, mais après tout, Lucas ne lui ressassait-il pas de se méfier de tous et de tout ? D'ailleurs, Soltysi ou Sculteti n'avait pas l'air d'être dupe, puisque, glissant du tutoiement au vouvoiement, il répliqua, mi-figue mi-raisin :

— Il faudra donc que je vous en instruise. Après le latin et la grammaire, me voici devenu votre précepteur en politique ! Pour vaincre votre méfiance, monseigneur Lucas m'a chargé de vous remettre ce pli.

Par courtoisie, Nicolas négligea de lire ce message, invita Sculteti à s'asseoir et s'étonna :

— Les nouvelles vont bien vite, dans ce pays. J'ai à peine eu le temps de poser mon bagage que vous surgissez comme un diable…

— Elles vont même bien trop vite. Vous aviez seulement doublé Orvieto que tout Rome connaissait le nom et la fonction de ceux qui accompagnaient Alexandre Farnèse. En particulier un astrologue polonais dont Son Éminence se serait entichée… Vous qui vous disiez piètre politique, vous avez réussi là un coup de maître !

— Entiché ? Astrologue ? Qu'est-ce que c'est que cette fable ? Il n'y avait aucun calcul de ma part, croyez-le, se rebiffa Nicolas, et c'est tout à fait par hasard…

Sculteti l'interrompit d'un geste de la main. Ce n'était plus le jeune précepteur chahuté par les neveux de l'évêque, et Nicolas comprit qu'il avait désormais en face de lui son supérieur hiérarchique. Le chanoine ambassadeur de l'Ermlande auprès du pape poursuivit :

— Qu'importe s'il y eut habileté ou candeur de votre part, le résultat est là. Vous vous trouvez dans une position excellente pour pouvoir approcher le Saint-Père. Le temps presse et, pour ma part, je ne suis pas bien en cour pour avoir, il y a de cela cinq ans, misé sur les faveurs du cardinal Jean de Médicis. Mais… Je risque de vous importuner une petite heure. Heureusement, nous avons de quoi nous restaurer. Goûtez donc cela : le fruit préféré de Ferdinand d'Aragon, qui lui a été rapporté du Nouveau Monde : l'ananas. Son acidité se marie délicieusement à leurs vins rouges, si bien charpentés. Vous permettez ?

Et, tout en se goinfrant comme s'il n'avait rien mangé depuis une semaine, le légat entreprit de dépeindre la vie à Rome sous le pontificat d'Alexandre VI. La colline du Vatican était devenue l'antre d'une horde de loups, et c'est dans cet antre que Nicolas Copernic devrait pénétrer. Mais il avait eu la main heureuse en faisant cette rencontre fortuite avec Alexandre Farnèse. Pas si fortuite que cela, d'ailleurs, puisque ce prélat consultait régulièrement Novara sur son destin astral. Farnèse avait payé très cher son siège de cardinal. À cette somme rondelette, il avait ajouté, en prime, sa sœur Giulia, qu'il avait jetée dans les bras du pape Borgia. Farnèse, plus riche encore que les Médicis, était promis à un avenir encore plus grand, et Novara n'avait pas pris beaucoup de risques en lui lisant dans les astres un prochain trône de saint Pierre.

Après cet exposé, Sculteti s'en fut aussi furtivement qu'il était apparu, non sans avoir recommandé à Nicolas de le prévenir immédiatement, et sans intermédiaire, à la moindre alerte. Resté seul devant une carafe et des plats que son visiteur avait vidés, Copernic se sentit très excité par cette entrée dans une nouvelle vie d'action et de dangers, oubliant ses résolutions de terminer sagement ses études puis de rentrer au pays afin d'y devenir le Ficin de la Baltique.

Il se précipita dans la chambre contiguë où Novara était alité, ruisselant de sueur et tremblant de fièvre, le médecin personnel d'Alexandre Farnèse à ses côtés. Le malade lui tendit un laissez-passer du cardinal afin qu'il puisse pénétrer dans la bibliothèque vaticane, puis lui demanda de le quitter. Copernic s'en fut en maudissant les gens de petite santé. Lui-même, comme son oncle, ne connaissait pas la maladie.

Il passa une semaine impatiente à se promener dans Rome, seul, n'osant pénétrer, malgré ses laissez-passer, dans l'enceinte du Vatican, de peur de commettre un impair en se faisant aborder par quelque personnage compromettant. De plus, il se sentait suivi. Il réduisit donc ses sorties aux ruines antiques, dont il faisait des croquis, ou dans la campagne. Et puis, dès que Novara fut à nouveau sur pied, tout se dénoua sans que Nicolas eût à faire la moindre démarche.

C'est ainsi qu'il se retrouva à la table de son hôte, le cardinal Farnèse, pour un souper d'une dizaine de personnes, souper intime quand on connaissait le faste de ce prince. Pour présenter son invité, que les autres convives, à part Novara, ne connaissaient pas, Farnèse raconta la façon naïve et peu protocolaire dont Nicolas l'avait abordé à Florence. Il le fit avec assez de verve pour amuser les autres, et assez de délicatesse pour ne pas embarrasser sa victime. Une victime d'ailleurs consentante, qui riait aussi fort que tous de sa conduite maladroite, et qui devint, ainsi que le pays d'où il venait, le centre de toutes les curiosités, une fois que son hôte eut conclu son récit. Visiblement, ces gens d'un raffinement extrême s'imaginaient les contrées septentrionales comme des marécages sinistres où vivaient, dans des cabanes en bois, de pauvres hères vêtus de peaux de bêtes et mangeant des racines. Naturellement, ils n'en laissaient rien paraître, mais Copernic perçut bien dans leurs questions la condescendance du civilisé pour le barbare. Habilement, il abonda dans leur sens, épargnant toutefois Cracovie, en soulignant que ses beautés étaient l'œuvre d'artistes italiens, louant également la prospérité marchande de Dantzig, et les possibilités de l'évêché d'Ermlande à devenir un jour – il y mit suffisamment d'ironie pour que cela passât pour une boutade – une Venise de la Baltique. Arrivé à ce point, il eut soudain conscience que l'ambassade que lui avait confiée son oncle commençait. Il s'interrompit donc pour s'excuser de son bavardage insipide de batelier de la Vistule.

— Poursuivez, cher ami, poursuivez, demanda le cardinal. J'ai toujours plaisir à écouter les étrangers raconter leur pays natal, mes charges ne me donnant guère le loisir de voyager hors de l'Italie. Pourtant, vous ne nous avez pas évoqué cette bizarrerie d'un autre temps, ces moines guerriers, les porte-glaives, ou je ne sais quoi… Si j'étais roi de Pologne, ce qu'à Dieu ne plaise, j'imiterais Philippe le Bel de France qui, dans les siècles passés, brûla les Templiers pour s'emparer de leur fortune, avec l'accord du pape bien entendu.

Copernic sentit une désagréable goutte de sueur lui glisser le long de l'échine. À l'évidence, Alexandre le jaugeait. Il était à pied d'œuvre, et maudissait son oncle. Il se racla la gorge :

— Par bonheur, ces temps ne sont plus. Et puis les chevaliers Teutoniques ne sont pas assez riches pour provoquer la convoitise d'un roi. Enfin, grâce en soit rendue au Seigneur, le pape vit aujourd'hui libre dans ses États, et non plus en Avignon sous la tutelle des monarques français.

Ce rappel historique aurait pu passer pour une insolente cuistrerie de la part d'un obscur étudiant prussien, mais pas dans la bouche du représentant de l'évêché d'Ermlande, comme Copernic devait désormais se poser. Le cardinal approuva de la tête, l'invitant à poursuivre.

— Entre l'ordre Templier et l'ordre Teutonique, il existe une autre différence majeure : les uns avaient pour mission d'aller combattre en Terre sainte, les autres de réduire le paganisme sévissant encore de Prusse en Moscovie. Maintenant que les chevaliers Teutoniques, ou porte-glaives comme dit Votre Éminence, ont réduit les païens en question, on ne comprend plus guère pourquoi ils restent cantonnés dans ces contrées septentrionales, à moins d'aller les faire lutter contre l'église byzantine du grand prince Ivan de Moscou, ce qui ne semble pas opportun à des esprits bien plus éclairés que le mien.

À l'exception de Novara, un peu ahuri de voir son assistant se transformer en stratège, toute la tablée sourit :

— Les chevaliers Teutoniques, poursuivit Copernic ainsi encouragé, à moins d'être dissous, seraient mieux à leur place à guerroyer contre le Grand Turc et les sectateurs de Mahomet, qu'à piller les malheureux paysans polonais ou ruiner le négoce.

À cet exorde enflammé, le cardinal Farnèse applaudit du bout des doigts, peut-être un peu ironiquement, et dit :

— Seule Sa Sainteté Alexandre VI peut leur prêcher la croisade contre les sectateurs d'Averroès et d'Avicenne. L'année sainte lui paraîtra, je pense, la plus belle occasion pour le faire. Je vous obtiendrai une audience, saint Nicolas de Cracovie !

Tous les convives éclatèrent de rire. Copernic rougit, ses ongles se crispèrent sur la nappe de fine dentelle. Vite, réagir ! Il se força à pouffer à son tour avant de corriger d'un air comique, en forçant son accent prussien :

— Non pas de Cracovie, Votre Éminence, saint Nicolas de Frombork en polonais, Frauenburg en allemand, dont je suis le chanoine, très lourde charge sur mes frêles épaules, et qu'allègent à peine mes quinze collègues.

— Très bien ! lança un des convives, qui avait été du cortège du cardinal jusqu'à Rome et qui était secrétaire de la chancellerie de Florence chargé des Affaires étrangères.

Nicolas poussa un soupir de soulagement intérieur. En jouant de ce cynisme désinvolte, il avait risqué de tout perdre. Il avait tout gagné : une audience avec le pape. Et il fut reconnaissant à son maître Novara d'intervenir à ce moment-là avec l'évidente intention de dévier le cours de la conversation, sur un ton plaisant :

— Je vous trouve un peu injuste, Votre Éminence, de suggérer que M. Copernic mette dans le même sac Mahomet, Averroès et Avicenne. Sans ces deux derniers, la résurrection des arts et des belles-lettres n'aurait pas eu lieu. Il est curieux malgré tout que ces grands mathématiciens aient pu développer leur œuvre dans des contrées vivant selon l'année lunaire.

— Je vois où vous voulez en venir, mon cher maître, répondit le cardinal. À cette fameuse réforme du calendrier que vous appelez de tous vos vœux. Selon ce que j'en sais, Sa Sainteté profitera de l'année jubilaire pour ouvrir ce grand chantier. D'après ce qu'on m'a dit, monsieur Copernic, vous avez bien plus de lumières dans ce domaine que dans les affaires d'État. Nous aurons l'occasion d'en reparler car je vois que nous ennuyons certains de nos amis. Ainsi, M. Machiavel pleure à force de contenir ses bâillements.

Ils en reparlèrent, et de nombreuses fois, au cours de réunions semi-secrètes de l'académie de Lyncée, sous l'égide de Pythagore et d'Hermès Trismégiste.

Copernic dut attendre quelques mois avant d'obtenir une audience de sa Sainteté Alexandre VI. Il avait fallu pour cela que Sculteti soit démis officiellement de sa charge de représentant de l'évêché d'Ermlande, puis que Lucas intronise son successeur, son propre neveu, ce qui signifiait un échange de courriers secrets devant faire mille et un détours. Quant à Sculteti, dont la présence à Rome n'était plus justifiée, il préféra prudemment rejoindre, auprès du roi de France, ses anciens protecteurs Jean et Pierre de Médicis. Auparavant, il promit à Nicolas de faire un détour par Bologne pour s'enquérir du sort d'Andreas, dont son oncle et son cadet étaient sans nouvelles.

Au fond, cette attente d'une audience arrangeait bien Nicolas. En cette année jubilaire, tout ce que le monde comptait de grands esprits avait fait le pèlerinage à Rome et semblait s'être donné rendez-vous au palais du cardinal Farnèse. L'académie de Lyncée tenait séance chaque jour. On s'y pressait en foule, ce qui faisait quand même beaucoup pour des gens qui, à l'instar de Pythagore et de ses disciples, prônaient le secret, ne réservant la connaissance et la vérité qu'aux seuls initiés. Mais, en cet an 1500, l'heure était à l'optimisme, peut-être même au soulagement, car on riait un peu trop fort de la prédication de feu Savonarole fixant pour cette date la fin des temps, avec le roi de France en guise d'envoyé de Dieu. Non, la fin des temps était derrière eux, et tous étaient conscients d'assister à une renaissance de la civilisation.

Aussi personne ne s'effraya à l'annonce d'une éclipse de Lune, en novembre, dont l'astronome prussien Nicolaus Copernicus ferait la description, le lendemain, à Sa Sainteté Alexandre VI. Notre héros, en effet, s'était fait remarquer en portant la contradiction à son maître Novara, lors d'une conférence de celui-ci sur la nécessité ou non d'une réforme du calendrier. Les deux complices s'étaient naturellement entendus à l'avance pour jouer les rôles du maître trop prudent face à un disciple fougueux et impatient. Et Nicolas n'eut pas besoin de se forcer pour dénoncer les dates fixées pour les équinoxes de printemps et d'automne, ainsi que les solstices d'hiver et d'été, qui ne correspondaient pas, à plusieurs jours près, à la réalité. Il conclut en affirmant qu'une bonne réforme du calendrier devrait commencer par se plier aux lois de la nature.

C'était là du simple bon sens, mais qui touchait à la religion : les premiers réformateurs chrétiens du calendrier julien avaient faussé ces dates en toute connaissance de cause : en décalant le solstice d'hiver sur le 25 décembre, on éradiquait toute fête païenne en la faisant coïncider avec la nativité du Christ. Puis il changea de sujet, réclamant que les navigateurs voguant aux antipodes et qui venaient de franchir la pointe de l'Afrique en rapportent de nouvelles observations sur les mouvements célestes, pouvant changer la face du monde, et révéler la beauté de cette œuvre créée par le Grand Artiste, œuvre défigurée par trop de faux savants.

— Remplacer le système de Ptolémée ! s'exclama

Novara d'un ton faussement indigné. Mais remplacer par quoi ? Est-ce vous qui vous mettrez à la tâche ?

— Qui suis-je pour cela, mon maître ? répliqua Copernic avec une modestie tellement affectée qu'il y eut dans l'assistance plus d'un sourire. Permettez-moi de me réfugier derrière le plus grand philosophe de ce temps, le trop tôt disparu Marsile Ficin. Bien sûr, vous connaissez tous sa *Théologie platonicienne* : « Qu'est-ce que Dieu ? écrit-il. Un cercle spirituel dont le centre est partout et la circonférence nulle part. Mais, si ce centre divin possède dans quelque partie du monde un siège imaginaire ou visible pour son opération, c'est plutôt au milieu qu'il règne, comme le roi au milieu de la cité, le cœur au milieu du corps, le Soleil au milieu des planètes. »

Il se tut. Le Soleil au milieu des planètes… Juste après avoir dénoncé le système ptoléméen ! Il y eut un moment de flottement dans l'assemblée, comme si on avait peur de comprendre. Il se rassit après avoir salué. La règle pythagoricienne étant de ne pas applaudir, on comprit à un geste d'un Novara ne cachant plus sa satisfaction devant la brillante intervention de son disciple que la séance était terminée. Une main se posa sur l'épaule de Copernic et une voix douce lui chuchota à l'oreille :

— Beaucoup pensent comme vous, monsieur et cher homonyme. Encore faudrait-il le démontrer. Et le démontrer à un prince assez sage pour ne pas vous faire brûler…

Nicolas se retourna. C'était le secrétaire particulier du gonfalonier de Florence, représentant la République à Rome, Nicolas Machiavel.

V

Copernic fut reçu par le pape Alexandre VI le 7 novembre 1500, après avoir observé, la veille au soir, une éclipse partielle de Lune. Depuis plus d'un an maintenant qu'il vivait dans la Ville éternelle, il avait appris à faire comme tout le monde, c'est-à-dire à se méfier de tout, à ne pas prendre des rues trop étroites, à humer son vin avant de le boire, à jeter au chien couché à ses pieds une bouchée de chaque plat de son repas.

Il parvint tôt le matin sous les murailles du Vatican, où un garde suisse le fouilla de haut en bas, et ce fut sous escorte, tel un prisonnier, qu'il monta une large avenue où circulaient des chariots pleins de gravats : on démolissait là-haut la basilique Saint-Pierre. Puis, ce furent des corridors aux murs couverts de fresques religieuses, un jardin ou plutôt un parc, d'autres corridors. On le fit pénétrer dans un vestibule, non sans l'avoir fouillé une nouvelle fois. Et il attendit longtemps, sous l'œil vigilant d'un Suisse. Enfin, une porte s'ouvrit et un huissier lui fit signe d'entrer, tout en annonçant :

— Le docteur Nicolas Copernic de Thorn, chanoine de Frauenburg.

Ce n'était pas la grande salle d'audience à laquelle il s'était attendu, mais un salon de musique de taille assez modeste. Assises autour d'une table basse, cinq personnes tournèrent la tête vers lui, comme s'il les interrompait dans une conversation intime. Avant de s'incliner très bas, il reconnut avec soulagement la mince figure de son protecteur, le cardinal Farnèse. Il s'agenouilla pour baiser l'anneau que le pape lui tendait. Celui-ci, sans se lever de son fauteuil, le prit sous l'aisselle pour l'inciter à se redresser, tout en lui disant d'une voix d'une troublante douceur :

— Asseyez-vous donc auprès de moi, de sorte que vous aurez l'agrément de regarder ces dames tout à loisir, bien plus charmant spectacle que nos vieilles faces ridées. Et puis, si vos goûts vous portent ailleurs, ma foi, vous vous contenterez de celle du duc de Valentinois.

Le duc de Valentinois ! Autrement dit le fils du pape, le redoutable César Borgia ! Avant de se rendre à cette audience, Copernic s'en était longuement entretenu avec Machiavel, avec qui il avait sympathisé : les deux Nicolas avaient, à trois ans près, le même âge ; le Florentin avait un autre avantage : il avouait sans honte, contrairement à ses compatriotes, sa profonde ignorance des mathématiques et de l'astronomie. C'était un esprit ferme et droit, lucide jusqu'au désespoir. Quant à Copernic, il avait joué de sa prétendue lourdeur naïve d'Allemand pour affirmer que les choses de la politique lui étaient parfaitement étrangères. Aussi les deux hommes, mis en confiance l'un par l'autre, s'étaient-ils fort bien entendus. Et le portrait que Machiavel avait tracé des Borgia lui avait paru aussi impitoyable et vrai que les dessins faits par Dürer, sur une table d'auberge, d'un buveur endormi – à la différence près que le secrétaire du gonfalonier de Florence n'avait pas peint leur visage, mais leur âme.

Les Borgia étaient beaux, d'une beauté qui n'avait

pas besoin de se mettre en valeur tant elle était sûre de conquérir quiconque en approchait. César ressemblait de façon frappante à son père ; même bouche vermeille au sourire éclatant, même regard très noir, même haute taille, même puissance tranquille. Où lire sur ces traits réguliers le vice, l'inceste et le meurtre ? Deux femmes encadraient le duc de Valentinois. Dans la moins jeune des deux, Copernic reconnut Giulia Farnèse, sœur du cardinal et concubine affichée de Sa Sainteté. L'autre, sous sa voilette de fine dentelle noire, semblait si fragile qu'on avait envie de la prendre dans ses bras pour la consoler d'un indicible chagrin. Pourtant, ce n'était pas de son défunt mari Alphonse d'Aragon, assassiné par César, que Lucrèce portait le deuil.

« Ce n'est pas une audience pontificale, cela, mais une réunion de famille, songea Copernic. Ne manquent plus que les corniauds de Son Éminence Alexandre Farnèse… »

— Eh bien monsieur Copernic, à qui ai-je donc affaire, demanda le pape d'un air enjoué, à l'ambassadeur ou à l'astrologue ?

— Comme il plaira à Sa Sainteté, répliqua un Copernic fort embarrassé, car il n'était ni l'un ni l'autre, ou peut-être les deux à la fois.

— Débarrassons-nous alors de l'ambassade. Comme vous le savez sans doute, en cette année sainte, j'ai appelé à la croisade contre le Turc. La France y a répondu pour montrer son zèle à me défendre, mais je ne me fais guère d'illusions. Pas un de ses soldats ne sera déplacé hors du grand-duché de Milan, pas une de ses nefs ne quittera les rivages de Gênes. Venise, la Hongrie et la Bohême se sont croisées également. Mais ne le sont-elles pas depuis des éternités, l'une pour défendre son négoce, les autres, leurs frontières ? Et enfin, votre chère Pologne a répondu à mon appel. Jean Ier Albert Jagellon, votre suzerain, est un chrétien plein de zèle, qui, quand il ne m'insulte pas, rêve d'en découdre avec l'infidèle. Son ambassadeur le baron Glimski, que vous devez connaître, m'a assuré que votre roi se chargeait de convaincre lui-même le grand maître des chevaliers Teutoniques de se joindre à lui. Belle manière de me montrer que mon influence contre l'Ordre se réduit à néant. Mais s'ils refusent la croisade, croyez bien que je dissoudrai ces soldats enfroqués d'un autre âge. Comme vous le voyez, votre ambassade n'a plus de raison d'être… Alors, cette éclipse, qu'annonce-t-elle ? La croisade ou la dissolution ?

Abasourdi, Nicolas s'apprêta à répondre qu'il n'avait pas compétence à lire dans les astres le destin des nations, quand l'huissier qui l'avait introduit, un sémillant abbé tout rose, s'approcha du pape et lui chuchota quelques mots à l'oreille. Alexandre VI lança alors un juron en castillan et se leva.

— Je suis confus, mes enfants, mais je dois vous quitter. J'avais complètement oublié que nous étions aujourd'hui la saint… je ne sais plus quoi, et que les fidèles m'appellent pour que je leur joue le petit…

Il compléta sa phrase en faisant, de deux doigts gantés et bagués, le signe de croix. Puis il ajouta :

— Vous venez, Farnèse ? Il n'est jamais trop tôt pour apprendre les obligations de votre futur métier. Ne soyez pas trop pressé quand même de prendre ma place.

Et Alexandre VI Borgia s'en fut, suivi par le cardinal.

— Je dois aussi vous quitter, dit alors César. À dire vrai, je n'étais ici que pour complaire à Sa Sainteté, mais je ne suis qu'un soldat, moi, et les choses de la philosophie… Viens-tu, Lucrèce ?

Copernic se sentit pris au piège. Il allait se retrouver en tête à tête avec la sœur de son protecteur, la concubine du pape. N'était-ce pas un complot fomenté à l'avance ? Avec tout ce que lui avait raconté Machiavel… Et la fille Borgia qui tardait à donner sa réponse, comme à plaisir. Enfin, d'une voix qu'on eût dite celle d'un ange :

— Tu sais trop, mon frère, combien je me passionne pour les arts, tandis que vos distractions ne conviennent pas à mon veuvage. Allez sans moi.

Copernic crut voir le visage de César se rembrunir. Machiavel avait-il raison ? Ces rumeurs d'inceste… Il lui sembla que la porte se referma trop brutalement derrière le duc. Lucrèce releva alors sa voilette, et Nicolas sentit le sang lui monter au visage : elle irradiait de féminité. En elle toute trace de mélancolie avait disparu. Elle dit joyeusement, avec des mines de petite fille qui évoquaient irrésistiblement, pour Nicolas, ses sœurs au temps de leur enfance :

— Eh bien, il doit vous sembler, monsieur, qu'en Italie, il n'y a que les femmes pour s'intéresser à l'astronomie. Il est vrai que la Lune est femelle, depuis le péché d'Ève… En est-il de même dans votre pays ?

Ah, cette brisure dans la gorge sur le mot « femelle » ! Copernic eut du mal à réfréner l'irrésistible envie qu'il avait de se jeter à ses pieds et d'enfouir sa tête dans la longue robe de soie noire.

— Hélas, madame, répondit-il en forçant sur la mâle assurance, mon pays n'est que brouillard. Hommes et femmes sont courbés sur la glèbe, et ne tournent jamais la tête vers des étoiles invisibles.

— Vous voilà poète, monsieur le géomètre. J'aime ça. Chantez-nous donc l'éclipse d'hier au soir. Et dites-nous pourquoi certaines d'entre elles font rougir la Lune, et d'autres la noircissent. Giulia et moi nous sommes fort disputées sur ce point, cette nuit.

— Oui, et nous avons parié très cher pour savoir laquelle de nous deux avait raison, dit alors malicieusement Giulia Farnèse.

Giulia, Lucrèce ? « Ce n'est pas des Italiennes que je suis amoureux, songea Nicolas, très coq de village, mais de l'Italie. »

— Et quel est donc l'enjeu de ce pari ? demanda-t-il, de plus en plus mâle.

— Un très joli pythagoricien prussien, aux yeux noirs, répliqua Giulia en lui lançant un regard brûlant.

Elles éclatèrent de rire, c'était charmant. Pour cacher son trouble, il baissa les paupières et prit un ton de modestie, débordant de fatuité.

— Bien piètre enjeu, mesdames, et qui vous décevrait.

Très émoustillé, il se leva et, jouant de ses longues et fortes mains, il expliqua, autant par le geste que par la parole, le phénomène d'une éclipse lunaire. Quand il eut fini sa démonstration, Lucrèce leva le doigt pour demander la parole, comme une petite fille bien sage :

— Pardonnez-moi, monsieur Copernic, mais si j'ai bien compris : votre main gauche fermée figure la Lune, votre main droite ouverte, la Terre et votre visage, fort lumineux d'ailleurs, le Soleil. Pourtant, vous nous disiez que l'ombre portée sur la Lune par la Terre se produisait quand celle-ci s'interposait devant le Soleil. À vous en croire, ce serait notre monde qui bougerait, et non l'astre des jours.

Il ne s'en était pas rendu compte ! Vite, trouver une réponse, une repartie amusante pour se tirer de ce mauvais pas.

— C'est que… Voyez-vous madame… Si j'avais

pris ma tête comme la Terre immobile, et ma main droite ouverte comme le Soleil, je me serais livré devant vous à des contorsions ridicules, dignes d'un acrobate de foire.

Les deux femmes eurent une petite moue dubitative qu'il ne perçut pas tant il sentait monter en lui un bouillonnement brûlant d'idées confuses qui éclataient en bulles dans sa cervelle. Giulia et Lucrèce, que la populace prétendait sorcières, lui auraient-elles jeté un charme ? Il eut envie de fuir, de s'enfermer dans sa chambre… Ce moment de trouble lui parut être une éternité ; il n'avait duré qu'un clin d'œil. Il se ressaisit et se lança alors dans une longue explication, volontairement ennuyeuse, de la façon dont on pouvait prévoir, des siècles à l'avance, éclipses de Lune et de Soleil. Lucrèce ébaucha un petit bâillement derrière deux doigts très longs, très fins et très blancs. Il put alors, sans manquer à la courtoisie… s'éclipser.

Il revint d'un grand pas au palais Farnèse et se rua dans la très riche bibliothèque que le cardinal avait mise à sa disposition. Dans quoi avait-il vu cela ? Dans Cicéron… Les *Académiques*… C'est cela, *Académiques*, II, 123… Quelle étrange chose que la mémoire… Il lut à voix haute, criant presque…

« Hicetas de Syracuse prétend, selon Théophraste, que le ciel, le Soleil, la Lune, les étoiles et en bref tous les corps célestes sont fixes et qu'aucune chose ne se déplace dans le monde à part la Terre. En raison de sa révolution et de sa rotation à très grande vitesse autour de son axe, les mêmes effets ne sont, pense-t-il, produits que si le ciel tournait alors que la Terre serait immobile. Et, selon certains, c'est cela aussi que dit Platon dans le *Timée*, mais de manière un peu plus obscure. »

Absurde ! Seule la Terre se meut… Aussi absurde

que de décréter que seule la Terre est immobile. Dans Plutarque, peut-être, oui, dans Plutarque. Il maudit alors tous ces pythagoriciens de n'avoir jamais rien écrit et de ne pas lui avoir livré, à lui, Copernic, et à lui seul, leurs secrets. Pourquoi fallait-il qu'il aille les chercher dans Cicéron, Plutarque ou Archimède ? Il sortit de la bibliothèque, soutenant à bout de bras une pile de livres, refusant que le domestique qu'on lui avait attaché lui vienne en aide. Il traversa les jardins, monta jusqu'à sa chambre, après avoir ordonné qu'on lui servît son repas ici. Et il lut. Puis il écrivit, écrasant dix plumes sur le papier comme un messager tue dix chevaux sous lui. Le temps s'oubliait. Parfois, à recopier tel ou tel passage, il se sentait pris de transe, en extase, tel un amant arrivé au sommet du plaisir.

Il était bientôt minuit. On gratta à sa porte.

— J'ai demandé qu'on ne me dérange pas ! lança-t-il.

On insista. Il se leva, ouvrit la porte. C'était Giulia Farnèse. Elle souriait et le considéra du bas jusqu'en haut, vêtu seulement de sa chemise de nuit béante sur la toison épaisse de son torse. Il bredouilla sottement :

— Vous… Vous êtes seule ?

— Hélas, répondit-elle, Lucrèce n'a pu se déplacer. Contentez-vous de moi. Vous me paraissez bien gourmand, monsieur l'astronome, pour une première visite.

Et elle força le passage en le frôlant de la pointe de ses seins.

Durant les quatre mois qui suivirent, inconscient des dangers, Nicolas vécut ce qu'il croyait être les plus beaux moments de sa vie. Il aimait. Il aimait avec passion la sœur de son protecteur, la maîtresse du Saint-Père. Giulia lui avait appris que la rencontre de deux êtres n'était pas qu'une brève saillie unissant, l'espace d'une copulation, un mâle et une femelle, au contraire d'avec une putain de Cracovie ou de Mme veuve Schillings.

Quand l'heure fut venue de retourner à Bologne où l'université allait rouvrir ses portes, il affirma à Novara qu'il le rejoindrait plus tard et se proposa de le remplacer en donnant quelques conférences à l'académie de Lyncée.

Une nuit d'hiver, alors que Giulia venait de le quitter, on frappa à sa porte. Croyant que la belle avait oublié quelque chose, il se hâta d'ouvrir. Mais il fut aussi déçu que surpris en voyant pénétrer dans l'appartement, sans qu'il y ait été invité, le visage dissimulé sous sa capuche dégoulinante de pluie, le chanoine Sculteti, l'ancien représentant du chapitre de Frauenburg auprès du pape.

— Fermez la porte, chuchota le gros homme en se défaisant de sa cape avant de s'effondrer dans un fauteuil. J'ai eu bien du mal à vous trouver, poursuivit-il. Je pensais que vous étiez reparti à Bologne… J'y ai vu votre frère. Il a fait une grosse sottise. Il a refusé de payer vos droits d'inscription et les siens, en menaçant le rectorat d'offrir vos services à Rome.

— À Rome ? Je ne comprends pas.

— Il a tenté de jouer de votre réputation grandissante et de vos protecteurs. Rassurez-vous, j'ai arrangé l'affaire et lui ai avancé cent ducats.

— Je vous les rembourse immédiatement, répliqua Copernic, qui trouvait bien cavalière cette façon de surgir en pleine nuit pour une affaire aussi sordide.

— Laissez, cela ne presse pas. Il y a beaucoup plus grave. Le roi est mort.

— Le roi, quel roi ? Il en existe quelques-uns sur cette terre.

— De grâce, ne plaisantez pas. Il s'agit de Jean Ier

Albert de Pologne et de Lituanie. Sa Majesté est morte brutalement, dans des conditions mystérieuses. Et surtout, il s'est éteint à Thorn dans le palais épiscopal, alors qu'il conférait avec la Ligue prussienne, dont votre oncle est le chef, et le grand maître de l'ordre Teutonique. Le roi était venu dans votre ville natale pour convaincre les deux partis de se joindre à lui dans une nouvelle campagne contre le Turc, en Moldavie. Les rumeurs d'assassinat par le poison vont bon train. Les Teutoniques font porter le soupçon sur monseigneur Lucas, et vice versa. Pour ma part, j'y vois la main de ce traître, ce sodomite de baron Glimski qui a littéralement envoûté le grand prince de Lituanie, je veux dire notre nouveau monarque Alexandre Ier, dont tout le monde connaît la faiblesse et l'indolence. C'est Glimski qui règne désormais sur la Pologne.

— Je le croyais à Rome.

— Décidément, vous faites un piètre diplomate, mon cher. Il est rentré précipitamment, sitôt sa mission terminée.

— Mais… je pensais que le baron était allié à la Ligue prussienne.

— Mon pauvre ami, les alliances, vous savez… Juste avant la mort du roi, à peine arrivé à Thorn, parmi toutes ses manœuvres, il a su colporter sur votre compte toutes sortes de ragots, sur vos… relations dangereuses, qui risquent fort d'éclabousser monseigneur Lucas.

Copernic blêmit. Comment Glimski avait-il pu savoir ? Giulia et lui prenaient tant de précautions !

— Je me dois donc de rentrer, dit-il enfin. Mon oncle est en péril. Il me faut être à ses côtés.

— Surtout pas ! Monseigneur est en sécurité dans sa ville forte de Heilsberg. La Ligue prussienne est sur le pied de guerre. Le bourgmestre de Braunberg, le vaillant Philippe Teschner, saura contenir les menées teutoniques.

Philippe ! Le bon Philippe ! Chef d'armée ! Pour la première fois depuis le début de son séjour italien, le cœur de Nicolas se pinça d'un peu de nostalgie pour le pays natal.

— Que faire alors, demanda-t-il, dois-je rester à Rome ? Retourner à Bologne ?

— Ni l'un ni l'autre. À Rome, vous êtes en danger de mort. On n'approche pas les Borgia d'aussi près sans s'y brûler les ailes. En Ermlande, vous ne seriez guère d'utilité pour monseigneur Lucas : je vous rappelle que vous n'êtes toujours qu'un simple maître ès arts, seulement préoccupé de mathématiques et d'astronomie, ce qui est bel et bon en Italie, mais ne semble pas, à monseigneur, convenir aux cieux brumeux de Prusse.

Copernic se sentit alors affreusement coupable. Tout à son bonheur de s'être immergé, depuis bientôt six ans, dans les beautés de l'art et la philosophie de la nature, il avait négligé tout le reste, de plus en plus convaincu que son destin était ici et non à l'ombre de la cathédrale de Frauenburg. Il soupira et demanda :

— Que mon oncle m'ordonne-t-il de faire, alors ?

— Avant de visiter votre frère à Bologne, j'ai fait le détour par Padoue, où je vous ai inscrit en médecine, à l'université de la Sérénissime…

— Médecin, moi ? Je suis censé être chanoine !

— Monseigneur Lucas estime que c'est pour vous la meilleure protection, à condition que, naturellement, vous ne vous livriez pas à l'alchimie ou la sorcellerie. Quand les circonstances vous permettront de revenir sans risque en Prusse, le chapitre vous détachera auprès de l'évêque, au titre de médecin personnel. Quant au chanoine, comme vous dites, il passera sans aucun mal sa maîtrise de droit à Cracovie, ou à Ferrare, comme votre frère Andreas.

— Comment cela, Andreas est à Ferrare ?

— Oui, il est censé y boucler ses études le plus rapidement possible. Là-bas, la famille d'Este tente d'attirer les étudiants fuyant les cursus trop ardus de Bologne et de Padoue. Son université y est bien moins prestigieuse, mais quoi ! un doctorat reste un doctorat, non ? Vous devrez éviter de rencontrer votre frère. À Padoue, soyez le plus transparent possible. Faites-vous oublier ! Notamment des familles Borgia et Farnèse… Venise et Padoue aiment les philosophes, les savants et les artistes, mais pas les étudiants qui se mêlent des affaires de princes et de papes.

Sur ces mots, Sculteti sortit de la chambre aussi furtivement qu'il y était entré, ce qui était assez étonnant pour un homme de sa corpulence.

Une semaine après cette visite, Nicolas Copernic quittait Rome, sur une mule, vêtu de noir, tel un humble abbé ou un simple bachelier, comme on en voyait tant sur les routes italiennes. Le gros de ses malles lui serait expédié plus tard par des voies sûres.

Il aima la modestie de son équipage et celle des auberges où il s'arrêtait au coucher du soleil, en ce début de printemps. On l'y accueillait avec familiarité, le forçant à finir jusqu'à la dernière bouchée le repas roboratif qu'on lui servait. La nuit, sur sa paillasse, il dormait comme un enfant, bien mieux que dans sa couche aux draps de soie du palais Farnèse, où rôdaient toujours comme un vague danger les parfums prégnants de la belle Giulia. Tout le jour, il allait au pas de sa monture, dont il descendait quand la côte était trop escarpée. Chaque oliveraie, chaque allée de cyprès, chaque lopin de vigne était un nouveau ravissement. Tout était doux, ici, tout était civilisé.

Son esprit passait sans heurt de la rêverie la plus floue à la réflexion la plus étayée. Il songeait, par exemple, à une gravure dans la bibliothèque du palais Farnèse, représentant la cité idéale en vue cavalière. Elle était parfaitement ronde ; toutes les rues convergeaient vers le centre, une place circulaire où se dressaient le temple et la bâtisse où les sénateurs tenaient conseil. Il se souvenait aussi d'une nouvelle église romaine dont l'autel était au milieu, et non plus au fond de la nef… Au milieu, au centre… Et puis Pic de la Mirandole ou Ficin, dont il connaissait des passages par cœur et qu'il clamait dans la campagne déserte, et qui disaient cent et une fois que le tabernacle de Dieu était au milieu du monde, et que de là émanait la lumière.

— Tu comprends, Philomène, disait-il à sa mule dont les grandes oreilles frémissaient de volupté à entendre la voix rassurante de son maître, il est une géographie religieuse et une géographie naturelle. La première nous dit que Jérusalem est au milieu de la Terre. Mais on sait maintenant qu'elle n'est même pas sur sa ligne équatoriale. L'autre nous dit que cette Terre est un globe, qui ne peut donc avoir de milieu. Il y a d'un côté une parabole, qui possède sa propre vérité, et de l'autre, une réalité. Comment marier les deux ?

Un merle, perché quelque part dans un chêne-liège au bord du chemin, sembla parodier en six notes mélodieuses et ironiques ce « Comment marier les deux ? ». Distrait dans sa méditation, Copernic se mit alors à siffloter joyeusement. Le long de la route, le Reno, gonflé par le dégel, semblait l'accompagner de son sourd grondement. Et ce fut un Nicolas au cœur léger qui pénétra dans Bologne pour donner l'accolade à Domenico Novara. Son maître et ami lui annonça une bonne nouvelle : Hercule Ier d'Este, duc de Ferrare, l'avait appelé dans sa cité pour devenir professeur d'arts libéraux. Novara allait ainsi revenir dans sa ville natale, loin de l'étouffante Bologne à enseigner le grec devant des salles vides.

— Si tu peux patienter deux jours, nous ferons le chemin ensemble.

— C'est que… Je veux éviter Ferrare, car je ne dois pas rencontrer mon frère Andreas…

— C'est absurde. Ça t'oblige à un détour immense.

Alors, Nicolas raconta comment il s'était trouvé au cœur d'intrigues où étaient impliqués le pape, les rois de Pologne et de France, les évêchés prussiens, les chevaliers Teutoniques… Et il ajouta, tout faraud, comment il avait cédé aux avances de la concubine d'Alexandre VI, sœur de leur hôte. Il s'attendait à voir Novara catastrophé par ces révélations. Celui-ci, au contraire, s'amusait franchement à ce récit. Il caressait la longue barbe qu'il s'était laissé pousser depuis que Vinci en avait lancé la mode :

— Que tu connais bien mal l'Italie, cher Nicolas ! Les Borgia, les Médicis, les Sforza, les Farnèse se soucient comme d'une guigne de la Prusse ou de la Pologne, voire de la France ou de l'Espagne. Vous n'êtes pour eux que des barbares que chacun tente de manipuler à son profit, tel César jouant d'une tribu gauloise contre une autre. Alors, imagine ce que compte pour eux la rencontre entre deux frères de Thorn ou de Cracovie, ces noms imprononçables. Mais enfin, le gros Sculteti n'a pas eu tort de te demander de quitter Rome. Il aurait suffi que tu irrites un peu l'un de ces grands personnages, et adieu, petit Polaque ! Allons, pour panser un peu ta blessure d'amour-propre, je t'affirme solennellement que personne n'a poussé dans ton lit la divine Giulia Farnèse, sinon la divine Giulia elle-même. Ma modeste expérience en ce domaine me permet de te le garantir.

— Modeste, vraiment, ô mon austère et chaste maître ?

— Nos deux jours de voyage jusqu'à Ferrare suffiront à te raconter mes rares manquements à la vertu, ô vilain petit chanoine polonais à peine déniaisé !

La traversée des grasses et riches plaines séparant Bologne de Ferrare ne fut pas des plus mélancoliques. Mais elle ne fut pas exclusivement consacrée aux échanges de souvenirs gaillards ou sentimentaux, et souvent très exagérés, comme les mâles ont coutume de procéder. Nicolas se prit à évoquer l'enchevêtrement d'idées qui avaient jailli en désordre, lors de ses méditations sur sa mule, entre Rome et Bologne.

— Pardonne-moi cette image triviale, Dominique, mais ces pensées confuses que je viens de t'exposer, et qui, prises une à une, me semblent sensées, m'évoquent irrésistiblement mon adolescence, à Thorn, lorsque je passais des journées entières à manier la hache et couper le bois. Quand enfin, épuisé mais épanoui, je contemplais mon œuvre, je n'avais devant moi qu'un chaos de bûches que j'abandonnai au jardinier, lequel les empilerait en un parallélépipède rectangle presque parfait. Et je rentrais, fourbu, avec pourtant, au fond de l'âme, une vague amertume de ne pas avoir achevé ma tâche. Eh bien, il en est de même avec toutes ces idées et ces hypothèses, qui éclatent dans ma pauvre cervelle comme des bûches sur le billot. Ce sont pour moi des moments d'exaltation, mais quand il s'agit de les ordonner, c'est-à-dire de les coucher sur le papier, monte en moi une lassitude incommensurable, un dégoût accablant.

— Eh bien voilà, mon cher, répliqua Novara en riant, tu viens de trouver le secret des pythagoriciens :

s'ils se refusaient à écrire, se contentant de se transmettre oralement leurs découvertes, c'était tout bonnement par paresse. La paresse, voilà l'ennemi !

— Quand donc cesserez-vous, vous autres Italiens, de plaisanter avec tout ? ragea Copernic en tapant du poing le pommeau de sa selle. Je te demande de me conseiller, pas de te moquer de moi.

— Et quand donc cesseras-tu, trop sérieux Prussien, parodia Novara en claquant à son tour l'encolure de sa mule, de ne pas prendre avec toute chose la distance d'un sourire ? À croire que tu n'as jamais lu Platon, que tu n'as jamais perçu que Socrate, pour accoucher les âmes, usait de l'ironie comme du meilleur des instruments. Songe aussi à Lucien de Samosate. L'ironie, Nicolas, est un doute qui construit. C'est force de création et de réflexion, face aux certitudes, prédictions et axiomes assénés par ceux qui affirment savoir sans avoir jamais rien appris. Il y a en toi quelque chose de grand, de gigantesque même, qui ne demande qu'à éclore. Mais il faut d'abord que tu te vides de tous les préjugés. Regarde autour de nous cette plaine qui se perd à l'infini. Vois ces paysans, là-bas, penchés sur la glèbe. Quand ils se relèvent, comment perçoivent-ils le monde, si toutefois leur peine leur donne le temps de percevoir ? Pour eux, la terre est plate. À l'aube, ils disent : « Le soleil se lève. » Au crépuscule : « Le soleil se couche. » Ils se plaignent des misères « d'ici-bas » et tournent leurs prières vers le ciel, « là-haut », pour que Dieu y remédie. Monde horizontal, monde vertical, monde plat, sans volume. Un gnomon. Telles sont les apparences. Mais quand ils vont à l'église de leur village, en supposant qu'un élève désargenté d'Uccello y ait peint quelque fresque, crois-tu que ces pauvres hères se laissent duper longtemps par l'effet de perspective du tableau ? L'espace d'un instant, peut-être, tel un chaton devant lequel on place un miroir. Mais, très vite, notre paysan se rend compte que la fresque est plate, sans profondeur. La perspective n'est qu'une illusion, mais elle sauve les apparences. Elle reflète la réalité, dans son harmonie et sa beauté. Le système de Ptolémée lui aussi sauve les apparences, mais dans la laideur et la dysharmonie.

La perspective ! Le mot fut comme une illumination dans la tête de Copernic.

— La perspective ! Bien sûr ! Merci mon maître ! Je me sens comme Archimède plongeant dans son bain !

— Fort aimable à toi de me comparer à une baignoire !

— En reléguant l'orbe du Soleil à la place des planètes vagabondes, derrière la Lune, Vénus et Mercure, Ptolémée fait une grave erreur de perspective, ou du moins il la fait commettre à l'artiste suprême, au Créateur. Cela me fait penser à ces tableaux anciens dont l'auteur, pour figurer le roi ou le Christ plus grand que les autres personnages, se résignait à le mettre non au centre, mais sur l'un des côtés. Certes, les apparences, les éclipses nous montrent que l'astre des jours est derrière la Lune, Vénus et Mercure. Derrière ou audessus, qu'importe ! Mais par quelle absurdité, par quel dérapage insane de son pinceau le Grand Artiste aurait-il placé cette immense source de lumière et de vie, son tabernacle, devant ou dessous, qu'importe, ces trois autres petites errantes que sont Mars, Jupiter et Saturne ?

— Pose ta hache, vaillant bûcheron, et range ton bois. Tâche certes moins exaltante, bien plus obscure. Mais toi-même, un certain jour d'occultation, m'as parlé des tables astronomiques. Eh bien reprends toutes les observations, toutes les éphémérides de tes prédécesseurs, ioniens, alexandrins, sans omettre Ptolémée bien sûr, ni les Arabes, les tables alphonsines ordonnées par le sage roi Alphonse X de Castille, et ainsi de suite jusqu'aux modernes, jusqu'à Regiomontanus, Waltherus, et à moi-même, si cela te chante ! Collecte-les, classe-les, empile-les. Oublie toute recherche de l'harmonie, oublie toute métaphysique, oublie Dieu lui-même. Ne sois plus que chiffres, ne sois plus que nombres, ne sois plus que figures, ne sois plus que géométrie. Alors, une fois ce travail de fourmi achevé, peut-être oseras-tu enfin exprimer ce que tu portes au fond de toi et qui te semble si lourd. J'ai bien dit « peut-être »…

Une question brûlait les lèvres de Nicolas, mais il ne put la formuler tant elle lui semblait aussi assassine qu'un stylet bien aiguisé : « Pourquoi moi, Nicolas Copernic, et pas toi, Dominique Novara ? » Le vieil astronome se la posait aussi, sans doute. Ils gardèrent le silence jusqu'à leur entrée dans Ferrare.

Aussitôt installé à l'auberge, car il avait refusé l'hospitalité de son maître pour bien marquer qu'il ne serait ici que de passage, Copernic se rendit dans l'enceinte de la faculté, dans le bâtiment où « la nation allemande » se réunissait. Il était venu ici pour rencontrer Andreas, transgressant ainsi les consignes formelles de son oncle transmises par Bernard Sculteti. Là, on lui indiqua la chambrée des Prussiens et des Polonais. Il ouvrit la porte d'un dortoir et recula d'un pas devant les miasmes de pieds, de sueur séchée et de chou bouilli. Deux étudiants s'avancèrent vers lui avec une sorte d'empressement qui lui parut plus surprenant que flatteur. Le plus âgé des deux avait une tête qui lui évoquait quelqu'un. Il fallut que celui-ci se présentât sous le nom de Nicolas Schönberg pour que Copernic se souvînt qu'il faisait partie de leur groupe de fêtards, à Cracovie, les ayant même accompagnés dans leur désastreuse équipée du carnaval. Un souvenir plutôt désagréable, et il eut bien du mal à cacher sa réticence devant ce témoin d'un passé dont il était loin d'être fier.

Cependant le plus jeune du duo se mit à crier à la cantonade :

— Eh, les gars, venez tous ! C'est Nicolas Copernic ! Le Ficin de Thorn, le Pic de la Mirandole polonais, le Vinci prussien !

Copernic fronça les sourcils. Quelle était cette mascarade ? Le nommé Schönberg, comprenant cette réticence, lança à son jeune condisciple :

— Giese, s'il te plaît, je te rappelle à un peu plus de discrétion. Et vous autres, retournez à vos places, notre compatriote ne va pas vous tenir une conférence à peine arrivé.

Les étudiants, dont les uns étaient déjà descendus de leur lit ou levés de la table devant laquelle ils travaillaient pour s'approcher du nouveau venu, obéirent sans broncher. Schönberg, avec une familiarité pleine d'autorité, prit Copernic par le bras et l'entraîna hors du dortoir, vers une petite pièce ne contenant qu'une table et deux tabourets, aux murs couverts de maximes, de proverbes et de dessins représentant des paysages ou des portraits. Parmi ces derniers, Copernic eut la surprise de voir celui qu'il s'était amusé à faire de lui-même, lors de son séjour à Bologne.

— Je vois que vous regardez votre portrait, monsieur, dit Schönberg. C'est votre frère Andreas qui en a fait don à notre petit groupe. Il ne tarit pas d'éloges sur vous. Grâce à lui, nous savons tout des conférences que vous avez données à Rome devant des aréopages de grands personnages et d'éminents savants. Il nous a même lu les minutes de ces débats. Vous comprenez pourquoi notre jeune et impétueux compatriote Tiedemann Giese s'est fait tout à l'heure votre héraut. Pardonnez-lui, car vous êtes devenu notre modèle et notre fierté.

Copernic faillit rugir de colère. Il serra les poings et gronda :

— Où est Andreas ?

Schönberg prit alors un air gêné :

— Il est parti la semaine dernière à Rome. Son mal empirait. Il a appris que, là-bas, des médecins avaient trouvé des remèdes radicaux, par le mercure. Mercure contre… Vénus, voyez-vous.

Copernic resta impassible. Son séjour romain lui avait appris à masquer ses sentiments.

— Andreas est de constitution solide, se contenta-t-il de répliquer. Il s'en sortira. Je veux repartir au plus tôt pour Padoue. Mais pas sans avoir remercié mes compatriotes de leur accueil. Combien êtes-vous ?

— Douze. Vos douze apôtres, monsieur Copernic.

Nicolas s'abstint de répondre qu'avec son frère, ils auraient été treize : Andreas serait-il Judas ?

— Eh bien, je vous invite à partager le pain et le vin, ce soir, si vous le voulez, et dans la meilleure auberge de la ville.

Il avait lancé cette invitation spontanément, sans calcul, en ignorant que son oncle Lucas avait procédé de même, un quart de siècle auparavant, de Bologne à Padoue en passant par Ferrare. Cela lui avait permis de se constituer une solide clientèle, qui, de retour au pays, en avait fait le chef incontesté de la Ligue prussienne, et avait pesé lourd quand le roi de Pologne avait dû choisir un nouvel évêque d'Ermlande.

Nicolas partit dès le lendemain pour Padoue. Là encore, il s'inscrivit à la nation allemande, mais remit à plus tard la rencontre avec les ressortissants polonais ou prussiens. Sculteti lui avait laissé une adresse où il pourrait trouver un logement. Il s'agissait en fait de la succursale padouane de la banque des Médicis, ce qui n'avait rien d'étonnant puisque le chanoine diplomate s'était attaché au service du cardinal Jean, second fils de Laurent le Magnifique. Ce qui le surprit bien plus, ce fut de voir que l'attendait dans l'appartement qu'on lui avait aménagé sous les combles le gigantesque Radom, qui lui avait servi de domestique et d'escorte entre la Pologne et l'Italie, six ans auparavant. Il tenta bien de l'interroger sur la raison de sa présence, mais l'autre se contenta de répliquer qu'il ne faisait qu'obéir aux ordres de l'évêque d'Ermlande. Le message de l'oncle Lucas que le colosse avait apporté ne lui en apprenait pas beaucoup plus, sinon qu'il devait se tenir prêt à repartir à tout moment en Pologne, où de grands événements se préparaient. Par ailleurs, l'évêque demandait instamment à son neveu de décrocher le plus rapidement possible son doctorat en droit canon, sans quoi rien ne pourrait se faire.

Sur ce dernier point, Copernic se sentit plutôt penaud : à Rome, il avait négligé de s'inscrire et de passer ainsi, sans difficulté, les quelques grades qui lui manquaient. À Padoue, il n'en serait pas de même : Venise exigeait, pour le droit canon, la plus grande rigueur et la sélection la plus impitoyable, afin d'éviter une excommunication par le pape de son université padouane. À cause de sa désinvolture et de son manque d'intérêt, Nicolas serait ici un cancre. Comme il avait entendu dire que, pour attirer les étudiants, Ferrare était beaucoup moins regardante, il entreprit d'écrire à son compatriote et admirateur de là-bas, le nommé Nicolas

Schönberg, pour lui demander conseil. Il joignit à son envoi une lettre de change dont le montant dépassait largement les droits d'inscription. Celui-ci, aidé de son jeune condisciple Tiedemann Giese, comprit parfaitement ce que leur « grand homme » demandait, allant même jusqu'à contrefaire sa signature afin que l'université de Ferrare crût à la présence de cet étudiant fantôme.

Dès lors, il était libre. Il avait trente ans, docteur en arts libéraux, et bientôt en droit canon. Ne lui manquait plus que la médecine pour que son retour au pays fût un triomphe. De la Prusse à l'Ermlande, de la Petite à la Grande Pologne, tous les espoirs lui étaient permis. Son savoir serait la meilleure des armes dans son ascension vers le pouvoir.

C'est ainsi du moins que son oncle voyait les choses. Mais lui, qu'en pensait-il ? S'imaginait-il déjà archevêque, cardinal, maître de l'Ermlande, Médicis de la Baltique ?

La première fois qu'il se rendit au cours de médecine du professeur Pomponazzi, il fut surpris lorsque, à la fin de cette initiation à Hippocrate, le maître vint le voir directement et lui serra la main pour le féliciter de ses conférences romaines dont on lui avait communiqué la teneur. Il en fut de même avec le professeur d'anatomie, Achillini. Et la même scène se répéta avec le peintre Gentile Bellini, qui, à la sortie de son atelier, après un cours remarquable sur la perspective, l'invita à se rendre à la prochaine réunion hebdomadaire de l'académie de Lyncée. Copernic en devint l'un des membres les plus assidus. Contrairement à Florence et à Rome, aucun grand de ce monde ne fréquentait ce cénacle. Il n'y avait là que philosophes de la nature, artistes, médecins, géomètres, astronomes, et le plus souvent tout cela à la fois. On y débattait en toute liberté, car on savait que les propos qu'on y tenait ne parviendraient jamais à l'oreille de ceux que Nicolas appellerait plus tard les frelons et les sycophantes. La virulence des échanges y était telle que, dans les premiers temps, il crut bien par moments que les adversaires allaient régler leur contentieux à coups de poing ou sur le pré. Il n'en fut jamais rien, et les débats s'achevaient toujours par une pirouette, un mot d'esprit, une ironie d'un des deux débatteurs ou du président de séance, qui faisait rire l'assemblée. Anciens et modernes y étaient mis à mal, on y tirait la barbe d'Aristote, on y purgeait Galien, on passait les dogmes au crible du doute, et surtout, on réclamait une séparation franche entre l'étude de la nature et celle des Saintes Écritures, entre la physique et la métaphysique, entre la raison et la foi. C'était de cette affirmation-là dont Copernic avait besoin avant de mettre noir sur blanc ce qu'il appelait déjà, pour lui-même, son « nouvel Almageste ». Bien sûr, l'idée rôdait en lui depuis bien longtemps, mais ni lui ni Novara n'avaient osé la formuler : il lui fallait cesser de gloser sur les motifs du Créateur, et ne plus se préoccuper que de la réalité de sa Création, en finir avec le Pourquoi, pour ne se préoccuper que du Comment. Ce que n'avaient pu faire ni Platon ni Pythagore, ni Ficin, un médecin mahométan, Averroès, y était parvenu : Copernic avait trouvé sa méthode.

Le temps lui était cependant compté – à tout moment, il devrait faire sa malle et repartir au pays. Il le compta alors comme un avare son trésor. Il étudia médecine et anatomie à marche forcée, brûlant les étapes. On le vit aussi souvent dans la bibliothèque de l'université de Padoue, plus riche encore que celle du Vatican, et qui avait cet autre avantage que même les plus impies des ouvrages y étaient libres d'accès. Mais ce n'était pas cela qu'il cherchait. Toute son énergie se consacrait à accumuler les tables astronomiques des temps anciens, babyloniennes, hébraïques, grecques, persanes, arabes, mais dans les manuscrits rédigés dans la langue d'origine, par crainte que leurs traducteurs en latin, traducteurs modernes, n'aient commis quelque erreur de transcription.

Un jour, dans ses recherches, il tomba par hasard sur un manuscrit byzantin d'un historiographe néo-pythagoricien du VIIe siècle, Théophylacte Simocatta. Ce petit ouvrage était composé en épîtres, les unes morales, les autres pastorales, les troisièmes amoureuses. C'était alternativement plaisant et léger, grave et profond. Il ne s'y attarda pas et entreprit de sortir d'autres rouleaux de parchemins de leur écrin. Pourtant, ces *Épîtres* continuaient de lui trotter dans la tête. Il descendit de son escabeau pour consulter le codex. C'était bien cela : il n'y avait pas de traduction latine du texte grec de Théophylacte Simocatta. Phénomène rare en ce temps où l'on était plus ou moins persuadé que Ficin, Pic de la Mirandole et leurs émules avaient tout écumé, tout découvert, tout traduit. Donc lui, le chanoine de Frauenburg, venait de dénicher une perle rare. Ce n'était pas un chef-d'œuvre, bien sûr, il en était conscient, ce n'était pas un inédit de Platon ou d'Archimède, mais enfin, en en faisant la version latine, il allait apporter sa pierre, lui aussi, à la renaissance de la pensée antique. Et surtout, il ne reviendrait pas au pays les mains vides. À Florence ou à Rome, cette découverte serait passée inaperçue ; en Pologne ou en Prusse, elle serait un moyen de hausser son prestige. Il ne mit guère plus d'une semaine à en faire la traduction.

Peu après, à la fin février 1503, il dut se rendre à Ferrare pour préparer, deux mois à l'avance, sa soutenance de thèse. Schönberg et Giese lui avaient bien dégagé le terrain, en lui livrant des pans entiers de leurs propres études et en dénichant dans les archives d'autres thèses oubliées qu'il n'avait qu'à remanier un peu pour que ce ne fût plus qu'une formalité. De surcroît, Novara s'était arrangé pour être membre du jury, où il avait quelques amis également pythagoriciens. Ce furent deux mois pénibles, où Copernic fut obligé de faire sa cour à des professeurs de théologie butés et racornis. Les questions qui les préoccupaient étaient de savoir si Dieu pouvait effacer les événements en faisant d'une prostituée une vierge pure, ou bien pourquoi Adam au Paradis avait mangé une pomme plutôt qu'une poire. Pour toute consolation, Nicolas se rendait régulièrement chez son maître Novara, entraînant avec lui ses deux admirateurs, Nicolas Schönberg et Tiedemann Giese. Tous trois soutinrent enfin leur thèse la même semaine, puis partirent pour Padoue, où les deux compagnons de Copernic allèrent s'inscrire en arts libéraux.

La mort brutale et louche du pape Alexandre VI inquiéta un moment Copernic, puis l'emplit d'espérance quand son éphémère successeur Pie III mourut après moins d'un mois de pontificat : Alexandre Farnèse était l'un des papabiles favoris. Il fut déçu car ce fut le rejeton d'une autre grande famille italienne, bien décidé à en finir avec les Borgia et leurs alliés, Jules II, qui monta sur le trône de saint Pierre. Nicolas se fit alors tout petit, et malgré son chagrin, l'année suivante, il ne se déplaça pas à Ferrare pour assister aux funérailles de son ami et maître Dominique-Marie Novara. Et s'il l'avait voulu, Radom l'en aurait empêché : son garde du corps avait ses ordres.

Nicolas alors se sentit seul en Italie. Il se rapprocha de la forte nation allemande de Padoue, à la grande joie de Schönberg et de Giese. Il était sûr maintenant qu'il lui faudrait un jour revenir au pays, et peut-être commençait-il à en avoir envie. Il devint assidu aux nombreux banquets célébrant tel ou tel saint, tel ou tel diplôme, tel ou tel compatriote repartant au pays natal, en fin d'études. L'une de ces agapes, au début de l'année 1506, avait pour prétexte l'élection d'un nouveau président de la nation estudiantine allemande. Copernic s'était tenu à l'écart. Aussi eut-il la désagréable surprise, à la fin du banquet, de voir Schönberg se lever, faire son éloge et proposer le nom de Nicolas Copernic pour diriger et défendre, devant les recteurs, cette centaine d'étudiants. Il allait refuser, mais trop tard. Il fut élu aux acclamations. Il fut bien obligé de prononcer un discours improvisé de remerciement, ce qu'il fit d'assez mauvaise grâce.

À la fin du banquet, un homme sans âge, aux paupières lourdes et bleuies, à la peau grumeleuse que tentait de cacher une barbe maigre, aux traînées grisâtres, engoncé dans une lourde cape malgré la chaleur qui régnait sur la ville en cette fin d'août 1506 lui fit signe, de loin, qu'il voulait lui parler. Méfiant, et un peu répugné, Copernic s'approcha de l'inconnu, qu'il n'avait pas remarqué jusque-là. Celui-ci lui dit en polonais d'une voix éraillée :

— Eh bien, Nicolas, tu n'embrasses pas ton frère ?

Andreas ! S'apercevant que les autres convives, qui s'étaient écartés, observaient du coin de l'œil ces retrouvailles, Copernic masqua du mieux qu'il put son mouvement de recul et lui donna une généreuse accolade. Puis, avec cette irritante autorité qu'Andreas prenait quand il voulait rappeler à son cadet que c'était lui le chef de famille, il lui fixa un rendez-vous pour le lendemain midi dans une taverne où il avait ses habitudes. Et l'aîné des Copernic s'en fut, tel un conspirateur, le col de sa cape relevé et le bonnet enfoncé jusqu'aux sourcils.

La fête avait duré tard dans la nuit. Aussi, ce fut de fort vilaine humeur, et avec un tenace mal de tête, que Nicolas se rendit au rendez-vous. La taverne était aux portes de la ville, loin du quartier des écoles, et nul étudiant ne la fréquentait. Y étaient attablés ces gens interlopes qui gravitent autour des universités, profitant d'un chahut ou d'une bagarre entre nationalités pour se livrer au pillage et à la rapine. Andreas était installé dans un cabinet à l'écart de la salle commune, en grande conversation avec le gros chanoine Bernard Sculteti. À leurs côtés, Radom buvait du vin rouge dans une grosse chope en étain.

Son visage défiguré, toujours à demi masqué derrière le revers de son col, les mains gantées, Andreas ne s'encombra pas d'une quelconque formule de bienvenue, lui qui jadis, à Thorn ou à Cracovie, faisait toujours montre envers son cadet d'une tendresse bourrue. Sec, péremptoire, il annonça d'emblée qu'ils devaient partir au plus tôt pour l'Ermlande.

— Maintenant que nous avons tous les deux notre doctorat, nous n'avons plus rien à faire dans ce pays.

Nicolas se rebiffa :

— Notre oncle est-il au courant de cela ? demanda-t-il en regardant Sculteti, qui approuva de la tête, pendant qu'Andreas répondait :

— Il nous l'ordonne. Et si tu ne me fais pas confiance, poursuivit-il en mettant la main à la poche, lis donc la lettre que j'ai reçue de lui, la semaine passée, à Ferrare.

D'un geste, Nicolas refusa. Il se retint de poser une question qui lui brûlait les lèvres : pourquoi Lucas s'était-il adressé à Andreas et non à lui ? Comme s'il avait compris, Andreas poursuivit, avec une certaine arrogance :

— Il est normal que notre tuteur reconnaisse enfin mon droit d'aînesse, dans ce genre de décisions importantes. D'ailleurs, depuis tes nuits de bête à deux dos avec la putain du Borgia, oncle Lucas…

— J'avais compris, merci, je ne suis pas complètement stupide, répliqua sèchement Nicolas, qui se tourna avec ostentation vers Sculteti, pour lui demander :

— Pourquoi ce départ précipité ?

Celui-ci lui répondit, très excité, en agitant ses petites mains boudinées :

— Cette fois, ça y est, l'heure de l'Ermlande a sonné. Après quatre ans de règne sous la tutelle de l'infâme Glimski, le roi Alexandre vient de mourir, à Vilna. La Diète se réunit pour élire le nouveau monarque. Monseigneur Lucas, qui en est, est absolument sûr que le cinquième fils de Casimir Jagellon, Sigismond, sera élu. Avec celui-là, tous les espoirs sont permis.

Nicolas se souvint alors du hautain et ambitieux jeune homme qui complotait avec Lucas, il y avait si longtemps, à Cracovie.

— Monseigneur, conclut Sculteti, tient absolument à ce que ses deux neveux soient présents aux cérémonies du couronnement.

« Y tiendra-t-il autant quand il aura vu la figure d'Andreas ? » songea Nicolas, plutôt méchamment. Et il demanda, toujours à Sculteti :

— Je ne discute pas les ordres de l'évêque, mais… J'obtiendrai mon doctorat de médecine l'année prochaine et il me semble que…

— Tu en sais toujours assez pour essayer de me soigner, ricana Andreas.

Le voyage de retour vers l'Ermlande fut beaucoup plus rapide que l'aller, et bien morose… Les deux frères ne cessaient d'échanger des propos venimeux. Nicolas, en médecin néophyte, avait débattu de la maladie d'Andreas en évoquant un de ses condisciples à Padoue, Fracastor, qui affirmait que cette lèpre était venue avec les armées de France, lesquelles auraient répandu leurs miasmes dans toute l'Italie. Copernic prétendait au contraire que ce que l'autre appelait le mal français avait été rapporté du Nouveau Monde par les Espagnols. Aussi le baptisait-il mal indien. À juste titre, Andreas répliqua qu'au lieu de chercher les origines d'un mal, on ferait mieux d'en trouver les remèdes. Ils faillirent en venir aux mains.

À l'étape de Nuremberg, Nicolas se rendit chez Dürer. L'épouse du peintre, Agnès, lui apprit que, depuis un an, son mari était reparti en Italie. Dans sa dernière lettre, il lui annonçait qu'il allait séjourner à Venise. Nicolas et lui s'étaient manqués de quelques jours. Et Martin Behaim venait de mourir, un mois auparavant. En reprenant la route, Copernic sentit qu'il laissait sa jeunesse derrière lui. À qui confier cela ? Auprès de qui épancher son chagrin ? Pas auprès d'Andreas, en tout cas. Ses vrais frères étaient morts : Novara, Behaim, ou vivants mais si loin de lui désormais : Dürer, Machiavel…

VI

L'accueil que fit l'évêque d'Ermlande à ses neveux fut aussi discret que froid. Comme l'oncle Lucas semblait rustre en comparaison de la finesse du cardinal Farnèse ! Et la résidence épiscopale de Heilsberg, une lourde et grise bâtisse barbare, face aux délicatesses cinabre et ocre du palais où Nicolas avait connu, à Rome, tant de voluptés…

Les cérémonies du couronnement du cinquième fils Jagellon, Sigismond Ier, devaient se dérouler dans dix jours. Devant l'état de délabrement physique et moral dans lequel se trouvait l'aîné de ses neveux, Lucas décida de tenir un conseil de famille. Il était hors de question d'emmener à Cracovie « le lépreux ». Mais qu'en faire ? En la présence d'un Andreas sanglotant, l'évêque décréta que son neveu serait enfermé dans un monastère cistercien des environs. Pris de pitié, Nicolas plaida pour qu'on renvoie le paria à Padoue, où ses professeurs de médecine cherchaient de nouvelles méthodes pour guérir cette maladie nouvelle « que l'on confond, à tort, avec la lèpre », conclut-il avec pédanterie. Andreas sortit alors de son apathie et, gesticulant, postillonnant, il se mit à injurier son frère, l'accusant de vouloir le tuer en le mettant entre les mains de charlatans.

L'oncle Lucas, d'ordinaire si ferme, ne cachait plus

son désarroi : il aurait tant voulu s'appuyer sur ses deux neveux, avec l'aîné comme secrétaire et le cadet comme médecin. Ce fut Philippe, le bon Philippe, son bâtard préféré, superbe et martial dans sa tenue chamarrée de commandant en chef de la Ligue prussienne, qui calma les choses et trouva la solution. Depuis maintenant dix ans, le chapitre de la cathédrale de Frauenburg se voyait privé de trois de ses seize chanoines : Sculteti, représentant de l'évêché auprès du pape, et les deux frères Copernic. Alors, au-dessus de la baie de la Vistule, on commençait à gronder à propos de ces trois dispenses sans cesse renouvelées sur l'insistance de Lucas et qui ressemblaient singulièrement à un abus de pouvoir. Qu'on leur envoie donc Andreas, et ils se calmeraient ! Ils seraient alors mieux disposés à accorder une nouvelle dispense à Nicolas afin que celui-ci tienne auprès de son oncle la fonction de médecin et de secrétaire.

Lucas approuva cette sage proposition ; Nicolas haussa les épaules pour montrer qu'il se désintéressait de la question, et Andreas ricana de sa bouche aux rares dents noircies :

— Beau cadeau, en vérité, que vous faites là aux chanoines de Frauenburg. Je suis sûr qu'ils apprécieront.

Baissant son col et ôtant son bonnet, il dévoila alors sa face chancreuse et son crâne où ne subsistaient plus que quelques mèches grises. Lucas annonça que Philippe, Nicolas et lui partiraient dès le lendemain pour Cracovie. Puis il s'en fut dans ses appartements. Certains prétendent qu'il y pleura longtemps.

Nicolas, quant à lui, monta vers les remparts du château, plein d'amertume : il avait perdu son frère. Dans l'escalier, il s'effaça pour laisser passer une jeune femme, qui lui fit une ébauche de révérence. Machinalement, il ôta son chapeau pour la saluer, puis poursuivit son escalade. Arrivé au chemin de ronde, il s'accouda sur les moellons humides. Devant lui, plaines, forêts et marécages s'étendaient à l'infini, sous un ciel gris que rosissait à peine le crépuscule. Où étaient les collines vertes et ocre de Toscane, que grignotaient joliment vignes et oliviers, avec parfois, légère touche d'albâtre, la colonne brisée d'un temple ancien dédié à Vénus ou à Mercure ?

— Eh bien, mon cousin, êtes-vous fâché contre moi ?

La jeune femme qu'il avait croisée tout à l'heure levait vers lui une petite frimousse insolente.

— Ne me reconnaissez-vous pas ? poursuivit-elle d'un ton taquin. Il est vrai que j'ai un peu changé en dix ans. Vous aussi d'ailleurs, avec votre belle barbe… Anna… La fille de Mme Schillings.

Nicolas alors se souvint… Le bateau descendant la Vistule… Anna, bâtarde de l'évêque. Sa cousine, donc… Elle ressemblait vaguement à sa mère, mais avec des traits beaucoup plus fins sous l'ample chevelure blonde. Ses yeux vifs et bleus pétillaient de malice et d'intelligence. Troublé et ne sachant comment se comporter, il se fit bougon comme devant une enfant :

— La petite Anna ! Quel âge as-tu donc, maintenant ?

— Vingt ans. Mais ce n'est pas très galant, monsieur, de demander son âge à une femme. Que vous a-t-on appris en Italie ?

Une cloche sonna l'heure du souper. Toute tristesse et toute nostalgie dissipées, Nicolas prit la jeune femme par la main et l'entraîna dans l'escalier. C'est ainsi qu'ils apparurent dans la salle à manger. Si la place d'Andreas n'avait pas été vide, la famille de monseigneur Lucas aurait été au grand complet, puisque à ses côtés se tenait la mère d'Anna, en vis-à-vis de Philippe.

— Eh bien, le chapelain, lança Lucas au vieux prêtre assis au bout de la table, voilà un fort joli couple à marier, n'est-ce pas ?

— Sans doute, répondit le prêtre, mais que de tracas en perspective, quand M. Copernic briguera la pourpre cardinalice.

— On a vu pire sur le trône de saint Pierre, rétorqua Nicolas en tirant la chaise d'Anna, et en s'asseyant à ses côtés.

La tablée partit d'un grand éclat de rire qui s'éteignit d'un coup quand Andreas entra.

Dès le lendemain, l'évêque d'Ermlande et sa suite, dont son nouveau médecin et secrétaire Nicolas Copernic, partirent à Cracovie assister au couronnement de Sigismond Ier. Le médecin n'avait pas trop de soucis à se faire. À cinquante-trois ans, Lucas possédait une santé de fer et le temps semblait ne pas avoir de prise sur lui. À l'étape, il défiait son neveu à l'escrime. Il le désarmait systématiquement, de sorte que Nicolas finit par refuser tout affrontement, lui qui avait reçu les leçons des meilleurs maîtres italiens. Alors, à la grande joie des soldats, l'évêque luttait avec son fils Philippe, qui commandait l'escorte, et finissait toujours par lui mettre les deux épaules à terre. Copernic soupçonnait malgré tout son cousin de ne pas mettre trop d'ardeur au combat.

Si le médecin en lui devait rester inactif, en revanche, le secrétaire n'allait pas chômer. L'avènement de Sigismond Ier devait changer bien des choses en Pologne et dans les contrées vassales.

— Il faut que tu saches, expliqua Lucas à Nicolas alors qu'ils chevauchaient botte contre botte, que notre nouveau roi est un homme qui ne jure que par l'Italie et les idées nouvelles. Il rêve de faire de son royaume une nouvelle France, une terre d'art et de philosophie, attirant à elle les plus grands artistes et les plus grands philosophes. Tu devras lui plaire, mon neveu. Accrocher comme premier trophée à son tableau de chasse un Polonais qui vaut bien Pic de la Mirandole l'enchantera.

— Peste ! Comme vous y allez, mon oncle ! Je ne suis même pas docteur en médecine, et je n'ai rien publié.

— Épargne-moi ton humilité de curé de village, mon garçon. Je sais ce que tu vaux, et tu le sais aussi. N'as-tu pas en réserve quelque joli livre de philosophie à lui dédicacer, quelque chose de tout nouveau tout beau ?

Nicolas connaissait assez son oncle pour savoir qu'il jouait au rustre afin de masquer sa sapience de toute chose. Aussi, décida-t-il d'entrer dans son jeu et de jouer l'érudit face à l'inculte.

— Vous avez, je suppose, lu un jour l'*Almageste* ? fit-il en prenant des allures comiquement pédantes. Eh bien, pour ma part, depuis maintenant bientôt quinze ans que je le dissèque, que je le tourne et le retourne dans tous les sens en grec, en latin, et même en allemand, je reste désemparé par l'extrême complication de la mécanique céleste que Ptolémée et ses successeurs nous imposent depuis tant de siècles.

— Tu n'es pas le premier à le dénoncer, mon neveu, à ce que j'en sais. Détruire est parfois une bonne chose. Mais que construire à la place ?

— La simplicité, mon oncle, la simplicité. La nature ne fait rien de superflu, rien d'inutile ; elle sait tirer de nombreux effets d'une cause unique. Or, qu'ont fait les astronomes depuis l'*Almageste*, avec leurs adaptations, leurs paraphrases, leurs commentaires ? Des recettes de cuisine ! Un bricolage compliqué, composé de dizaines de sphères de cristal connectées entre elles par d'absurdes engrenages. Je comparerais leur œuvre à celle d'un homme qui, ayant rapporté de divers lieux des mains, des pieds, une tête et d'autres membres – très beaux en eux-mêmes mais non point formés en fonction d'un seul corps et ne se correspondant nullement –, les réuniraient pour en former un monstre plutôt qu'un homme. Eh bien non ! Au lieu de cette église biscornue qui ne tient debout que grâce à mille et un contreforts et arcatures, j'érigerai un temple antique, un toit, un simple toit soutenu par de fines colonnes. Et au centre, le tabernacle. Si Dieu est, comme je le pense, le plus grand des architectes, il a construit sa maison non comme un anonyme compagnon des temps obscurs, mais comme Brunelleschi.

— Abrège, mon garçon, et cesse de tourner autour du pot. On dirait que tu as peur de ce que tu veux me dire. Je ne suis pas ton professeur, moi, encore moins ton élève, je suis ton oncle. Alors ?

— Alors, tenez-vous bien au pommeau de votre selle, vérifiez si vos pieds sont bien engagés dans vos étriers. Car même un aussi bon cavalier que vous risque de tomber à terre, après avoir entendu ce que je vais vous dire. Oui, j'ai peur. Quand, à Rome, devant de grands personnages et les meilleurs savants du siècle, même devant mon maître Dominique Novara, je n'osais aller jusqu'au bout de mon raisonnement, je ne pouvais formuler les conclusions qui s'imposaient. Et mon auditoire non plus, comme si nous étions face à un mur invisible, qui nous empêchait d'aller plus loin, vers la vérité.

Lucas regardait son neveu comme s'il le découvrait pour la première fois. Nicolas, en effet, avait abandonné son ton léger et pédant pour une étrange exaltation qui faisait vibrer sa voix, d'ordinaire grave et posée. Alors, l'évêque, lui aussi, eut peur de ce qu'il allait entendre et qu'il croyait deviner comme un fantôme dans le brouillard.

— Durant de longues années, poursuivit Nicolas, j'ai collecté toutes les observations faites au fil des siècles. J'ai lu et relu tous les philosophes qui traitaient du sujet. Et aujourd'hui, si mon âme est encore tourmentée par le doute, ma raison, elle, est sûre d'avoir atteint la vérité. Cela paraîtra difficile ou même incroyable ; mais, avec l'aide de Dieu, je le rendrai plus clair que le Soleil, du moins pour ceux qui ne sont pas étrangers aux mathématiques.

Il reprit son souffle en aspirant une large bouffée d'air. Là-bas, à l'horizon, se profilaient sur leur colline les tours et les clochers du château Wawel. Dans une heure, ils pénétreraient dans Cracovie.

— Ma raison me dit que le Soleil est au centre de tout, au centre de l'Univers. Que la Terre tourne autour de lui, comme Mercure et Vénus devant elle, comme Mars, Jupiter et Saturne derrière. Que la Terre tourne aussi sur elle-même, sur son axe, ce qui nous donne l'impression fausse d'un soleil mobile et de la rotation des étoiles fixes. Mon oncle, je ne vous remercierai jamais assez de m'avoir envoyé en Italie. Car là-bas, j'ai compris que la Terre joue pour le monde le rôle de la *tavoletta* utilisée par Brunelleschi quand il découvrit les lois de la perspective. Mais une fenêtre mobile. C'est la mobilité du point de vue qui explique les mouvements apparents des planètes ! Cependant là, mon âme répond : « Qui es-tu, petit Copernic, pour déménager ainsi l'Univers, et aller à l'encontre de toutes les apparences, de tous les savants, et même des Saintes Écritures ? »

Puis, se jugeant trop solennel, il eut un petit rire et ajouta :

— Ouf ! Cela va mieux. J'ai l'impression de sortir de votre confessionnal, monseigneur !

— Par le sang du Christ, mon garçon, tu n'y vas pas de main morte ! As-tu déjà écrit quelque chose là-dessus ?

— Je m'apprêtais à le faire, à Padoue, pour aller ensuite l'imprimer à Venise, avec une belle dédicace au cardinal Farnèse, quand…

— Eh ! Nico ! Il me semble percevoir comme un reproche au fond de ta voix. Si je t'ai demandé de rentrer, c'est que j'avais besoin de toi dans la rude partie qui s'annonce. Mais, par Belzébuth, je ne m'attendais pas à me retrouver avec un jongleur de planètes, un anti-Ptolémée, un nouvel Atlas ! C'est trop gros, c'est énorme. C'est prématuré. Écris donc cela, mais ne le soumets qu'à des gens dont tu es sûr. Je ne pense pas que le nouveau roi de Pologne puisse se mettre une telle affaire sur le dos en ce moment. N'as-tu pas quelque chose de plus innocent, de moins… où figurerait ton nom ?

— J'ai ce qu'il vous faut, répliqua un Nicolas hilare, en sortant de ses fontes une liasse de papier broché par un ruban rouge.

C'était le manuscrit de sa traduction en latin des *Épîtres* de Théophylacte Simocatta. Laissant la bride sur le cou de son cheval, Lucas se mit à le feuilleter, approuvant parfois d'une moue, puis riant à tel ou tel passage.

— C'est parfait, s'exclama-t-il enfin. Il faut publier cela. Dédicace-le donc à notre roi Sigismond.

— Non, mon oncle. Pour la première fois de ma vie, je vous désobéirai. Car c'est à vous et à vous seul que je veux offrir ce livre.

— Ma foi, pourquoi pas ? Tout compte fait, ce serait de bonne politique. Et pour ton histoire de la Terre tournant autour du Soleil ?

— J'y pense, mon oncle, j'y pense. Laissez-moi le temps. Car le temps, mon oncle, est avec nous.

Les cérémonies du couronnement furent l'occasion pour Copernic de retrouver quelques-unes de ses relations italiennes, et non des moindres puisque le cardinal Alexandre Farnèse représentait le pape Jules II auprès du roi Sigismond. Nicolas avait reçu consigne de son oncle de se faire le plus effacé possible, de rester dans son ombre, et d'écouter, surtout d'écouter. La rencontre entre l'évêque d'Ermlande et le cardinal florentin fut des plus cordiales. Les deux hommes, autant d'épée que de robe, avaient plus d'un point commun et Alexandre accepta volontiers la proposition de Lucas de lui prêter Nicolas durant les quinze jours de son séjour à Cracovie afin de lui servir d'interprète en polonais et en allemand. C'est ainsi que l'astronome fut de toutes les réunions, de tous les conciliabules entre les grands de ce monde ou leurs ambassadeurs. On ne prêtait pas attention à ce petit chanoine qui se contentait de traduire les propos souvent convenus des interlocuteurs du légat du pape, qui d'ailleurs, la plupart du temps, s'exprimaient en latin et se passaient donc de ses services. Il n'empêche, il était là et rapportait chaque soir à son oncle la teneur des entretiens.

Ce petit jeu d'espionnage faillit mal tourner lorsque, vers les derniers jours de l'ambassade d'Alexandre Farnèse, celui-ci reçut le grand maître de l'ordre des chevaliers Teutoniques, couvert de son grand manteau blanc porteur d'une croix noire. Il était accompagné de son frère, un jeune chanoine de Cologne d'une ressemblance troublante avec l'ancien condisciple de Nicolas retrouvé jadis noyé dans la Vistule, Achille Othon de Brandebourg. Nicolas se fit plus transparent que jamais, mais il jubilait intérieurement de traduire les suppliques du grand maître qui, en allemand, tentait d'obtenir du pape la rupture des liens de vassalité avec la Pologne.

Soudain, la porte à laquelle Copernic tournait le dos s'ouvrit, et une voix familière s'excusa de son rctard. Nicolas, stupéfait, reconnut le baron Glimski. Celui-ci le dévisagea un instant, puis s'exclama en polonais :

— Messeigneurs, messeigneurs, ignorez-vous devant qui vous parlez ? Devant le neveu de l'évêque d'Ermlande, devant l'espion de ce diable de Lucas Watzenrode, soupçonné d'être l'empoisonneur de Sa Majesté Jean Ier Albert de Pologne et dont toute la vie infâme concourt à la perte du saint ordre Teutonique !

Nicolas bondit de son tabouret et saisit Glimski au collet :

— Baron, je te ferai rentrer tes calomnies dans la gorge !

— Que se passe-t-il, messieurs ? demanda Alexandre Farnèse. Je vous rappelle que vous êtes devant le légat du pape.

Le grand maître de l'ordre Teutonique se leva à son tour et vociféra :

— C'est indigne. C'est une trahison ! J'en référerai à Sa Sainteté elle-même !

Et il sortit, suivi de son neveu et de Glimski, qui claqua la porte derrière lui. L'incident fit grand bruit. Le roi convoqua les deux partis, semonça, non sans une grande indulgence, car au fond, cela l'amusait que l'évêque d'Ermlande se soit servi ainsi de son neveu comme espion. En revanche, ayant appris par Lucas la demande faite au pape par le grand maître Teutonique de lever la vassalité de l'ordre vis-à-vis de la Pologne, il fut bien plus sévère avec lui et exigea que sa délégation reparte dans leur commanderie de Königsberg, après avoir renouvelé devant les corps constitués leur serment d'allégeance, présenté leurs excuses au légat du pape et s'être réconciliés sincèrement avec l'évêque d'Ermlande. Quant au baron Glimski, Sigismond Ier n'attendait que cette occasion de jeter en prison le favori de son défunt frère et de se débarrasser ainsi d'un intrigant qui l'avait déjà trahi par deux fois.

Les derniers jours de la cérémonie du couronnement furent une succession de banquets et de bals. La Pologne se hissait au rang des plus grandes nations, au niveau de la France, de la Castille, de l'Aragon et du Portugal. Le légat du pape, Alexandre Farnèse, marquait ostensiblement son amitié pour l'évêque d'Ermlande et son neveu. On les voyait souvent déambulant sous les péristyles du château royal, le cardinal encadré par les deux hommes et leur donnant familièrement le bras.

— Sa Sainteté, disait Farnèse, songe de plus en plus à faire une réforme du calendrier pour mettre notre année en accord avec les apparences. Il me semble, cher Nicolas, que votre formidable hypothèse pourrait y contribuer. Revenez donc en Italie avec moi, pour travailler sur le sujet en compagnie des plus grands savants de ce temps. Après tout, votre compatriote Bernard Sculteti est à Jean de Médicis. Pourquoi Nicolas Copernic ne serait-il pas à Alexandre Farnèse ?

Copernic perçut qu'à la droite de Farnèse, son oncle se crispait. Il lui fallait refuser cette offre inespérée. Il répliqua alors :

— En d'autres circonstances, je me serais jeté aux pieds de Votre Éminence pour lui prouver ma reconnaissance. Mais, comme vous avez pu le constater, abandonner en ce moment monseigneur l'évêque d'Ermlande serait pour moi comme une trahison que je ne me pardonnerais jamais. L'ordre Teutonique n'en restera pas là et mon pays a besoin de toutes ses forces, même les plus modestes.

En disant ces mots il espérait vaguement que son oncle lui donnerait sa bénédiction et l'autoriserait à repartir ; mais non, Lucas resta silencieux. C'était fini. Demain, il lui faudrait rentrer là-bas, à Heilsberg, pour toujours peut-être.

Durant les six ans qui suivirent, la Ligue prussienne menée d'une main de fer par l'évêque d'Ermlande fit face aux chevaliers Teutoniques, dont le nouveau grand maître était un jeune homme qui n'avait pas encore vingt ans : Albert de Brandebourg, l'ancien chanoine de Cologne. Les incidents furent rares, quelques anicroches aux frontières, qu'aussitôt le roi de Pologne s'efforçait de calmer en envoyant ses émissaires. Car le litige désormais se chargeait d'une haine inexpiable : il n'était plus seulement entre les quatre évêchés et les cinq commanderies, mais entre deux familles, les Watzenrode-Copernic d'un côté, et les Brandenbourg-Hohenzollern de l'autre.

On jouait en façade la réconciliation. Durant l'une des réunions d'arbitrage, qui avait lieu cette fois à Dantzig, Nicolas apprit que le conseiller favori du jeune grand maître Teutonique était très malade. Le médecin et secrétaire de l'évêque Lucas proposa alors ses services. La chose était dangereuse car si par malheur celui qu'Albert de Brandebourg considérait comme un père ne survivait pas à ses soins, Copernic serait immédiatement soupçonné d'avoir aidé à son décès.

Par bonheur, ce n'était qu'un vilain abcès à l'oreille,

dont l'ancien étudiant de Padoue débarrassa son patient en un tournemain. Albert de Brandebourg l'en remercia avec autant de reconnaissance feinte que Copernic avait mis de zèle à ses soins. Ils échangèrent quelques banalités sur l'Italie, où Albert avait accompagné l'empereur Maximilien pour tenter de reprendre le Milanais à la France. Puis le jeune homme fit l'éloge de la traduction des *Épîtres*, imprimée un an avant à Cracovie, affirmant avoir trouvé l'ouvrage « curieux et amusant ». Enfin, il s'enquit de savoir si le neveu de son ennemi œuvrait à quelque autre tâche savante. Copernic lui répliqua qu'il avait achevé un petit fascicule sur le mouvement des planètes, mais qu'il était resté à l'état de manuscrit, car ne pouvant être vraiment compris que par des mathématiciens et des géomètres accomplis. Brandebourg protesta alors qu'il se passionnait pour les phénomènes célestes et qu'il aimerait en posséder une copie. Nicolas promit de lui en envoyer une, et prit congé avec soulagement : un mot maladroit aurait pu provoquer une catastrophe.

Depuis qu'après les cérémonies du couronnement, quelque quatre ans auparavant, Nicolas était venu s'installer au palais épiscopal de Heilsberg, son travail de secrétaire particulier de l'évêque ne lui avait laissé que peu de répit. L'oncle et le neveu, forts de leurs longs séjours italiens, à trente ans de distance, portaient la même ambition : faire de l'Ermlande une Venise du Nord. Et tandis que l'évêque multipliait les voyages diplomatiques dans les duchés et les principautés, pour rallier le plus de partisans afin d'obliger le roi de Pologne à expédier « la peste teutonique » contre le Turc, Copernic, lui, était tout à son grand projet d'ouvrir une université à Elbing, cité prospère de l'Ermlande qui pourrait bien devenir la Padoue de Frauenburg. Ce n'était pas les fonds qui manquaient, la

Hanse et les guildes marchandes étant là pour y pourvoir. Seule l'autorisation papale tardait à venir.

Il est vrai qu'en ce temps-là Jules II, qui allait sur ses soixante-dix ans, guerroyait comme un jeune condottiere contre César Borgia, puis contre Venise, puis contre Bologne avant de se retourner contre le roi de France. Il faudrait patienter pour que son successeur – Médicis ou Farnèse – y consente. Le plus difficile serait d'attirer des professeurs que ne rebuteraient ni la rigueur du climat, ni la sourde menace teutonique. Copernic avait gardé des liens avec bien des gens à l'université de Cracovie. Là-bas, l'étude des arts libéraux restait fort mal vue. Quiconque s'aventurait à enseigner ou à étudier le grec, par exemple, était soupçonné d'hérésie. Il s'agirait donc de leur faire miroiter, outre quelques avantages financiers, la plus grande liberté d'enseignement, comme Padoue l'avait fait en son temps pour vider Bologne de ses meilleurs professeurs. Mais pour le moment, tant que la bulle papale autorisant cette nouvelle université n'existait pas, il était inutile de divulguer ce projet.

Il comprit alors qu'il faudrait payer de sa personne, prendre des risques et, faute d'évoquer une université dans les limbes, faire venir à lui, en Ermlande, une académie savante, sur le modèle de celles qu'il avait connues en Italie. Cette académie servirait d'assise au grand projet d'université. Mais ce ne serait pas sa traduction des *Épîtres* qui lui donnerait un tel prestige, ni le souvenir déjà lointain de ses conférences romaines. Il lui fallait frapper fort, impressionner, éblouir, scandaliser. Il savait comment.

Un résumé. Il suffirait d'un résumé. Inutile, dans un premier temps, de leur livrer ses calculs, dont d'ailleurs il n'était pas encore bien sûr. Déjà survenaient quelques complications à ce système qu'il aurait voulu d'une limpide simplicité. Après tout, se dit-il, quand l'heure serait venue, ce serait avec l'aide de ses futurs lecteurs qu'il y parviendrait.

Il se mit à l'ouvrage. Alors qu'il avait craint, avant de commencer, de suer sang et eau, extrayant chaque mot comme une écharde, tout venait sous sa plume avec une facilité, une extase de l'âme qui lui évoquaient parfois cette jouissance du corps, qu'il n'avait connue qu'avec Giulia Farnèse.

Il commença par leur dire que la façon dont les Anciens concevaient la course des astres n'était pas satisfaisante, car chaque planète devait se mouvoir selon des cercles parfaits et à la même vitesse. Il posait ensuite les hypothèses suivantes en sept brefs chapitres : dans le premier, il affirmait que tous les corps célestes ne se déplacent pas autour du même centre. Dans le second, que la Terre n'est pas le centre de l'Univers, mais seulement de l'orbe de la Lune. Dans le troisième, que le Soleil est le centre de l'Univers. Dans le quatrième, et il en eut le vertige, que la sphère immobile des étoiles fixes, l'ultime sphère, est bien plus éloignée de nous que Ptolémée le pensait. Il écrivit le mot « infini » et le ratura. Dans le cinquième, que la Terre tourne sur elle-même, sur son axe, ce qui donne l'illusion d'une course diurne du Soleil, des planètes et des étoiles fixes. Ainsi le ciel ne roule pas, mais la Terre se mouvant, chaque astre fuit et coule au rebours. Dans le sixième, que la Terre tourne, un an durant, autour du Soleil en gardant son axe fixe, ce qui explique le déplacement annuel de l'astre du jour sur le zodiaque. Dans le septième, enfin, que si les planètes semblent parfois s'arrêter ou retourner en arrière, c'est parce qu'elles aussi tournent, à la même vitesse que la Terre, autour du tabernacle solaire.

Il se relut, deux fois, trois fois, plus encore, biffant tel mot, en rajoutant tel autre, tel un peintre qui s'éloigne de son tableau, puis s'en rapproche pour rajouter une légère touche qui ne sera vue que de lui. Bien sûr, il ne démontrait rien, il affirmait. Mais un artiste a-t-il à démontrer son œuvre ? À la fin de son petit traité, il ne put s'empêcher de s'extasier : « Contemple, lecteur : trente-quatre cercles suffisent pour la danse entière des planètes. » Pris d'un scrupule, il affirma en conclusion qu'il remettait à plus tard les preuves mathématiques de ses sept hypothèses. À plus tard, c'est-à-dire dans son « grand œuvre ». Grand œuvre… En latin, la formule était banale. Mais qui la traduirait en arabe y lirait « Almageste ».

Il établit ensuite une liste de correspondants à qui il enverrait son *Bref commentaire des hypothèses de Nicolas Copernic sur les mouvements célestes*. Puis il consulta son oncle sur d'autres noms.

— Ingrat, s'exclama l'évêque en riant. Tu as oublié ton ancien précepteur.

— Quoi, Sculteti, ce gros…

Nicolas se mordit les lèvres : il avait failli dire « ce gros chanoine ».

— Tu te trompes sur son compte. Il possède d'excellentes compétences en ces matières. C'est bien lui qui t'a instillé le démon des mathématiques, n'est-ce pas ? Et puis, il est très proche des Médicis. Peut-être moins que toi tu l'étais d'une certaine Farnèse, mais proche quand même.

— J'ai prévu de l'envoyer également à l'un de mes condisciples de Ferrare, Nicolas Schönberg, qui est resté sur place au service du duc Alphonse d'Este.

— Et de son épouse, Lucrèce Borgia ? Diable ! La nation des étudiants allemands en Italie fait bien plus de ravages qu'à mon époque ! De plus, dans un an, si les négociations aboutissent, Sa Majesté Sigismond de Pologne épousera une Sforza. Envoie donc ton opus à la fiancée, en futur et loyal sujet. Mais… gare, hein ?

— Mon oncle, voyons, je n'ai plus vingt ans. Pouvez-vous me prêter un de vos copistes ? Mon poignet ne s'en ressentirait pas de cette vingtaine d'exemplaires.

— Pas de moine, surtout pas de moine. Il serait capable d'aller crier partout à l'hérésie. Prends donc ma fille Anna. Elle a une très jolie écriture. Elle possède suffisamment de latin pour ne pas faire de fautes, mais pas assez pour comprendre la teneur de ton propos. Mais… gare, hein ?

— Là, mon oncle, je ne vous promettrai rien.

— T'ai-je demandé de promettre ? Un chanoine digne de ce nom se doit d'avoir une gouvernante, n'est-ce pas ?

Pendant huit jours, Nicolas et Anna travaillèrent, côte à côte. La jeune femme ne se contentait pas de copier, elle demandait parfois des explications, démentant ainsi le pronostic quelque peu misogyne de l'évêque. Nicolas, ravi, se faisait le plus pédagogue des maîtres, usant de ses talents de dessinateur. Quand elle l'interrogea sur ce que signifiaient les stations et rétrogradations des planètes, l'astronome dessina rapidement la petite boucle que le trajet apparent de Mars faisait sur le fond fixe des étoiles de l'écliptique :

— Vois-tu, Anna, la planète qui, normalement, accompagne le Soleil dans son déplacement, se meut parfois en sens contraire. Elle stationne d'abord, rétrograde, puis repart de l'avant, tel un chien errant suivant son maître. Il faut expliquer cela.

— Et c'est « cela » que vous appelez « sauver les apparences » ?

— Exactement. C'est ce qui a poussé les astronomes grecs, et Ptolémée en dernier chef, à imaginer une machinerie de plus en plus compliquée, qui fait injure à la beauté de la Création. Suppose d'abord, Anna, qu'une planète P se meuve en cercle parfait centré sur la Terre T, comme ceci.

Et Nicolas fit un nouveau croquis :

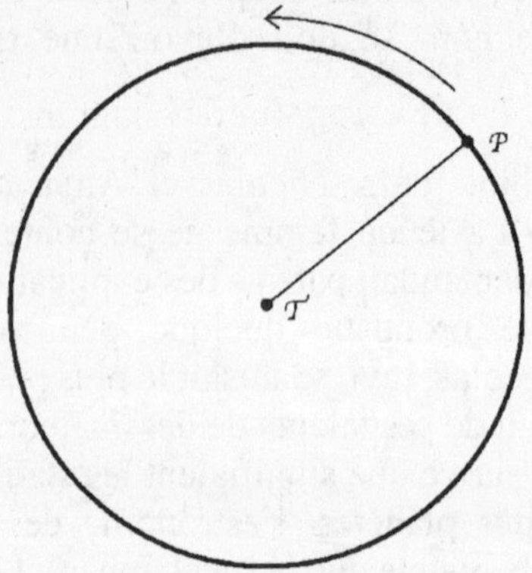

— La figure est parfaitement harmonieuse, poursuivit-il, mais elle ne rend pas compte des apparences : elle n'explique pas les boucles. Il faut donc supposer que la planète P se déplace sur un petit cercle, l'épicycle, dont le centre C tourne lui-même sur la circonférence du grand cercle, que l'on appelle désormais le déférent, et qui reste centré sur la Terre, comme cela :

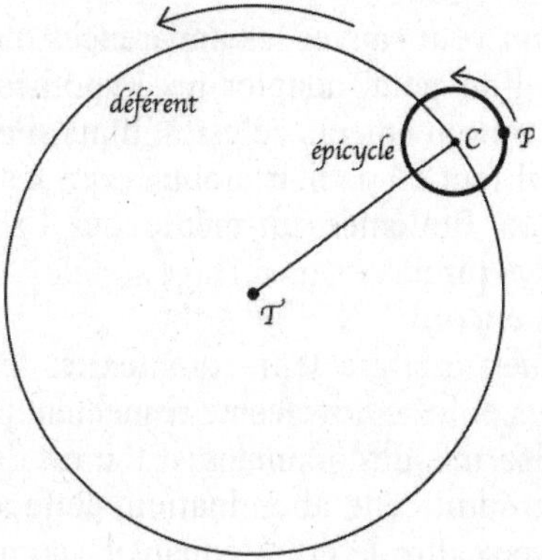

— Ah, c'est joli, dit ingénument Anna, et cela doit fonctionner à merveille !

— Pas du tout, car les apparences ne sont toujours pas sauvées. L'étape d'après consiste à décaler la Terre du centre O du déférent, qui devient ainsi un « excentrique ». Voici :

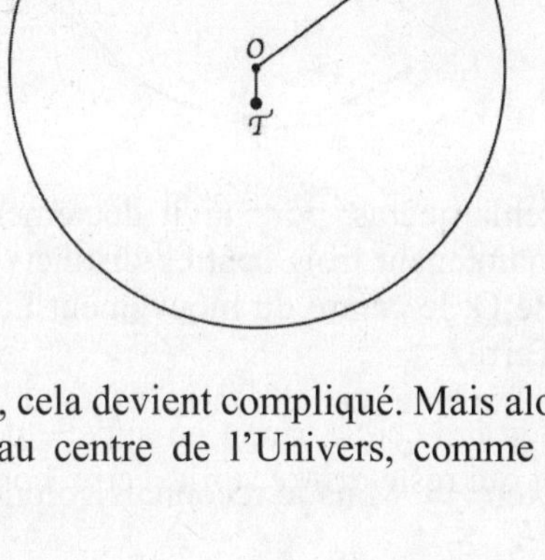

— Hou, cela devient compliqué. Mais alors la Terre n'est pas au centre de l'Univers, comme l'enseigne Aristote ?

— Si l'on veut sauver les apparences, non ! Il faut, autant que l'on peut, adapter les hypothèses les plus simples aux mouvements célestes, mais si elles ne suffisent pas, il faut en choisir d'autres qui les expliquent mieux. C'est Ptolémée lui-même qui l'a dit ! Mais attends, il y a pire !

— Quoi encore ?

— Eh bien, malgré leur complexité, les déférents excentriques et les épicycles ne respectent pas la loi de vitesse uniforme des planètes. Et c'est là que Ptolémée a introduit cette abomination, cette affreuse tricherie, je veux dire le point équant E, comme flottant dans l'espace, mais par rapport auquel le mouvement du cercle C de l'épicycle est uniforme, comme ceci :

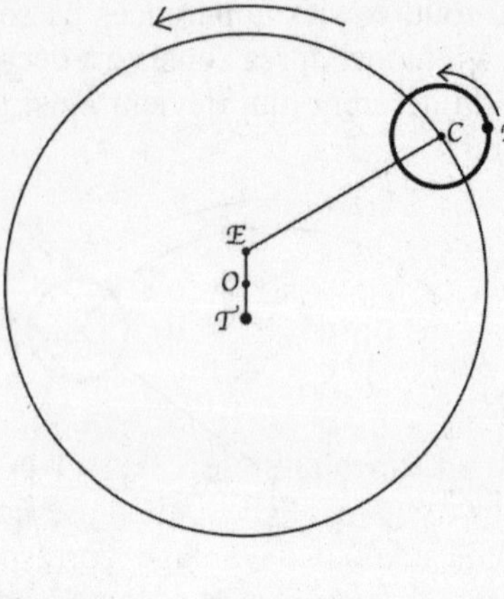

— Tu remarqueras, poursuivit doctement Nicolas, qu'il y a maintenant trois centres distincts : le centre géométrique O, le centre du mouvement E, et la position de la Terre.

— Une horrible cacophonie, m'as-tu dit l'autre jour, Nicolas.

— Exactement. Mais je reconnais volontiers à Ptolémée un grand génie mathématique, car malgré tout, son système sauve les apparences, puisqu'il explique très bien la petite boucle planétaire que je t'ai dessinée ! Regarde, en combinant tous les schémas, la planète P roulant sur tous ses engrenages circulaires est bien vue, depuis la Terre, entre deux positions P1 et P2, avec une phase de station et de retour en arrière :

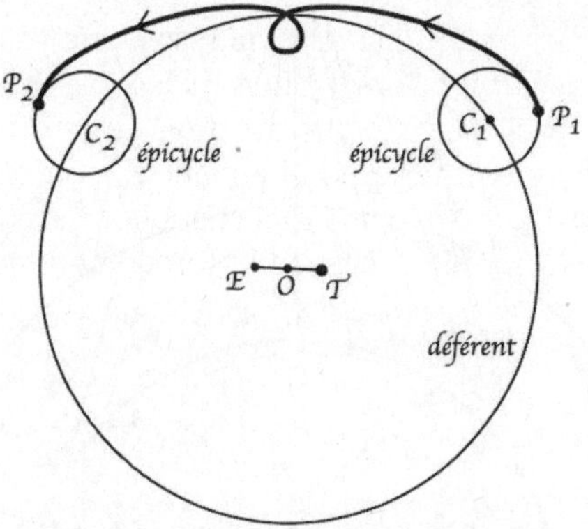

— C'est très ingénieux, en effet, dit Anna qui commençait à ne plus bien suivre la démonstration. Mais alors, Nicolas, reprit-elle avec une charmante naïveté, comment as-tu pu trouver quelque chose de mieux ? Cela paraît impossible !

— J'ai trouvé quelque chose de plus simple en tout cas, et qui me semble davantage correspondre à la volonté de Dieu, le plus parfait et le plus économe des artistes, fit Copernic non sans suffisance.

Alors il prit une feuille vierge, une plume, une règle, et il lui fallut une bonne dizaine de minutes pour tracer un graphique d'une extraordinaire élégance, qu'il montra ensuite à une Anna éberluée :

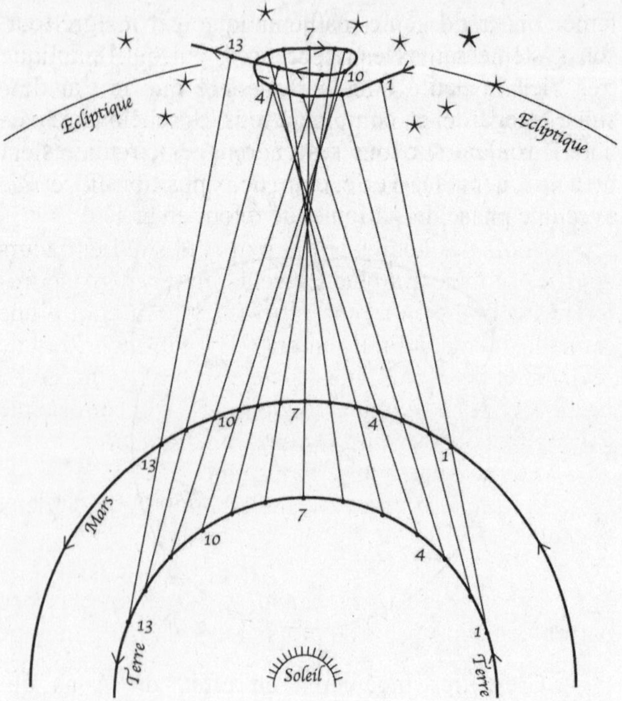

— Tu vois, si c'est le Soleil qui est au centre de l'Univers, et si la Terre tourne autour de lui dans le même sens que les autres planètes mais à une vitesse différente, alors toutes ces stations et rétrogradations s'expliquent par un simple effet de perspective. En réalité, la Terre s'approche au point 1 d'une planète extérieure comme Mars, elle la dépasse en 7 parce qu'elle va plus vite, ensuite elle s'en éloigne jusqu'en 13, et ainsi de suite. Tu constates alors que, projeté sur le cadre fixe du firmament étoilé, dans l'écliptique, le mouvement apparent de Mars forme notre fameuse boucle aplatie…

— Mais c'est extraordinaire, c'est merveilleux, Nicolas ! balbutia Anna, les yeux embués de larmes.

C'était comme si, en quelques minutes et avec une poignée de croquis, quinze siècles d'astronomie s'étaient évaporés pour faire éclore une nouvelle fleur à la beauté sublime, ainsi perchée sur son unique tige tendue vers le ciel.

Au cours des heures et des jours qui suivirent, leurs souffles se mêlèrent plus souvent, leurs genoux se frôlèrent de moins en moins furtivement. Au bout d'une semaine, quand enfin ils eurent fini l'énorme travail de révision et de copie, Nicolas se leva, ouvrit tout grand les bras et lança, comme un étudiant à son condisciple avec lequel il a travaillé sur un pénible mémoire :

— Embrassons-nous, compagnon.

Leur étreinte fut bien plus tendre que celle de deux bacheliers.

Le *Résumé*, le *Commentariolus*, fut envoyé un peu partout en Europe, à tout ce qui comptait comme mécènes, savants et philosophes. Il y eut bientôt des réponses enthousiastes qui demandaient l'autorisation de le copier à leur tour pour des personnes choisies. C'était bien cela que Copernic avait exigé : à l'imitation de Pythagore et de ses disciples, où l'on se passait de la main à la main les livres de doctrine sans s'exposer à soulever les clameurs de la multitude, il voulait que son ouvrage ne soit diffusé qu'à ses seuls amis, ou auprès d'initiés aimant le juste et le vrai.

Alors, de Londres à Naples et de la Suède jusqu'à l'Andalousie, se répandit la rumeur qu'au fond de la Pologne, un certain Nicolaus Copernicus avait osé mettre le Soleil au centre de l'Univers et réduire la Terre à une simple planète. Certains d'entre eux y avaient pensé. Aucun n'avait eu le courage de le dire.

Désormais, dans les austères cabinets de savants ou sous les ors des palais italiens, on attendait de lui son anti-*Almageste*.

L'année 1512 commença sous les meilleurs auspices. Par une lettre d'Érasme lui-même, le félicitant pour son *Commentariolus* et ses épîtres, l'encourageant à enrichir ce premier ouvrage. De Florence, Sculteti lui annonça que les Médicis avaient repris le pouvoir, et qu'à Latran s'ouvrait un grand concile, où il se faisait fort de faire venir son ancien élève afin qu'il participe à la réforme du calendrier. C'était la pourpre cardinalice assurée. Enfin, en juillet, à Cracovie, auraient lieu les noces du roi Sigismond avec Bona Sforza, dont le frère aîné venait de retrouver son fief de Milan. Tous les feux de l'Italie allaient briller sur la Pologne, et l'astronome Nicolas Copernic pourrait bien en être un des principaux bénéficiaires.

Jamais les huissiers annonçant l'entrée de l'évêque Watzenrode d'Ermlande dans la salle d'audience du château royal n'avaient vu un Lucas aussi souriant et gai. D'ordinaire, en public, il affichait une mine sévère et une allure martiale assez terrifiante. Durant un mois, ce ne fut que fêtes et bals. Lucas avait toutes les raisons d'être joyeux. Il avait plu à la jeune reine, grâce à son italien parfait. Surtout, ses allures d'homme d'Église et d'homme de guerre évoquaient à Bona Sforza de nombreux membres de sa parentèle. De plus, l'ordre Teutonique semblait à la Milanaise une barbarie d'un autre âge, et qu'un évêché se gouvernât comme une république lui paraissait tout à fait normal.

En tant que secrétaire, Nicolas était de toutes les audiences, de tous les conciliabules. Il n'en oubliait pas pour autant ses intérêts et menait sa cour à tout ce qui portait chapeau et toge de médecin ou de professeur. Il n'en avait pas besoin et put constater, non sans quelque vanité, qu'à Cracovie mais aussi dans les ambassades étrangères sa renommée était déjà grande.

Aussi grande toutefois que celle du secrétaire particulier du roi, Johann Flachsbinder, qui avait pris le nom latin de Dantiscus, car il était natif de Dantzig. De douze ans le cadet de Copernic, ce fils de brasseur avait beaucoup voyagé : après des études à Cracovie et quelques joutes contre les Turcs et les Tartares, il s'était rendu en Grèce puis en Terre sainte. Et en Italie, bien sûr, mais aussi en Espagne. Partout, ce séducteur impénitent avait collectionné les maîtresses et les bâtards. Car en plus, il se disait poète et avait composé quelques charmantes élégies néo-latines qui avaient fait le tour des cours d'Europe. Au retour de ce périple, Sigismond Ier lui avait confié une ambassade auprès de l'empereur Maximilien, à qui il avait su plaire, puis de son successeur Charles Quint. Et ce fut Dantiscus qui fit aboutir les négociations permettant le mariage du roi de Pologne avec Bona Sforza.

En d'autres temps, dans d'autres circonstances, « Copernicus » et Dantiscus auraient pu devenir les meilleurs amis du monde. Ils se détestèrent. Ils étaient en concurrence. L'astronome se fit plus grave et plus sérieux que de coutume, le poète plus prolixe et léger que son rôle de secrétaire du roi ne le laissait attendre. L'un trouva l'autre superficiel et fat, l'autre trouva le premier ennuyeux et prétentieux de vouloir ainsi remettre en cause le système ptoléméen.

Un jour, vers la fin des festivités, dans une des cours du château Wawel, Copernic était en grande discussion astronomique avec un chanoine de Varsovie qui lui demandait si son nouveau système ne risquait pas d'engendrer de nouveaux épicycles et de nouveaux excentriques qui pourraient bien compliquer les choses au lieu de les simplifier. Copernic répliqua que cela se verrait à l'usage, en multipliant les observations et en les croisant avec celles faites par les Anciens. Il était en lui-même un peu embarrassé et n'osait aller jusqu'au bout de ses calculs ; la pertinence des remarques de son interlocuteur l'irritait, sans qu'il en laissât rien paraître. Ils en étaient là de cette conversation quand quelqu'un le frappa doucement sur l'épaule. Il se retourna vivement, comme si on lui avait fait offense. C'était le baron Glimski. Le chanoine de Varsovie s'éclipsa discrètement.

— Baron ! Mais je vous croyais…

— À l'occasion de ses noces, Sa Majesté a bien voulu gracier un certain nombre de ses prisonniers.

L'homme qui avait dirigé la Pologne, et à son plus grand profit personnel, sous le règne précédent, était méconnaissable. Son regard, jadis si perçant derrière la fente mince de ses paupières, était devenu terne. Sous ses hautes pommettes, la fière moustache tombant loin au-dessous du menton s'était avachie et grisonnait. Et sa voix ne possédait plus cette autorité douce du redoutable intrigant, mais se faisait tremblante, obséquieuse. Une voix de conspirateur.

— Révérend Copernic, chuchota-t-il, je dois vous alerter d'un grand danger. On conjure à la perte de monseigneur Lucas Watzenrode.

— Ce n'est pas nouveau, répliqua un Nicolas plein de mépris. Il paraît que depuis trente ans les Teutoniques prient le ciel jour et nuit pour que le Diable le jette en enfer. Ainsi, vous continuez à comploter. Vos six ans de geôle ne vous ont donc pas servi de leçon !

— Je vous en supplie, croyez-moi. La vie de votre oncle est en grand danger. Il ne doit pas rester une journée de plus à Cracovie. Veuillez me suivre, je vais vous en donner la preuve.

Nicolas se laissa entraîner dans un long couloir sombre et tortueux, fermé à son extrémité par une petite porte. Il sentait à sa ceinture la présence rassurante d'une dague qui ne le quittait jamais. Derrière cette porte, il entendit plusieurs personnes en grande conversation. Et il reconnut l'accent bas-allemand, caractéristique d'Albert de Brandebourg, grand maître de l'ordre des chevaliers Teutoniques. Il disait :

— Si tu es sûr de ton fait, il faut que tout soit fini dès ce soir au souper. Mais je ne veux pas que l'on soupçonne quoi que soit. Le roi ne m'a guère en haute estime, et il bondirait sur l'occasion pour faire d'une pierre deux coups : intégrer l'Ermlande au domaine royal et confisquer nos possessions.

— Je le sais, grand maître, répliqua l'un de ses interlocuteurs. Ce soir, ce démon de Lucas soupera seul, sans sa brute de bâtard qui ira traîner dans les tavernes et sans son charlatan de neveu qui se réunira en ville avec quelques autres sorciers et alchimistes de son espèce.

— Comment sait-il tout cela ? chuchota Copernic.

— Silence ! Écoutez !

De l'autre côté de la porte, l'homme que Nicolas reconnut comme le vieux conseiller à qui il avait soigné un abcès à l'oreille poursuivit :

— Je me porte garant de l'individu et de son remède miraculeux. Je les ai payés assez cher pour cela. Le monstre tombera d'un coup. Comme il est d'un caractère sanguin, personne ne sera surpris de cette mort brutale. À soixante-cinq ans passés… Et si pour une raison ou pour une autre, ça ne marche pas ce soir, nous recommencerons demain, ailleurs. Mais il ne faut surtout pas qu'il quitte Cracovie.

— Le roi ne permettra pas qu'il s'en aille avant la

fin des cérémonies, dit une troisième voix qui rappelait vaguement quelqu'un à Copernic.

— Vous en savez assez, maintenant, murmura Glimski à l'oreille de Copernic. Filons, avant qu'on nous surprenne.

Quand ils furent de retour dans la cour, Nicolas s'apprêtait à courir prévenir son oncle lorsque Glimski le retint par la manche :

— Sauvez monseigneur. Faites-lui quitter la ville et revenir dans son domaine. Il ne sera en sécurité qu'à Thorn, parmi ses amis de la Ligue prussienne. Je vous y retrouverai.

— Pour avoir votre récompense ?

— Cette récompense, comme vous dites, sera de rentrer dans les faveurs de votre oncle, et les vôtres. Je puis vous être utile dans vos grands projets. Mais, je dois aller les rejoindre, maintenant, avant qu'ils ne soupçonnent quelque chose.

— Qui ça, « ils » ?

— Albert et ses complices, bien sûr. Comment croyez-vous que j'étais informé de cette réunion ? Je fais partie du complot, figurez-vous.

Quand Nicolas eut fini de raconter son récit à Lucas, celui-ci resta songeur un long moment. Puis il dit :

— Quelque chose ne va pas dans cette histoire. Pourquoi Glimski veut-il maintenant nous aider ? Croit-il à notre succès ? Peut-être, après tout, mais… Quelle étrange coïncidence ! Qu'il te permette d'écouter ainsi Albert juste au moment où il réglait les derniers préparatifs, cela me semble un peu fort.

— De toute façon, mon oncle, vous ne pouvez pas rester. Si cette histoire de poison est vraie, à tout moment et où que vous soyez, vous risquez la mort. Il nous est impossible de savoir en aussi peu de temps quel est votre assassin, au milieu d'une domesticité d'une cinquantaine de personnes. Et si c'est une machination, vous aurez bien assez de tout le voyage de retour, et moi ici, à Cracovie, pour tenter de la déjouer. J'ai assez d'amis sur place pour me donner des renseignements. Et qui se méfierait d'un petit chanoine, vaguement médecin, perdu dans les étoiles ?

— Tu as sans doute raison, Nicolas. Décidément, tu as bien plus appris auprès de ton ami Machiavel qu'auprès des meilleurs professeurs bolognais de droit canon. Je vais prendre congé de Sa Majesté en inventant quelque problème au chapitre de Frauenburg. Et je lui confie mon secrétaire particulier, qui saura si bien lui parler de la Lune et du Soleil.

Une heure plus tard, le puissant cortège de l'évêque d'Ermlande quittait Cracovie, tandis que Nicolas Copernic se rendait à son ancien collège pour y donner une conférence sur l'astronomie.

Durant les dix jours qui suivirent, il multiplia les causeries devant la reine, le roi, les ambassadeurs, le haut clergé et la fine fleur de l'aristocratie polonaise. La plupart n'y comprenaient pas grand-chose, aussi parlait-il plus en poète qu'en philosophe de la nature.

— Je ne rougirai pas de déclarer, disait-il souvent en préambule, que l'orbite de la Lune et le centre de la Terre tournent en un an autour du Soleil dans une grande orbite dont le Soleil est le centre. Le Soleil est immobile, et toutes les apparences sont expliquées par le mouvement de la Terre…

Parfois, on lui demandait pourquoi, si la Terre tournait sur elle-même, les forêts, les montagnes, la mer et les êtres vivants n'en étaient-ils pas chassés, comme les grains de sable d'une toupie. Il répondait alors que la vitesse de cette rotation, ainsi que celle de l'orbite autour du Soleil, étaient tellement harmonieuses et si bien calculées par le grand Architecte, que cela ne se pouvait pas. Et à ceux, un peu plus éclairés, que cette vague réponse ne satisfaisait pas, il précisait :

— Mais, si, comme le croit Ptolémée, c'était la sphère des étoiles qui tournait en vingt-quatre heures autour de la Terre, la dispersion que vous craignez à la surface de notre planète ne serait-elle pas plus à craindre pour les étoiles lointaines, leur mouvement étant infiniment plus considérable ? En ce cas, plus le rayon augmenterait, plus le mouvement serait rapide, comme dans un immense manège, le rayon et la vitesse croîtraient ensemble à l'infini. Le ciel n'aurait ainsi pas de bornes. Or, ce qui est infini ne peut ni passer ni se mouvoir ; donc le ciel est immobile !

D'autres, qui se souvenaient d'avoir lu en leur jeunesse studieuse un Sacrobosco ou quelque autre vague commentaire simplifié de Ptolémée, faisaient valoir qu'une pierre lâchée du haut d'une tour tombait bien verticalement, et non pas vers l'ouest, comme on l'attendrait si la Terre tournait d'est en ouest.

— Argument classique d'Aristote, répondait Copernic avec aplomb. Mais lui pas plus que vous n'envisagez que la pierre, tout comme l'air dans lequel elle tombe, participe au mouvement de rotation de la Terre…

Un jour, un évêque qui avait quelque connaissance en astronomie fit remarquer que si Copernic avait raison, si nous étions ainsi portés à l'envi tout à l'entour du Soleil, nous devrions voir les étoiles fixes bouger à mesure que la Terre se déplace, par un simple effet de perspective. Ravi d'une question aussi pertinente, Copernic expliqua :

— Pas nécessairement, monseigneur, car le rayon de l'orbite terrestre, quelque grand qu'il soit, n'est rien en comparaison de celui des étoiles fixes. Ainsi, comme va la voiture sur une route bordée d'arbres, ou comme va, suivant la rive, le vaisseau que l'eau emporte, nous voyons les positions des arbres changer par effet de perspective, car les arbres sont proches. Mais les montagnes à l'horizon ne bougent pas, car elles sont trop éloignées pour que le changement de perspective soit perceptible. Ainsi en est-il de chaque signe, chaque clou d'or fixé au firmament.

Une autre fois encore, des clercs soupçonneux affirmèrent que cela allait à l'encontre des Écritures : comment, en effet, Josué aurait-il pu arrêter la course de l'astre des jours, puisque celui-ci serait immobile au milieu de toute chose ? Question plus dangereuse, à laquelle Copernic se déroba plaisamment, mettant les rieurs de son côté, en s'excusant de n'être qu'un piètre exégète de la Bible, mais que sans doute il fallait y voir une profonde réflexion sur l'omnipotence divine.

En l'écoutant, son auditoire s'interrogeait en quel temps et quelle saison ils vivaient, et, lorsqu'il demandait raison et nécessité d'un tel changement, Copernic, qui n'avait pas encore acquis la prudente réserve de ses vieux jours, songeant aussi aux récents bouleversements de la géographie terrestre apportés par les Colomb et autres Vespucci, répondait fièrement :

— Quelle raison, quelle nécessité voulez-vous ? Que nul ne s'ébahisse si, en un nouveau siècle, il y a une nouvelle face du monde !

Bref, Nicolas Copernic était à la mode, et cela l'enchantait.

La délégation des chevaliers Teutoniques avait quitté discrètement la capitale, peu de temps après le départ de l'évêque Lucas. Quant à Glimski, il avait disparu. Ses complices s'étaient-ils aperçus de sa trahison ? Nicolas s'en inquiéta. Son oncle était peut-être en danger, et lui, il pérorait devant un parterre de beaux messieurs et de belles dames. Puis il oublia, en se disant que le complot avait été déjoué, grâce à lui.

Cette année 1512, qui aurait dû être la plus faste de sa vie, fut la plus sombre. Une nuit, alors qu'il dormait dans la résidence de son oncle, un domestique vint le réveiller. Il s'habilla en tâchant de ne pas réveiller Anna qui sommeillait à ses côtés. Au salon, Sculteti l'attendait avec une mine catastrophée. Légat d'Ermlande auprès de la république de Florence, il avait assisté aux cérémonies, puis était reparti avec l'évêque Lucas. Durant les entretiens qu'il avait eus avec lui, Nicolas s'était rendu à l'affirmation de son oncle : le gros chanoine était beaucoup plus fin et plus érudit que son embonpoint ne le laissait pressentir. Et son ancien précepteur un peu méprisé était devenu un ami. Quand Nicolas pénétra dans la salle, Sculteti se dressa, puis s'effondra dans son fauteuil ; la tête dans les mains, il se prit à sangloter. Copernic comprit. Ses dents se serrèrent. Lucas n'aurait pas pleuré. Nicolas serait aussi fort que lui.

— Comment est-ce arrivé ? demanda-t-il d'une voix un peu trop ferme.

La question était formulée d'une façon tellement autoritaire que le chanoine éploré sursauta : il avait cru entendre l'évêque en personne. Il renifla et raconta :

— Nous étions arrivés devant les portes de Thorn. Il faisait une chaleur infernale. Comme d'habitude, la cérémonie de la remise des clés était interminable et le bourgmestre s'empêtrait dans son discours. Toujours le même, vous savez…

Les deux hommes ne purent s'empêcher de sourire.

— Et comme toujours, monseigneur s'impatientait. Comme toujours, il demanda un verre de tokay très frais mélangé de malvoisie. Aussitôt après l'avoir avalé d'un trait, à sa façon inimitable…

Sculteti fit le geste d'un homme qui ingurgite une boisson à la régalade. Puis, à ce souvenir, il eut un sanglot. L'image de Lucas buvant avait transpercé sa mémoire.

— Poursuivez, Bernard, dit paternellement Copernic.

— Aussitôt après, il fut pris de terribles douleurs au ventre.

— Qui le lui avait servi, ce breuvage ?

— Son nouvel apothicaire. Nous avons interrogé très vigoureusement cet individu, et il n'a fait aucune difficulté pour avouer que c'était lui qui avait versé le poison dans la coupe. Cette canaille est un Italien, de la suite de la reine…

— De la reine de Pologne ? De Bona Sforza ? Qui l'a engagé ?

— Le régisseur, comme d'habitude, sur la recommandation du chapelain de monseigneur Lucas. Et voici le fond de l'affaire : c'est Glimski qui avait présenté l'apothicaire audit chapelain.

— L'imbécile !

— Qui, Glimski ?

— Non, le chapelain. Et moi, je ne suis qu'un âne bâté. Je suis pire que cet abruti. C'était mon rôle de secrétaire et de médecin de veiller à cela. Je suis un criminel ! J'ai tué mon oncle !

Alors, sans qu'il pût se contenir, Nicolas s'effondra à son tour et hurla tout en pleurant :

— Je suis un criminel, un imbécile de criminel !

Sculteti posa ses petites mains boudinées sur les larges épaules de son ancien élève et murmura :

— Nicolas, mon ami, c'est faux, vous n'y êtes pour rien. Ne vous mettez pas cette idée en tête, elle vous tuera. D'ailleurs, les dernières paroles de monseigneur, avant de rendre son âme à Dieu en bon chrétien, furent pour vous. Jamais un père n'a parlé avec autant de tendresse de son fils. Il m'a dit : « Sculteti, fidèle compagnon, pars à Cracovie immédiatement. Tue autant de chevaux qu'il est nécessaire. Emmène au plus tôt mon neveu avec toi, de force, s'il le faut jusqu'à Frauenburg. Surtout, interdis-lui de demander justice au roi. Il s'y perdrait. Car peut-être la reine est impliquée dans mon trépas. Ma mort n'a pas d'importance, mais la sienne, Sculteti, la sienne serait une calamité pour le monde, pour l'avenir, pour l'humanité. Sais-tu à qui tu as enseigné le latin et l'algèbre, Sculteti ? Au plus grand génie de son temps. Et moi, ah, que je sois maudit, moi, junker obtus, je l'ai entraîné dans mes petites intrigues, dans mes querelles ridicules au lieu de laisser s'épanouir cette plus belle fleur des temps nouveaux, cette fleur unique de vérité. Sauve-le, Sculteti, et hisse-le au panthéon du siècle, en pleine lumière. File, maintenant, et dis-lui bien, à ce garnement, qu'il a été ce que j'ai de plus cher au monde, ma seule fierté. »

« Ce garnement… » Même à l'agonie, Lucas ne pouvait s'empêcher de voir son neveu, de bientôt quarante ans, comme un enfant. Nicolas ne sut s'il fallait s'en attendrir ou s'en agacer une ultime fois. Soudain un éclair traversa sa cervelle : la voix ! La troisième voix, en plus de celle d'Albert et de son vieux conseiller, c'était celle du secrétaire de Sigismond Ier, ce Johann Flachsbinder qui se faisait appeler Dantiscus, il en était sûr maintenant. Le roi et la nouvelle reine de Pologne étaient complices du meurtre !

— Nicolas, obéissez, je vous prie, aux dernières volontés de votre oncle. Partons, maintenant. Mlle Anna nous rejoindra à Frauenburg, où la demeure qui vous est due en tant que chanoine vous attend. Le brave Radom est à la porte. Malgré toute la vénération qu'il vous voue, il est capable de vous assommer et de vous emporter en croupe de son cheval.

— Encore faudrait-il qu'il le puisse, répliqua Nicolas, non sans vantardise. Mais j'obéirai. Donnez-moi trois heures. J'ai un rendez-vous important auquel je ne surseoirai pas.

— Lequel ?

Copernic alla à la fenêtre, qu'il ouvrit. Il héla :

— Entre donc, vieux Radom, nous avons à causer.

Le géant, qui lui avait jadis servi de garde du corps, entra en baissant machinalement la tête, même si la porte était quand même assez haute pour qu'il puisse passer sans heurter le sommet de son crâne poli comme un miroir.

— Radom, pour une fois, tu vas me servir à quelque chose. Tu veux venger monseigneur, n'est-ce pas ?

— Oui, mon maître. Si je rencontre l'infâme Glimski, je l'écraserai, comme ça.

Et Radom claqua l'une contre l'autre les paumes rouges de ses énormes battoirs. C'était la première fois que Copernic l'entendait prononcer autant de mots à la fois derrière sa moustache tombante.

— Eh bien figure-toi, vieux Radom, que je sais où cette canaille se terre. On m'a dit qu'il était dans une certaine auberge de la basse ville que mon frère et moi avons un peu fréquentée, jadis.

— J'irai seul. Vous ne devez courir aucun risque, mon maître. C'est ce qu'a ordonné monseigneur.

— Monseigneur est mort, et c'est moi qui commande désormais.

Radom montra, d'un mouvement de sa hure, qu'il acceptait.

— Eh bien, j'en suis, moi aussi, s'exclama Sculteti.

Vous ne vous imaginez tout de même pas que je vais vous attendre ici à broder des coussins ?

Pour toute réponse, Copernic jeta un œil gêné à la jolie bedaine du secrétaire de Jean de Médicis. Celui-ci s'empourpra de fureur et clama en se tapant le ventre :

— Quoi, ce n'est pas du vide, cela ! C'est du muscle ! Et croyez-moi, à cinquante ans, je sais encore manier cette dague mieux que personne. Elle me vient de mon père.

Cinquante ans ! Nicolas fit un rapide calcul : Sculteti n'en avait donc que vingt quand son oncle le prit comme précepteur de ses neveux. Dire qu'Andreas et lui, ces « garnements » de quinze ans, le prenaient alors pour une vieille barbe ! Andreas… Où était-il ? À Rome, sans doute, où il avait obtenu l'autorisation de repartir pour se faire soigner. « Je suis vraiment orphelin, maintenant, songea-t-il en un éclair. À mon âge, ce mot est ridicule. »

Les trois cavaliers descendirent vers le fleuve. Là-haut, par une chaude nuit, le ciel pur jonglait avec les étoiles filantes. Aux guérites barrant le pont de la Vistule, les sentinelles ne firent aucun embarras : en ces jours de liesse, il fallait bien que les messieurs du château aillent eux aussi s'encanailler un peu, n'est-ce pas ? Et puis, la bourse que leur lança Copernic leur sembla assez lourde. Quand ils furent dans la basse ville, Radom lui tendit une gourde :

— Buvez ça, mon maître, dans ce genre d'affaire, c'est mieux que tous vos remèdes.

« Décidément, il devient bavard, ce garçon, songea Copernic en glougloutant une eau-de-vie âcre qui lui porta les larmes aux yeux. Il faudra remettre de l'ordre dans tout ça, à Frauenburg. »

L'ancien bordel « Le Bouquet de violettes » avait changé d'enseigne. Il s'appelait maintenant « La

Colombe de Milan », en l'honneur de la nouvelle reine de Pologne. Mais la même lanterne rouge vacillait au-dessus de la porte. Les joues de Nicolas lui chauffaient quand il sauta de cheval. Il diagnostiqua que l'eau-de-vie n'était pas la seule origine de son excitation. Ses deux compagnons au plus près derrière lui, il frappa vigoureusement le marteau. Le judas s'ouvrit sur une face blafarde :

— C'est complet, hurla le guichetier.

Et le petit volet se referma en claquant. Radom écarta doucement son maître. Ses poings formidables se mirent à tambouriner sur la porte cloutée. Le guichet se rouvrit, mais avant que l'homme pût prononcer un mot, d'un geste preste, Radom lui saisit le nez entre le pouce et l'index. « Tiens ? Il est gaucher », remarqua Copernic.

— Tu ouvres, charogne, ou je t'arrache ton masque !

Les serrures grincèrent. D'un coup d'épaule, Radom fit pivoter la porte qui alla assommer le tenancier contre la cloison. Les trois hommes entrèrent. Dans la salle commune, il n'y avait que quatre clients en train de lutiner des filles, dont les gloussements mensongers cessèrent à cette irruption pour être remplacés par des cris stridents. Et au fond, dans un coin, le baron Glimski se dressa de son siège, repoussant brutalement le jeune serveur qu'il enlaçait. Les filles et le giton se réfugièrent sous les tables en hurlant. Les armes jaillirent de leur fourreau. Pas celle de Radom, qui s'avança paisiblement vers les deux soldats du milieu, saisit les lames dans ses mains et les arracha comme une cuisinière arrache les plumes d'un poulet. Puis il les saisit par la tête et leur heurta par trois fois le crâne l'un contre l'autre. Les deux hommes s'effondrèrent. Sculteti, quant à lui, oublia cette fameuse dague dont il faisait pourtant si grand cas et, comme un énorme boulet sorti de la gueule d'une bombarde qui aurait eu pour nom Adamastor, se projeta contre son adversaire, une sorte de petit rat sec et nerveux muni d'un sabre et d'un long couteau. Ils chutèrent l'un sur l'autre. Sculteti l'écrasa de sa masse, l'étouffa, puis se releva avec la grâce des éléphants, avant de lui enfoncer sa dague dans le cœur.

Copernic, cependant, escrimait contre le quatrième garde de Glimski, un escogriffe efflanqué et velu qui lui faisait penser à son maître d'armes, l'un des plus fameux de Bologne. L'autre se défendait tant bien que mal contre cet assaut d'école un peu besogneux mais appliqué. Parade, esquive, tierce, quarte, les lames s'enroulèrent, celle de l'escogriffe s'envola pour aller se planter sur le plancher graisseux et disjoint. Le sicaire se jeta à genoux en criant grâce. Comme l'exigent les règles, son vainqueur posa la pointe de son arme sur sa poitrine. Il l'aurait même salué, si Radom ne s'était pas interposé et n'avait pas tranché la gorge du malheureux, d'un geste simple, celui d'un paysan coupant la tige d'un chou de sa serpette. Le sang jaillit telle une source et éclaboussa les bottes de l'astronome.

Ne restait que Glimski. Il se tenait droit, les bras croisés, au fond de la salle. Son étrange visage évoquait irrésistiblement à Nicolas celui du grand Khan, tel qu'il l'avait imaginé dans ses lectures d'enfant du *Livre des merveilles* de Marco Polo.

— Je vous attends, messieurs, achevez votre œuvre, dit-il d'une voix qui ne tremblait pas.

Copernic et Sculteti se regardèrent, embarrassés. Que fallait-il faire ? Alors, une voix grondante, terrible, celle de Radom, s'éleva :

— Sortez, vous deux, sortez, mes maîtres. C'est mon travail, maintenant, pas le vôtre.

Pris de panique, Nicolas et Bernard s'enfuirent du bordel, presque en courant. Ils claquèrent la porte derrière eux et attendirent. Soudain, ils entendirent un cri affreux, puis un autre, puis un troisième pire encore. Un silence éternel. Là-haut, une étoile filante déchira le ciel. Enfin, Radom apparut, referma soigneusement, avec une certaine componction solennelle, la porte derrière lui, comme seul le plus dévoué des valets sait le faire.

— Voilà, c'est fait, dit-il placidement. Il est grand temps de partir. Sans vouloir vous commander, mes maîtres.

VII

Cela faisait bien longtemps que le chapitre des seize chanoines de Frauenburg ne s'était retrouvé au grand complet dans sa cathédrale. À l'occasion de la messe funèbre en mémoire de l'évêque Lucas Watzenrode, même Andreas Copernic avait été convoqué, après quatre nouvelles années passées à Rome pour, disait-il, se faire soigner. Plus d'un espérait qu'il n'en reviendrait jamais. Mais Nicolas s'était fait un devoir de lui annoncer la mort de son oncle, en lui expédiant une longue lettre chez l'ami allemand avec lequel son aîné vivait en Italie.

Arrivé à Frauenburg deux mois après son frère, Andreas n'avait pas pris la peine de lui rendre visite, terré dans la maison de campagne à laquelle sa charge lui donnait droit. Cette fois, il ne pourrait plus l'éviter : le chapitre devait se réunir afin d'établir une liste de trois noms à proposer au roi de Pologne, parmi lesquels il choisirait le successeur de l'évêque d'Ermlande. Cependant Andreas était en retard, et sa place était vide…

Les débats ne furent pas longs. Tout avait été arrangé depuis longtemps. Le nom de Nicolas Copernic fut mis en tête, suivi par celui d'un ancien chevalier Teutonique qui avait quitté l'ordre de façon retentissante et vivait paisiblement retiré sur ses terres.

Celui-là, on savait pertinemment que le roi le refuserait. Le troisième se nommait Tiedemann Giese, le benjamin des chanoines de Frauenburg. Nicolas l'avait connu à Ferrare. C'était lui qui l'avait accueilli là-bas avec un grand enthousiasme. Et quand, une fois ses études terminées, il était revenu dans sa ville natale de Dantzig, Nicolas l'avait fait nommer chanoine par Lucas.

Le chapitrc allait approuver cette liste et envoyer Bernard Sculteti, dont les talents de négociateur n'étaient plus à prouver, à Cracovie auprès du roi. À ce moment-là, la porte s'ouvrit brutalement, un homme courbé en deux et s'appuyant sur une canne, le bas du visage dissimulé, apparut dans l'embrasure et se mit à crier d'une voix tremblotante :

— L'oncle ne vous a-t-il pas suffi ? C'est maintenant le neveu que vous envoyez à la mort ?

Alors seulement, Nicolas reconnut Andreas. Il allait se lever pour aller vers lui, mais Sculteti, qui était à ses côtés, le retint par la manche :

— Surtout, ne bouge pas. Ce n'est pas à toi d'intervenir, c'est à l'abbé. Et fais exactement ce que je te dirai de faire.

Le chanoine abbé, le seul qui avait le droit de célébrer la messe, se leva et, dressant un long doigt osseux vers l'intrus, gronda d'une voix de tonnerre :

— Nous t'avions pourtant averti maintes fois, Andreas Copernic, que si tu recommençais tes scandales et ta mauvaise conduite, nous serions obligés de nous défaire de toi. C'était seulement par égard pour monseigneur que nous avons autorisé ce nouveau séjour en Italie pour te faire soigner.

— Maintenant qu'il est mort, ricana Andreas, vous avez les mains libres, mes beaux messieurs, pour vous débarrasser de sa famille, hein ?

Le chapitre se mit à pousser les hauts cris :

— Dehors, le lépreux ! Au lazaret !

Nicolas se leva, prêt à laver dans le sang cette injure faite à sa famille. Sculteti le fit se rasseoir et lui dit à l'oreille :

— Je te raconterai tout cela plus tard. La maladie de Vénus a brûlé sa raison. Et monseigneur Lucas avait dû peser de toute son autorité pour que ton frère ne soit pas chassé ignominieusement. Mais là où Andreas a raison, c'est que maintenant que votre oncle est décédé, ils vont se déchaîner.

— Quand le berger disparaît, les agneaux n'obéissent plus aux chiens, ricana amèrement Copernic.

— Exactement. Donc, si tu veux l'évêché, il va falloir sacrifier ton frère.

Un autre chanoine se leva, une sorte de bellâtre suffisant, réclamant que le procès d'Andreas eût lieu sur-le-champ, afin qu'on en finisse avec le temps de la débauche.

— Qui est ce fat ? demanda Copernic à Sculteti.

— Alexandre Soltysi. Tu n'es pas le seul, hélas, à avoir un frère. Le tien est un dépravé, le mien, un imbécile.

Soudain, Andreas s'effondra sur le sol. Il s'allongea sur le ventre les bras en croix. Le silence se fit. Sculteti chuchota rapidement à l'oreille de Copernic :

— Sors-le d'ici. Va le cacher quelque part. Les autres ne comprendraient pas que tu restes passif.

Nicolas se dirigea vers son frère, se pencha sur lui, murmura un « allons, viens, il est temps de rentrer à la maison » comme au temps de leur enfance, à Thorn, quand il était déjà le sage et son aîné, le fou. Andreas se mit péniblement à genoux. Nicolas lui prit une main épouvantablement maigre, le redressa et l'entraîna hors de la cathédrale en le serrant dans ses bras. Dehors, il ordonna au cocher de sa voiture de filer à la maison, pour confier le malade à Mme Anna Schillings, sa gouvernante. Puis il rentra dans la vaste et sombre salle du chapitre, où les quatorze autres chanoines tenaient un débat très animé qui laissa la place à un silence gêné quand il réapparut. Malgré les regards implorants de Sculteti, il décida de le rompre :

— Grâce à votre bienveillance, j'ai tardé trop longtemps à prendre ma place parmi vous. Mais, durant tout le temps que je suis resté auprès de monseigneur l'évêque d'Ermlande, je n'ai eu de cesse de défendre à la cour de Pologne les intérêts du chapitre de Frauenburg, tout comme notre confrère Sculteti les défendait à Rome. Pourtant, j'entends maintenant gronder dans mon âme une terrible voix : « Caïn, qu'as-tu fait de ton frère ? »

— Amen, dirent en chœur les quatorze autres chanoines.

— Je partage votre douleur et votre embarras. J'en prends en charge la totalité. Je vous fais le serment que notre malheureux Andreas ne reparaîtra plus au chapitre, ni en ville.

— Ce serait trop simple, intervint un des chanoines qui faisait office de trésorier. Andreas Copernic continuerait de toucher ses bénéfices, meubles et immeubles, sans jamais en rendre compte ? Par ailleurs, avant son départ à Rome, nous lui avions confié mille deux cents florins d'or. Qu'en a-t-il fait ?

— Il me les a remis et j'ai déjà expliqué au chapitre pour quel usage je les ai dépensés, répliqua Sculteti.

Nicolas eut du mal à comprimer un sourire. Le pape Jules II était à l'agonie, et le protecteur de Sculteti, le cardinal Jean de Médicis, avait besoin de beaucoup d'alliés dans la curie pour pouvoir lui succéder. Mille deux cents florins d'or n'étaient pas de trop.

— Reste que, intervint le frère de Sculteti, le lépreux va continuer de toucher ses prébendes et bénéfices.

— Je vous rappelle que les suspendre est du seul ressort du siège apostolique, répliqua Tiedemann Giese, dont la thèse en droit canon était bien plus fraîche que celle de ses confrères.

— Certes, et notre prochain évêque en fera partie.

L'allusion était claire : le prochain évêque en question pouvait bien être « le frère du lépreux ». Il fallait jouer serré :

— Eh bien, que l'on retire mon nom de la liste, dit Copernic en prenant des airs confits en dévotion. Le révérend Alexandre Soltysi sera à coup sûr mieux à même que moi pour défendre l'Ermlande contre les menées teutoniques.

Il avait fait mouche. Quelques ricanements montrèrent que le frère du représentant du chapitre à Rome n'était pas tenu en haute estime. L'abbé trancha : Andreas ne pourrait plus disposer de son bénéfice ni de la maison de ville, ni de sa cure, ni de l'une de ses deux maisons à la campagne. On lui laisserait pourtant la deuxième et la domesticité allouée par le chapitre : deux valets et trois chevaux. Pour les entretenir, on lui verserait une pension équivalente au dixième de ce qu'il touchait jusqu'à présent, ce qui était déjà assez large. Son sort serait définitivement tranché par le siège apostolique, une fois que le nouvel évêque d'Ermlande en ferait partie.

— Eh bien ! dit Copernic à Sculteti alors qu'ils marchaient ostensiblement, bras dessus bras dessous, dans la grand-rue de Frauenburg. Pour ma première prestation au chapitre, je ne me suis pas fait que des amis.

— Des amis, certainement pas. L'amitié n'est pas

un sentiment très répandu par ici. En revanche, tu les as domptés. La meute de chiens couchants a trouvé son nouveau maître. Pour mon frère Alexandre, ne t'inquiète pas. Il aboie, mais il ne peut mordre. Car il a commis, et il commet encore un certain nombre de bêtises. Ses paroissiens le connaissent moins bien que les putains du port. Je pars rassuré, cher ami. Nous n'allons pas nous revoir avant longtemps, car sitôt le nouvel évêque nommé par le roi – je ne peux rien te promettre, n'en attends pas trop –, je file à Rome. Quand sera prise la décision de Sigismond Ier, je t'enverrai un coursier afin que tu sois informé avant les autres.

L'une des deux maisons de campagne était à une demi-journée de cheval de Frauenburg, sur une butte dominant le bourg fortifié de Mehisack, qui était de la juridiction du chanoine Nicolas Copernic. Quand il franchit le pont-levis de son manoir, dans la cour, ses domestiques et ses paysans s'étaient attroupés. Mais ils lui tournaient le dos. Alors qu'il descendait de cheval, Anna accourut à lui, en larmes. Elle se jeta dans ses bras :

— Nicolas, Nicolas, c'est affreux !

Il se débarrassa sans ménagement de cette étreinte incongrue, devant tant de regards indiscrets.

— Que se passe-t-il ?

Du doigt, elle lui désigna le sommet du donjon. Là-haut, accroché à une corde, un corps oscillait encore. Andreas venait de se pendre.

Nicolas Copernic ne fut jamais évêque d'Ermlande. Le roi Sigismond Ier en décida autrement. Contrairement à la coutume, il ne tint pas compte des trois noms proposés par le chapitre, mais en choisit un quatrième, parmi ses proches, dans la fine fleur de la noblesse polonaise. Il marquait ainsi que cet évêché n'aurait plus ce statut flou et ambigu où les intérêts de l'Église et ceux de la Ligue prussienne se confondaient pour s'éloigner de plus en plus de la couronne, jusqu'à devenir, dans les faits, une sorte de république, dont l'évêque Lucas avait été le doge. Quant aux chevaliers Teutoniques, ils se tenaient étrangement tranquilles. Il faut dire que l'ordre s'était singulièrement appauvri : les paysans libres, accablés par de trop lourds impôts, fuyaient les environs de leurs commanderies vers les terres plus riches que leur offraient généreusement les quatre évêchés prussiens. Et cela faisait longtemps que les navires marchands n'abordaient plus leur seul port, Königsberg, leur préférant ceux de Dantzig ou de Frauenburg, bien plus accueillants. Le roi de Pologne attendait donc que les Teutoniques tombent comme un fruit pourri. Et puis, ils pourraient peut-être encore lui être utiles devant la menace que constituait le grand-prince de Moscou, Basile III. Tout cela, Nicolas Copernic le comprenait parfaitement. Avec Machiavel pour professeur en politique, il avait été à bonne école. Et lui-même, beau joueur, affirma devant le nouvel évêque d'Ermlande que, s'il avait été Sigismond Ier, il aurait agi de même.

Ainsi s'acheva cette terrible année 1512. Copernic entra dans la vieillesse : il allait avoir quarante ans. Après avoir récupéré ses livres et ses instruments qui étaient encore au palais épiscopal, il s'installa à Frauenburg. Sa curie était accolée aux remparts surplombant la baie de la Vistule. Là-haut, quand revint le printemps, il y fit aménager une tour de deux étages qui dominait la ville et d'où l'on pouvait voir, derrière la lagune, la mer se perdre derrière l'horizon et les brumes. Il put s'y installer au début de l'automne avec ses instruments de mesure et sa bibliothèque.

Il se sentait comme un ours blessé qui pénètre dans sa tanière pour un long hivernage, espérant qu'au printemps, ses plaies seraient refermées. Elles ne cicatrisèrent pas. Andreas rôdait partout dans sa mémoire, dans ses rêves, dans l'escalier montant à la tour, dans la cheminée où ronflait un grand feu, tandis qu'en brodant, Anna chantonnait. Les premières semaines après le suicide de son frère, il n'avait ressenti qu'un lâche soulagement. Puis, quand il reçut la lettre de Sculteti lui annonçant qu'il ne serait pas évêque d'Ermlande, le fantôme d'Andreas le pendu s'introduisit brutalement en lui et devint sa part d'ombre. Il devint irritable. Un rien le mettait dans des fureurs terribles qui le rendaient injuste.

— Anna, vas-tu cesser enfin ce bourdonnement incessant ? On dirait un escadron de moustiques. N'as-tu rien de mieux à faire que de broder des coussins ? Va donc voir ce qu'ils manigancent en cuisine. Tu n'es pas une princesse, fichtre Dieu, tu es ma gouvernante. Et comme telle, tu ferais bien de tenir un peu mieux ma maisonnée !

Il devint soupçonneux et se persuada que le grand maître Teutonique, Albert de Brandebourg, le poursuivait de sa vindicte. La première demande qu'il fit au nouvel évêque fut de lui donner Radom, que le prélat avait gardé à son service. C'est ainsi que le colosse devint le goûteur du chanoine. Nicolas se refusait à ingurgiter la moindre goutte de vin, la moindre miette de pain avant que son valet n'en eût pris lui-même. Vers le mois d'août 1513, il reçut une lettre triomphale de Bernard Sculteti : son protecteur Jean de Médicis venait de monter sur le trône de saint Pierre sous le nom de Léon X, et l'avait pris comme chapelain et secrétaire. Tous les clochers d'Ermlande sonnèrent à cette nouvelle. L'ancien précepteur des fils Copernic était devenu la fierté du pays. Son frère, le chanoine Alexandre Soltysi, paradait en ville comme s'il en était le maître et latinisa son nom, à l'imitation de son aîné : Soltysi, qui veut dire « le paysan libre », « le vilain » en polonais, devint lui aussi Sculteti.

Cela laissa Copernic indifférent. Il envoya un mot aimable de congratulations au nouveau chapelain pontifical et n'y pensa plus. Il avait décidé de se consacrer entièrement à sa charge de chanoine. Il aurait pu la considérer, à l'imitation de la plupart de ses confrères, comme une sinécure où l'on partageait son temps entre la chasse, les réceptions, les banquets et quelques voyages d'agréments à Cracovie ou ailleurs. Il aurait pu y voir, comme d'autres, la meilleure façon d'assouvir ses ambitions, un évêché, une bonne place à la capitale auprès du roi, voire chapelain de Sa Sainteté. Le goût des plaisirs, il n'en était pas dépourvu, loin de là ; de l'ambition, il en possédait plus que tout autre. Mais, à l'instar de son oncle, il avait l'échine trop raide, il était trop conscient de son génie pour s'abaisser à la mollesse et l'indolence, pour se courber devant tel ou tel puissant.

Un instant, il voulut se consacrer exclusivement à son futur almageste, à son grand œuvre promis dans le *Résumé*. Il monta donc dans sa tour, qui sentait encore le ciment et la peinture fraîche. Seul avec Anna, il avait soigneusement rangé dans des boîtes étiquetées toutes les tables astronomiques recopiées des Anciens et ses propres observations, graphiques et diagrammes, élaborés d'abord avec Novara, puis seul. Par où commencer ?

Son chien, qui le suivait partout, lui jeta un regard éploré, se demandant quel nouveau jeu son maître allait inventer pour lui. Nicolas ouvrit les volets de la vaste ouverture qu'il avait aménagée. Dehors, la pluie avait cessé et un arc-en-ciel s'était planté dans la baie de la Vistule. D'un geste machinal, il tourna un grand sablier, prit un compas qu'il ouvrit et referma. Il s'assit sur le banc de pierre creusé dans la muraille, posa la tête sur son poing fermé. Son regard se perdit vers l'horizon. Le chien eut un soupir à fendre l'âme, se coucha, s'enroula sur lui-même et s'endormit. Copernic resta ainsi longtemps prostré. Il ne s'aperçut même pas que la nuit était tombée ; il ne sentit même pas le froid. Anna vint le chercher pour le souper. Elle lui prit la main, le leva, essuya de son mouchoir une lourde larme qui n'avait pas séché sur sa joue barbue.

Il ne remonta pas de longtemps dans son observatoire. L'endroit l'effrayait. Il reculait sans cesse le moment où il devrait se mettre à la rédaction de son grand œuvre. Son principal prétexte était qu'il lui faudrait un assistant à qui il confierait les calculs les plus fastidieux. Mais où le trouver, dans ce bout du monde ? Il ne fit rien pour le chercher, car il déclinait sans cesse les invitations des autres chanoines à leurs réunions qui se voulaient savantes, mais où l'on tenait des propos qui lui semblaient bien fades et stupides quand il les comparait aux vigoureux débats des académies italiennes.

Il décida alors de prendre sa mission de chanoine très au sérieux. Pour qui le voulait, le canonicat en Ermlande pouvait devenir une tâche passionnante et requérant une activité de tous les instants. Le chapitre était pourvu d'un abbé ou prévôt, homme fort âgé qui ne se contentait plus que de servir la messe. Même s'il l'avait voulu, Copernic n'aurait pu envisager de lui succéder, puisqu'il n'avait jamais été ordonné prêtre. L'autre personnage important était l'administrateur, désigné pour un an renouvelable. L'actuel responsable de ce poste-clé n'était autre qu'Alexandre Soltysi, le frère de Bernard Sculteti. Mais, outre sa grande paresse, ce dernier avait tendance à confondre ses propres intérêts avec ceux du chapitre. Depuis la mort d'Andreas, attribuée bien sûr à sa maladie, Soltysi, ainsi que les autres chanoines et l'évêque, se montraient à l'égard de Copernic pleins de sollicitude et de compassion, comme avec quelqu'un « qui a eu des malheurs ».

Aussi Alexandre accepta-t-il volontiers l'aide que lui proposa Nicolas, trouvant que cela lui « changerait les idées ». D'autant plus volontiers qu'il se trouvait ainsi déchargé de ce qu'il considérait être des corvées ne convenant pas au frère du chapelain du pape : être toujours par monts et par vaux pour inspecter les nombreuses propriétés et fermages du chapitre, parler avec des paysans, des marchands ou des marins qui vous mentent sur leurs revenus pour tenter de se dérober à l'impôt, toutes choses indignes d'un homme s'imaginant déjà cardinal.

Copernic, au contraire, y retrouva de la vigueur. Il était maintenant plus souvent à cheval, l'épée battant la croupe de sa monture, Radom à ses côtés et son escorte les suivant. À voir un tel équipage, des Teutoniques cherchant quelque ferme à piller battraient en retraite au plus vite. Mais ils se tenaient tranquilles, sous la poigne énergique d'Albert de Brandebourg. Pas le moindre nuage de poussière soulevé par leurs troupes au bout des immenses plaines ondulant de seigle et de blé, parmi les forêts de bouleaux et de sapins, ou les marécages.

Lucas, en son temps, avait aboli le servage partout où s'étendait sa juridiction. Il avait également incité ses paysans à se regrouper en communautés, dans des bourgs fortifiés. En échange, il avait exigé d'eux une plus grande contribution à l'effort commun. Naturellement, on grondait, on rechignait, on trichait un peu aussi, mais au bout du compte, on s'exécutait. Pour se ménager la petite noblesse locale, et sur la demande du roi Sigismond, le nouvel évêque, Fabian von Lussainen, tentait de les restituer peu à peu dans leurs privilèges.

Lussainen cachait comme une tare son vrai nom polonais de Luzjanski tandis que Nicolas affichait avec bravadc le sien, Koppernigk, et son prénom de Mikolaj. Aussi les paysans, quand ils voyaient arriver le cortège du chanoine, lui faisaient-ils fête. Il ressemblait de plus en plus à son oncle : même barbe noire, même œil sévère sous le long sourcil froncé qui creusait de profondes rides sur son front, même long nez bosselé – un poing le lui avait brisé lors d'une bagarre entre étudiants, jadis à Cracovie, une nuit où une bande rivale exigeait de lui qu'il remboursât une dette contractée au jeu par son frère Andreas. Il était pour eux comme la réincarnation de Lucas, redouté, mais tellement juste et généreux. Par calcul sans doute, mais aussi parce que cela lui plaisait, il n'hésitait pas à mettre au service des pauvres ses compétences de médecin.

— Eh bien, dame Shimanowitz, comment va la foulure de votre fils ? demanda-t-il en descendant de cheval dans la cour de la ferme, plongeant sa botte dans un bourbier.

— Il trotte comme un lapin, monseigneur, depuis que vous lui avez fait votre « cric-crac » à la jambe. Mais c'est ma petite Rosalie qui m'inquiète. Depuis une semaine, elle n'arrête pas de tousser. Elle a pris le mal des marais, pour sûr.

— Eh bien, on va voir ça, dit-il en pénétrant dans la salle commune où caquetaient les poules et où ronflait une truie allaitant ses quatre petits.

Un chien attaché à un piquet aboyait, tous crocs dehors, pour menacer l'intrus. Il se tut après un coup de pied que lui envoya le fermier. Le visage de la petite Rosalie, quatorze ans peut-être, était d'une beauté sublime. Un ovale parfait, une innocence… Ses grands yeux étaient ourlés d'un cerne violacé. Des yeux verts. Copernic fut pris d'une immense pitié en touchant du doigt la bouche déchirée de fièvre, en écoutant le cœur battre derrière les petits seins têtus sous la chemise ouverte, dans ce corps fébrile qui ne connaîtrait jamais l'amour. Dans trois jours, elle serait morte. Il n'y avait rien à faire. Il prépara une concoction d'éponge d'Arménie, de cinabre, de bois de cèdre, de dictame, de santal, de raclures d'ivoire, de crocus et de safran qu'il lui fit inhaler, distribuant à sa famille tout ce qui se trouvait dans sa musette, leur disant que tout irait bien désormais. Oh, la mère lui baisant les pieds ! Oh le père, avec son mufle d'aurochs ruisselant de larmes, qui le suppliait d'empêcher la mort de venir ! Il refusa le lapin étique qu'on lui offrait comme salaire et s'en fut tel un voleur.

Ce qu'il aimait surtout, c'était inspecter les défenses des villes et des bourgs d'Ermlande. Il se faisait alors architecte, dessinait en trois coups de fusain, devant des officiers ébahis, le plan d'une redoute, d'une caponnière ou d'une barbacane, ordonnait qu'on la construise, puis passait en revue les milices bourgeoises, qui, elles aussi, croyaient voir en lui la réincarnation de monseigneur Lucas.

La petite ville de Frauenburg était située sur une colline privée d'eau. Les habitants étaient obligés d'aller à une demi-lieue de là, puiser l'eau dans la rivière de la Banda. Copernic dessina, puis fit construire un appareil mécanique pour élever l'eau de la rivière jusqu'en haut de la ville. En premier lieu, une écluse servit à conduire les eaux de la rivière au pied de la colline. Là, il plaça un mécanisme ingénieux qui, mû par la force du courant, fit monter l'eau jusqu'à la tour de l'église. À partir de cette époque, les habitants de Frauenburg ne furent plus obligés d'aller chercher l'eau à la rivière. En reconnaissance de ce service, ils firent placer au bas de la machine une pierre où se trouvait gravé le nom du bienfaiteur.

Il se rendait volontiers à Braunberg, non pas tant parce que c'était la dernière marche avant le fief des Teutoniques, mais parce que le bourgmestre de la citadelle n'était rien d'autre que son cousin Philippe Teschner. Après avoir commandé les manœuvres des troupes, les deux hommes passaient la nuit à deviser en vidant des bouteilles, et finissaient par avoir l'impression que Lucas et Andreas buvaient avec eux.

Il visitait aussi fréquemment la douane, sur le port, pour inspecter les cargaisons. Au début, il tenta de nouer des relations avec les capitaines, pour que l'un d'entre eux fasse pour lui, sur les rivages du Danemark ou de Suède, des observations astronomiques. Il se souvenait qu'en Italie on lisait, durant les réunions de l'académie de Lyncée, des lettres du fameux navigateur florentin Amerigo Vespucci, qui donna son prénom au Nouveau Monde. Elles étaient fort pittoresques, mais dépourvues de toute donnée chiffrée susceptible d'intéresser un astronome, même si l'une d'elles signalait quatre étoiles brillantes en forme de croix, toutes proches du pôle sud céleste. Copernic fut encore plus déçu par les marins de la Baltique. Sur ces eaux dangereuses, ils ne naviguaient qu'à l'estime, ne connaissant l'usage ni de la boussole, ni de l'arbalète. Ils pilotaient leurs nefs comme des charretiers menant en ville leurs gerbières.

Malgré toutes ces activités, Nicolas restait dans un état de profonde mélancolie, dont seule Anna pouvait parfois le sortir par sa tendresse et son dévouement. Un an après l'élection du pape Léon X, Sculteti lui avait écrit pour lui annoncer qu'enfin un nouveau concile allait s'ouvrir. Sa Sainteté souhaitait qu'un astronome et mathématicien d'aussi haute réputation que Copernic participât, ainsi que les meilleurs savants de son temps, à une réforme totale du calendrier. Revoir l'Italie ! L'offre était alléchante. Pourtant, il hésitait, malgré les joyeuses supplications d'Anna, qui comptait bien faire partie du voyage. Mais l'idée de se retrouver sous les ordres de son ancien précepteur blessait un peu son orgueil. De plus, la perspective d'une aussi longue expédition lui paraissait trop lourde, il se sentait trop vieux. Alors, Sculteti eut la maladresse de demander à Tiedemann Giese de le convaincre de partir et de sortir de cette morosité dans laquelle il se complaisait depuis maintenant trois ans. Croyant voir dans l'insistance de son ancien condisciple de Ferrare une sorte de conjuration, Copernic refusa net, arguant, ce qui était exact, que tant qu'on n'aurait pas calculé avec plus de précision la durée de l'année solaire, aucune refonte du calendrier ne serait possible.

— Et si tu la calculais, cette année-là ? Je t'y aiderai, même si je ne suis qu'un piètre mathématicien.

Malgré tout ce temps écoulé, Tiedemann Giese n'avait rien perdu de son admiration pour Nicolas. Et quand celui-ci vint prendre son canonicat à Frauenburg, il s'était réjoui à l'avance de l'ouverture de cette académie d'Ermlande qu'ils avaient évoquée jadis. Mais, après la mort de son frère, Copernic s'était muré dans sa tour, puis s'était lancé avec une inquiétante frénésie dans ses activités canoniques, refusant que Giese ni quelque autre chanoine l'accompagnât.

Cette fois, pourtant, il accepta la proposition de l'autre. Après tout, s'il reculait tant à écrire son œuvre, n'était-ce pas au prétexte qu'il lui manquait un assistant ? Giese ferait l'affaire.

Alors, quand ils n'étaient pas en mission aux quatre coins de l'Ermlande, Nicolas et Tiedemann se retrouvaient dans la tour dominant les remparts. Il leur fallut d'abord défaire et reclasser les centaines de grosses liasses de papiers couverts de chiffres, de figures et de diagrammes dessinés et relevés par Copernic depuis bientôt vingt ans, depuis Bologne. Giese avait l'esprit vif et de bonnes connaissances en toutes choses, mais l'extraordinaire rapidité de calcul de son ami le laissait toujours très loin en arrière. Et l'autre s'impatientait, obligé de ralentir le flux de ses idées, de « mettre en panne » tel un navire plus filant que sa conserve. Copernic aurait été sans doute un très mauvais professeur, alors que Giese, au contraire, se montrait un élève appliqué et consciencieux. Il aurait aimé manier plus souvent l'astrolabe en regardant le ciel nocturne, mais Nicolas lui répliquait sèchement que tout cela n'était pas un jeu, que l'observation était généralement inutile, et que rien ne remplaçait les tables astronomiques accumulées depuis la nuit des temps.

Peu à peu, pourtant, l'ours s'apprivoisait, entouré de la douceur et de l'affection que lui témoignaient Anna et Tiedemann, comme on en témoigne à un convalescent. Cependant, ce bâti qu'était le *Résumé* s'amplifiait, prenait chair. Giese sentait bien qu'il entravait plus qu'autre chose l'avancée des travaux de son ami, et préféra se faire le propagateur de ses idées, ou plutôt d'en ranimer le souvenir auprès de ceux qui en avaient reçu, il y avait de cela neuf ans, la première mouture. Il proposa à Copernic d'augmenter le nombre de ses lecteurs et suggéra de faire imprimer le fascicule à la toute nouvelle imprimerie de Dantzig. Nicolas refusa sans donner d'explications. En revanche, il accepta que soient distribuées d'autres copies manuscrites du *Résumé*, à condition bien sûr de savoir à qui cela serait expédié. Giese établit donc une nouvelle liste.

Alors que les correspondants de Copernic avaient été surtout des hommes d'Église éclairés, italiens en particulier et personnages politiques importants, ou des noms célèbres, tels Paracelse, Érasme, Vinci, Machiavel, ceux de Tiedemann, pour la plupart, enseignaient mathématiques ou langues anciennes dans les universités de Heidelberg, Tübingen, Wittenberg ou Cracovie, pour beaucoup ses anciens condisciples de la nation allemande à Ferrare et à Padoue. De cette liste, Copernic ne biffa que ceux qui professaient au modeste collège de Königsberg, dans le fief du grand maître Albert de Brandebourg, qui avait, semblait-il, l'ambition de transformer sa citadelle teutonique en un lieu d'art et de savoir et tentait d'y attirer des enseignants en mal de chaire.

Grâce à l'abondante correspondance de Giese, la réputation de Copernic connut alors un vigoureux regain. Les anciens s'impatientèrent du grand œuvre promis, les nouveaux le consultèrent sur tel ou tel point mathématique, tel nouvel ouvrage qu'ils s'étaient procuré. C'est ainsi qu'un chanoine de Cracovie, qu'il avait rencontré jadis, lui soumit un traité astronomique du vieil et intarissable Johann Werner, disciple posthume de Regiomontanus, et qui continuait d'ânonner dans son *Mouvement de la huitième sphère* les découvertes du maître, tout en les falsifiant à sa façon. À cette lecture, Nicolas éclata d'une de ses fréquentes colères. Noir sur blanc, Werner mettait en doute la validité des observations des Anciens, Ptolémée et Hipparque en particulier, et proposait, pour les corriger, de les faire coïncider avec les grandes dates de l'histoire antique ou de la Bible : la chute d'un empire, le Déluge, les sept plaies d'Égypte ou la destruction de Sodome et Gomorrhe.

— Ah, le cuistre ! fulmina Copernic, en tournant en rond dans sa bibliothèque et en gesticulant. Tout le monde sait, bien sûr, que les risques d'erreur sont grands car les copies de l'*Almageste* se sont multipliées au fil des siècles, en grec, en latin, en arabe… Mais c'est tout ce que nous avons. Qui est-il, ce rat de Werner, pour oser affirmer que Ptolémée, ce géant, le plus éminent des mathématiciens, ou que Hipparque, à la sagacité admirable, auraient volontairement faussé leurs calculs pour mieux étayer leur démonstration ? Tu comprends mieux pourquoi maintenant, Tiedemann, je me refuse à imprimer quoi que ce soit avant d'être sûr de mon fait ? À la moindre approximation, ces frelons viendront détruire ma ruche.

Giese approuva de la tête. Il était heureux de voir son ami se fâcher ainsi pour de bonnes raisons, et non pour un peu de poussière oubliée par le domestique sur la cheminée ou un papier déplacé sur sa table de travail. Mais il n'était pas dupe : c'était aussi un peu contre lui-même que Copernic pestait. Plus son travail avançait, plus l'harmonieuse simplicité du système qu'il avait découvert se compliquait. Certes, les planètes, dont la Terre, tournaient maintenant autour du Soleil, juste au centre ; ainsi, tout équant flottant quelque part dans le vide avait disparu mais, pour mettre en rapport la gigantesque hypothèse et les apparences, c'est-à-dire les relevés des Anciens, il avait dû avoir recours à presque tous les procédés, les « recettes de cuisine » comme il disait parfois, utilisés par Hipparque et Ptolémée. Il lui fallut donc admettre déférents et épicycles, les multiplier même pour certaines planètes au point que, bientôt, leur nombre aurait dépassé ceux de Ptolémée. Comble de la compromission pour celui qui voulait faire de l'Univers le plus beau des palais avec le Soleil au milieu, il dut admettre que le centre de l'orbite terrestre, centre commun à tous les déférents, ne coïncidait pas exactement avec la position du Soleil… Tel était le prix à payer pour « sauver » ces maudites apparences. Mais il se consolait parfois en songeant que, pour élever un édifice nouveau, il faut forcément emprunter les vieux matériaux des monuments du passé…

Les idées vont plus vite qu'une armée en campagne, car il n'y a aucun obstacle devant elles. Comme un vol d'oies sauvages, elles forment dans le ciel un triangle isocèle et se dirigent où il le faut, ainsi que leur ordonnent les saisons. Ces idées qui, subitement, envahirent l'ensemble du ciel européen avaient couvé longtemps dans leurs nids dissimulés au cœur d'un monastère, d'une université, dans un cabinet de savant, un peu partout dans la Chrétienté.

Wittenberg, à vol d'oiseau, ou plutôt à vol d'idées, est tout proche de Frauenburg – Wittenberg, où un certain professeur de théologie, Martin Luther, fit imprimer à la fin de l'année 1517 ses *Quatre-vingt-quinze thèses sur la vertu des indulgences*. Trois mois plus tard, tout le chapitre de Frauenburg les avait lues et en débattait. Était-il oui ou non scandaleux de construire la nouvelle basilique Saint-Pierre en remplaçant la pénitence des fidèles par de l'argent sonnant et trébuchant ?

Copernic s'abstint d'entrer dans la dispute : tous ses soutiens étaient à Rome, et seul comptait désormais pour lui que l'Église ne condamnât pas son anti-*Almageste* quand celui-ci serait achevé. Et même qu'elle l'approuvât, alors qu'elle s'arrangeait fort bien de Ptolémée et d'Aristote. Ce dernier en effet avait proposé la théorie du Premier Moteur, sorte de force mystique derrière les étoiles fixes causant les mouvements circulaires ; les théologiens s'étaient empressés de l'interpréter comme le travail des anges, tournant la manivelle pour mettre en branle, par le haut, la rotation des sphères célestes. On savait ainsi où était le ciel : pas trop loin, juste au-delà des étoiles fixes…

Très vite, cependant, la polémique entre Luther et Rome s'amplifia. Copernic, qui portait son regard si haut dans les étoiles, ne voyait dans cette affaire pas plus loin que le bout de son nez. Il se tenait à l'écart des débats que l'évêque suscitait devant le chapitre. Un évêque qui estimait que, dans les projets de réformation de l'Église de Luther, il y avait de fort bonnes choses que le concile de Latran devrait prendre en compte. Les opinions de notre chanoine astronome pesaient lourd dans l'assemblée canoniale, et il le savait. Quand on l'interrogeait sur la question, il se contentait de répondre que, face à la puissance de Rome, Luther ne tiendrait pas longtemps, même soutenu par l'électeur de Saxe. On peut sourire aujourd'hui de cette prophétie, mais bien des gens, à l'époque, pensaient la même chose.

Le chapitre de Frauenburg n'eut guère le loisir de s'étendre sur la question tandis qu'en cette année 1521, Luther était convoqué devant la diète de Worms pour s'y rétracter sous peine d'excommunication. En effet, le grand maître des chevaliers Teutoniques, le fougueux Albert de Brandebourg, jugea que le moment était venu de conquérir l'Ermlande. Profitant de cet orage qui grondait au-dessus de la Chrétienté, il décida de faire fi de ses liens de vassalité avec la Pologne et s'allia sans vergogne avec le prince de Moscovie, qui guerroyait à ses frontières contre Sigismond Ier Jagellon. Pourquoi ces guerriers de l'Église apostolique et romaine s'acoquinèrent-ils avec les schismatiques byzantins, qui auraient dû être leur ennemi naturel ?

En tout cas, ne faisant plus qu'un avec leurs gros et puissants chevaux français qui avaient tant effrayé les Italiens à Marignan et que leur avait offerts, avec tant de complaisance, le roi François Ier pour faire la nique à son cousin Charles Quint, les chevaliers Teutoniques, bardés de fer, caparaçonnés d'acier, tout de blanc vêtus hormis une croix noire qui leur barrait le dos, se déversèrent sur l'Ermlande. Les chanoines de Frauenburg et leur abbé s'éparpillèrent comme une volée de moineaux vers les forteresses sûres de Thorn et de Dantzig. Quant à l'évêque, prétendant qu'il allait y chercher du secours, il préféra se mettre sous la protection du roi de Pologne, à Cracovie. Ne restèrent sur place que Giese, Copernic et Soltysi, qui s'étaient tous trois portés volontaires afin de continuer à défendre les intérêts du chapitre.

Sans véritable chef de guerre, les chevaliers Teutoniques se contentaient d'incursions en rase campagne, pillant et brûlant des hameaux et des fermes isolées. Ils y installaient leur cantonnement ou se repliaient sur l'autre rive du Pregel, fleuve frontière entre la Prusse teutonique et l'Ermlande. Mais de cette manière, ils finirent par encercler tout le pays.

La cité la plus menacée était Allenstein, car la plus au sud de l'Ermlande. Copernic s'en désigna comme l'administrateur. En voyant arriver le neveu du redoutable Lucas, les milices bourgeoises l'accueillirent comme un sauveur et le désignèrent commandant de la place. Puis on attendit, en état de siège, que les Teutoniques veuillent bien se montrer. À Frauenburg, cependant, Giese rassemblait une flotte destinée à remonter la baie de la Vistule, puis le Pregel jusqu'au pied de la citadelle de Königsberg. Soltysi organisait de son côté la défense de la ville épiscopale de Heilsberg.

Ce fut de Braunberg, cité commandée par le vaillant Philippe Teschner, que vint le signal des trois offensives simultanées. On était le 1er janvier 1521. L'invasion teutonique avait débuté très précisément un an auparavant. Dans le mépris qu'ils avaient de ces troupes de bourgeois et de paysans, ils ne s'attendaient pas à ce que ces piétons les attaquent au cœur de l'hiver. Albert de Brandebourg avait installé ses quartiers dans un manoir abandonné, à une lieue au sud d'Allenstein. Copernic et lui étaient ainsi face à face.

Très tôt ce matin-là, alors que la campagne alentour était couverte de neige et que tout dormait encore dans le cantonnement, le grand maître de l'ordre déjeunait d'une soupe au pain et d'un verre de vin, en se chauffant devant la cheminée, ses deux lévriers à ses pieds. Tout à l'heure, il ferait manœuvrer ses troupes au pied des murailles d'Allenstein, afin de rappeler sa présence à ces rustres tremblant de peur dans leur tanière. Il aimait cette vie de garnison tout autant que les longues discussions, à Königsberg, avec des philosophes, ou la lecture des lettres d'Érasme. Il regrettait même parfois que Nicolas Copernic fût son plus mortel ennemi, l'assassin présumé de son oncle Achille – qu'il n'avait pas connu car, lorsque celui-ci était mort prétendument noyé dans la Vistule, il n'était encore qu'un nourrisson. Oui, il aurait aimé parler avec ce chanoine astronome de ce manuscrit qu'il avait eu entre les mains et qui affirmait que la Terre, comme une planète, tournait autour du Soleil. Il était prêt à y croire, cela satisfaisait son sens du beau et de l'harmonie. Pourquoi fallait-il que des hommes d'aussi grande qualité qu'eux soient destinés à s'affronter, alors qu'il aurait pu être, pour ce Marsile Ficin de Prusse, un nouveau Laurent le Magnifique ? Il en était là de sa songerie quand un garde entra et cria :

— Seigneur, ils attaquent ! Ils sont à un quart de lieue à peine et seront sur nous dans peu de temps !

Albert de Brandebourg sortit en robe de chambre et escalada la tourelle. Là-bas, sur l'immensité neigeuse que rosissait le soleil levant, une troupe multicolore avançait rapidement. Le grand maître l'estima à cinq cents hommes, pour la plupart des piétons armés de faux, de bâtons, mais aussi d'arcs et d'arbalètes. Ils étaient précédés d'une trentaine de cavaliers, et Albert n'eut pas besoin qu'ils se rapprochent encore pour deviner qu'à leur tête, tout de rouge et de noir vêtu, chevauchait la réincarnation de Lucas Watzenrode, ce maudit chanoine qui se prenait pour Ptolémée et pour César à la fois : Nicolas Copernic. En bas, dans la cour du manoir, les chevaliers Teutoniques couraient en tous sens tandis que leurs valets tentaient tant bien que mal de les revêtir de leur cuirasse et que les palefreniers sortaient des écuries les chevaux pas encore harnachés. Hors de l'enceinte, les mercenaires avaient déjà replié leurs tentes et couraient se réfugier dans la forêt voisine. Ils avaient compris que la partie était perdue. Alors, Albert de Brandebourg se surprit à maudire ces ruffians qui ne respectaient pas les antiques lois de la guerre. Il grelottait de froid. S'il fallait mourir en combattant, ce ne serait pas en robe de chambre. Il redescendit. Et pendant que son écuyer le revêtait de son armure, il eut le sentiment profond que c'en était fini des chevaliers Teutoniques. Il le savait depuis tant de temps, depuis que son frère l'avait fait introniser grand maître de cet ordre alors qu'il n'avait pas encore vingt ans. Et les mercenaires venaient de le lui rappeler, en se débandant. Il n'y avait plus rien à sauver, pas même l'honneur. Plus rien sauf sa famille, sa dynastie, les Hohenzollern. Il fallait battre en retraite.

Ce fut une longue et terrible chevauchée. Le vent s'était levé, apportant avec lui des nuages noirs crevant leurs tourbillons de neige. Des forêts de sapins et de bouleaux surgissaient parfois des hordes de fantômes en guenilles, qui désarçonnaient les chevaliers restés à la traîne, les égorgeaient, les dépouillaient de leur armure et les abandonnaient, nus, aux loups affamés. Quand ils arrivèrent enfin à Königsberg, ils virent que le fleuve à moitié gelé était couvert de nefs, juste au-dessous des remparts. Devant la poterne principale, une armée de gueux campait. Albert de Brandebourg, un drapeau blanc accroché à sa selle, se détacha de ce qui restait de ses troupes. Du camp ennemi vint à lui un autre cavalier qu'il reconnut aussitôt et devant lequel il dut se contenir pour ne pas le percer de son épée : Philippe Teschner, le bâtard de l'évêque Watzenrode. La famille Copernic avait triomphé des Hohenzollern.

Un an durant, le grand maître se cloîtra dans sa forteresse de Königsberg, tandis que ses chevaliers désertaient la Prusse pour aller chercher d'autres commanderies en Hongrie ou en Bavière.

Cependant, en Ermlande, un certain chanoine avait d'autres soucis en tête que de prêcher la Bible en langue vulgaire. Le pays avait été ravagé par la guerre. Il fallait reconstruire, aider les paysans à se réinstaller dans leurs fermes. Et lui, Nicolas Copernic, docteur ès arts et ès droit canon, médecin, bourgeois par naissance, gentilhomme par fonction, se sentait à l'aise au milieu de ces vilains et plein de compassion pour leur misère. En parlant avec eux, il s'aperçut bien vite que la guerre seule n'était pas responsable de leur affreux dénuement. Il y avait déjà songé, au temps de sa jeunesse, mais il se sentait assez fort désormais pour préconiser et mettre en œuvre une réforme de la monnaie.

Les pièces, faites d'un alliage d'argent et de cuivre, étaient frappées, tant en Prusse qu'en Pologne, par de multiples ateliers difficiles à contrôler. Alors, la quantité d'argent dans cet alliage diminuait sans cesse. Ceux qui avaient pour mission d'inspecter ces ateliers, les chanoines d'Ermlande par exemple, se payaient largement sur la bête. Les orfèvres, de Dantzig à Cracovie en passant par Frauenburg, ne se contentaient pas de rogner ; ils fondaient, simplement, et la monnaie devenait bijou sur leur étal. Seuls les gens du peuple, qui ne comprenaient pas cette malversation, continuaient à régler leurs achats avec des pièces anciennes. À mesure que cette monnaie de singe chassait la bonne, les pauvres s'appauvrissant davantage et les riches s'enrichissant, une crise monétaire majeure se profilait. La réforme que proposait Copernic, dans son *Essai sur la frappe de la monnaie*, n'était que du simple bon sens et se pratiquait déjà dans bien d'autres royaumes. Il s'agissait de créer un seul atelier de frappe, directement sous le contrôle de la diète de Prusse, donc du roi de Pologne, d'interdire la circulation de la monnaie ancienne et de la remplacer par une nouvelle, de moindre valeur, mais qui au moins serait stable. Il détermina même la proportion fixe qu'il devrait y avoir entre l'argent et le cuivre dans chaque pièce. Enfin, il proposait qu'il y eût exacte parité entre le mark prussien et le zloty polonais.

Il obtint du chapitre la défense de son *Essai* devant la Diète de Prusse qui se réunissait, le 21 mars 1522, dans le palais épiscopal de Heilsberg. Albert de Brandebourg, juste sorti de sa claustration dans son château de Königsberg, était présent, avant de se rendre en Saxe pour rencontrer Martin Luther. À ses côtés, le secrétaire du roi de Pologne, Johann Flachsbinder dit Dantiscus, qui ferait le voyage de Wittenberg avec lui. À l'évidence, dans son conflit avec Charles Quint, le roi Sigismond se rapprochait de Luther et l'on pouvait croire alors que la Pologne basculerait dans le camp des réformés. À la Diète, il fut d'ailleurs beaucoup question des révoltes paysannes qui éclataient un peu partout en Allemagne, contre l'empereur installé depuis peu à Madrid.

Copernic ne s'intéressa pas au débat. Tout ce qu'il voyait, c'était en face de lui les deux hommes qui avaient fait assassiner son oncle : Albert de Brandebourg et Dantiscus. Quand ce fut au tour du chanoine de prendre la parole, ostensiblement, le grand maître de l'ordre Teutonique se mit en prière, confit en dévotion, comme s'il voulait s'abstraire de ces sordides questions d'argent. Quant à l'ambassadeur extraordinaire du roi de Pologne, il approuvait avec force, ponctuant l'exposé de Copernic de « très bien ! », « judicieux ! ». Puisque Dantiscus s'en montrait un aussi chaud partisan, le plaidoyer du chanoine de Frauenburg fut applaudi debout.

Naturellement, son projet de réforme resta lettre morte. Tous ceux qui l'écoutaient, tous ceux qui l'acclamaient, son ennemi Albert de Brandebourg et sans doute aussi son ami Giese, faisaient gratter chaque mark, chaque zloty qui passait entre leurs mains, pour le vider de son argent, le fondre en lingot ou en parure pour leurs bagues, leurs colliers, leurs couronnes ou la garde de leur épée d'apparat.

Que croyais-tu, Nicolas Copernic ? Qu'ils avaient tous la même honnêteté que toi ? De quoi donc te mêlais-tu au lieu de poursuivre ton œuvre patiente, en haut de ta tour, à essayer au moins une fois d'apercevoir Mercure à travers les brouillards de la Vistule, ou le nez plongé dans tes tables astronomiques, à corriger telle ou telle erreur d'un copiste d'Hipparque ? Espérais-tu t'attirer la reconnaissance royale et pouvoir enfin te coiffer de la mitre d'évêque ? Tu t'es lourdement trompé, car lorsque le successeur de Lucas mourut, l'année suivante, ce ne fut pas toi qui le remplaças. Et quand les autres sièges épiscopaux de Prusse se libéreront à leur tour, ce seront d'autres qui y seront nommés, jamais toi. Ce n'est pas parce que tu fis tourner la Terre sur elle-même et autour du Soleil que tu restas chanoine jusqu'à ta mort, mais parce que tu osas dénoncer devant les faussaires eux-mêmes cette pratique délictueuse qui enrichissait les riches et appauvrissait les pauvres. Que tu étais naïf, Nicolas Copernic !

VIII

Le successeur de Lucas à l'évêché d'Ermlande, Fabian von Lussainen, mourut en 1523. Il avait été attentif aux thèses de Martin Luther, comme d'ailleurs beaucoup de gens en Prusse et en Pologne, dans les milieux savants et ecclésiastiques, qui pensaient comme Érasme qu'il y avait bien des choses dans les réflexions du moine de Wittenberg que l'Église ne devrait pas rejeter. Le nouvel évêque d'Ermlande, Mauritius Ferber, fut beaucoup moins indulgent. Sa première déclaration fut de frapper d'anathème quiconque se rallierait à la Réforme. Et cette même année, faisant fi de la menace, le grand maître Albert de Brandebourg décréta qu'il sécularisait les chevaliers Teutoniques et érigeait ses fiefs de Königsberg à l'est et de Brandebourg à l'ouest en grand-duché de Prusse, reconnaissant maintenant, en signant la paix de Cracovie, la suzeraineté du roi de Pologne politiquement, mais celle de Luther, religieusement.

Quant à l'envoyé de Sigismond Ier auprès des réformés, Dantiscus, il s'était déclaré enchanté de Melanchthon, homme sage et savant selon ses dires, et qui lui semblait en désaccord sur bien des points avec Luther. Ce dernier, au contraire, lui avait semblé trop épais et colérique pour pouvoir résister longtemps face à Rome. Il arrive parfois que les plus subtils des diplomates se trompent… par excès de subtilité !

Non sans complaisance, Dantiscus raconta aussi à ses nombreux correspondants que, lors de cette rencontre, ils en étaient venus à évoquer la théorie de ce chanoine polonais selon laquelle la Terre tournerait autour du Soleil. Luther se serait exclamé que cet homme-là devait être un fou ou un idiot de s'opposer ainsi aux Saintes Écritures. Quant à Melanchthon, pourtant professeur de mathématiques à l'université de Wittenberg, il s'était abstenu de tout commentaire.

Au retour de son ambassadeur, Sigismond Ier décida de condamner la Réforme. Ses alliances en effet venaient de changer : il se rapprochait de Charles Quint après avoir appris que François Ier de France était en pourparlers avec Soliman le Magnifique, de plus en plus menaçant aux confins de son royaume, en Bohême et en Hongrie. Pour compenser, il ne protesta pas quand son dangereux vassal Albert de Prusse proclama qu'il se ralliait à Luther. Il gardait ainsi deux fers au feu, avec en outre le soulagement de voir disparaître les chevaliers Teutoniques.

Que valait dès lors l'Ermlande, encerclée par ce grand-duché ? Plus grand-chose… Une possession sécularisée de Sigismond Ier, qui agrandissait encore son pré carré en héritant, tel un Charles Quint de la Vistule, du grand-duché de Mazovie, tombé en déshérence, et de sa puissante cité de Varsovie. C'en était bien fini du temps de l'évêque soldat et grand seigneur Lucas Watzenrode. Son successeur Mauritius Ferber, si farouchement hostile aux luthériens, l'était sans doute sur ordre de celui pour lequel il n'était plus qu'un ministre : le roi de Pologne.

Quant au chanoine de Frauenburg, Nicolas Copernic, il ne pesait plus rien dans ces grands changements.

Pourtant, il reçut un jour une lettre de son ancien ennemi vaincu, devenu le grand-duc Albert de Prusse, lui demandant une traduction en allemand de son *Essai sur la frappe de la monnaie* et une carte des fleuves, des villes et des côtes de l'ensemble des contrées prussiennes. L'ex-grand maître affirmait en effet que son désir serait, quand il pourrait enfin ouvrir une université à Königsberg, d'avoir à ses côtés le plus grand philosophe du pays. Il s'excusait de son indiscrétion, car il avait communiqué une copie du *Résumé* au professeur de grec et de mathématiques de l'université de Wittenberg, Philippe Melanchthon.

Devenu méfiant avec l'âge et les épreuves, Copernic promit vaguement de commencer à faire un relevé complet de la géographie prussienne, tout en affirmant que ce serait un travail de longue haleine et que ses multiples activités de chanoine ne lui laissaient que peu de loisirs. Il soupçonnait Albert de chercher à le compromettre en lui demandant de livrer des renseignements stratégiques importants. Quant à ce Melanchthon, Copernic savait fort bien qu'il était le plus proche ami de Luther. S'il devenait un partisan trop ostentatoire de sa théorie, le chanoine perdrait le soutien et les encouragements qui lui venaient de Rome. En revanche, pour la traduction de son essai sur la monnaie, il s'exécuta volontiers. Il était fier de cet écrit, plus peut-être que de ses travaux astronomiques, car cela lui donnait le sentiment d'être utile à l'amélioration du sort des hommes.

La Réforme tenait ses plus chauds partisans polonais parmi les négociants de Dantzig, devenu le plus prospère des ports polonais. Le roi Sigismond laissait faire ; il avait trop besoin d'eux. Et puis, cette cité depuis toujours rebelle se montrait jalouse de ses libertés, arrachées aux Teutoniques puis concédées par

Cracovie. Mais la situation devint plus délicate quand le prélat de ce diocèse demanda à son clergé de prêcher et de baptiser en langue vulgaire. Le monarque décida de ne pas intervenir lui-même, mais de mettre en avant ce farouche papiste de Ferber. L'évêque d'Ermlande commença par employer la force en envoyant la troupe, c'est-à-dire des moines fanatiques qui entraînèrent avec eux la lie des faubourgs et des campagnes. Ce ſurent quelques jours d'horreur, dont les principales victimes furent femmes, enfants et vieillards. Cette horde repoussée, les milices bourgeoises les poursuivirent et les massacrèrent. Toute la Prusse et la Pologne risquaient d'être bientôt à feu et à sang. Sagement, Sigismond Ier rappela Ferber à l'ordre, lui ordonna de ne plus sortir de son palais épiscopal de Heilsberg, puis il demanda au chapitre de Frauenburg de faire oublier les violences commises par leur évêque.

Arguant de son ancienne expérience de la diplomatie auprès de son oncle, Copernic se proposa de mener les négociations. L'abbé trouva excellent qu'un de ses chanoines, dont la grande renommée de savant rejaillissait sur le diocèse tout entier, se mette ainsi en valeur. C'est alors que, contre toute attente, Bernard Sculteti, qui avait fait le voyage de Rome à l'occasion de cette affaire, intervint :

— Il ne s'agit pas de tractations entre ambassadeurs. Il s'agit de ramener l'évêque de Dantzig dans le giron de l'Église. Ce n'est donc pas d'un diplomate, fût-il aussi habile que le révérend Nicolas, dont nous avons besoin, mais d'un ou de plusieurs théologiens. En ces matières, du moins, notre excellent ami ne nous surpasse guère…

Il y eut quelques sourires. Ce fut Tiedemann Giese qui fut choisi, et Nicolas se sentit trahi par ses deux meilleurs amis, avec le sentiment profond qu'on voulait le jeter dans le bas-côté de l'Histoire en marche, qu'on voulait le cantonner à ses calculs et à son astrolabe. Qu'il s'amuse donc à jongler avec les planètes et ne s'occupe plus de ces choses sérieuses que sont les croyances, les guerres et la vie des hommes !

Bernard Sculteti, après la mort de Léon X et à l'exception des quelque vingt mois de l'éphémère pape de Charles Quint, le Hollandais Adrien VI, avait retrouvé ses fonctions de chapelain auprès de son successeur ; il avait changé d'employeur, mais pas de famille : Clément VII était lui aussi un Médicis.

— Comprends bien, Nicolas, expliqua-t-il à un Copernic dépité, tu ne dois pas t'exposer en ce moment. Je sais bien que Giese et toi faites partie de ces gens qui, comme Érasme, pensent que l'on peut encore trouver un compromis entre Luther et Rome. Mais il est trop tard, mon cher. La rupture est consommée. Le moine de Wittenberg est mis au ban de la Chrétienté. Érasme, d'ailleurs, l'a parfaitement saisi et semble se rallier à l'Église. C'est fini. Nous vivons un schisme, nous subissons la plus grande hérésie de tous les temps. Si après la Saxe et le Brandebourg, la Pologne tombe à son tour, nul ne peut savoir ce qu'il va advenir. Mais toi, Nicolas, prends garde. Ton vieil ennemi Albert de Prusse a tenté de te rallier aux Luthériens par l'intermédiaire de tes divers travaux. Ta réponse évasive n'a fait qu'accroître son ressentiment envers toi. Si tu ne te tiens pas en retrait dans cette affaire, je ne donne pas cher de ta vie.

Sculteti avait accepté de bonne grâce l'invitation à demeurer chez Copernic le temps de son séjour à Frauenburg. Après la réunion du chapitre portant sur l'évêque de Dantzig, lui, Nicolas et Tiedemann Giese s'étaient retrouvés dans la bibliothèque de la tour des remparts où Anna leur avait servi une collation. Copernic s'était rasséréné aux explications de son vieux complice de leurs « campagnes italiennes », comme ils disaient en plaisantant. Toutefois, il lui paraissait toujours aussi désagréable d'être ainsi tenu à l'écart, lui qui n'aimait rien tant que l'action.

— En somme, bougonna-t-il, à ma place, tu aurais refusé catégoriquement les propositions du grand-duc. Même et y compris cette malheureuse traduction de mon essai sur la monnaie.

Tiedemann Giese intervint. Son avis comptait pour beaucoup, car il se montrait toujours plus sage et pondéré que ses deux fougueux aînés :

— Je ne te fais aucun reproche, Nicolas, mais l'essai en question te tenait trop à cœur. Je t'avais conseillé alors d'envoyer une réponse très respectueuse à Son Altesse, mais en lui faisant remarquer qu'un chanoine de l'Ermlande très catholique ne peut se permettre, à moins de trahir sa charge et ses supérieurs, de se mettre au service d'un prince rendu à la Réforme. En acceptant ceci et en refusant cela, non seulement tu l'as mécontenté, mais en plus, le diocèse soupçonne que tu aurais montré quelque sympathie pour les réformés.

— Et voilà le prudent Tiedemann qui me reproche d'avoir trop ménagé la chèvre et le chou ! Nous aurions dû l'emmener jadis du côté du « Bouquet de violettes », n'est-ce pas, Bernard ?

Giese, qui s'agaçait de ces complicités et ces allusions auxquelles il ne comprenait rien, haussa les épaules. Sculteti approuva les propos de leur cadet et renchérit :

— On ne s'est pas fait faute, Nicolas, de rapporter cet échange jusqu'à Rome. Là-bas, un de tes illustres admirateurs m'a même demandé si par hasard tu ne balançais pas du côté des schismatiques. Désormais, il s'agit d'une guerre, et non plus d'une dispute entre les luthériens et nous. Et nul ne peut rester en dehors : il faut choisir son camp.

— Eh bien moi, je refuse le combat, répliqua Copernic avec force. Et crois-moi, nous sommes nombreux à le refuser, parmi les philosophes et les artistes. La correspondance que j'ai avec eux en témoigne. Puisque vous ne voulez plus entendre notre voix, celle de la raison, battez-vous donc entre vous, déchirez-vous comme des bêtes sauvages. Et encore… Les bêtes sauvages ne s'entr'égorgent que pour manger.

Giese hocha la tête en signe d'approbation. Sculteti fit, lui, une moue dubitative : à Rome, on ne voyait pas les choses de la même manière qu'à Frauenburg. De là-bas, on savait que la Réforme s'étendait partout en Europe comme une tache d'huile, tandis que les Ottomans de Soliman le Magnifique en profitaient pour s'enfoncer plus avant dans la Chrétienté. D'ici, on ne voyait pas plus loin que le bout de la Prusse, avec pour seule ambition de ramener un obscur évêque de Dantzig dans le giron de l'Église. Pour le chapelain de Clément VII, Copernic avait son modeste rôle à jouer dans cette gigantesque partie : puisque les luthériens ne rêvaient que de revenir à une impensable Église primitive, le pape avait décidé qu'au contraire, il fallait entreprendre également des réformes, mais des réformes tournées vers l'avenir, dans un monde bouleversé par la multiplicité des découvertes et des nouveautés. Le plus dur serait de convaincre le chanoine de Frauenburg, dont l'échine était plutôt raide. Sculteti le savait d'expérience ; aussi avança-t-il en se raclant la gorge :

— Vois-tu, pour rassurer sur tes opinions, nombre

de gens importants à Rome, dont les cardinaux Farnèse et Schönberg…

— Schönberg ? Cardinal ?

— Cardinal de Capoue, oui. Tu l'ignorais ? Ne fait-il donc pas partie de tes correspondants ? J'espère que tu ne t'es pas brouillé avec lui, au moins, car il t'admire au-delà de tout. De plus, il est devenu un personnage très en vue, à Rome.

À cette réplique, Copernic se mordit les lèvres. Un autre que son ancien précepteur aurait eu à subir une de ces violentes colères qui le prenaient quand il se trouvait pris en faute. En effet, depuis quelques années, sans s'en rendre compte, par négligence ou par orgueil, il s'était coupé du monde. Conscient qu'il avait fait mouche, Sculteti poursuivit :

— Schönberg s'est inquiété de savoir si tu ne pencherais pas désormais du côté de Luther. Pour le rassurer, disais-je, ainsi que Farnèse, tu devrais achever ton grand livre d'astronomie, l'imprimer et le leur dédicacer.

— Impossible pour le moment. Je bute actuellement sur les épicycles de Mars et… Bref, trop long à t'expliquer.

— Tu pourrais au moins leur envoyer la version complétée de ton *Résumé*, suggéra Giese.

Copernic haussa les épaules : se contenter d'un tel brouillon serait aussi désobligeant pour les destinataires qu'insatisfaisant pour lui. Sculteti proposa alors :

— Permets-moi donc d'exposer moi-même ta théorie quand je serai de retour à Rome.

Copernic se hérissa plus encore et lança avec dédain :

— Qu'est-ce que tu connais à l'astronomie, toi ?

— Suffisamment pour t'avoir inculqué jadis quelques notions d'algèbre et de géométrie, ce me semble, répliqua du tac au tac l'ancien précepteur de Nicolas et Andreas.

Cette fois, Copernic était vaincu. Qu'ils fassent ce qu'ils veulent, après tout ! Que lui importait, à la fin ?

Sculteti repartit pour l'Italie. Mais le chapelain du pape n'eut pas l'occasion d'exposer devant son maître et un parterre choisi de cardinaux la théorie de son ami. En effet, les lansquenets de Charles Quint, alliés aux troupes des Colonna, famille rivale des Médicis, envahirent la Ville éternelle et la mirent à sac. L'occupation dura deux ans, les pillages succédèrent aux pillages, Clément VII et son entourage, dont Sculteti et Schönberg, restèrent enfermés au château Saint-Ange. À l'heure où les princes chrétiens se déchiraient entre eux, à l'heure où d'autres, tel le roi Louis de Hongrie, tombaient sous le cimeterre de Soliman le Magnifique, à l'heure où la rupture entre les Réformés et l'Église romaine était consommée, à l'heure où le reste du monde n'en finissait pas de dévoiler d'autres richesses, d'autres êtres humains vivant et croyant différemment, Copernic ne se sentit pas le droit de troubler plus encore les âmes inquiètes de ses contemporains. Pourquoi jeter un nouveau tison dans les flammes, en leur annonçant qu'ils n'étaient que fourmis courant en tous sens sur une petite boule suspendue dans le vide et tournant autour du grand Soleil ?

Il lui fallait au contraire, comme quelques autres hommes de bonne volonté, tenter de jeter un peu d'eau sur cet incendie. L'évêque de Dantzig, malgré tous les efforts de Giese, avait fini par rallier la Réforme et avait été excommunié. Mais c'était maintenant au sein du chapitre de Frauenburg que les idées de Luther faisaient leur chemin. Un des chanoines, Félix Reich, plaida longtemps devant ses confrères pour dire la messe en langue vulgaire et surtout contre les turpitudes de la papauté. Il pouvait se le permettre : avec Giese, il était celui des seize qui avait la conduite la plus irréprochable de tout le chapitre, mais qu'il agrémentait d'une farouche ostentation que n'avait pas l'indulgent ami de Copernic. Reich finit son discours en blâmant avec virulence les quinze autres chanoines de vivre dans le péché, désignant surtout ainsi, sans les nommer, Copernic en concubinage notoire avec Anna Schillings, et Alexandre Soltysi, alias Sculteti, frère du secrétaire du pape, dont on ne comptait plus les aventures et les bâtards. Il rappelait que la chair était faible, et que Martin Luther, au moins, n'avait pas eu l'hypocrisie de s'en cacher, puisqu'il s'était marié devant Dieu, l'an passé.

Copernic songea alors que Reich n'avait pas tort. Depuis maintenant près de vingt-cinq ans qu'Anna et lui vivaient ensemble, au vu et au su de tous sans toutefois s'afficher de façon ostentatoire, ils étaient comme mariés devant Dieu, mais pas devant l'Église. Il traînait toujours dans son âme comme un vague malaise d'avoir ainsi bafoué ses vœux de célibat. Était-ce pour cela qu'il s'était toujours refusé à avoir l'enfant qu'Anna, pourtant, désirait tant ?

Néanmoins, Reich lui avait toujours déplu : il lui évoquait trop ce moine florentin, Savonarole, dont Machiavel lui avait jadis tracé un portrait à la pointe sèche. Même fièvre, même manière de se flageller soi-même avec autant de volupté qu'à flageller autrui. Le débat dura longtemps. Copernic refusa d'intervenir, malgré de fréquentes sollicitations. Non pas tant par volonté de rester neutre, mais parce qu'il trouvait cela aussi ennuyeux que vain. Giese avait beau s'échiner pour tenter de trouver un terrain d'entente, il était trop tard. Le gouffre était désormais trop large pour que quiconque puisse y jeter une passerelle. De plus, Alexandre Soltysi s'était fait le plus farouche partisan de Rome, ce qui mettait le reste du chapitre mal à l'aise. Le ton monta à un tel point que Reich préféra quitter la séance et partir s'isoler dans sa curie d'Allenstein. De là, il écrivit et fit imprimer quelques libelles appelant le clergé polonais et prussien à rejoindre la Réforme. Le schisme éclatait ainsi dans le chapitre de Frauenburg. Comme l'évêque Ferber restait sur ses positions papistes rigides, qu'il était suivi en cela par la moitié du chapitre, avec pour meneur Alexandre Soltysi qui défendait surtout ses intérêts luxurieux et… familiaux, l'affaire ne pouvait que s'envenimer.

Le camp des modérés, avec pour capitaines Copernic et Giese, se sentit très isolé. Ils décidèrent de faire appel au roi de Pologne lui-même, car Sigismond Ier prônait une certaine liberté de culte pour les luthériens, avec toutefois nombre de contraintes et de restrictions. Le monarque envoya donc un de ses représentants auprès des deux chanoines. Et Copernic eut la très désagréable surprise de voir arriver dans sa curie de Frauenburg celui qu'il appelait de façon fort injuste « le Glimski de Sigismond » et qu'il soupçonnait d'avoir prêté à Albert de Prusse l'apothicaire empoisonneur de son oncle Lucas : le chevalier Johann von Flachsbinder, alias Dantiscus.

Les deux hommes eurent beaucoup de mal à donner un ton cordial à leur entretien. Par bonheur, Giese survint et servit de gaffe ou de défense pour que ce puissant navire de Dantiscus ne se frotte pas trop à ce rude brise-lames de Copernicus. Ce dernier fit faire le tour de son observatoire à son visiteur, qui lui montra qu'il avait quelques connaissances en astronomie et proposa de lui envoyer une sphère armillaire et une montre que lui avait offertes jadis l'empereur Maximilien. Pour toute réponse, Copernic se souvint soudain que son canonicat l'appelait à une tâche urgente à Elbing, pour y juger d'une affaire de bornage. Il devrait partir là-bas le lendemain dès l'aurore, aussi vaudrait-il mieux débattre maintenant du sujet qui amenait à Frauenburg l'émissaire royal.

Giese, qui ignorait tout du contentieux entre les deux hommes, avait failli dire à son ami qu'il pouvait surseoir à présider le tribunal d'Elbing, mais il comprit en un éclair que la manière brutale dont Nicolas avait changé de conversation était une façon de montrer qu'il ne voulait rien avoir à faire avec Dantiscus. Les trois hommes décidèrent donc de rédiger une lettre au chanoine Reich, qui serait un appel général à la tolérance et à la réconciliation. Cette épître serait imprimée à Cracovie et non à Dantzig.

— Je la signerai seul, dit Giese, se souvenant des paroles de Sculteti. Le génie du révérend Copernic a provoqué trop de haine et de jalousie. Il serait mauvais pour sa sécurité et ses travaux qu'il se mette ainsi en avant…

— C'est fort prévenant de ta part, Tiedemann, mais je n'ai nul besoin d'être protégé. Nous signerons ensemble.

— Pourtant, Albert de Prusse…

— Son Altesse le grand-duc, intervint Dantiscus, approuve tout à fait ce projet qui va dans le sens de la paix et de la prospérité. Mais il est vrai que le nom de Copernic peut réveiller en lui quelques souvenirs désagréables. Toutefois, ce nom possède une telle renommée de sapience en Pologne et au-delà qu'il pèsera de son poids.

Giese, qui connaissait trop son ami et son entêtement, proposa une solution médiane : il signerait seul, mais indiquerait clairement dans l'incipit que Nicolas Copernic était à l'origine de l'impression de l'ouvrage. Ce qui fut fait. Le texte, écrit à quatre mains par les deux amis, était un véritable chant à la tolérance et à la compréhension mutuelle. Tout ce que la Pologne comptait de philosophes et d'hommes de bonne volonté se l'arracha. « Je refuse le combat », affirmait-il d'emblée. Et le chanoine Félix Reich, à qui cette épître était adressée, répondit que ce n'était pas la lutte par les armes qu'il désirait mais la dispute des idées, la confrontation pacifique, par les mots. L'Ermlande sembla alors s'apaiser et la Pologne tout entière paraissait avoir choisi : ni Luther, ni Rome, mais Érasme.

Or, le sage de Rotterdam venait de publier *Du libre arbitre*, où il préconisait, par-dessus les tortueuses querelles théologiques, le retour à la simple morale chrétienne. Copernic et Giese avaient lu l'ouvrage et s'en étaient inspirés, mais ils n'avaient pas pris connaissance de la cinglante réponse de Luther, *Du serf arbitre*. Considérant en effet la papauté très affaiblie, et tandis que son plus redoutable adversaire, Charles Quint, s'empêtrait dans son conflit avec François Ier de France, le moine de Wittenberg décida de clarifier les choses avec ceux qui, naguère, avaient approuvé une partie de ses idées et tenté de trouver un compromis qui permît d'éviter la guerre. Il rejeta donc Érasme et ceux qui partageaient ses vues dans le camp adverse, les traitant de sceptiques, voire d'athées. Parmi eux, Nicolas Copernic.

Dans son langage fleuri et volontairement populaire, il clama dans ses prêches qu'un astrologue polonais voulait prouver que c'était la Terre qui était en mouvement et pivotait sur elle-même plutôt que le firmament, le Soleil et la Lune, allant ainsi à l'encontre de tous les écrits sacrés. Et il s'interrogeait à voix haute, avec une ironie rustique, pour savoir si ce Copernic était un suppôt de Satan, ou simplement un imbécile, préférant, par charité, la deuxième solution. Puis, se sachant incompétent en ce genre de matières, il préféra lancer contre le chanoine de Frauenburg son principal lieutenant, le professeur de grec et de mathématiques Philippe Melanchthon, chargé par lui de dialoguer avec tout ce que l'Europe possédait de savants, d'enseignants, d'artistes et de philosophes, tout en entreprenant cette belle et bonne réforme des universités acquises à la cause de Luther, et dont nous bénéficions encore aujourd'hui.

Melanchthon décida alors de donner lui-même des conférences d'astronomie où il défendait, avec sa grande érudition, les théories de Ptolémée. Contrairement à ce qu'on pouvait attendre de quelqu'un que l'on disait doux, sage et modérateur, Melanchthon, à la fin de chacun de ses cours, exposait rapidement, pour s'en moquer, les thèses de Copernic, « comme si quelqu'un dans une voiture ou un navire en mouvement croyait qu'il était immobile et au repos, mais que c'était la Terre et les arbres qui bougeaient. Telle est l'époque où nous vivons : celui qui veut être brillant se doit d'inventer quelque chose d'original et de croire que c'est la trouvaille de tous les temps ». Il y avait pire : en guise de péroraison, il appelait de tous ses vœux un prince assez chrétien pour faire pendre cet astronome qui osait aller à l'encontre des Saintes Écritures.

Contrairement à ce qu'on a dit et répété, ce n'était pas un effet de style, une boutade, un « propos de table » à la manière de Luther. C'était bel et bien une menace de mort, un anathème. Et le prince en question, tout le monde le comprenait, ne pouvait qu'être le grand-duc Albert de Prusse et de Brandebourg. Tiedemann Giese prit peur devant cette menace. Il supplia son ami de cesser immédiatement ses observations astrales, de se faire oublier, chanoine transparent. Naturellement, par défi, Nicolas prit le contre-pied et décréta que la meilleure défense était l'attaque, parodiant ainsi son ami florentin Machiavel. Il ne se contenta pas alors de reprendre son anti-*Almageste*, qu'il avait singulièrement délaissé ces derniers temps, mais, pris d'une frénésie de correspondance, il annonça l'achèvement de son œuvre pour bientôt, aux professeurs de mathématiques de toutes les universités d'Allemagne et de Pologne, réformés ou pas, en prenant bien soin d'y inclure Melanchthon, par défi. Il joignait à son envoi, pour ceux qui ne l'auraient pas reçu, son *Résumé*, et à tous, des tables astronomiques plus complètes. Il n'oublia pas les Italiens, en particulier Sculteti à qui il donna l'autorisation d'exposer devant qui il le voulait sa vision du monde. Sculteti lui répondit qu'il s'y emploierait sitôt que les circonstances le permettraient : les troupes impériales occupaient encore la ville.

Qu'importait ! La contre-attaque de Copernic contre l'offensive des réformés avait triomphé. De Nuremberg, Albrecht Dürer l'informa qu'avec le nouveau professeur de mathématiques de la ville, Johann Schöner, il avait réussi à convaincre Melanchthon de s'en tenir à plus de modération. Celui-ci préféra cesser purement et simplement ses cours d'astronomie. Il avait trouvé une arme autrement redoutable que l'appel au meurtre : le ridicule.

Un beau jour de juin, tandis qu'enfermé dans sa tour, Copernic révisait et corrigeait d'arrache-pied cette œuvre qu'il avait déjà intitulée *Des révolutions des orbes célestes*, Anna, accompagnée d'une jeune servante et de l'impressionnant Radom, revenait de la foire de Frauenburg qui se tenait chaque semaine derrière le port et la criée, les paniers chargés de provisions. Ils passèrent à côté d'une estrade devant laquelle une foule rieuse de badauds s'était attroupée pour voir les comédiens.

— Maîtresse, maîtresse, supplia la jeune servante, arrêtons-nous un peu ! Les gens ont l'air de tellement s'amuser.

Anna céda volontiers ; depuis quelque temps, Nicolas s'enfermait sur son travail, et ne lui prêtait plus guère l'attention tendre de l'amant ni l'affection rassurante du père. Mais elle déchanta vite. La farce racontait l'histoire d'un gros chanoine assis sur un sac d'or et soupant avec le Diable. Jusque-là, rien que de très banal, le peuple aimant que l'on brocarde ainsi ceux qui collectaient l'impôt. Mais ce chanoine de comédie s'appelait Gabin, du nom d'un village non loin de la petite cité de Koppernigk. Il était tout de rouge vêtu, un cimeterre de Turc au côté, un chapeau pointu de médecin constellé d'étoiles sur la tête, et portant d'énormes besicles. Même le simple d'esprit de Frauenburg aurait pu comprendre de qui il s'agissait.

— Vous êtes doté d'un solide appétit, chanoine Gabin, disait le Diable. Dévorer l'une après l'autre toutes les étoiles du ciel en les faisant griller à la chaleur de mon soleil, voilà qui est le fait d'un glouton.

— C'est que, grand Lucifer, ma bonne Nana est insatiable, et il n'est pas une nuit où elle ne me laisse en repos, toujours les jambes en l'air quand je cherche à deviner l'avenir du monde, là-haut dans mon pigeonnier, et non sous son jupon.

— Prête-la-moi donc, ta putain, en échange, je te permettrai d'aller chercher dans l'astre des jours tout l'or qui s'y cache.

— Par ma foi, ce n'est pas de refus. J'ai tant réclamé d'argent à mes ouailles qu'ils n'ont plus le moindre zloty à m'offrir. Nana, bâtarde d'évêque, viens donc un peu tâter de la flamberge de Belzébuth. La mienne n'en peut plus.

Entra alors un acteur déguisé en une prostituée outrageusement fardée, qui cria d'une voix de harengère :

— Qu'est-ce que j'apprends, Gabin, vilain moine, tu veux aller rôtir ton gros cul sur le soleil ? Déjà que ton frère, ce lépreux corniaud du pape, est crevé d'avoir trop voyagé du côté de Vénus !

Radom posa son énorme main sur l'épaule d'une Anna pétrifiée d'horreur et d'humiliation :

— Quittons ces lieux, madame, avant qu'on nous remarque.

Ils rentrèrent à la hâte dans la curie. Anna monta en courant les escaliers de la tour. Dans la bibliothèque, Copernic, Giese et un de leurs confrères bavardaient. Elle s'effondra aux pieds de son amant, enfouit son visage entre ses genoux et se mit à sangloter. Il lui caressa doucement les cheveux en lui demandant de reprendre ses esprits pour lui raconter les raisons de ce chagrin. Quand elle eut fini son récit, il bondit de son siège, manquant de renverser Anna, et se mit à tourner en rond dans la pièce, le poing brandi, en rugissant :

— Les vipères, les frelons ! Les lâches ! Ils n'ont pu me détruire, alors ils s'en prennent à ce que j'ai de plus cher au monde, le souvenir de mes morts, et à la femme que j'aime. Quelle boue ! Je les briserai ! Je vais immédiatement faire envoyer la garde et jeter ces histrions au cachot…

— Surtout pas, Nicolas, intervint Giese. Toute la Prusse rirait de toi. J'ai moi-même signé l'autorisation à cette troupe de présenter leur spectacle. Ils m'avaient prétendu qu'il s'agissait de la fable du docteur Faust. Au fond, ils n'ont menti qu'à moitié…

— Quoi ? Qu'est-ce que tu racontes ?

— Je plaisante, Nicolas. Sais-tu d'où viennent ces comédiens ? De Königsberg, mon ami. Ils se produisent régulièrement devant la cour du grand-duc Albert. Un grand-duc qui se pique de littérature et a commis quelques pièces de théâtre. Comprends-tu mieux, maintenant ? Certes, cette manière de salir ton entourage est abjecte. Mais il ne faut pas répondre au rire par la colère et par la force. Il faut répondre par le rire.

— Que me suggères-tu là ? D'écrire une farce de bateleur ? C'est idiot !

— Figure-toi qu'au temps de ma folle jeunesse, j'ai commis une pochade sur les chevaliers Teutoniques. Nous l'avions jouée à Cracovie. Maintenant que j'y pense, c'était assez joliment tourné.

Et Giese se mit à marcher en roulant les épaules et en arborant un air bravache, ce qui fit rire Anna au milieu de ses larmes. Puis prenant un lourd accent bas-allemand, le facétieux chanoine poursuivit :

— Capitaine Koppernigk, nul en Ermlande n'a oublié la façon dont vous avez défait jadis nos armées, à Allenstein. Le peuple vous en est reconnaissant. Il n'oublie pas non plus le généreux médecin des pauvres.

Giese se rassit et reprit son ton naturel :

— Je vais adapter mon immense chef-d'œuvre à l'air du temps. Je me sens très en verve pour étriller quelque peu Albert de Prusse. Et tu n'auras pas grand-chose à débourser pour que ces baladins ou d'autres répondent par le rire à ce ricanement.

Ainsi fut fait. *La terrifique histoire du chanoine Gabin mangeur d'étoiles* disparut des tréteaux d'Ermlande. On y joua désormais *Le Teuton repenti*.

En octobre de l'an 1531, Nicolas Copernic acheva enfin ses *Révolutions des orbes célestes*. Il en fit faire une dizaine de copies qu'il envoya à ses plus chers et plus savants confrères. Il les communiqua également à Melanchthon. Celui-ci ne lui répondit que par un mot aimable, mais ne renouvela pas ses attaques. Il s'avouait vaincu. Quant à Luther, il se contenta de répéter dans ses *Propos de table* ceux qu'il avait tenus en chaire à propos de « ce fou qui veut renverser complètement l'art de l'astronomie ». L'affaire était donc close. Et là-bas, à Rome, Sculteti fit donner par un secrétaire du pape féru de mathématiques une leçon sur son système devant Clément VII et un parterre de cardinaux, dont Alexandre Farnèse. Quelques mois plus tard, le pape mourut. Et ce fut Alexandre Farnèse qui le remplaça sous le nom de Paul III. Désormais sous l'aile de son ancien protecteur en Italie, Copernic n'avait plus rien à craindre du côté catholique. Et tout à espérer. La pourpre cardinalice, par exemple…

Plusieurs années passèrent. Désormais, de toutes les universités d'Europe, à l'exception de l'Espagne, on consultait Copernic sur les plus petits points d'astronomie. Lui, il s'était apaisé avec l'achèvement de son œuvre. Pourtant, il lui arrivait encore fréquemment de reprendre ses calculs, toujours insatisfait. Alors qu'il avait voulu démontrer que son système était plus simple que celui de Ptolémée, il avait été obligé, pour sauver les apparences, de multiplier les épicycles. Mais le doute était balayé : désormais, il était parfaitement sûr d'avoir raison : il avait aboli l'équant, inadmissible entorse au mouvement circulaire uniforme.

Il aurait aimé qu'un de ses correspondants le conteste ou suggère quelque chose qui l'incite à aller plus loin, voire à se corriger. Mais il avait frappé trop fort. Il était monté trop haut. *Des révolutions* paraissaient maintenant, à la plus fine fleur de l'astronomie, comme une forteresse sans faille, et leur auteur comme le plus savant des astronomes de tous les temps. On le consultait donc, mais pas sur ce qu'il aurait désiré. Là où il aurait voulu que l'on s'en tienne à la pure mathématique, ses correspondants se livraient à toutes sortes de spéculations astrologiques. Or, cette habileté de l'astrologie à pénétrer le sombre voile couvrant le destin humain était totalement étrangère à la pensée de Copernic, et il se refusait à entreprendre quoi que ce soit qui ne fût pas fondé sur le calcul. C'est ce qu'il répondait à ceux qui lui demandaient son avis sur tel ou tel rapprochement entre un phénomène astral s'étant produit dans un lointain passé et la chute d'un empire ou la naissance d'un autre. Il espérait ainsi qu'ils se lasseraient, mais en vain. Son pessimisme sur la nature humaine s'en accrut d'autant.

En l'an 1537, l'évêque Ferber mourut. Contrairement à la coutume, ce fut le roi qui envoya une liste de noms au chapitre pour le remplacer. Parmi eux, son ancien secrétaire Dantiscus, nouvel évêque de Kulm, et un chanoine de Frauenburg perclus de dettes et notoirement débauché. Giese prit alors sur lui de se rendre à Cracovie, accompagné d'un autre chanoine, Dietrich von Rheden, pour supplier le roi de supprimer ce dernier candidat et de le remplacer par Copernic, fort de la récente conférence donnée devant le pape. Sigismond Ier accepta volontiers : il était fermement décidé à imposer Dantiscus, son favori. Copernic lui servait de paravent. C'est ainsi que l'ancien complice de la mort de Lucas prit la tête de l'épiscopat d'Ermlande. Et le roi ne put s'empêcher de commettre une petite perfidie supplémentaire : il fit remplacer à Kulm Dantiscus par Tiedemann Giese. L'audience qu'il avait accordée à ce dernier pouvait ainsi fort bien paraître une tractation d'où Copernic serait le seul perdant. Aussi, le nouvel évêque de Kulm se précipita-t-il chez son ami pour lui expliquer qu'il n'était pour rien dans cette affaire.

Pour toute réponse, Copernic le félicita chaleureusement, lui affirmant que ce n'était que la juste récompense de son beau libelle à Reich. Giese ne vit pas malice à cette phrase : il avait oublié que c'était Nicolas qui avait écrit pratiquement tout de cet ouvrage qu'il avait signé !

— La messe est dite, cher Tiedemann, ma carrière ecclésiastique s'est arrêtée il y a vingt ans aux portes du chapitre de Frauenburg. Ennemis et amis sont d'accord là-dessus. Les uns tremblent encore, après deux décennies, au souvenir de la grande ombre de Lucas Watzenrode. Les autres, comme toi ou von Rheden, veulent que je ne sois plus qu'un astronome le nez planté dans mes étoiles, un esprit pur enfermé dans sa tour, remâchant sans cesse d'obscurs et abscons calculs, une icône dont la gloire rejaillirait sur vous autres. Non, non, ne proteste pas ! Lis donc cette lettre que vient de m'envoyer, depuis Rome, notre cher Schönberg… Pardon ! Son Éminence le cardinal de Capoue.

Giese lut à haute voix la lettre de son ancien condisciple de Ferrare, avec de petits cris de joie. Elle était datée du 1er novembre 1536 : « J'ai appris que, non seulement tu connais admirablement les découvertes des anciens mathématiciens, mais que même tu as constitué une nouvelle doctrine du monde selon laquelle la Terre se meut tandis que le Soleil occupe le lieu le plus bas et, par conséquent, le plus central de l'Univers ; que le huitième ciel demeure fixe et éternellement immobile ; que de tout ce système astronomique tu as composé les *Commentaires* et, ayant soumis au calcul les mouvements des astres errants, composé des tables à la grande admiration de tous. C'est pourquoi, homme très docte, je te demande de la manière la plus instante de communiquer aux savants cette tienne découverte, et de m'envoyer aussi rapidement que possible les fruits de tes méditations nocturnes sur la sphère du monde, avec les tables, et tout ce que tu pourrais avoir encore concernant ce sujet. Et j'ai chargé von Rheden de faire copier tout cela et de me le faire envoyer à mes frais. Et si tu veux faire ainsi que je le désire, tu verras que tu as affaire à un homme qui tient ton nom en très haute estime et qui est plein de désir de rendre justice à ton génie. Au revoir. »

Tiedemann leva les yeux et dit :

— Tu ne lui avais donc pas envoyé tes *Révolutions* ?

— Je l'avais oublié. Ou plutôt j'avais mésestimé ses connaissances en astronomie, jugeant qu'il n'y comprendrait rien. Apparemment, ce n'est pas le cas. Est-ce von Rheden, qu'il évoque ici, ou toi, qui as commis l'indiscrétion de lui en parler ?

— Les deux, mon cher, les deux. Nous conjurons à ta renommée autant sinon plus qu'Albert de Prusse, Dantiscus et Melanchthon conjurent à ta perte. Qui le ferait, autrement ? Pas toi, vieil ours, pas toi ! Tu te flattes d'avoir été un habile diplomate au temps de ta jeunesse. Il semble que tes dons se soient érodés avec l'âge. As-tu au moins compris ce que signifie la dernière phrase de Schönberg : « Tu verras que tu as affaire à un homme qui tient ton nom en très haute estime et qui est plein de désir de rendre justice à ton génie » ?

— Bien sûr ! Il me fait miroiter la pourpre cardinalice sous le nez, comme la carotte qui fait avancer l'âne. Cardinal, moi ? Il y a dix ans, j'en rêvais.

Aujourd'hui, à l'imitation d'Érasme, je refuserais. Pour les mêmes raisons que lui : nul ne me forcera à choisir mon camp entre catholiques et réformés. Comme celui qu'on appelle « le plus savant des hommes », je suis ailleurs : dans le camp de la liberté.

— Tout de même, protesta Giese, ce message de Schönberg ressemble furieusement à un imprimatur pontifical. Ou du moins à la promesse de l'obtenir. Il faut imprimer, Nicolas, il faut imprimer les *Révolutions*.

— Imprimer… Donner aux frelons et aux sycophantes une nouvelle occasion de me piquer… Il est bien connu qu'il n'y a pas de remède contre leur morsure. Te souviens-tu de la lettre de Lysis à Hipparque, que j'avais traduite jadis ?

— Je la connais par cœur : « Il ne convient pas de divulguer à tout le monde ce que nous avons acquis avec de si grands efforts, de même qu'il n'est pas permis d'admettre les gens ordinaires aux mystères sacrés des déesses d'Éleusis. » Mais les temps ont changé, Nicolas. Le monde n'est plus que brouhaha et Pythagore ne peut plus garder le silence.

Copernic émit un narquois sifflement d'admiration :

— Bravo, monseigneur Giese. Une mitre d'évêque, voilà qui vous change un homme ! Mais c'était à une autre citation que je songeais. Je n'ai pas ta prodigieuse mémoire, mais cela disait à peu près : dévoiler la vérité inconsidérément et à n'importe qui, c'était comme si – voilà, ça me revient – « comme si on versait de l'eau propre dans un vase plein d'ordure : on ne ferait qu'agiter l'ordure et gâter l'eau ». Non, Tiedemann, je veux bien « réformer » l'astronomie, mais je ne serai pas son Luther ! Je ne placarderai pas mes thèses sur le portail de mon observatoire. Peut-on savoir si crier haut et fort que la Terre tourne autour du Soleil et sur son axe ne va pas provoquer autant de haine et de sang qu'une traduction de la Bible en langue vulgaire ?

Giese n'osa répondre qu'une querelle entre savants et philosophes avait rarement suscité mort d'homme. Puis il pensa à Socrate, à Abélard ou au frère de Dominique Novara, Giorgio, brûlé à Bologne en 1500, au médecin Georg Iserin, ancien condisciple à Padoue, qui avait subi le même sort, en Autriche, voici huit ans… Il ne put s'empêcher de dire, jouant ainsi comiquement son futur rôle d'évêque de Kulm tonnant en chaire contre les pécheurs :

— Ne crois pas t'en tirer à si bon compte, Nicolas ! Un jour, je t'en défie, je t'arracherai des mains tes *Révolutions* et, s'il le faut, je tournerai moi-même la presse d'où naîtra ta grande œuvre !

Puis il se reversa un verre de frascati, ce vin blanc du Latium moelleux et souple en bouche, que Son Éminence Nicolas Schönberg, cardinal de Capoue, avait envoyé, accompagnant sa lettre, à ses anciens camarades de la nation allemande.

En coiffant la mitre d'évêque d'Ermlande, l'aimable et spirituel diplomate Dantiscus, dont on ne comptait plus les maîtresses éparpillées aux quatre coins de la Chrétienté, se métamorphosa en un rigide et austère prélat. Cette conversion était-elle sincère ou agissait-il sur ordre de son maître Sigismond Ier ? Qui aurait pu le dire sinon son confesseur ? En tout cas, alors que dans le reste de la Pologne les deux religions vivaient, sinon en bonne entente, du moins en s'ignorant, en Ermlande, et seulement en Ermlande, que les documents officiels appelaient désormais de son nom polonais de Warmie, les livres et les pamphlets venus des pays réformés commençaient à brûler sous la torche des prévôts.

Mais avant de s'en prendre à ce qu'il appelait « les lieux empoisonnés de l'hérésie », cet ancien ami de Melanchthon décida de nettoyer sa propre maison, c'est-à-dire la cathédrale de Frauenburg. Ses chanoines administraient fort bien l'évêché, tous unis derrière Copernic, sans détourner le moindre zloty des impôts qu'ils encaissaient. Le départ de Giese pour la Kulm voisine ne les avait pas affaiblis, au contraire : il était devenu leur principal soutien. Alliés à la ligue bourgeoise de Prusse, farouchement accrochée à ses libertés, ils pourraient très bien faire front contre leur nouvel évêque, comme ils avaient su le faire jadis contre les chevaliers Teutoniques. Même si nombre d'entre eux étaient nouveaux, les habitudes prises sous la poigne énergique de monseigneur Lucas étaient devenues comme une seconde nature.

Le chapitre avait pourtant un maillon faible : Alexandre Soltysi, alias Sculteti, frère du chapelain du pape. Mais après avoir marqué son opposition à Nicolas, il s'était rallié à lui au moment de l'ultime guerre teutonique. Et il s'était assagi. Lui qui, jadis, menait une vie de gentilhomme débauché, il s'était purement et simplement mis en ménage avec une femme que l'on disait ancienne fille d'auberge ou pire, mais qui s'était transformée depuis, comme c'est souvent le cas, en une irréprochable mère de famille. Il n'empêche, le chanoine s'affichait trop avec elle et ses enfants, tel n'importe quel hobereau de province. Giese et Copernic avaient beau le rappeler à plus de discrétion, il n'en avait cure, persuadé, non sans raison, que son frère chapelain du pape le protégeait de toute critique.

Mais il advint que Bernard Sculteti mourut, peut-être de dépit : pour rompre avec l'ère Médicis, Paul III se débarrassait en douceur de l'entourage de ses prédécesseurs Léon X et Clément VII. Le tour de Sculteti était venu. Il ne le supporta pas et son cœur s'arrêta. Copernic en eut un immense chagrin : son ancien précepteur, devenu le meilleur de ses amis, mais surtout son plus fervent soutien, risquait de lui manquer cruellement en le laissant ainsi en tête à tête avec l'évêque d'Ermlande, Dantiscus. Et il se reprochait aussi de ne s'être pas assez intéressé aux affaires vaticanes. Peut-être aurait-il pu solliciter pour Sculteti la bienveillance du pape, son ancien protecteur Alexandre Farnèse.

Dantiscus savait pertinemment quels étaient les liens qui unissaient le nouveau pontife et le chanoine. Aussi tenta-t-il de se rapprocher de l'astronome, allant même jusqu'à lui offrir des globes terrestres, des instruments de mesure du dernier cri, des cartes, dont celle du Nouveau Monde que lui avait envoyée le conquistador Cortes, et surtout les deux magnifiques planisphères célestes qu'Albrecht Dürer, aidé des astronomes Stabius et Heinfogel, avait gravés en 1515 à la cour de l'empereur Maximilien.

Copernic l'en avait remercié, mais de façon rigoureusement protocolaire. Puis l'évêque l'invita plusieurs fois à dîner à Heilsberg, et essuya chaque fois un refus plein de témoignages de dévouement, qui arguait des lourdeurs de la tâche de chanoine – ce qui aurait pu faire sourire si cela n'avait signifié en clair : « Laissez-moi en paix dans ma tour. »

Dantiscus, ce diplomate aguerri mais trop persuadé que chaque acte et chaque parole cachaient une intention secrète, ne pouvait pas imaginer que l'astronome était sincère et qu'il avait abandonné toute autre ambition que ses recherches astronomiques. Et Tiedemann Giese, nouvel évêque de Kulm, ne se faisait pas faute de le répéter à son homologue d'Ermlande chaque fois que les deux prélats se rencontraient, ce qui était assez fréquent. Le principal thuriféraire de l'astronome le répétait d'ailleurs un peu trop souvent, ce qui ne faisait qu'accroître les soupçons de Dantiscus : Copernic préparait quelque chose contre lui et ce « quelque chose » ne pouvait être que de décrocher la pourpre cardinalice, puis de le déconsidérer aux yeux du pape. Ç'aurait été facile : malgré tout ce qui les séparait, Melanchthon et lui étaient restés fort amis. Et le bras droit de Luther, peut-être par calcul, ne se faisait pas faute de louer haut et fort toutes les qualités de l'évêque d'Ermlande, ce qui mettait dans l'embarras le roi Sigismond Ier et réjouissait le grand-duc Albert de Prusse, son voisin.

Alors, Dantiscus, homme d'ordinaire habitué aux grandes choses, décida d'attaquer Copernic par le bas. Ce fut le pape qui lui en donna l'occasion. Paul III continuait pourtant à mener grand train de prince, aimant les fêtes, la chasse et les arts ; ne venait-il pas de donner à Michel-Ange Buonarotti tous les moyens d'achever sa grande fresque du Jugement dernier, sur le mur derrière l'autel de la chapelle Sixtine ? Prébendant ses trois corniauds et mariant sa bâtarde au plus offrant, il n'en décida pas moins de rappeler son clergé à plus de vertu pour ne plus prêter le flanc aux moqueries de Luther et Melanchthon. Ce n'était qu'une déclaration de principe, mais Dantiscus trouva assez plaisant de la prendre au pied de la lettre. Il s'attaqua d'abord à Alexandre Soltysi, lui demandant tout net de renvoyer à Dantzig sa pseudo-gouvernante et les quatre enfants qu'il avait eus d'elle, puis de prendre un personnel de maison mieux en rapport avec son âge et sa fonction.

Depuis la mort de son frère le chapelain, Alexandre avait pris de l'audace et de l'entregent. Il refusa avec hauteur, affirmant que, si l'évêque persistait, il n'hésiterait pas un instant à se faire le plus fervent disciple de Luther, qui lui, au moins, avait su allier sans hypocrisie l'amour de son épouse à celui de Dieu.

Copernic comprit vite que le coup n'était pas contre Alexandre, mais contre lui. Et donc contre Anna. Il alerta Giese, mais n'osa, par crainte du ridicule, évoquer la chose à son ancien protecteur Paul III. Il prit Alexandre Soltysi entre quatre yeux, lui demandant simplement d'aller cacher sa nombreuse famille dans une de ses maisons de campagne, lui conseillant de tergiverser, de mentir, de dissimuler plutôt que d'accepter l'affrontement, comme lui-même serait prêt à le faire au cas où Dantiscus s'en prendrait à lui et à Anna. Car c'était bien cela que l'évêque voulait : faire basculer Copernic dans le camp des Réformés pour d'aussi médiocres raisons que le célibat des prêtres, et ainsi le discréditer définitivement auprès de Rome. Par ailleurs, en éclaboussant ainsi deux de ses membres, et non des moindres, il comptait mater enfin ce chapitre rebelle qui avait toujours fait montre d'une grande indépendance vis-à-vis du roi de Pologne. Déjà, profitant des sièges laissés vacants par le défunt Bernard Sculteti, par Giese et par lui-même, puisqu'il avait été un temps chanoine à Frauenburg, il les avait remplacés par des hommes à lui, très proches de la couronne.

Copernic et Soltysi se connaissaient fort mal. Jusqu'alors ils s'étaient évités : Nicolas, sans trop se l'avouer, voyait en Alexandre l'un des responsables du suicide d'Andreas ; quant à Alexandre, il avait toujours été jaloux de l'amitié et de la complicité qui avaient lié son aîné, le défunt chapelain du pape, à l'astronome. Mais, lors de leur entretien, ce sourd contentieux autour de leurs deux frères morts s'éteignit. Toutefois, Alexandre s'étonna que Nicolas préconisât la fuite, le profil bas face à l'assaut de Dantiscus :

— Quoi ? Vous, le vainqueur des Teutoniques, le neveu du grand Lucas, le compagnon d'armes de mon frère, le géant qui mit le Soleil au centre de l'Univers, vous me demandez de plier devant un avorton comme ce Dantiscus ? Je ne peux le croire !

Copernic s'aperçut alors que Soltysi ne l'enviait plus : il le vénérait. Entre la jalousie et l'admiration, la frontière est fort ténue. Mais, quitte à le décevoir, il supplia presque son confrère de se faire le plus discret possible, de dissimuler sa famille dans un endroit sûr pour ne pas prêter le flanc à l'évêque. Soltysi ne tint pas compte de ces prudents conseils. Las d'avoir été trop longtemps dans l'ombre de son frère, et partant, dans celle de Copernic, il se lança éperdument dans la bataille. Bataille perdue d'avance, car désormais il était seul. Les autres chanoines qui auraient pu le soutenir dans sa défense des privilèges du chapitre de Frauenburg, étaient maintenant trop vieux pour affronter la garde rapprochée de Dantiscus. Celui qui aurait dû être leur chef de file, Nicolas Copernic, se terrait dans sa tour, en administrateur du chapitre scrupuleux, inattaquable, et même tatillon. Quant à la Ligue prussienne, depuis la disparition des chevaliers Teutoniques, ce n'était plus qu'une coquille vide dont les soldats se contentaient de parader aux fêtes, et les chefs se divisaient, les uns prenant parti pour le grand-duc Albert et les réformés, les autres, la majorité, pour le très catholique roi de Pologne.

Cependant, Dantiscus multipliait les injonctions, de plus en plus fermes et menaçantes, pour exiger que Soltysi se sépare de sa gouvernante. Mais le chanoine résistait. Un jour, comme tous les mois, l'évêque vint de son palais épiscopal de Heilsberg pour assister à la réunion du chapitre de Frauenburg. Comme de coutume, la population de la ville avait accouru le long de la grand-rue menant à la cathédrale pour voir passer le fastueux cortège. Soudain, une voix criarde de femme s'éleva au-dessus de la haie de soldats qui contenait la foule :

— Regardez cet homme-là, cette mitre dorée, cet évêque qui se dit chrétien ! Il veut jeter à la rue, dans la misère, une mère et ses quatre enfants, alors que lui dépense l'argent que nous lui donnons à offrir des palais en Espagne à ses multiples corniauds !

La femme fut aussitôt appréhendée. C'était la gouvernante maîtresse du chanoine Alexandre Soltysi. L'occasion était trop belle. Sitôt la messe dite, et après un prêche où il dénonça les mœurs dissolues d'une partie du clergé, Dantiscus érigea en tribunal le chapitre au grand complet et désigna la sellette au frère de l'ancien chapelain pontifical. Copernic, bien qu'il se sentît lui-même en danger, ne put que se porter volontaire pour défendre le frère de son ami. La cause était perdue d'avance, le scandale public provoqué par la compagne de l'accusé s'étant déjà propagé dans tout le diocèse. Nicolas tenta bien de plaider qu'on accorde à Soltysi une petite rente. Cela lui fut refusé. Le coupable fut chassé du chapitre, en attendant que le pape l'excommunie, tous les biens auxquels lui donnait droit sa charge de chanoine furent confisqués, et sa prébende ne lui serait plus versée. C'était le laisser nu, avec quatre enfants à charge, car sa compagne ne sortirait pas de sitôt de sa geôle.

Une fois la sentence tombée, Dantiscus convoqua dans sa résidence l'administrateur du chapitre pour consulter ses registres avec lui. Au crépuscule, donc, Copernic subit l'humiliation d'attendre de longues minutes dans le vestibule glacial de l'évêché, de lourds cahiers cartonnés posés sur les genoux. Ravalant sa rage, il se préparait à se faire, devant son supérieur, le plus humble des chanoines – le plus sournois aussi, conscient qu'allait se jouer maintenant la vie paisible qu'il avait eu tant de mal à mettre en place, en compagnie d'une femme prévenante et de quelques compagnons attentifs, une vie avant tout consacrée à l'étude.

Dantiscus vint le chercher lui-même, descendit les escaliers, s'excusa aimablement de son retard, ordonna à son secrétaire de débarrasser son hôte de ses registres, refusa que Copernic lui baisât l'anneau, le prit par le bras et l'entraîna dans un petit salon où une collation avait été servie. Puis l'évêque se mit à parler de choses anodines, sans évoquer un instant le procès de tout à l'heure. La chaleur de cet accueil était telle que Copernic en fut un instant paniqué, se demandant d'où le coup allait partir.

— Savez-vous que j'ai eu l'occasion jadis, à Padoue, d'assister à l'une de vos conférences ? Éblouissant !

— J'ignorais que monseigneur avait étudié là-bas…

— J'étais bien jeune alors, et votre renommée était déjà telle qu'un petit bachelier de mon espèce n'aurait jamais osé vous aborder. Plus tard, lors des noces de Sa Majesté, je n'aurais pas, pour un empire, manqué l'une de vos causeries. Vous-même, quel âge aviez-vous alors ?

— Une trentaine d'années, je pense… Je vais aujourd'hui sur mes soixante-quatre et…

— J'en ai donc douze de moins que vous. Savez-vous que l'an passé, pour mon demi-siècle, j'ai décidé de tout arrêter de mes folies de jeunesse ? Il n'y a rien de plus ridicule qu'un vieillard jouant encore au jouvenceau.

L'allusion était claire, mais l'attaque prématurée. Retrouvant toute sa fierté, le chanoine para la botte avec aisance :

— J'approuve parfaitement monseigneur. Il y a d'ailleurs bien longtemps que j'ai mis moi-même mon âme en paix avec Dieu et ma vie en accord avec ma fonction. Je consacre tout mon temps à louer les beautés de la Création et à améliorer le sort de vos brebis, comme votre secrétaire pourra le constater en vérifiant mes registres.

Dantiscus préféra pousser son attaque un peu plus loin. C'était exactement ce qu'attendait Copernic.

— Votre curie, m'a-t-on dit, est parfaitement tenue. Votre gouvernante n'est-elle pas une de vos parentes éloignées ?

— Qui n'est pas plus ou moins cousin, dans notre petite Ermlande ?

— Warmie, révérend, rectifia sèchement Dantiscus, car il sentait que son adversaire se dérobait. Dans notre Warmie, et qui n'est pas si petite que cela.

Alors, malignement, Copernic passa comme par mégarde de l'allemand au polonais, sachant que l'évêque possédait assez mal la langue officielle de son épiscopat.

— En Warmie, c'est exact. Pardonnez cette erreur grossière, monseigneur, et ce manquement involontaire aux nouveaux décrets de l'évêché. Les vieilles manies de mon grand âge sont ma seule excuse. Pour en revenir à ma gouvernante, pour dire la vérité, Mme Anna Schillings n'est pas une parente éloignée. C'est ma cousine, l'un des enfants naturels de mon oncle feu monseigneur Lucas. Il semblerait que le bon air d'Erml… pardon de Warmie, aiguise singulièrement le tempérament des gens d'Église… Cette dame est donc fort bien née et d'une excellente éducation. J'en suis complètement satisfait. Mais je suppose que monseigneur ne m'a pas convoqué pour que je lui parle de mes problèmes d'intendance.

La repartie était à la limite de l'insolence. Dantiscus hésita un instant à se mettre en colère, et à exiger que la gouvernante en question quittât immédiatement la cuisine et le lit du chanoine. Mais ce diplomate raffiné craignait le ridicule au-delà de tout. Aussi préféra-t-il s'avouer momentanément vaincu face à ce vieux lutteur, qu'il aurait cru moins coriace. Repassant à l'allemand, il répondit avec le plus gracieux de ses sourires :

— Vous avez raison, cher ami. Si j'ai employé la vilaine ruse de la convocation officielle, c'était pour que vous ne puissez tenter de vous dérober de nouveau à mes invitations. J'avais fini par croire que vous me portiez rancune d'avoir été préféré à vous par Sa Majesté pour la conduite des affaires de Warmie.

— Au contraire, monseigneur… *De cela*, je ne vous tiens aucun ressentiment. Mon ami l'évêque de Kulm, Tiedemann Giese, avait cru agir pour mon bien en proposant ma candidature, mais cette charge aurait été trop lourde pour mes vieilles épaules.

Il avait appuyé assez fort sur le « de cela », le chargeant de sous-entendus. L'évêque pâlit légèrement, sûr désormais que Copernic savait, d'une façon ou d'une autre, son implication dans la mort brutale de Lucas Watzenrode, vingt-cinq ans auparavant.

— Allons souper, dit-il en se levant. Et il ajouta sur un ton de plaisanterie : maintenant que je vous tiens, je ne vous lâche plus. Vous allez me parler de vos *Révolutions des orbes célestes*, dont toute la Pologne me rebat les oreilles. Et je vous ordonne, vous m'entendez bien, monsieur le chanoine, je vous ordonne de m'envoyer une copie de votre ouvrage !

Copernic sortit enchanté de ce souper, persuadé qu'on le laisserait en paix dans sa vie personnelle. Il chantait victoire trop tôt. Il eut en effet l'imprudence de joindre à l'envoi de ses *Révolutions* la demande d'une petite pension pour Soltysi, réfugié dans une minuscule bâtisse en dehors des murs de la ville, ainsi que la libération de la compagne du chanoine déchu. La réponse de Dantiscus fut aussi sèche que comminatoire : il ne reviendrait pas sur son jugement et exigeait qu'au lieu de s'occuper des brebis égarées l'astronome balaie devant sa porte, en renvoyant cette gouvernante qui jetait le discrédit sur un homme dont par ailleurs la réputation de savant et de philosophe était universelle. S'il ne prenait pas les mesures qui s'imposaient, le chanoine de Frauenburg subirait le même sort que son scandaleux ex-confrère.

Nicolas Copernic était devenu un vieil homme. Certes, sa vive intelligence, son appétit de connaissance restaient intacts. Il avait conservé beaucoup de sa vigueur physique et se consacrait encore volontiers à la chasse et à l'escrime. Mais il avait atteint un âge où l'on aspire à rien tant qu'une vie régulière, routinière même, où chaque moment de la journée a son emploi, ses rites. Si, au lever, dans la salle à manger, la soupe était trop chaude ou trop tiède, ou la cuillère oubliée, les idées qui se mettaient en place dans son esprit dissipant les brumes du sommeil s'évaporaient d'un coup ; si, en pénétrant dans sa bibliothèque, il constatait que le domestique avait dérangé de quelques pouces l'encrier et le plumier pour dépoussiérer le bureau, montait en lui une colère infantile qu'il ferait exploser plus tard, au moindre prétexte. Mais ces manies, ces journées réglées comme une horloge, lui étaient indispensables pour son travail de reprise et de correction permanentes de ses tables astronomiques, auxquelles il ajoutait le fruit de ses rares observations sur la terrasse de sa tour, ou des apports de ses correspondants.

Alors, la missive cinglante de l'évêque Dantiscus le

plongea dans un grand désarroi. Lui qui, jadis, prenait en un éclair la bonne décision, il ne sut que faire. Par orgueil, il n'osa consulter Giese, ni alerter le cardinal Schönberg, à Rome, sur l'acharnement de l'évêque d'Ermlande à son égard. Copernic décida donc de ne rien décider. Il était hors de question pour lui de chasser Anna, non seulement parce qu'elle tenait parfaitement sa maisonnée, prévenant tout souci qui le détournerait de ses travaux, mais aussi et surtout parce qu'elle était son ultime part de tendresse et de grâce au milieu de sa réclusion. Sans elle, il se dessécherait, tel un arbre ne donnant plus de fruits. Aussi, il lui faudrait tergiverser, promettre tout et n'importe quoi, en espérant qu'un jour Dantiscus se lasserait. Puisque son évêque se perdait dans d'aussi sordides querelles, eh bien, il se mettrait à son niveau.

Sa réponse fut une véritable parodie du style d'un vieux chanoine timoré à son supérieur, plat, redondant, obséquieux, tremblant qu'on lui confisque ses prébendes et ses privilèges. Volontairement, il accumulait les détails domestiques, affirmant qu'il avait placé sa gouvernante auprès de sa sœur, supérieure d'un couvent de Dantzig, mais qu'il demandait un délai jusqu'à Noël avant de la congédier, car n'est-ce pas, il est tellement difficile, de nos jours, de trouver du personnel convenable... En s'humiliant ainsi, il abaissait son interlocuteur. Il ne put s'empêcher toutefois d'une pirouette finale, en situant le lieu de l'envoi, non de Frauenburg, mais de la traduction en grec de ce nom allemand : Gynopolis, la cité des femmes ! Et tant pis si Dantiscus ne comprenait pas la langue d'Homère.

Puis il attendit. Chaque semaine, il sortait de la ville pour se rendre dans la misérable maisonnette de Soltysi. Un des enfants du chanoine déchu était malade, et l'ancien médecin de Lucas mettait tout son zèle à tenter de le soigner. Non seulement il refusait tout paiement, mais en plus il s'arrangeait souvent pour « oublier » sa bourse sur la table. Il considérait cette aide et ces visites régulières comme un devoir vis-à-vis du frère de son ami défunt.

Un mois avant Noël, il reçut une nouvelle lettre impatiente et plus clairement menaçante de Dantiscus. L'évêque lui demandait également de ne plus fréquenter Soltysi le banni, car cela nuisait à la réputation de tout le diocèse. À nouveau, Copernic promit, jura que tout serait fait dans les délais. Mais il apprit ainsi que Dantiscus le faisait espionner, sans doute par l'un des chanoines acquis à sa cause. Jusqu'où le prélat s'avilirait-il pour tenter de l'écraser ? Sa réponse venait à peine de partir que Radom annonça la visite de monseigneur Giese, évêque de Kulm.

Tiedemann, en entrant, saisit les mains de Nicolas avec une sollicitude inquiète.

— Mon ami, mon ami, tu t'es mis dans un mauvais pas. J'ai rencontré Dantiscus, il y a quelques jours. Cet homme d'ordinaire si courtois est fou de rage contre toi. Il m'a affirmé que tu refuses de te plier à son autorité, que tu te montres insolent, rétif à toute hiérarchie, que tu donnes à Frauenburg un nom de bordel. Que se passe-t-il ? Lui tiens-tu encore rancune de l'avoir emporté sur toi ? Un évêché, mon cher, n'est pas un apanage héréditaire…

Copernic haussa les épaules, demanda à Radom de leur servir une collation, puis lui fit le récit du vieux contentieux entre Dantiscus et lui, à commencer par le meurtre de Lucas. Quand il eut fini, Giese resta longtemps songeur et silencieux. Son ami venait de le plonger dans un monde qui lui avait toujours été étranger. Enfin, il écarta les mains de sa bouche et dit, comme s'il se parlait à lui-même :

— Non, ce n'est pas à cause de ces vieilles histoires que Dantiscus s'acharne après toi et notre chère Anna. Ce n'est pas pour cela qu'il te craint. C'est de l'astronome ami du pape dont il a peur, pas du neveu de Lucas. Ta renommée lui fait de l'ombre, Nicolas. Et surtout… Imagine un instant que, dans mon évêché de Kulm, l'un de mes subordonnés ait pour nom Michel-Ange, Érasme ou… Copernic. Je serais alors dans le plus grand embarras. Surtout si moi-même je me piquais de philosophie, d'art ou de poésie et avais, dans l'un de ces domaines, ma petite réputation. La seule solution que j'aurais pour lui imposer mon autorité serait d'exiger de lui qu'il marque la frontière la plus nette possible entre le chanoine et le génie. Sois le plus obscur des chanoines, obéis-lui en tout et, crois-moi, il laissera le génie éclore plus encore. Sur ce terrain-là, il n'osera t'affronter.

— Jamais je ne me séparerai d'Anna !

— Alors, au moins, sauve les apparences, fais quelques concessions. Je l'ai senti prêt à quelques accommodements. Cet ancien ambassadeur auprès des plus grands princes du monde ne m'a pas semblé très fier d'avoir engagé avec toi une aussi basse querelle. Il veut que tu plies, chanoine Copernic. Plie donc pour mieux grandir, Nicolas, nouveau Ptolémée. Voilà ce que je te propose….

Le lendemain, une partie des affaires d'Anna était envoyée au couvent de Dantzig, ce qui attira l'attention du chanoine espion de Dantiscus. Cependant, la gouvernante était partie discrètement, la nuit précédente, dans le manoir en haut duquel Andreas s'était pendu jadis, et que Nicolas avait racheté au chapitre, tant en souvenir de son frère que pour avoir un lieu bien à lui, au cas où on le priverait de sa prébende et de sa charge. Elle était accompagnée de Soltysi et de ses enfants. Ce manoir, situé non loin d'un domaine et d'un bourg fortifié qui était sous la responsabilité du chanoine Copernic, n'était qu'à une demi-journée de cheval de Frauenburg.

Dantiscus ignora-t-il ce subterfuge ou ferma-t-il les yeux, trop content d'en avoir fini avec son encombrant subordonné ? En tout cas, le bourg de Mehisack n'eut jamais, de mémoire de ses habitants, un chanoine aussi assidu à trancher dans leurs litiges de bornage.

IX

En ce matin du 6 février 1528, l'air était si glacial qu'il semblait sur le point de se solidifier par endroits. Pourtant, la grand-place de Feldkirch était noire de monde. Tous les paroissiens de cette cité autrichienne, contenus par une haie de soldats, se pressaient autour du bûcher dressé la veille au pied du parvis de la cathédrale.

Une clameur s'éleva soudain :

— Va brûler en enfer, sorcier, démon, sale juif !

La charrette portant le condamné se fraya un chemin dans la foule. Un homme en descendit, poussé sans ménagement par ses gardes. Il devait avoir une quarantaine d'années. Pieds nus, vêtu seulement d'une longue blouse écarlate, un chapeau conique jaune juché sur le crâne, il gardait sur son visage, malgré les hématomes qui le tuméfiaient, une immense dignité. Devant lui, un moine à la tête enfouie sous un capuchon, brandissant un long crucifix, escalada en vacillant la grossière échelle menant au poteau planté au sommet du bûcher, où le bourreau attendait.

— Papa !

À ce cri, le condamné, qui posait le pied sur la première marche montant à son supplice, tourna vivement la tête. Au-dessous de lui, devant la haie de soldats, un garçon de quatorze ans, très droit, arborant fière mine, serrait fort contre sa poitrine sa mère en sanglots. Ce couple pitoyable était encadré par deux moines dominicains. Le condamné lança alors d'une voix ferme à l'enfant :

— Joachim, mon fils, n'oublie jamais ce que je t'ai enseigné.

Il ne put en dire plus ; l'aide du bourreau le poussa rudement dans le dos, il trébucha, puis poursuivit son escalade, jusqu'au poteau où on l'attacha. Quand le moine lui tendit le crucifix, il se détourna pour ne pas le baiser. La foule se mit à l'injurier, puis reflua : des hommes brandissant des torches encerclaient maintenant le bûcher. Un voyageur, sans doute un riche marchand, qui avait assisté à ces brefs adieux entre le père et le fils, demanda alors à son voisin, un maréchal-ferrant vêtu de son tablier de cuir :

— Qu'a donc fait ce malheureux pour mériter un tel châtiment ?

— C'est le Dr Georg Iserin. Un sacré bon médecin, croyez-moi, étranger. Mon gamin en sait quelque chose. Pour tout paiement de cette guérison, Iserin m'a demandé que je lui forge un drôle d'instrument du diable, croyez-moi. Car cet impie, ce relaps comme ont dit les juges, cherche à fabriquer de l'or avec du fer. En plus, il paraît qu'il devine dans les étoiles l'avenir que le bon Dieu nous réserve. Forcément, il est juif. Ça ne l'empêche pas de traficoter avec l'hérésiarque Zwingli et ses complices à Zurich, de l'autre côté de la frontière, croyez-moi.

— Je vous crois, mon brave, mais voilà qui fait beaucoup pour un seul homme ! répliqua le marchand d'un air mi-figue mi-raisin. Sa femme et son fils, quel destin leur réserve-t-on ?

— On les chasse ! Qu'ils aillent au diable, ou chez Zwingli, ce qui est la même chose, croyez-moi…

— Heureuse idée ! Je suis sûr que Luther et ses amis trouveront en ce jeune garçon un adversaire redoutable.

Cela avait été dit d'une manière tellement ironique que le maréchal-ferrant lança un regard soupçonneux à son interlocuteur. L'abbé Nicolas Schönberg préféra s'éclipser. Il ne s'agissait pas de compromettre par une boutade la délicate mission que le pape lui avait confiée auprès de l'archiduc Ferdinand d'Autriche et de la ligue catholique de Feldkirch. Les flammes s'élevèrent, poussant au-dessus d'elles une lourde fumée noire. Mais Georg Iserin ne poussa pas un cri, à la grande déception de ses anciens patients.

Après avoir été forcés d'assister au supplice, le petit Joachim Iserin et sa mère furent expulsés du très catholique Vorarlberg et accompagnés sous bonne garde jusqu'à la frontière avec le canton de Zurich, acquis aux réformés, dirigé énergiquement par celui qu'on appelait déjà le prophète de la Suisse : Ulrich Zwingli. Dans sa grande charité chrétienne, le tribunal ecclésiastique de Feldkirch avait autorisé la veuve et l'orphelin à garder avec eux un vieux domestique, ainsi qu'un âne et quelques hardes, de sorte que les bannis évoquaient irrésistiblement, aux bergers qui les voyaient passer, les vitraux racontant la fuite en Égypte de Marie, Joseph et Jésus. Tous les biens du médecin avaient été confisqués, et sa très riche bibliothèque consumée avec lui dans les flammes – du moins les livres que l'évêque, chargé du procès en sorcellerie du médecin, possédait déjà…

Le voyage fut long et pénible. Pris de pitié pour la mère et l'enfant, les paysans leur offraient pain, soupe, et le soir, le foin de leur grange, où ils s'effondraient, recrus de fatigue, leur sommeil à peine troublé par les vaches dormant en dessous d'eux. Ils atteignirent enfin la belle et industrieuse cité de Zurich, dont les hautes maisons blanches et grises ourlaient un lac serein. Joachim s'en émerveilla. Quel contraste avec la frileuse Feldkirch, tapie au fond de sa vallée, autour de son château fort et de sa cathédrale !

Ils n'eurent aucun mal à trouver la demeure du Dr Gasser, astrologue et alchimiste, ancien condisciple et ami de Georg Iserin. Cet important notable avait été prévenu de sa condamnation par le défunt, qui l'avait supplié d'accueillir chez lui son épouse et son fils. Demande inutile, car la veuve et l'orphelin furent reçus dans cette austère famille réformée comme s'ils en faisaient partie. De plus, par précaution, le supplicié de Feldkirch avait confié depuis longtemps au médecin zurichois quelques biens, que celui-ci avait fait fructifier à bon escient, de sorte que Joachim vécut son adolescence dans une ambiance aussi pieuse que studieuse et aimante.

L'aîné des enfants du bon docteur décela très vite les dons du jeune garçon. Ce godelureau de vingt-trois ans, prénommé Achille Pirmin, venait d'achever son cursus à Wittenberg, avec comme professeur principal Philippe Melanchthon. Il repartirait dans quelques mois poursuivre ses études de médecine à la prestigieuse université française de Montpellier, car à Padoue comme dans les autres facultés italiennes, tout ce qui sentait un tant soit peu le luthérien était désormais *persona non grata*.

Dès qu'il vit le jeune Joachim, Achille fut émerveillé par la beauté angélique de l'adolescent, sa longue chevelure blonde et bouclée, ses yeux d'un bleu azur, et ce visage pâle aux lèvres vermeilles qui hésitait encore entre homme et femme. Il le sonda avec délicatesse et douceur, et s'aperçut avec stupeur que Joachim était prodigieusement doué pour les mathématiques. Certes, le bel Antinoüs lui expliqua modestement que c'était son père qui l'avait nourri de l'art des nombres presque depuis le berceau, mais Achille constata que la souplesse de cet esprit vierge allait bien au-delà de la leçon apprise. Et puis, il aimait tant entendre sortir de ses lèvres pulpeuses ces chiffres et ces théorèmes énoncés par une voix qui n'avait pas encore tout à fait mué… Il se mit à l'appeler « Patrocle » ou « Alcibiade », sobriquets que Joachim trouvait jolis, sous l'œil attendri de Mme veuve Iserin, mais le sourcil froncé du Dr Gasser.

Pour l'enfant, le jeune homme remplaça peu à peu dans son cœur le grand frère qu'il n'avait pas eu et le père qu'il avait vu mourir dans les flammes. La nuit précédant son départ, Achille vint faire dans sa chambre ses adieux à son Patrocle. Il put enfin caresser ces boucles d'or et ces joues de fille, avant de baiser cette bouche au goût de cerise.

Grâce aux réformes préconisées par Melanchthon dans les universités luthériennes, Joachim put entrer très tôt à la faculté de Zurich, tandis que son tuteur, le Dr Gasser, lui enseignait l'art de lire les secrets de l'histoire des hommes dans les astres. Sa voie était toute tracée : il serait médecin, comme son père. Et il irait rejoindre Achille à Montpellier. En attendant, il décrochait ses grades avec une aisance redoutable, comme par mégarde.

Un jour arriva, comme un tourbillon, un professeur de médecine qui avait enseigné un peu partout en Europe et, disait-on, jusqu'en Inde. Les étudiants zurichois se ruèrent en masse aux deux ou trois cours qu'il donnait, profitant de l'absence de Zwingli, parti guerroyer avec ses troupes contre les cinq cantons de la

Confédération suisse rétifs à la Réforme. Philippe Aurélien Théophraste Bombast von Hohenheim, dit Paracelse, ne les déçut pas : il donna sa leçon en allemand, puis sortit dans le cloître où il brûla devant tous les livres de Galien et d'Avicenne, dont il faisait une grande consommation. Puis il lança de sa voix de tonnerre :

— Je vous le dis, le poil follet que j'ai sur la nuque est plus savant que tous vos auteurs, mes lacets de souliers en savent plus que votre Galien et que votre Avicenne réunis, et ma barbe a plus d'expérience que toutes vos grandes écoles. Je ne veux pas manquer l'heure, futurs charlatans, où les truies vous culbuteront dans la boue. Il n'y en aura aucun parmi vous, caché dans les recoins les plus sombres, que les chiens ne couvriront d'urine.

Le geste et la diatribe émerveillèrent Joachim. Il lui fallait rencontrer cet homme-là, en tête à tête.

Rien ni personne ne pouvait résister à son charme, à la rayonnante beauté de ses dix-sept ans, à la passion qui faisait brûler ses yeux d'azur et vibrer sa voix mélodieuse de contralto, presque de castrat, qui aurait pu chanter sa partie sous les voûtes de Saint-Pierre de Rome. Le véhément et extravagant Paracelse y céda lui aussi, après quelques réticences : féru de physiognomonie, il se méfiait de ceux qu'il appelait « les gueules d'ange ». Lui-même ne payait pas de mine : petit, replet, roux comme un diable, nul ne se serait retourné sur lui dans la rue s'il n'avait eu ce regard brûlant sous la paupière lourde, cette lippe épaisse pleine d'un éternel dédain de ses semblables, et surtout s'il n'avait traîné, tressautant sur le pavé, cette gigantesque épée qu'il tenait d'un bourreau et dont le pommeau renfermait, laissait-il dire, la Pierre des sages.

Paracelse, pourtant, ne put cacher son étonnement

quand le beau jeune homme lui récita des passages entiers de son œuvre. Cette idolâtrie sans fard triompha facilement de ses réticences, et il consacra à l'éphèbe les six derniers jours et les six dernières nuits de son séjour à Zurich. À la fin, au moment des adieux, le sulfureux guérisseur lui donna quelques conseils :

— Oublie la médecine, mon joli, laisse-la aux charlatans qui l'enseignent et la pratiquent si mal. Pars à la conquête des secrets de la nature, au cœur des pierres, dans les tiges des plantes, dans les viscères des bêtes et des morts, et là-haut dans les étoiles. Car la pierre philosophale est partout, dans le feu, dans l'air, dans l'eau, dans la terre, et surtout là… et là.

Son petit index boudiné aux deux grosses touffes de poils roux toucha la poitrine musculeuse de Joachim à la place du cœur, puis son large et haut front de neige.

— Voyage, bel enfant, voyage, va à la rencontre des grands hommes de ce temps ! Écoute-les comme tu m'as écouté !

Joachim se jeta aux pieds de Paracelse, lui saisit les mains qu'il inonda de larmes et sanglota des « merci, merci ! ». Embarrassé, l'autre se dégagea de cette étreinte et bougonna :

— C'est bon… Ah, mais… Qu'est-ce que vous avez tous à la fin à me prendre pour un nouveau messie ? À ce propos, mignon giton d'Israël, tu devrais peut-être changer de nom. Ni Luther ni Zwingli n'apprécient trop les juifs, depuis que tes rabbins ont repoussé leurs avances.

— Je ne le suis que par mon père, ô mon maître. C'est-à-dire que pour ses coreligionnaires, je n'en suis pas. Ma mère est née von Lauchen, ultime rejeton d'une famille de hobereaux désargentés de mon pays natal. C'est d'ailleurs sous ce nom que nous sommes désignés, à Zurich.

— Ouais ! Eh bien, crois-moi ! On ne fera pas le détail dans nos paisibles contrées de mille et une chrétientés. Luther et le pape sont deux putains qui se partagent la même chemise. Pour eux, youpin tu es, youpin tu resteras. De toute façon, tu dois changer de nom, ma pucelle. Prends un joli sobriquet en latin, comme nous tous, c'est ça qui pose son homme.

— À mon âge ? Ce serait bien prétentieux !

— Au contraire, au contraire ! Un stupide patronyme teuton, et personne ne te remarque. En revanche, quand ça se termine par « us », on commence enfin à te prêter une petite attention. Où es-tu né, ma biche ?

— À Feldkirch, dans le Vorarlberg, mais…

— Feldkirchus… Non, trop compliqué… Attends un peu… Feldkirch, l'église du champ… Agerotemplum… Non, ça ne va pas non plus. Trop long… Il faut du neutre… Voyons autre chose… Si j'ai bonne mémoire, tes montagnes ont été conquises jadis par l'empereur Auguste, qui donna à cette nouvelle province de Rome le nom de Rhétie. Hein ? Rheticus ! Voilà qui sonne bien. À la fois guerrier et savant ! Te voilà baptisée, ma mignonne filleule ! C'est dit, Rheticus, je rédige de ce pas un petit mot pour te recommander à ce joyeux drille de Melanchthon. Tu vas filer au plus vite à Wittenberg et t'y inscrire à l'université. Mathématiques, astronomie, théologie à la sauce luthérienne, ce sera une bonne chose pour ta liberté et ta sécurité. Avec un joli titre de chevalier pour te masquer mieux encore. Il faut que tu quittes Zurich. Zwingli est un fanatique. Qu'il gagne ou qu'il perde contre les cinq cantons catholiques, il se retournera contre des gens comme toi et moi.

— Mais, je ne peux abandonner ma mère…

— Benêt ! Emmène-la avec toi ! On n'aime rien tant que les veuves de martyrs des papistes, à Wittenberg. Tu lui dénicheras facilement un vieux marchand aussi riche qu'esseulé, agonisant sur son sac d'or. Allons, il me faut partir, maintenant. Moment délicieux où l'on ne laisse derrière soi que des ennemis vaincus et des cœurs brisés. Un jour peut-être, nous nous retrouverons, si le divin hasard le veut. Adieu, Rheticus !

Et Paracelse enfourcha son cheval, presque aussi roux que lui. « Cher vieux diable ! » murmura Joachim en voyant s'éloigner dans des tourbillons de neige fondue, le long de la large avenue rectiligne, la silhouette rondouillarde sur son osseuse monture.

Un diable, oui, et qui sait si, comme dans le conte de Faust, Rheticus ne venait pas de lui vendre son âme.

Ce jour-là, 11 octobre 1531, le prophète suisse de la Réforme Ulrich Zwingli fut tué par les troupes catholiques durant la bataille de Kappel. Bien plus au nord, à Frauenburg, Nicolas Copernic confiait à la malle-poste une vingtaine de copies de ses *Révolutions des orbes célestes*, qui allaient se disséminer aux quatre coins du monde savant et philosophique, dans les bibliothèques des héritiers d'Hermès Trismégiste et de Pythagore.

Joachim Rheticus avait dix-huit ans quand il s'installa à Wittenberg pour suivre les cours de la prestigieuse université. Maintenant que la Réforme était solidement assise en ce pays de Saxe, le vrai maître de l'université, Philippe Melanchthon, jugea qu'il était temps de revenir à ses penchants naturels, qui l'attiraient plus du côté d'Érasme que de celui de Luther. Il permit donc que l'enseignement, singulièrement allégé de ses pesanteurs gothiques, enfin dispensé de la rhétorique, de la scolastique et autres fatras, s'ouvrît à toutes les idées nouvelles. Hors des questions religieuses, bien sûr, où au contraire, après quelques tentatives d'accommodement avec Rome, il bâtissait désormais le nouveau dogme comme une forteresse.

Parmi ces idées nouvelles, celles de Copernic. C'est ainsi que Melanchthon fit savoir au grand-duc Albert de Prusse que son appel à la condamnation à mort de l'astronome polonais n'était qu'une figure de rhétorique qu'il ne fallait pas prendre au pied de la lettre. Il restait toutefois sur ses positions ptoléméennes, cherchant à éteindre la mèche de ce baril de poudre qu'était et que demeure l'héliocentrisme, en affirmant que la théorie du chanoine de Frauenburg n'était jamais qu'une nouvelle méthode de prédiction des positions angulaires des planètes. Il autorisa toutefois son ancien élève Erasmus Reinhold, qu'il venait de nommer professeur de mathématiques élémentaires, à enseigner la théorie copernicienne, à condition qu'elle soit sujette à controverse.

L'esprit de tolérance qui régnait désormais dans les universités acquises à la Réforme et réorganisées par ses soins, Wittenberg, Nuremberg, Tübingen, n'était pas dépourvu d'arrière-pensées. En effet, dans le même temps, leurs concurrentes italiennes se raidissaient dans la vieille scolastique aristotélicienne et se voyaient désertées par les étudiants étrangers, à commencer par ceux de la nation allemande.

Quand Rheticus se présenta devant lui, Melanchthon n'eut guère besoin de consulter les lettres de recommandation de Paracelse et de son ancien étudiant Achille Gasser pour comprendre qu'il avait là une perle rare, un garçon dont les dons exceptionnels ne demandaient qu'à s'épanouir. Fut-il également conquis par la rayonnante beauté de cet archange blond ? Difficile de le savoir. Autant son corpulent ami Martin Luther ne savait rien cacher de ses sentiments et de ses pensées, tel un tigre toujours prêt à bondir, autant, derrière sa frêle apparence, Philippe Melanchthon savait toujours se maîtriser, avec cette quiète vigilance du chat qui dort.

Après seulement quatre années d'études, Rheticus devint maître ès arts et se vit nommer, à vingt-deux ans, à la chaire de mathématiques élémentaires de l'université de Wittenberg, tandis que son prédécesseur, Erasmus Reinhold, de trois ans son aîné, passait à celle de mathématiques supérieures. Pour obtenir sa maîtrise, il avait brillamment répondu à la question que lui avait posée Melanchthon, sur le bien-fondé des prédictions astrologiques.

Son enseignement lui laissait assez de loisirs pour approfondir ses propres connaissances en matière d'astronomie. Melanchthon lui avait déconseillé de poursuivre ses recherches alchimiques, avec plus de virulence encore que Paracelse lui avait recommandé d'oublier la médecine. Mais de façon bien moins drolatique, et bien plus feutrée, donc plus menaçante. Rheticus se résigna donc à ne pas suivre, du moins pour le moment, la voie tracée par son père, et surseoir ainsi au serment qu'il s'était fait au pied du bûcher de Feldkirch : venger le martyr en le surpassant.

Entre les deux jeunes professeurs de mathématiques de l'université de Wittenberg, l'entente était loin d'être confraternelle. Et Melanchthon ne faisait rien pour arranger les choses : il désirait en effet que le très malléable Rheticus lui succédât dans la défense de l'astronomie de Ptolémée, puisque Erasmus Reinhold, dont le prénom qu'il s'était choisi ne laissait aucune ambiguïté sur ses convictions religieuses et philosophiques, professait discrètement, à des étudiants triés sur le volet, les idées nouvelles de Copernic. Les deux maîtres ès arts, dont l'hostilité mutuelle était presque palpable, bien que muette, s'évitaient le plus possible. Ils ne se rencontraient que pour accorder leurs programmes d'enseignement à chaque rentrée universitaire, et soulever quelques autres points strictement pédagogiques durant le reste de l'année. Reinhold, déjà père de famille et bourreau de travail, trouvait Rheticus superficiel et trop efféminé ; au contraire, Rheticus avait classé le professeur de mathématiques supérieures dans le rang des tâcherons besogneux. Il lui reprochait surtout d'être complètement indifférent à sa séduction et à sa fantaisie.

Un jour que Rheticus visitait son confrère pour lui vanter les mérites d'un de ses étudiants de l'an passé, il remarqua sur la table de Reinhold un volume à la couverture de carton épais broché par une simple ficelle. Tandis qu'il exposait son cas, du coin de l'œil il lut à l'envers le titre en latin, sans nom d'auteur, écrit d'un pinceau épais sur une grossière étiquette qui jaunissait déjà.

— *De revolutionibus orbium cœlestium*… Est-ce un nouveau traité d'astronomie que vous nous préparez là, cher ami ? demanda-t-il poliment.

Reinhold eut la maladresse de prendre précipitamment la grosse liasse cartonnée et de la ranger sur une tablette, derrière son siège.

— Un manuscrit sans intérêt que m'a envoyé un vieux chanoine papiste un peu fou, reclus au fin fond de sa Pologne natale, et qui se pique d'astronomie. Ce genre d'olibrius qui prétend redécouvrir le monde et n'invente que le fil à couper le beurre. Vous devez en recevoir pas mal, vous aussi, de ces élucubrations. N'est-ce pas ? Ces gens-là nous font perdre un temps précieux, mais il nous faut bien les lire… Il arrive parfois que l'on trouve quelques perles dans ce tas de fumier.

Il jouait un peu trop l'indifférent et le blasé, ce qui

eut pour effet de piquer la curiosité de Rheticus. Il se fit le plus léger qu'il put et répliqua :

— Prêtez-le-moi donc ! Je me délecte de ces sottises. Et qui sait si, un jour, je n'en composerai pas un florilège que je présenterai à mes étudiants. Je suis profondément convaincu que le rire peut être une excellente forme d'enseignement.

— Hélas, je ne puis. Cet ouvrage m'a été confié par le révérend Melanchthon, et il n'en existe qu'un seul exemplaire au monde.

— Ah bah ! J'avais cru vous entendre dire tout à l'heure que c'était à vous que ce chanoine polonais avait envoyé l'ouvrage, susurra Rheticus avec désinvolture.

Reinhold blêmit : il avait été pris en flagrant délit de mensonge. Il abrégea l'entretien le plus qu'il put sans manquer à la courtoisie. Rheticus se rendit alors chez Melanchthon et, dissimulant sa brûlante impatience, il lui demanda :

— Je suis en passe d'achever mon commentaire sur *La Sphère* attribuée à Proclus. Mais avant de le confier à l'imprimeur, j'aurais peut-être besoin d'informations supplémentaires. Avez-vous entendu parler, révérend, d'un chanoine polonais qui aurait dit là-dessus des choses intéressantes ?

— Copernic de Thorn ? Qui vous a parlé de lui ?

Melanchthon avait posé cette question avec son phrasé ronronnant de chat lové dans un fauteuil, qui relâche un instant la souris de ses griffes. Il fallait jouer très fin.

— Je ne me souviens plus très bien. Le Dr Paracelse, lors de notre rencontre à Zurich, peut-être... Mais vous connaissez mieux que moi les extravagances du bonhomme et... Je ne sais d'ailleurs s'il m'avait donné ce nom-là ou un autre. Et puis, les

Polonais ont de ces patronymes qu'il est bien difficile de retenir…

Le réformateur, d'ordinaire si méfiant, n'y vit pas malice. Il avait en secret composé la carte zodiacale de son ancien étudiant, ce qui l'avait convaincu tout à la fois du génie de Rheticus, ce qui était loin d'être faux, mais aussi de sa candeur. Sur ce point, la « gueule d'ange » de Joachim l'avait abusé. Alors, car il savait faire vibrer la corde sensible :

— Mon fils… Permettez que je vous appelle ainsi, car après tout ne suis-je pas un peu le géniteur de l'excellent professeur que vous êtes devenu ? Mon fils, laissez donc ces nouvelles théories fort peu canoniques à votre aîné Erasmus Reinhold. Il s'en délecte. Vous, contentez-vous de remonter aux sources, aux Anciens et à leur sagesse. Cela tempérera peut-être un peu – je suis un incurable optimiste – votre fougue et vos ardeurs un peu désordonnées.

Rheticus connaissait trop bien son ancien professeur de grec pour savoir ce qui se dissimulait derrière cette éternelle ironie caustique. Il se retira, très content de lui : il avait appris le nom de l'auteur du mystérieux manuscrit et, à l'évidence, ces *Révolutions* n'étaient pas du fait d'un hurluberlu. Il avait senti au contraire que se cachait sous cette couverture en carton quelque chose de bien plus important que Melanchthon et Reinhold l'avaient laissé entendre. Aussi fallait-il leur faire croire que l'incident était clos, qu'il avait oublié, et maintenant mener seul son investigation, discrètement.

Il patienta jusqu'à la fermeture annuelle de l'université, mais ce nom, Copernic, le hantait. Il chercha à en savoir plus, à Montpellier auprès d'Achille Gasser, et auprès de Paracelse en envoyant cette dernière lettre au hasard, à Strasbourg, Zurich, Nuremberg et Bâle, où l'étrange médecin errant lui avait laissé quelques adresses. Achille, en réponse, lui avoua son ignorance ; du côté de Paracelse, il ne reçut en retour que le silence. Cependant, il ne perdait pas son temps, publiant à tour de bras des ouvrages de vulgarisation, les *Rudiments astronomiques* d'Alfraganus, la *Sphère* de Proclus, un *Comput*, et les traités quelque peu simplistes de Sacrobosco, qu'il commentait en signant de son nom de guerre.

Quant à Reinhold, il faisait imprimer des ouvrages autrement ardus, en particulier des tables de calcul extrêmement complexes et fastidieuses ; c'était de bonne guerre et, après tout, chacun était dans son rôle. Mathématiques élémentaires pour l'un, supérieures pour l'autre. Wittenberg devenait la capitale européenne des chiffres, des nombres et des étoiles. Et Melanchthon était aux anges. Si tant est qu'un tel homme pût l'être.

En cette fin d'année universitaire 1536-1537, le chevalier et maître ès arts Joachim Georg Iserin von Lauchen, alias Rheticus, sollicita du grand conseil de la faculté de Wittenberg un congé illimité qui lui fut accordé sans aucun obstacle. Il se proposait d'aller d'université réformée en université réformée, afin de glaner toute connaissance astronomique utile, tel un compagnon menuisier allant de maître en maître et de ville en ville, apprendre son art avant de revenir au pays, fort de toute cette science accumulée, pour y créer son chef-d'œuvre.

L'idée parut aussi belle que profitable à Melanchthon, qui demanda à son jeune confrère de lui rédiger un rapport circonstancié sur les facultés visitées et leurs professeurs. Un tel envoyé ne pouvant voyager seul, il dota Rheticus d'un assistant, un talentueux étudiant alsacien de dix-huit ans, Heinrich Zell. Melanchthon, ce pourtant très subtil théoricien de la Réforme, avait une grande naïveté en d'autres domaines que la théologie. Il ne perçut pas que Rheticus avait d'autres raisons que ses réelles aptitudes aux mathématiques d'accepter de bon cœur pour secrétaire ce joli bachelier…

Ils partirent à la fin du printemps 1537. Dans les champs et les prés, bergères et paysannes, voyant passer ces deux jeunes et beaux cavaliers, leur lançaient des invites joyeuses et gaillardes. Dans les villes, derrière leurs persiennes closes, plus d'une jeune fille rêva longtemps d'un enlèvement sur leurs fringantes montures, loin du vieux mari qui leur était promis.

À Ingolstadt, sa première étape, Rheticus visita le professeur de mathématiques Petrus Apianus, célèbre auteur d'un *Cosmographicus liber* traduit dans toute l'Europe, et habile constructeur d'instruments astronomiques. Apianus reçut son jeune confrère avec affabilité, lui montrant non sans une certaine fatuité les planches préparatoires du grand ouvrage qu'il écrivait en hommage à son protecteur Charles Quint et à son frère l'archiduc Ferdinand, et titré quelque peu servilement *Astronomie des Césars*. De prime abord, Rheticus fut fortement impressionné : sur chaque planche, Apianus utilisait très astucieusement des disques mobiles tournant, des « volvelles », qui permettaient de calculer avec une précision étonnante la position et le mouvement des corps célestes. Ces sortes d'astrolabes de papier, utilisés pour la détermination des longitudes, montraient une ingéniosité extraordinaire ; quelques minutes de manipulations permettaient de déterminer, par exemple, la longitude d'une planète avec une précision inférieure au degré. Mais, bien entendu, Apianus restait dans le strict cadre du système ptoléméen. Il fallait ainsi cinq volvelles tournantes pour figurer les mouvements centraux, excentriques et épicycliques de Mars, et trois fils de soie, chacun orné d'une petite perle coulissante, fixés en divers centres et servant de lignes pour la lecture des chiffres sur les cadrans circulaires. Sur la page en regard, Apianus projetait d'imprimer des tables donnant les positions de base des planètes pour chaque siècle compris entre sept mille ans avant Jésus-Christ et sept mille ans après. « La date la plus reculée, précisa-t-il, étant celle donnée pour Adam et le commencement du monde par Alphonse X le Sage. »

C'est alors que Rheticus l'interrogea sur Copernic. Le visage de son interlocuteur, jusqu'ici jovial et empreint de cette sorte d'illumination qu'ont souvent les savants ou les artistes persuadés d'achever une œuvre immortelle, se ferma d'un coup. Puis il se lança dans une diatribe, évoquant un fou dangereux, un athée, un blasphémateur, que d'ailleurs Luther et Melanchthon avaient tous deux condamné – tel fut, en fait, son principal argument d'autorité. Alors Rheticus, fort déçu, quitta son hôte avec l'idée que sa confiance aveugle en Ptolémée lui faisait gaspiller des heures et n'aboutissait à rien d'autre qu'à bâtir, à grand renfort de nœuds et de spirales, tout un labyrinthe de lacets enchevêtrés. En somme, malgré son apparente beauté, une triste besogne à faire pleurer…

À Tübingen, pourtant la plus fameuse école d'astronomie, et où Melanchthon avait suivi ses études, quand Rheticus interrogea de nouveau sur Copernic l'éminent et très savant Joachim Camerarius, la réponse fut la même : il était vain de tenter de savoir le contenu du blasphème ou de se faire communiquer le moindre écrit de ce chanoine papiste, suppôt de Satan.

Mêmes réponses évasives, mêmes dérobades à

Nuremberg. Pourtant, Johann Schöner, qui en dirigeait l'école, avait lui-même une réputation sulfureuse et non conformiste d'alchimiste et d'astrologue, terrains sur lesquels Rheticus et lui s'entendirent fort bien. Le jeune professeur de Wittenberg comprit vite que ce veuf d'une soixantaine d'années, austère, vertueux, était loin d'être insensible à son charme. Il eut certes quelque mal à le faire céder. Toutefois, ce fut sur l'oreiller qu'il tenta de lui arracher, mais en vain, le secret du mystérieux Copernic, au grand dam d'un Zell esseulé dans sa chambre.

Le lendemain, alors que Joachim et Heinrich visitaient la splendide cité, quelqu'un les héla devant la maison du fameux peintre Dürer, trop tôt disparu.

— Holà ! Rheticus ! Von Lauchen ! Iserin ! Ou quel que soit le nom que tu te donnes, César des mathématiques, puisque l'homme de toutes les femmes et la femme de tous les hommes !

C'était Paracelse. Le petit médecin roux semblait rouler comme une balle dans la rue en pente, son immense épée tressautant à chaque pavé. Il faisait tourner dans sa main une grosse canne en bois d'olivier dont le pommeau d'ivoire représentait un sphinx. Les deux hommes se tombèrent dans les bras.

— Peste ! Le joli assistant que tu as là, tu ne dois pas t'ennuyer, lança Paracelse quand Rheticus lui eut présenté Heinrich Zell. Ton voyage ne doit pas être des plus moroses.

Rheticus avait pris de l'assurance depuis leur première et unique rencontre. Aussi répliqua-t-il :

— Zell a d'autres talents, vieux bouc, et je ne connais personne qui sache dresser une carte géographique aussi bien que lui.

À ce « vieux bouc », l'orgueilleux Paracelse eut un

mouvement de recul que Rheticus ne perçut pas. Le médecin vagabond hésita même un instant à frapper l'insolent de sa canne. Il se retint pourtant et dit :

— J'ai la gorge sèche. Allons dans cette taverne. On y sert la meilleure bière du pays. Excellent diurétique, en plus : quand tu en bois une, tu en pisses deux. Crois-en le prince des deux médecines, celle du corps et celle de l'âme.

« De plus en plus vaniteux et imbu de lui-même, avec l'âge, songea Rheticus. Ne le froissons pas. Qui sait ? Cet extravagant qui connaît tout le monde pourra peut-être me donner quelque renseignement sur ce que je cherche… »

Dans la taverne en question, ils se livrèrent jusque tard dans la nuit à ce que Paracelse appelait « une joute alcoolique ». Il parlait, il buvait, il parlait, il buvait… Mais il ne parlait que de lui ! À l'en croire, il aurait voyagé jusqu'en Inde, visité la Perse, la Grèce, et serait monté en Égypte jusqu'en haut de la grande Pyramide. Enfin, il daigna s'intéresser à son interlocuteur :

— Et toi, alors, vilain fils d'Israël, que viens-tu faire à Nuremberg ? Je te croyais le vassal dévoué de ce pisse-vinaigre de Melanchthon, maître ès arts dans la Wittenberg du gros moine, ce Luther de mes deux !

Ce rappel de ses origines juives déplut singulièrement à Rheticus, qui jeta un œil en coin à Heinrich Zell. Mais son assistant semblait ne pas avoir relevé l'allusion, tant il voulait graver dans sa mémoire le moindre mot de cette rencontre historique. Après avoir expliqué sa mission d'inspection des différentes universités réformées, Joachim en vint enfin à la recherche qui le hantait depuis son départ :

— Toi qui prétends connaître tout le monde dans la pseudo-Chrétienté, as-tu entendu parler d'un certain chanoine polonais qui se piquerait d'astronomie et qui…

— Copernic ? Tu veux dire Nicolas Copernic ? C'est mon meilleur ami ! Enfin, l'un des meilleurs… Il m'a même fait l'honneur de m'envoyer son sublime ouvrage : *Des révolutions des orbes célestes*.

— De quoi cela parle-t-il ?

— De rien de moins, ma mignonne, que de mettre le Soleil au centre de l'Univers, et de réduire la Terre à une vulgaire planète, comme les autres, tournant autour de lui. Ce que Paracelse est à la médecine, Copernic l'est à l'astronomie. Ce que Paracelse est à Galien, Copernic l'est à Ptolémée : son juge, son bourreau ! Copernic et Paracelse ont changé la face du monde !

Alors, Rheticus s'évanouit. Il tomba à la renverse et sa tête alla heurter les dalles grasses de la taverne, tandis que ses jambes restaient accrochées entre le banc et la table. Ce n'était pas l'océan de bière ingurgitée qui lui fit ainsi perdre connaissance. Affolé, Heinrich Zell lui jeta une carafe d'eau à la face. Paracelse l'écarta en disant :

— Place au prince des deux médecines, mon giton !

Et il administra à l'inconscient plus de vigoureuses paires de claques que n'en nécessitait l'état de son patient. Il se payait ainsi du « vieux bouc » de tout à l'heure, qu'il n'avait toujours pas digéré, venant de ce blanc-bec. Rheticus revint à lui. Il se rassit, s'enfouit le visage entre les mains et murmura :

— Le Soleil, le grand tabernacle, l'âme du monde… Au centre… La Terre, nous, tournant autour de lui. Pourquoi personne n'y avait songé avant lui ?

Il releva la tête. Des larmes ruisselaient le long de ses joues.

— Tu poses là la grande question, Rheticus,

répondit Paracelse. Et nul n'y peut répondre. Même pas Copernic. Même pas moi. Pourquoi celui-ci est le premier, et pourquoi pas celui-là ? Pourquoi Copernic et non Regiomontanus, pourquoi Érasme et non Ficin, pourquoi Paracelse et non Fracastor ?

— Il faut que je rencontre cet homme. Il faut que je lui arrache son secret. Toi qui le connais bien, recommande-moi auprès de lui. Dis-moi comment je peux…

À cette demande, Paracelse ne laissa rien paraître de son embarras. Il s'était en effet un peu trop vanté en affirmant qu'il était dans les intimes du chanoine de Frauenburg. Certes, il avait fait partie des rares élus à avoir reçu une copie des *Révolutions*, lorsqu'il pratiquait à Bâle, et le génial médecin en avait accusé réception à l'astronome, promettant pour plus tard de lui donner son opinion, ce qu'il ne fit jamais. Un instant, il avait eu envie d'aller le visiter dans sa lointaine Ermlande, mais repoussa toujours la date de ce voyage.

Après avoir fait mine de réfléchir longtemps, il finit par dire :

— Le rencontrer, toi ? Très difficile, très difficile… On m'a dit que le bonhomme se cloîtrait dans son observatoire, ne voulant recevoir qui que ce soit. Car l'héliocentrisme, c'est ainsi qu'on appelle sa théorie, fait peur à bien des gens. On l'a même menacé de mort. Et pas n'importe qui : ton ancien professeur, mon cher, ton supérieur désormais, j'ai nommé ce pète-sec de Melanchthon.

— Je comprends tout, maintenant.

— Ne m'interromps pas s'il te plaît. Car plus j'y pense, plus l'affaire me paraît délicate. Peut-être devrais-tu en parler au vieux Schöner…

— Je sors de chez lui. Il m'a affirmé n'avoir jamais entendu parler de Copernic.

— Ah le menteur, le gueux, le lâche ! Pas plus tard

qu'il y a trois jours, il m'a montré toute sa correspondance avec l'homme de Frauenburg. Non, il ne sera pas dit que Paracelse s'abaissera au niveau de ces carpettes. Allez, je te l'avoue. J'ai un peu exagéré en te disant tout à l'heure que j'étais à tu et à toi avec cet autre géant.

— Autre ? Quel autre ?

— Eh bien moi et Copernic, pardi ! Qui veux-tu donc que ce soit ? J'ai simplement eu avec lui de nombreux échanges de lettres. Deux arbres aussi gigantesques que Copernic et Paracelse ne peuvent pousser à l'ombre l'un de l'autre.

— Si c'est toi qui le dis..., répliqua un Rheticus narquois et quelque peu exaspéré par la hâblerie de son ancien amant.

— Oui, c'est moi qui le dis, c'est moi qui le clame, poursuivit le prince autoproclamé des deux médecines. Et ne me coupe pas sans cesse la parole, je te prie ! Où en étais-je ?

D'un trait, Paracelse vida sa chope et la brandit vers le tenancier pour en réclamer une autre.

— La même, mais pleine à ras bord, celle-là, brute infâme, roi des voleurs ! N'as-tu donc jamais entendu parler de la loi de la capillarité ?

Une fois servi, il pompa de sa lippe dédaigneuse la mousse qui ourla de blanc sa moustache rousse.

— Où en étais-je ? répéta-t-il. Oui, ce ne sera pas simple, pour toi, de rencontrer Copernic. Il se méfie de tout le monde, persuadé qu'on cherche à l'empoisonner, comme son oncle l'évêque d'Ermlande. Alors, qu'un réformé ou prétendant l'être, qu'un disciple de Melanchthon se présente à sa porte... Et puis, à ce que m'a dit à Rome une dame que je ne nommerai pas mais qui l'avait bien connu, et derrière laquelle l'Arioste a longtemps soupiré, il est totalement insensible aux amours socratiques. Quel dommage ! Un aussi grand homme ! Enfin, nul n'est parfait, hein, mes mignons ?

Et, sous la table, il tendit la jambe et posa la semelle de sa botte dans l'entrecuisse du secrétaire de Rheticus, Heinrich Zell, qui les écoutait, les yeux écarquillés, bouche bée, éperdu d'admiration.

— Mais… Il me vient une idée. Je connais bien Dantiscus, l'évêque d'Ermlande, son patron, poète au-dessous du médiocre, mais diplomate de grande intelligence et de grande érudition. Je l'avais rencontré en Espagne… Non, à Salzbourg… Nous partagions la même maîtresse et…

— Par pitié, Théophraste, au fait, par pitié…, supplia Rheticus.

— Si je ne peux plus rien dire, alors je me tais, mon grand, et tu te débrouilles tout seul.

Et il appliqua avec plus d'insistance encore sa botte sur la braguette gonflée de Zell. Puis il poursuivit :

— Oui, Dantiscus, voilà la solution. Les rapports entre lui et le chanoine ne sont certes pas des meilleurs. Une histoire de femme, d'après ce que j'ai compris. Ah, ils sont encore chauds, malgré leur âge, ces deux prêtres-là ! Maudits soient les vœux de chasteté ! Mais, malgré cela, Dantiscus ne tarit pas d'éloges sur Copernic et sa théorie. Il faut dire que l'astronome redore singulièrement le blason de son triste évêché. En plus, et bien que tout les oppose sur le plan religieux et politique, ce diable de catholique – je parle de Dantiscus – est resté très lié avec cette canaille luthérienne de Melanchthon. Les deux hommes s'estiment. Voilà enfin de la belle philosophie. Celle de la tolérance, mon ami, de la divine tolérance ! C'est comme une éclaircie, un coin de ciel bleu dans cet orage imbécile qui n'en finit pas de crever, dans ce monde de brutes où l'on s'étripe à propos du pucelage de la mère du Christ. Est-ce Joseph qui l'a déchiré, l'hymen de Marie, ou l'archange saint Michel ? A-t-elle été foutue par le cul ou par l'oreille ? Insondable question ! Et quand je dis insondable….

— Moins fort, je t'en prie !

— Je vais t'écrire dans l'instant une lettre de recommandation auprès de Dantiscus. Holà, tavernier de mes fesses, de l'encre, une plume et du papier, si toutefois ces objets existent dans cet antre d'analphabètes ! Et trois autres bières, pour moi et mes bambins ! Tu veux donc que je me dessèche sur pied, assassin, ennemi de la sapience et de la raison ?

Et le pied en question se fit encore plus insistant. Tout en regardant la plume de Paracelse virevolter sur le papier, Rheticus sentait monter dans son âme une étrange et voluptueuse sensation. C'était comme si, après avoir suivi des chemins tortueux, s'enlisant dans des flaques de boue et se tordant la cheville dans des ornières, il débouchait enfin sur une large avenue rectiligne, bordée de saules, au fond de laquelle un palais aux toits d'or s'ouvrait à lui, tendant ses ailes aux immenses fenêtres en haut d'une volée de marches en marbre.

Pendant que l'encre séchait, Paracelse saisit sa lourde et étrange canne en bois d'olivier accrochée au dossier de sa chaise. Il en dévissa le pommeau d'ivoire à la figure de sphinx. Elle était creuse. Il en sortit un long et étroit cylindre de soie rouge, qu'il ouvrit pour en extraire une liasse de papyrus jaunis. Soigneusement, il enroula sa lettre autour et glissa le tout dans la gaine qu'il remit ensuite dans la canne. Puis il revissa le pommeau.

— Me feras-tu l'immense bonté de m'expliquer…, demanda Rheticus, aussi intrigué qu'agacé par les airs mystérieux que prenait son ami.

— Cette canne, vois-tu, c'est ma réponse à l'envoi que Copernic m'avait fait de ses *Révolutions des orbes célestes*. Cet objet est extrêmement précieux. Ne l'égare surtout pas et remets-le-lui dès votre première rencontre. Je te connais assez pour savoir que tu liras son contenu sitôt que j'aurai le dos tourné. Tu comprendras alors pourquoi seul un Copernic peut recevoir ce don venant d'un Paracelse. Je l'ai reçu moi-même d'un vieil astrologue persan à l'agonie qui avait installé son observatoire en haut d'une tour des ruines de Babylone. Il disait la tenir de son lointain ancêtre, le fameux al-Farghani, alias Alfraganus, qui lui-même… Non, cela, je dois le taire. Mais il paraît que cette canne aurait été sculptée dans le bâton avec lequel Euclide dessinait ses figures sur le sable des plages d'Alexandrie. Ah, j'imagine la tête que fera le vieux chanoine quand, lisant le manuscrit que cette canne contient, il s'apercevra qu'il n'est pas le premier. Que l'on n'est jamais le premier !

Et Paracelse éclata de son rire énorme. Il tendit le « bâton d'Euclide » à Rheticus, puis, en guise d'adieu, croisa les bras sur la table, y posa le front et s'endormit d'un coup, avec des ronflements à faire vibrer les murs de la taverne.

X

— Ma foi, jeune homme, même si vous réussissez à pénétrer dans l'antre de ce vieil ours, vous ne serez pas au bout de vos peines. Même moi, son évêque, je n'y suis jamais parvenu. Et il a toujours décliné, systématiquement, toutes mes invitations à venir me voir ici, à Heilsberg. Je ne comprends d'ailleurs toujours pas pourquoi un réformé comme vous, un disciple de mon ami Melanchthon, un professeur de mathématiques, s'intéresse aux élucubrations d'un obscur chanoine à moitié fou.

À cette tirade de monseigneur l'évêque de Warmie, Rheticus ne put s'empêcher d'ébaucher un sourire. Si Paracelse avait dit vrai, le contentieux entre Copernic et Dantiscus ne portait que sur une histoire de femmes. Curieux quand même, songea-t-il, un tel acharnement chez un prélat aussi subtil et érudit.

— Je ne peux donc pas grand-chose pour vous, mon garçon, poursuivit l'évêque, sinon de vous donner un passeport qui vous permettra de circuler à votre guise partout en Pologne. Je le fais au nom de mon ancienne amitié avec Melanchthon. Évitez, je vous prie, de trop afficher vos convictions religieuses. La contrée pullule de moines fanatiques, qui pourraient bien vous faire écorcher vif par la populace.

— Pour cela, monseigneur, répliqua Rheticus avec

son exquise légèreté, vous n'avez rien à craindre. Je suis un très mauvais prêcheur…

Ce fut au tour de Dantiscus de sourire. Ce sémillant garçon, habillé à la dernière mode de Paris, avec sa grosse fraise, ses rubans et son chapeau tout emplumé, ne lui semblait pas, tant s'en fallait, un luthérien des plus farouches ni des plus austères.

— Parfait, répondit-il alors. Toutefois, et cela va peut-être vous surprendre de ma part, je vous suggérerai d'aller auparavant à Königsberg rendre vos hommages à Son Altesse le grand-duc Albert de Prusse, un de vos coreligionnaires. Il trouverait un peu louche qu'un disciple de Melanchthon ne passe pas le saluer. Comme vous vous en doutez, les relations entre le royaume catholique de Pologne et ce grand-duché prétendument réformé ne sont pas des meilleures, mais nous avons un ennemi commun tout aussi menaçant pour l'un que pour l'autre : le grand-prince de Moscovie. Aussi, je vous demanderai un petit service. Portez ce pli au grand-duc et revenez me donner sa réponse. Vous me paraissez être un homme exceptionnel, monsieur Rheticus. Goûtez donc un peu de la diplomatie. C'est un fin plaisir de gourmet.

— Mais, monseigneur, vous me connaissez à peine. Je puis avoir tout inventé de mon voyage et de ses objectifs, pour n'être qu'un espion à la solde de je ne sais qui, de l'empereur, par exemple…

— Que vous êtes jeune, mon garçon ! Une lettre de maître Melanchthon vous a précédé, me demandant de tout faire pour vous aider. Il approuve hautement votre visite auprès de Copernic. Pourtant, les rapports entre les deux hommes n'ont jamais été des plus tendres.

Rheticus se mordit les lèvres. Comment son ancien professeur avait-il su ? Qui l'en avait informé ? Cet ivrogne de Paracelse, ce vieux menteur de Schöner, ou tout simplement Heinrich Zell, ce mignon secrétaire que Melanchthon lui avait imposé ? Au fond, tant mieux ! Il accepta la mission auprès du grand-duc de Prusse que venait de lui confier l'évêque de Warmie. Lui, le fils du médecin juif brûlé pour sorcellerie, côtoyait désormais les grands de ce monde. Belle revanche du destin, en vérité.

Dantiscus lui tendit une grande enveloppe violette au gros cachet rouge, d'où pendait un ruban également violet aux armes de l'évêché de Warmie. Rheticus se leva, la prit, comprenant que l'entretien était terminé. Il baisa l'anneau du prélat et s'apprêta à franchir la porte quand Dantiscus le rappela :

— Pourquoi n'y avais-je pas pensé plus tôt ? Tiedemann Giese, bien sûr ! Ce bon Giese. C'est la seule personne qui pourra vous introduire auprès de Copernic.

— Qui est-il ?

— Mon homologue à l'évêché de Kulm. Quand vous reviendrez me voir, je vous ferai un mot de recommandation pour lui. C'est le seul ami qui reste à ce vieil ours. Admirable patience ! Au point que je me demande parfois si…

Dantiscus se retint de rapporter la vilaine rumeur qui courait sur les mœurs de monseigneur Giese, rumeur qui avait le grand avantage d'éclabousser également le chanoine astronome. Il venait de s'apercevoir en effet que son trop beau et trop charmant visiteur pourrait bien être soupçonné lui aussi du crime de sodomie. N'était-il pas un ami de Paracelse ? Si ce soupçon se confirmait, et si Rheticus prolongeait un tant soit peu son séjour à Frauenburg, même le pape Paul III, Alexandre Farnèse, ne pourrait plus rien contre son protégé Nicolas Copernic. L'évêque ne finit pas sa phrase et se contenta de congédier le chevalier d'un geste de sa main gantée et baguée.

Le chemin fut long et semé d'embûches avant de rencontrer cet homme mystérieux qui avait osé mettre le Soleil au centre du monde. Le grand-duc le reçut fort bien, dans son château de Königsberg, averti lui aussi de sa visite par Melanchthon. Plus de doute désormais : Heinrich Zell avait bel et bien été chargé par le maître de Wittenberg d'épier les moindres faits et gestes de celui dont il était censé être le secrétaire. Albert de Prusse, à son tour, raconta pis que pendre du vieux chanoine, qu'il traita de fou, d'impie, de créature du pape, d'intrigant, ce qui eut pour effet d'accroître l'impatience de Rheticus, qui comprenait maintenant que, sous le dédain affiché par ces deux grands seigneurs, vibrait comme une sourde peur, une horreur sacrée.

Le jeune voyageur dut attendre une semaine avant qu'Albert de Prusse lui remît sa réponse destinée à l'évêque de Warmie. Réponse fort véhémente, car Dantiscus lui avait envoyé, avec une lettre d'accompagnement tout en diplomatie, une copie du décret d'expulsion de son évêché des Luthériens. Le comble étant que son messager était lui-même un réformé. Rheticus ignora tout de ce jeu de princes et, pion sur leur échiquier, ne fut jamais inquiété durant son long séjour.

En échange de nombreux laissez-passer, le grand-duc lui ordonna de dresser une carte de Prusse complète que Copernic avait promis de lui faire, bien des années auparavant. Mais le chanoine se dérobait sans cesse à achever cette tâche, sous mille et un prétextes, et sans doute pour masquer, selon lui, son incompétence en matière de cartographie, de même qu'il cachait son ignorance en astronomie puisqu'il refusait toujours de faire imprimer son prétendu nouvel almageste.

Rheticus fit mine d'approuver hautement les propos de l'ancien grand maître des chevaliers Teutoniques, qui jouait maintenant au prince éclairé, se piquant de mille et un savoirs, à la mode florentine. Mais il valait mieux avoir un aussi puissant personnage de son côté, d'autant qu'Albert de Prusse lui fit miroiter pour plus tard la charge de doyen de la toute nouvelle faculté de Königsberg.

— Jamais, non jamais je ne servirai un prince, clama Rheticus à Zell, quand ils eurent laissé Königsberg loin derrière eux. Je resterai libre, toujours libre, plus libre encore que Paracelse. D'ailleurs, c'est toi, Heinrich, qui vas t'occuper de cette carte de Prusse. Excellent exercice pour un apprenti mathématicien. Et puis, une carte… C'est cela qui peaufinera tes autres talents cachés, n'est-ce pas, sournoise petite espionne ?

De retour à Heilsberg, Rheticus dut encore attendre une semaine : l'évêque, en effet, s'était absenté pour rendre visite au palais épiscopal de Kulm, à son homologue monseigneur Tiedemann Giese. À croire que la terre entière s'était liguée pour l'empêcher de rencontrer enfin ce maudit chanoine. Il fut un instant découragé, prêt à abandonner et à rentrer à Wittenberg. Après tout, les autres avaient peut-être raison, et Copernic ne valait pas la peine ni le temps qu'il lui consacrait. Mais non ! Il irait jusqu'au bout de sa quête, ne serait-ce que pour montrer aux autres que rien ni personne n'aurait pu le dissuader de cette rencontre.

Dantiscus revint enfin, lui donna comme promis sa lettre de recommandation auprès de Giese, qui l'attendait à Dantzig, à plusieurs journées de cheval de Heilsberg. En plus, par superstition, Rheticus s'obligea à faire un détour supplémentaire afin d'éviter Frauenburg, où se terrait pourtant l'insaisissable Copernic…

— Non, trois fois non ! Je ne recevrai pas cet individu. Mon pauvre Tiedemann, toujours aussi naïf ! Un ancien élève de Melanchthon, qui fait le commissionnaire entre Dantiscus et Albert de Prusse, bref, un serviteur de mes trois pires ennemis… Et tu voudrais que je le laisse fouiner dans mes affaires ? Si je ne te connaissais pas aussi bien, je finirais par me demander si toi aussi complotes contre moi.

Quand son ami entrait dans une de ses grandes colères, se croyant en butte à une conspiration universelle, Giese ne pouvait que faire le dos rond en attendant que l'orage passe. Copernic se rassit et se plongea dans une longue songerie, dont il sortit enfin pour dire d'une voix radoucie :

— Tu me dis que ce garçon m'est recommandé par ce fou de Paracelse ? Je lui avais envoyé mon *Résumé*, jadis, à Bâle où il se trouvait alors, et lui soulevais quelques points de médecine car je pratiquais encore. Il m'avait répondu en me submergeant de ses livres et en me proposant de faire imprimer mon fascicule chez Froben, l'éditeur d'Érasme, ce que je refusai. Depuis, Paracelse a acquis une très sulfureuse réputation. Ce jeune homme ne serait-il pas… Si on vient à me placarder sur le dos… Enfin, tu vois ce que je veux dire…

Copernic était fort embarrassé. S'il ne doutait pas de la grande vertu de son ami, à qui il n'avait jamais connu la moindre liaison féminine, même au temps de Ferrare, il n'en connaissait pas moins la rumeur calomnieuse qui courait sur les bonnes mœurs de l'évêque de Kulm, comme d'ailleurs sur celles de tout ecclésiastique sans bâtard ou sans maîtresse affichée.

— Un professeur sodomite à Wittenberg, chez ce

rigide et austère Melanchthon, c'est impossible, voyons ! répliqua Giese un peu trop vivement. Attention, Nicolas, avec l'âge, tu commences à voir le mal partout.

En fait, l'arrivée dans son vieux palais épiscopal de Rheticus et de son assistant au visage d'enfant avait été un tourbillon de jeunesse et d'enthousiasme, qui avait profondément troublé le prélat solitaire, servi seulement par des prêtres rancis et des moines stupides. Chaque fois qu'il le pouvait, Giese se rendait à Frauenburg, toujours aussi émerveillé par la sapience universelle de celui qu'il proclamait son seul ami, faute de pouvoir l'appeler son maître. Seul ami, peut-être, mais qui se repliait singulièrement sur lui-même, méfiant, impatient, colérique quand il tentait d'inculquer quelques notions de mathématiques à un Tiedemann Giese décidément imperméable à l'art des nombres. Copernic, d'ailleurs, se plaignait souvent de n'avoir plus, en cette matière, les fulgurances de ses vingt ans. Aussi, en constatant les juvéniles connaissances de Rheticus, Giese s'était dit qu'un tel élève stimulerait le génie assoupi de son ami autrement que le vieux cancre indécrottable qu'il se croyait être. Il savait maintenant comment le convaincre de recevoir le jeune mathématicien :

— Quand bien même ce Rheticus serait à la solde de tes ennemis, quand bien même il serait envoyé ici pour souiller ta réputation, en refusant de le recevoir, le remède serait pire que le mal. On t'accuserait en plus de lâcheté, de supercherie. On irait crier partout ta peur qu'un obscur petit maître ès arts puisse réduire à néant tes *Révolutions*.

Copernic allait-il à nouveau exploser ? Non. Son visage se ferma un moment, puis il dit avec un grand calme :

— Quand me le présentes-tu, ton jeune prodige ?

— Il attend à la taverne du port que tu le fasses appeler.

— Joli guet-apens, Tiedemann ! Je retire ce que j'ai dit, tu n'es pas aussi naïf que cela. Bien joué ! Envoie-le chercher. Ce bouge ne doit pas sembler fréquentable au disciple de Melanchthon. Ah, dernière chose ! Que son secrétaire reste là-bas ! Je ne veux pas m'encombrer d'un deuxième blanc-bec. En avais-je, moi, un secrétaire, quand je rendis visite pour la première fois à mon maître Novara ?

Avec l'âge, Radom était devenu obèse, et comme tassé sur lui-même. De sorte qu'en le suivant dans l'escalier menant au dernier étage de la tour Rheticus ne fut pas du tout impressionné par ce gros huissier qui soufflait à chaque marche en s'accrochant à la rampe de cordage. En cette fin de mois de mai 1539, il arrivait au bout de sa quête, et il avait peur. Peur d'être déçu par l'homme qui avait mis le Soleil au centre du monde. Il se le figurait comme un petit vieillard racorni, radotant sans cesse son unique hypothèse, son unique titre de gloire. Le jeune voyageur aurait certainement aussi peu de mal à lui plaire qu'à monseigneur Giese, qu'il avait troublé plus que de raison.

L'homme qui se dressait devant lui, assis négligemment sur le coin d'une longue table au centre d'une vaste bibliothèque, jambes croisées, n'était pas du tout celui qu'il imaginait encore, quelques instants avant. Avec sa haute taille, son grand nez bosselé, sa barbe et ses longs cheveux poivre et sel, son œil enfoncé sous le sourcil dru, de profondes rides creusant son front large, Nicolas Copernic avait plus l'allure d'un vieux soldat revenu de mille et une batailles que d'un timide savant plus ou moins homme d'Église, cloîtré tout au long dc sa vie dans la pénombre de son cabinet.

Rheticus savait fort bien, et il en jouait habilement, que sa grâce et son apparente spontanéité faisaient tourner plus d'une tête, illuminant de plus qu'un sourire le visage de ceux devant qui il se présentait pour la première fois. Déjà, à son entrée, Tiedemann Giese, enfoncé dans un grand fauteuil, béait. En revanche, pas un trait du rude visage de Copernic n'avait bougé. Son regard lourd et perçant examina de haut en bas son visiteur, comme le maquignon soupèse la qualité d'un bétail. Alors, Rheticus frissonna. Cet homme-là, c'était son père, ou du moins la réincarnation du médecin brûlé vif sur la grand-place de Feldkirch sous les yeux du petit Joachim, il y avait de cela onze ans. Il lui ressemblait de façon criante. Même sa voix grave et comme voilée par une étrange ironie lui évoquait le disparu :

— Voilà donc le protégé de Melanchthon qui veut ma mort, de Dantiscus qui ne cesse de me tourmenter, et de cet énergumène de Paracelse, qui ne semble pourtant pas empressé de renouer des liens avec moi. C'est en souvenir de celui-là, jeune homme, que j'ai cédé à l'insistance de monseigneur Giese et que j'ai consenti, malgré le temps qui m'est compté, à vous recevoir. Mais d'abord, je vous prie de me dire ce qui se cache derrière ce surnom de Rheticus ? Et parlez fort, je vous prie, je suis un peu dur d'oreille.

— Le révérend Copernic n'est sourd que quand il ne veut pas écouter, plaisanta Giese, qui se sentait d'humeur taquine et primesautière.

Et tandis que le chanoine lançait un regard furieux à l'évêque de Kulm, Rheticus raconta son enfance errante entre l'Italie, la Bavière et l'Autriche, l'installation à Feldkirch, le martyre de son père…

— J'ai connu, à Padoue, un étudiant en médecine du même nom de Georg Iserin, l'interrompit Copernic, qui prouvait ainsi que sa surdité était toute relative. Très brillant sujet, mais qui, à mon sens, s'adonnait avec beaucoup trop d'imprudence, dans l'académie que nous fréquentions, à des spéculations qui sentaient quelque peu le fagot. Mes maîtres et moi-même le rappelions souvent à plus de réserve. Mais poursuivez votre récit, jeune homme.

Le jeune homme en question sentit ses jambes se dérober sous lui. Copernic avait connu Georg Iserin ! Il se jura de tracer un jour le thème astral du chanoine et de le comparer avec celui de son père. Le résultat, à coup sûr, serait étonnant. Il déglutit et reprit son récit, avec toutefois moins de faconde qu'auparavant : ses études à Zurich, puis à Wittenberg, ses diplômes, son anoblissement au titre de chevalier, ses visites à tout ce que l'Allemagne comptait de mathématiciens et d'astronomes, en omettant toutefois de préciser la façon dont ils avaient évoqué son interlocuteur…

À chaque nom prononcé, Copernic hochait légèrement la tête pour montrer qu'il connaissait tous ces éminents professeurs, mais Rheticus ne pouvait savoir si la moue à moitié cachée sous la lourde moustache était d'approbation ou de dédain. Rheticus expliqua ensuite que le but de sa quête était de trouver, auprès de tous ces éminents savants, un système du monde plus satisfaisant pour l'esprit que celui qui avait cours depuis tant de siècles. Le visiteur conclut enfin par les audiences que lui avaient accordées Dantiscus et Albert de Prusse, sans rien cacher de ce qu'ils avaient exigé de lui, mais en insistant bien qu'il avait été contraint et forcé d'obéir, car c'était le seul chemin possible pour arriver jusqu'à Frauenburg.

— Bien sûr, dit alors un Copernic narquois et grinçant, le grand-duc et sa fameuse carte ! Après tout, que m'importent à moi la Prusse, la Pologne, Rome et la Réforme, et tous ces fauves qui se déchirent entre eux ? J'en avais fait une ébauche, pour lui donner quelques gages en échange de ma tranquillité. Ça doit traîner quelque part… Mon secrétaire va les chercher. Vous me débarrasserez ainsi de ces choses inutiles qu'on accumule au fil des temps sans avoir la volonté de les mettre au feu. Et d'ailleurs, je ne suis pas sûr que ce barbare d'Albert soit capable de déchiffrer la moindre latitude.

Giese intervint alors, non plus en tant qu'ami, mais comme évêque de Kulm :

— Nicolas, je t'interdis de communiquer le moindre renseignement topographique sur nos évêchés à celui qui est, je te le rappelle, le chef des réformés prussiens.

— Pour qui me prends-tu, monseigneur ? Il ne s'agit que de quelques relevés pratiqués dans ses possessions. Dont certains sont intentionnellement faux, d'ailleurs, ajouta l'astronome, l'œil plissé de malice. Et puis… je croyais que tu faisais une confiance absolue en la droiture du chevalier Rheticus. Penserais-tu maintenant que ce garçon est un espion de Son Altesse ?

Tandis que Giese bougonnait une protestation confuse, le jeune visiteur songea qu'il lui fallait trouver une brèche dans cette forteresse de méfiance que lui paraissait être le chanoine de Frauenburg. La canne, bien sûr, qu'il tournait machinalement entre ses deux paumes. Et surtout son contenu. Dans son émoi, il l'avait oubliée ! Quand les deux ecclésiastiques eurent fini leurs échanges aigres-doux, Rheticus s'exclama :

— Le Dr Paracelse m'a chargé de vous remettre

ceci en témoignage de son amitié et de son admiration pour le grand philosophe que vous êtes.

— Paracelse, de l'amitié et de l'admiration pour quelqu'un d'autre que pour lui-même ? Bah, on nous l'aura changé ! Montrez-moi donc cela. Bel objet, ma foi !

Alors, le voyageur raconta comment le médecin vagabond s'était procuré la grosse canne d'olivier à pommeau d'ivoire, ainsi que son secret.

— Le bâton d'Euclide ! ironisa alors un Copernic quelque peu ricanant. Et pourquoi pas le pot de chambre d'Archimède, tant qu'à faire ?

Il dévissa la petite sculpture figurant un sphinx, dénoua l'étui de soie rouge, en extirpa un gros rouleau de papyrus qu'il mit à plat sur la longue table de chêne déjà encombrée de piles de papiers manuscrits, de livres ouverts et écornés, d'une écritoire ainsi que d'une petite sphère armillaire fort ancienne et probablement obsolète. Le cœur battant, Rheticus observa le moindre geste, la moindre mimique de son hôte. Copernic, en poussant un soupir excédé, chaussa de grosses besicles qui exorbitèrent ses yeux d'un noir profond et le vieillirent d'un coup. Ses lèvres se mirent à bouger, mais aucun son n'en sortit. Rheticus savait qu'il prononçait, en grec, le titre et l'auteur du manuscrit : « *Hypothèses, Aristarque de Samos* ». La lecture se poursuivit longtemps, seulement ponctuée par quelques grognements, peut-être de satisfaction, peut-être de doute, peut-être d'étonnement. Giese, de plus en plus enfoncé dans son fauteuil, étouffa quelques bâillements. Ses yeux clignotaient et, parfois, sa tête s'inclinait puis se redressait en un sursaut. La digestion du repas qu'il avait pris ici pendant que Rheticus patientait à la taverne du port se faisait difficile. Enfin, Copernic, avec une sorte de pudeur, ôta ses besicles avant de relever la tête et, le visage toujours aussi impassible :

— Mouais ! Si j'ai bonne mémoire, j'ai dû lire quelque chose sur cet Aristarque... Dans Plutarque peut-être, ou dans une compilation douteuse de l'introuvable *Arénaire* d'Archimède. Vous êtes trop jeune pour le savoir, monsieur le chevalier, mais en Italie, à mon époque, on ne comptait pas les prétendus inédits d'auteurs anciens retrouvés par miracle dans les cachettes les plus invraisemblables, et qui n'étaient que des faux grossiers, des apocryphes maladroits, de nouvelles lettres du prêtre Jean... Alexandre Farnèse, aujourd'hui Sa Sainteté Paul III, m'avait montré un jour un pseudo-dialogue de Platon, où Socrate bavardait, dans un latin approximatif, avec Paul de Tarse. Nous nous sommes bien amusés, ce jour-là.

Et le chanoine éclata d'un énorme rire à faire vibrer les murs de sa tour. Puis, reprenant d'un coup son masque sombre, il poursuivit :

— J'ai donc toutes les raisons de me montrer sceptique devant cet Aristarque prétendument découvert par Paracelse. Le bon docteur n'en serait pas à sa première supercherie. Tiens, Giese, lis-moi ça et dis-moi ce que tu en penses, si toutefois il te reste quelques notions de la langue d'Homère. Quant à vous, jeune homme, je suppose que votre visite n'a pas pour seul objectif de m'apporter ce cadeau douteux.

Dérouté et intimidé par cet homme extraordinaire, Rheticus avait perdu toute son aisance et sa superbe. Il bredouilla alors qu'il aurait aimé consulter les *Révolutions des orbes célestes*, car la seule personne qui en possédait une copie, copie que cet Erasmus Reinhold tenait de Melanchthon, s'était refusée à lui communiquer.

— Tiens donc ? répliqua un Copernic de plus en

plus caustique. Johann Schöner de Nuremberg, Petrus Apianus d'Ingolstadt et tous les éminents docteurs que vous avez visités auraient-il égaré l'exemplaire que je leur avais envoyé ? On dit les astronomes distraits, mais à ce point… Bien. Je vais donc vous prêter… Auparavant, toutefois, et que le professeur de mathématiques que vous affirmez être ne s'en offusque pas, je voudrais jauger un peu vos compétences et vos aptitudes dans ce domaine. Comprenez, chevalier, je ne souhaite pas qu'une nouvelle fois, mon ouvrage soit caricaturé par les sycophantes.

Venant de quelqu'un d'autre, l'affront aurait été immédiatement lavé dans le sang, mais jeté par un tel homme, il ne fut même pas relevé. Rheticus, déjà idolâtre, se prêta avec fougue à ce qui avait toutes les allures d'un examen. Tandis que Giese déchiffrait le manuscrit d'Aristarque, le chanoine se faisait inquisiteur. Algèbre, géométrie, astronomie, philosophie, Platon, Ptolémée, Euclide, Pythagore… Tout y passait. Progressivement, les questions se faisaient de plus en plus ardues et les réponses de moins en moins rapides. Jusqu'au moment où Rheticus s'avoua vaincu et dit d'une voix tremblante :

— Je ne sais pas.

Copernic se cala alors dans son fauteuil et sembla enfin regarder son interlocuteur avec une certaine bienveillance :

— Félicitations, chevalier ! Vos autres réponses étaient exactes et fort bien tournées, à quelques détails près. Celle-là était la meilleure. Si vous m'aviez dit quelque chose comme : « J'ai oublié », je vous aurais immédiatement flanqué à la porte. Avouer son ignorance, c'est révéler sa sapience. C'est dit, je vous confie mes *Révolutions*, mais…

— Enfin, Nicolas, tu n'es plus seul !

Giese s'était dressé hors de son siège en brandissant les feuillets couverts de caractères grecs et à l'encre pâlie.

— Que veux-tu dire ?

— Mais… Aristarque de Samos, cet astronome de la grande école antique d'Alexandrie, dit la même chose que toi… Et il sera pour toi ce que Platon fut à Ficin ! Que pourront dire tes détracteurs, si tu peux t'appuyer désormais sur la sagesse d'un tel Ancien, plus ancien même que Ptolémée, comme Aristarque s'est peut-être appuyé sur le bâton d'Euclide ?

— Sauf si c'est un faux, destiné à me nuire en me couvrant de ridicule. Avec Paracelse, on peut s'attendre à tout. Et puis, Aristarque me semble un saint patron de mauvais augure. Cet élève de Straton de Lampsaque, auteur excellent de *Sur les dimensions du Soleil et de la Lune*, avait été vigoureusement critiqué par Archimède et accusé d'impiété par Cléanthe le Stoïcien. Le fameux kabbaliste Zeitoun d'Olisipo racontait, dans son poème *La chanson de Lyncée*, que tous ses écrits avaient disparu dans le grand incendie de la bibliothèque d'Alexandrie. Mais j'en doute. Je croirais plus volontiers qu'ils sont partis en fumée sous le brandon de ses juges.

« Pour quelqu'un qui prétendait, il y a un instant, ne pas connaître grand-chose d'Aristarque de Samos… », songea Rheticus. La statue marmoréenne de Copernic, qu'il avait commencé à ériger, se fissurait un peu. Le chanoine se leva pour signifier que l'entretien était terminé, sortit d'un rayonnage de la bibliothèque un volume lourdement relié et fermé par une languette de cuivre, et le tendit à Rheticus.

— Je vous le confie. Lisez-le, rédigez-moi vos commentaires et rapportez-le-moi dans trois semaines. Où allez-vous résider ?

À vrai dire, le voyageur n'en savait rien. Il avait vaguement espéré que l'astronome lui aurait proposé une des nombreuses chambres dans cette vaste tour, près de lui. Giese comprit son embarras muet et dit :

— Raccompagnez-moi jusqu'à ma résidence d'été de Loebau, cher ami, c'est un vieux château sinistre, mais idéal pour l'étude. De plus, j'y suis entouré de gens à la conversation aussi plaisante qu'érudite.

Rheticus sursauta et se tourna vers Copernic. Comme dans un rêve, il l'avait cru entendre éclater une nouvelle fois de son gigantesque rire. Mais il n'en était rien. Le chanoine, qui était resté impassible, se contenta seulement d'ajouter :

— Les vieilles pierres de Loebau ont un autre avantage : c'est une forteresse dont les gardes sont très vigilants. Vous aurez donc beaucoup de mal à en sortir. Aussi, c'est moi qui passerai vous rendre visite, dans trois semaines. La région est très giboyeuse. Une partie de chasse me dégourdira les jambes.

Durant le parcours, alors que l'évêque de Kulm échangeait des propos légers sur le paysage avec son assistant Heinrich Zell, Rheticus, profondément troublé par cette étrange rencontre, commençait à comprendre la peur sacrée dont les ennemis de Copernic semblaient tous pris. Cet homme-là était un monstre, irradiant en alternance une éblouissante lumière solaire, avant de sombrer dans une opacité plus grande qu'une nuit sans lune et sans étoiles.

Rheticus se plongea dans les *Révolutions des orbes célestes*, et plus rien ne compta pour lui, sinon son Ptolémée ouvert à ses côtés qu'il consultait de temps à autre. Si cette toute nouvelle édition imprimée, en grec, de l'*Almageste* était venue à s'évaporer sous ses yeux par un effet de magie, il n'en aurait pas été étonné le moins du monde. Copernic, en effet, modifiait de fond en comble l'ordre du monde tel qu'il était depuis quatorze siècles. Chez Ptolémée, au centre de l'Univers siégeait la Terre, immobile ; puis venait la Lune, qui tournait en un mois ; puis Mercure, Vénus et le Soleil, qui bouclaient leurs révolutions sur le déférent en un an ; puis Mars en deux ans, Jupiter en douze ans et Saturne en trente ans ; enfin, les étoiles fixes, qui accomplissaient leurs révolutions en un jour. Copernic, partant du principe que les orbes augmentent en grandeur quand les révolutions sont plus longues, redéfinissait l'ordre des planètes à commencer par le haut : « La plus lointaine de toutes les sphères, celle qui embrasse toutes les autres, est celle des étoiles fixes. C'est à elle qu'on rapporte les mouvements et les positions des autres astres, les planètes. Les anciens astronomes lui attribuaient un mouvement de rotation autour de la Terre, mais je montrerai que ce mouvement n'est qu'apparent, le mouvement de rotation appartenant à la Terre elle-même. Au-dessous est la sphère de Saturne, dont la révolution est de 30 ans. En dessous de lui Jupiter, qui fait le tour du ciel en 12 ans ; Mars qui fait le sien en deux ans, puis la Terre dont le tour est d'un an ; Vénus qui fait le sien en neuf mois ; enfin Mercure, dont la révolution n'est que de 88 jours. Au milieu réside le Soleil, immobile, pour qu'il puisse tout éclairer ! »

La Terre était bien reléguée au rang de simple planète, seule la Lune tournant autour d'elle. « Nous trouvons dans cet ordre admirable une harmonie du monde ainsi qu'un rapport certain entre le mouvement et la grandeur des orbes, tel qu'on ne peut pas le retrouver d'une autre manière », poursuivait Copernic, et il agrémentait ce nouveau système du monde d'un schéma général, dessiné d'une plume habile et qui, dès le premier regard, ne laissait plus aucun doute sur la parfaite circularité des orbes célestes autour du Soleil :

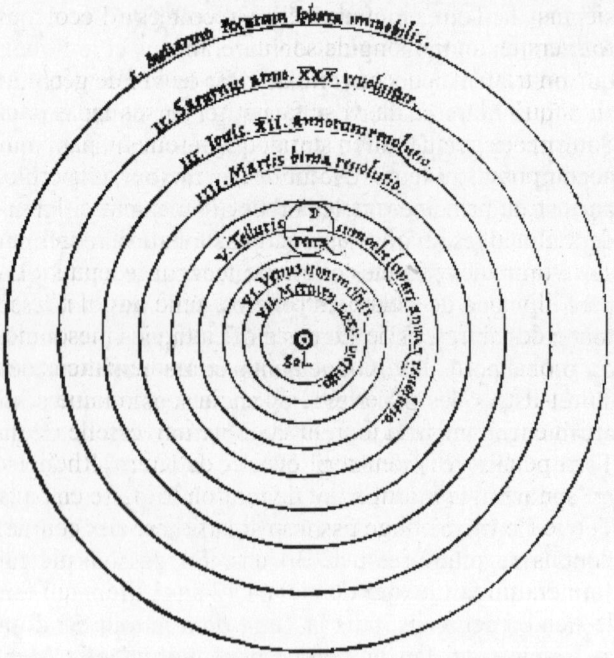

D'une plume frénétique, Rheticus recopiait des passages entiers, en extase devant certains : « Au milieu repose le Soleil. En effet, dans ce temple splendide qui donc poserait ce luminaire en un lieu autre que celui d'où il peut éclairer tout à la fois ? Or, en vérité, ce n'est pas improprement que certains l'ont appelé la prunelle du monde, d'autres l'Esprit du monde, d'autres enfin son Recteur. Trismégiste l'appelle Dieu visible et l'Electra de Sophocle, l'omnivoyant. C'est ainsi en effet que le Soleil, comme reposant sur le trône royal, gouverne la famille des astres qui l'entoure. » Il refaisait telle ou telle figure, tel ou tel calcul, sur la base des tables astronomiques qu'il avait apportées depuis Wittenberg et de celles récoltées, d'école en université, tout le long de son itinéraire.

Son travail de découverte de cette œuvre de génie ne dura qu'une semaine. Il se faisait servir ses repas dans son appartement, et n'en sortait que rarement, par courtoisie pour son hôte. D'ailleurs, Giese ne s'en offusquait pas, bien au contraire : il était aux anges. Enfin, un œil neuf et enthousiaste se posait sans préjugés sur l'ouvrage de son peu commode ami, que depuis Ferrare, il y avait de cela bientôt trente-cinq ans, il n'avait cessé de vénérer et de protéger des attaques mesquines du monde extérieur. Grâce au jeune mathématicien, se jura-t-il, la grande Vérité révélée par le chanoine éclaterait enfin au grand jour, et sa gloire universelle rejaillirait peut-être un peu sur l'évêque de Kulm. Rheticus, de son côté, était tout à fait ravi qu'on le laisse en paix, et que l'on ne l'oblige pas trop à participer aux conversations insipides des invités du prélat, dont la prétention était de créer dans cette contrée sinistre une sorte d'Académie.

Une fois achevé son essartage des *Révolutions*, selon la méthode qui lui était habituelle, Rheticus en fit une deuxième lecture, à tête reposée, comme s'il découvrait l'œuvre pour la première fois. Il en décela alors le principal défaut : hormis dans de rares passages, distillés çà et là et comme à regret parmi les démonstrations mathématiques, elle ne pouvait s'adresser qu'à de rares initiés, qu'à des lecteurs ayant autant de connaissances que son auteur. Copernic ne semblait pas avoir la fibre pédagogique et le professeur de Wittenberg songea que même le meilleur de ses étudiants, s'il la lui donnait à lire, n'en comprendrait pas un traître mot.

Il eut alors une illumination : lui, Rheticus, était l'élu, le Galaad, celui qui venait de se voir offrir par ce roi pécheur qu'était le chanoine de Frauenburg le saint Graal de l'astronomie. Sinon, pourquoi le ciel aurait-il posé autant d'épreuves au travers de son chemin, pour le détourner de sa quête ? Oui, il enseignerait les *Révolutions*, il les révélerait au monde, telle était sa mission, il en était sûr désormais, tel était son destin, tel était ce vers quoi son étoile l'avait guidé, depuis que son père avait péri dans les flammes pour se réincarner dans le corps et l'esprit de Copernic.

Puis, la pensée rationnelle de l'universitaire reprit le dessus sur l'illumination mystique de l'apôtre.

— De la méthode, Joachim, et seulement de la méthode ! murmura-t-il, répétant ainsi, sans en avoir conscience, les conseils de son père, quand celui-ci lui dispensait ses premières leçons de calcul.

De méthode, il n'en voyait guère d'autre que celle qu'il pratiquait à Wittenberg : le cours ex cathedra. Copernic, le maître, ne s'adressait qu'à ses pairs, qu'à d'autres maîtres ; Rheticus, le disciple, s'adresserait à ses étudiants, futurs disciples de l'héliocentrisme. Il reprit ses notes, et finit par les composer en quatorze leçons, assez limpides pour être à la portée d'un studieux bachelier. Enfin, il écrivit une lettre éloquente à Schöner, avec l'intuition que l'astronome de Nuremberg pourrait un jour être utile à sa mission : « Je désire, très savant docteur Schöner, que tu poses d'abord en principe que l'homme illustre dont maintenant j'étudie les œuvres n'est pas inférieur à Regiomontanus par son savoir et ses talents, ni en astronomie ni en aucun autre genre de doctrine. Je le comparerais cependant plus volontiers à Ptolémée. Le célèbre astronome grec a de commun avec mon maître d'avoir pu, avec l'aide de la Providence, achever le développement de sa théorie, tandis que, par un cruel arrêt du destin, Regiomontanus a vu finir ses jours avant d'avoir pu poser les colonnes sur lesquelles devait s'élever son édifice. Quand, chez toi, très savant docteur Schöner, il y a un an j'étudiais sur la théorie des mouvements célestes les travaux de Regiomontanus, ceux de Peurbach son maître, les tiens et ceux des autres mathématiciens illustres, je commençai à comprendre combien les investigations nécessaires devaient être énormes pour ramener l'astronomie, cette reine des mathématiques, dans sa véritable demeure céleste, et pour rétablir dignement la forme de son empire. Mais Dieu a voulu me rendre témoin de l'accomplissement de ces immenses travaux, bien supérieurs à l'idée que je m'en faisais d'avance, et dont mon maître soutient le poids en se jouant avec aisance des difficultés. Je sens que, même dans mes rêves, je n'avais même pas entrevu l'ombre de cette tâche grandiose. »

Deux autres semaines se passèrent ainsi. Il avait perdu toute notion du temps. Un jour enfin, on vint lui annoncer, alors qu'il venait d'achever l'ultime relecture de ses quatorze leçons, que le chanoine Nicolas Copernic était arrivé au château de Loebau. Cette visite était prévue à cette date depuis l'entretien de Frauenburg, mais Rheticus l'avait oubliée. Aussi vit-il un nouveau signe du destin dans cette deuxième rencontre entre le roi pêcheur et le Galaad de l'astronomie, au moment précis où ce dernier avait achevé sa mission.

Après avoir serré ses leçons dans son pourpoint, il dégringola quatre à quatre l'escalier aux marches taillées irrégulièrement et surgit dans la grande salle qui avait servi jadis aux cérémonies d'adoubement des chevaliers Teutoniques. Adossé au chambranle de la cheminée monumentale, la main droite négligemment posée sur le pommeau du bâton d'Euclide, Copernic discourait debout devant un cercle de chanoines et de prêtres, tandis que, tournant le dos à l'âtre, l'évêque de Kulm, soutane retroussée, réchauffait ses fesses nues et velues à un petit feu pétillant. Même en ce beau mois de juin 1539, une sempiternelle humidité imprégnait sa résidence d'été. Plus haut d'une tête que la plupart de ses auditeurs, Copernic vit entrer, par-dessus leur épaule, un Rheticus essoufflé. Il s'exclama à l'adresse de Giese :

— Hé, monseigneur ! Ne serait-ce pas là ce diable de luthérien que vous faites barboter dans votre bénitier de Loebau ?

Et de rire tout seul de la mine inquiète de tous ces pieux papistes se tournant vers le nouvel arrivant, qui les avait pourtant charmés, durant ces trois semaines, de sa conversation éblouissante. Rheticus, qui n'avait pas entendu la boutade, se précipita vers lui, se jeta à ses pieds, lui saisit les mains et s'exclama :

— Ah, maître, maître ! Que c'est beau, que c'est grand !

Copernic était décidément d'excellente humeur, car il demanda :

— Qu'est-il donc de si beau et de si grand, chevalier ? Certainement pas le cul rôti de monseigneur l'évêque, je pense.

Giese, confus et furieux, rabattit sa soutane en grognant :

— Nicolas, que tu peux être exaspérant, par moments !

Copernic releva Rheticus en lui chuchotant :

— Nous causerons de tout cela plus tard. Mais pas ici, mon garçon, pas devant ces gens. On ne jette pas de perles aux pourceaux.

Puis à voix plus forte :

— Voyez-vous, chevalier, quand vous êtes arrivé, nous ne parlions avec ces messieurs ni d'astronomie ni de théologie, mais de cynégétique. Demain, en effet, monseigneur de Kulm nous invite à une partie de chasse à l'ours qui promet d'être assez excitante. Du moins pour ceux d'entre nous qui peuvent encore tenir sur une selle. En serez-vous ?

Rheticus accepta avec un enthousiasme forcé. Peu joyeuse perspective en effet que cette expédition en compagnie d'une bande de papistes dont quelques-uns lui semblaient séniles, alors qu'il ne rêvait, lui, que d'une chose, monter dans les étoiles avec celui qu'il appellerait désormais pour lui-même : le maître d'entre les maîtres.

La chasse dura deux jours. Et au soir du troisième, ce fut un Rheticus exténué, aux os rompus, qui remit ses quatorze leçons à un Copernic paraissant au contraire avoir rajeuni de vingt ans, tout ragaillardi par leurs chevauchées dans les bois et les marais : en plus de trois ours, il avait tué un aurochs et un bison.

Tard dans la matinée du lendemain, le jeune professeur de mathématiques, qui avait la douloureuse impression que le diable lui avait donné cent coups de bâton durant son sommeil, pénétra dans un petit salon où l'évêque et le chanoine bavardaient devant une carafe d'un vin italien dont ils faisaient grand cas.

— Eh bien, lui dit Copernic en guise de salut, notre Nemrod de Wittenberg serait-il tombé du lit ? J'ai lu votre texte. Pas mal, mais j'ai quelques questions à vous poser et quelques objections, qui ne sont pas, je vous rassure, d'ordre scientifique. Mais d'abord, servez-vous donc un verre de frascati, don du cardinal de Capoue. Rien de tel contre les courbatures, croyez-en le médecin que je reste.

Tout en s'effondrant dans la chaise qu'on lui tendait, Rheticus refusa. Alors, Giese ordonna au laquais de préparer pour son hôte une soupe aux choux trempée de croûtons frottés d'ail et une purée de pommes, excellent remède contre ce genre de douleurs, précisa le prélat avec une sollicitude presque maternelle qui irrita le jeune homme plus encore que la causticité cinglante du maître.

— Excellent travail de vulgarisation que vos quatorze leçons, reprit Copernic. Mais que comptez-vous donc en faire ?

Avant de répondre, en espérant y trouver quelque force, Rheticus se résigna à accepter finalement un verre de vin blanc du Latium. Il avait presque envie de les supplier de remettre cette conversation à plus tard. Il gémit enfin :

— J'avais l'intention, maître, et avec votre autorisation, d'enseigner l'héliocentrisme à l'université de Wittenberg, à la rentrée prochaine.

Giese alors s'exclama :

— Vous êtes fou, mon enfant ! Melanchthon ne vous en laisserait pas prononcer le premier mot que vous subiriez le sort de votre père, notre pauvre et cher Georg Iserin.

Lui aussi avait donc connu le médecin de Feldkirch ! Rheticus se sentit un instant broyé par toutes ses ombres, tous ses fantômes. Et Dieu que l'évêque l'agaçait, avec ses mines enamourées qui se croyaient protectrices ! Alors que Copernic, constatait-il avec amertume, semblait se soucier de son sort comme d'une guigne. En effet, tout en faisant miroiter son verre devant ses yeux, le chanoine dit d'un ton neutre :

— Si vous voulez vous retrouver au pilori, après tout, c'est votre choix, chevalier. Mais en aucun cas, je ne vous permettrai de professer ma théorie devant n'importe qui. Si vous passez outre cette interdiction, je considérerai cela comme un abus de confiance. Alors, soyez-en sûr, de Rome à Londres en passant par Paris, toutes les portes vous seraient fermées.

— Mais, mon maître, jamais je ne me permettrais de vous voler votre œuvre et de me l'approprier.

Copernic frappa brutalement du poing sur la table, son front rougit. Il entra dans une de ses soudaines et brutales colères :

— Me voler ? Tu plaisantes ! Ce n'est pas mon œuvre, par les cornes de Belzébuth, ce n'est pas ma propriété. C'est l'œuvre de Dieu ! Et Il ne lève qu'à de rares élus, dont je te croyais être, chevalier, un coin du voile qui masque aux yeux des ignorants la beauté absolue de Sa Création. Dans quelles oreilles d'ânes veux-tu déverser le Grand Secret, Rheticus, dans quel nid de frelons, devant quel tribunal de sycophantes ? Sais-tu au moins de quelle boue ils m'ont éclaboussé, moi et surtout les miens, sais-tu dans quel fumier ils ont voulu me jeter ? Sais-tu sur quelle scène de bateleurs ils ont souillé de leurs ricanements immondes les êtres qui sont les plus chers à mon cœur ?

Abasourdi par cet éclat, Rheticus jeta un œil désespéré à Giese, comme un naufragé vers la planche de salut. L'évêque lui répondit par une moue qui voulait dire : « Laissez passer l'orage, je vous expliquerai plus tard. » Copernic vida son verre d'un coup, et le remplit à ras bord. Sa main tremblait un peu et quelques gouttes argentées se déversèrent sur la nappe. Il se calma aussi brutalement qu'il avait explosé :

— Toutefois, Joachim…

Il l'avait appelé par son prénom ! Son maître, son père !

— Toutefois, Joachim, je me sentirais un peu coupable de t'avoir fait faire cet excellent travail en vain.

Un travail qui m'a prouvé que tu étais l'homme qu'il me fallait. Une cervelle assez vierge pour n'être pas encombrée des préjugés anciens, mais assez savante pour accomplir la tâche dans laquelle je te propose de m'aider. Il s'agit d'un vieux projet : rassembler, classer, mettre en ordre toutes les tables astronomiques que j'ai pu collecter durant ma trop longue vie, et les faire imprimer pour qu'on puisse se procurer ce livre facilement. Et alors, comme il est dit dans Matthieu : « Comprendra qui peut ! » Mais je te rémunérerai, sois-en sûr. Ton prix sera le mien.

— Devenir votre assistant est pour moi le plus inespéré des salaires. Je ne demande rien d'autre.

— Tiens donc ? Ce cher évêque Dantiscus t'aurait-il parlé de ma légendaire avarice ? Il est vrai que, depuis le temps que je tente de faire rendre gorge à l'un de ses chiens de garde, le plus corrompu des chanoines de Frauenburg, qui me doit quelque argent…

Rheticus n'avait cure de ces querelles de vieillards rancis. Il avait réussi : il venait d'entrer dans le saint des saints.

Ils restèrent encore deux semaines au château de Loebau, car il y avait encore quelques questions à régler, en particulier celle des cartes exigées par Albert de Prusse. Giese tenait absolument à ce qu'elles soient faites pour ne pas mécontenter ce redoutable voisin. Rheticus ordonna alors à son assistant et ancien giton Heinrich Zell, qu'il aurait bien envoyé à tous les diables, d'accomplir cette tâche. Tant pis si ce fervent luthérien allait à l'encontre de la demande de l'évêque de Kulm et livrait des renseignements topographiques sur la Prusse catholique à l'ancien grand maître des chevaliers Teutoniques. Plus dangereux, le décret d'expulsion de toute sa juridiction, lancé contre les réformés par l'évêque de Warmie, décret maintenant agrémenté de menaces de mort. Giese sollicita donc auprès de Dantiscus une dispense pour son protégé. Plus qu'une dispense, c'était une exigence, car il y sous-entendait que, si ce document ne lui parvenait pas dans les plus brefs délais, il en référerait à Sa Majesté Sigismond Ier de Pologne, qui prônait au contraire la tolérance dans tout le royaume.

Cependant, jusqu'à la fin du séjour à Loebau, Copernic se désintéressa de ce qu'il appelait des affaires d'intendance. Tous les matins, il partait à la chasse et n'en revenait qu'au soir, quelquefois triomphant, brandissant en trophée une corne d'aurochs, gibier qui se faisait rare : il en avait tant massacré, jadis, avec son oncle Lucas.

De leur côté, Rheticus et Giese complotèrent. Le premier voulait rédiger une préface à ces fameuses tables astronomiques où il présenterait la vie et l'œuvre du chanoine. L'autre trouvait l'idée excellente, car il y voyait un premier pas vers la publication imprimée des *Révolutions des orbes célestes*. Publication pour laquelle il luttait depuis des années contre un ami buté dans son refus. L'évêque expliqua en effet au jeune professeur que la volonté de Copernic de ne livrer ses théories qu'à des initiés était aussi un écran de fumée. Écran derrière lequel se cachait sa crainte que l'hypothèse héliocentrique ne provoquât des réactions en chaîne produisant autant de sang et de larmes que les placards de Luther.

— Nicolas ne se soucie guère de sa sécurité personnelle, précisa Giese. Il l'a trop souvent prouvé dans le passé. Et je me flatte de lui avoir servi parfois de bouclier. Ce n'est donc pas par peur qu'il se refuse toujours à faire diffuser plus largement ses *Révolutions*. Il s'y résoudra seulement quand sa passion de philosophe pour la Vérité aura su faire plier son amour de l'humanité. Si vous le voulez, cher Joachim, je vous raconterai sa vie. Lui, j'en suis sûr, ne l'acceptera jamais. Timidité et orgueil sont sœurs jumelles.

XI

Un vent de mer fouetta le visage de Rheticus quand, suivant Copernic, il déboucha en haut de la tour, vaste terrasse surplombant la lagune. L'observatoire semblait être le château arrière d'une nef hauturière prête à appareiller. Une grande arbalestrille haute de quinze pieds, vernie et goudronnée à sa base, se dressait au centre, comme un mât. L'instrument de mesure de la hauteur des astres était d'ailleurs taillé dans le même bois dont se servent les charpentiers pour construire les navires. Au-dessus de la porte de l'échauguette, un cadran solaire, tourné vers le Nord, vers la mer, aux chiffres repeints de frais. Il faisait beau et l'ombre de l'aiguille marquait juste midi. À l'intérieur de la petite tourelle ronde trônait une grosse sphère armillaire en bronze, dont le petit globe terrestre en cuivre doré occupant le centre et les armilles planétaires emboîtées qui l'encerclaient figuraient, comme par ironie, l'ancien système de Ptolémée ; posé verticalement sur le mur de fond, un quart de cercle en bois, de conception très ancienne, gradué de façon à mesurer les écarts angulaires ; enfin, soigneusement rangé sur une petite table dans son écrin de velours rouge, un astrolabe en cuivre parfaitement entretenu, mais dont quelques macules vert-de-gris sur le disque-mère et les quelques flammèches de l'araignée légèrement écornées prouvaient la vétusté.

— On en fabrique de bien meilleurs aujourd'hui, dit Copernic en le tendant à Rheticus, mais celui-là, j'y suis aussi attaché qu'à un premier amour : je le tiens de ce vieux marin de Martin Behaim, de Nuremberg, que j'ai connu sur les grands chemins vers l'Italie.

L'espace d'un instant, le nouvel assistant du chanoine imagina cette prodigieuse rencontre. Puis il se dit qu'au fond, Giese, qui se flattait de tout connaître de la vie de son ami et qu'il décrivait comme lisse, entièrement vouée à l'étude, en ignorait bien des aspects. Ou peut-être les cachait-il.

— Vous le voyez, chevalier, poursuivit Copernic, mon observatoire est bien pauvre. À l'astrolabe près, il ne doit pas être très différent de celui de Ptolémée. Hélas, c'est peu ou prou notre lot à tous, astronomes d'aujourd'hui. Et c'est une chose que je n'arrive toujours pas à comprendre. Depuis un demi-siècle, des centaines de navires sillonnent toutes les mers du monde, se guidant aux étoiles ; pourtant, pas un mécanicien, pas un ingénieur ne nous a inventé d'appareils plus fiables et plus précis. Ah ! Si je pouvais réduire mes erreurs d'observation à un arc de dix minutes, je serais plus heureux encore que Pythagore découvrant son théorème.

Rheticus buvait chacune de ses paroles, et il songeait qu'au fond, son maître n'avait eu nul besoin de tout un bric-à-brac d'ustensiles pour découvrir ce qu'il avait découvert. Seules la rigueur mathématique, la profonde connaissance des Anciens et la force de son vaste esprit y avaient pourvu.

Puis les choses changèrent. Plus les semaines passaient, plus les confidences de Copernic se faisaient rares, plus il devenait autoritaire vis-à-vis de son assistant, l'humiliant même parfois, le traitant comme un domestique ou comme un chien, laissant volontairement tomber sur le sol une page manuscrite et lui ordonnant : « Rapporte, chevalier, rapporte ! » Rheticus obéissait, prenant même goût à ces brimades, mais ne sachant jamais s'il s'agissait d'une maladresse ou d'un jeu pervers, voire d'une simple récréation que le maître s'accordait après une longue et âpre journée de travail.

De même, ce récurrent « chevalier » dont il l'abreuvait : était-ce simple courtoisie à l'ancienne ou moquerie devant la fraîcheur de ce titre ? Copernic exigeait de lui qu'il refasse tous les calculs que lui-même avait faits, corrigés, vérifiés maintes et maintes fois depuis quarante ans. S'y ajoutaient les tables que Rheticus avait récoltées tout au long de son périple, et qu'il fallait croiser avec les autres. Le jeune mathématicien y mettait toute sa fougue et sa virtuosité, sans savoir que son maître y retrouvait vigueur et acuité, émoussées depuis longtemps.

Peu à peu, cependant, les *Révolutions des orbes célestes* s'éclaircissaient de mieux en mieux dans l'esprit de Rheticus. Et ce n'était plus devant des étudiants qu'il voulait les exposer mais face à ses pairs, pour curer leur esprit de toute cette poussière accumulée au fil des siècles. Il serait le saint Paul de la parole copernicienne, mais ce ne serait pas à Corinthe qu'il enverrait ses épîtres ; ce ne serait pas devant l'agora athénienne que l'on se moquerait de lui, ce ne serait pas à Rome qu'il subirait le martyre, mais en Prusse, en Saxe, en Bavière, en Suisse…

Emporté, en transe presque, Rheticus avait tenu ce discours un soir de l'été 1539, dans la résidence que possédait le chanoine à l'intérieur des terres. Copernic avait décidé de fuir les miasmes de la lourde chaleur brumeuse qui régnait sur Frauenburg et où les moustiques vibrionnaient jour et nuit sous une couche pesante de nuages noirs qui ne crevaient jamais, sans que la moindre brise de mer souffle pour les balayer.

Le manoir de Mehisack, perché en haut de sa butte, dominait un paysage charmant de bois et de rivières. Se nichait à ses pieds son bourg fortifié. Et Rheticus se demandait pourquoi ce chasseur invétéré de Copernic n'avait pas installé son observatoire ici, en haut d'un imposant donjon dont la porte était condamnée. Ici, on était loin du vacarme assourdissant des cloches de la cathédrale et des églises de Frauenburg, loin des cris des pêcheurs, des marchandes de poissons, des bouviers, des camelots, des mouettes, loin surtout des brouillards montant le soir de la lagune et masquant le ciel.

Au cours de la matinée de cheval qui les avait menés ici, caracolant botte à botte avec Rheticus, Copernic rajeunissait à vue d'œil. Plus question du moindre épicycle, du plus petit logarithme, mais d'anecdotes, souvent très lestes et plaisamment narrées sur sa jeunesse en Italie, comme on en raconte à un compagnon de route. Ou à un fils en âge d'écouter de son père autre chose que des conseils ou des réprimandes.

Rheticus comprit la métamorphose du chanoine quand, dans la cour du manoir, il fut présenté à la dizaine de personnes qui attendaient le maître des lieux. Jamais il n'aurait imaginé qu'un homme tel que Copernic pût avoir une famille. À commencer par une sœur, vieille aristocrate de Dantzig, dotée d'un mari aux allures d'armateur ayant, en sa jeunesse, navigué sur toutes les mers du monde, et d'une phalange d'enfants et de petits-enfants ; un cousin, vieux bourgmestre jovial et rubicond du nom de Philippe Teschner, lui aussi pourvu d'une abondante descendance ; l'inévitable parent pauvre, Alexandre Soltysi, un ancien chanoine qui compensait sa modeste condition par une grande érudition et une conversation brillante, mais dont le chevalier Joachim Rheticus Iserin von Lauchen trouva l'épouse d'une vulgarité de tenancière de bordel. Sans oublier un autre cousin, flanqué de son fils destiné à devenir le coadjuteur de Copernic au canonicat de Frauenburg, donc son successeur désigné, mais qui, de fait, déchargeait déjà l'astronome de toutes ses tâches de chanoine. Rheticus trouvait ce jeune homme fort à son goût, et voyait en lui une ressemblance frappante avec le maître des lieux. Au point de se demander si par hasard les liens de parenté entre eux n'étaient pas beaucoup plus forts qu'un simple cousinage. De plus, le futur coadjuteur avait pris quelques traits d'une autre cousine de Copernic, sa gouvernante, qui tenait cette maisonnée d'une main de fer.

En d'autres lieux, et avec d'autres personnes, Rheticus se serait demandé pourquoi Anna Schillings, à la quarantaine épanouie et pulpeuse, restait ainsi dans l'ombre et dans le lit d'un vieux chanoine colérique et capricieux. Car il n'y avait aucun doute sur leurs relations. Nicolas et Anna s'affichaient comme mari et femme. Souvent, à la veillée, leurs mains se posaient l'une sur l'autre, les regards qu'ils échangeaient étaient encore ceux de jeunes époux. Nul besoin d'être Pétrarque pour comprendre qu'entre elle et lui, l'âge, le temps et les épreuves n'avaient pu altérer l'immensité de leur passion, adoucie maintenant par la complicité et la tendresse. En plaisant à Anna, Rheticus savait qu'il détruirait les dernières réticences que Copernic avait à son égard. Il lui plut, et se demanda même un moment, non sans fatuité, s'il n'avait poussé trop loin ses manœuvres de séduction.

La première semaine se passa en parties de campagne, en chasse, en promenades, en longs et studieux bavardages au coin du feu. Rheticus, dans le secret de la belle chambre qu'on lui avait ouverte, tentait de travailler, mais on le sollicitait sans cesse pour une partie d'échecs ou un jeu de balle, du plus chenu des vieillards au plus turbulent des enfants de cette parentèle dont Copernic était le patriarche. Il maudit alors ses parents de n'avoir pas fait de lui un vilain clerc loucheur aux habits noirs constellés de pellicules, au propos ennuyeux et à l'haleine fétide. « Ne pas plaire, ne pas plaire, Seigneur, donnez-moi ce don-là ! » s'amusait-il à prier sans y croire un seul instant.

Un jour enfin, on l'informa de l'arrivée de monseigneur Giese et de sa suite. « Ne manquait que le vieux prélat, le tableau de famille est au complet », pesta Rheticus. Il commençait en effet à sentir les fourmis monter dans ses jambes. Il n'avait pas fait tout ce périple pour vivre la vie de notables provinciaux. Il décida donc de frapper un grand coup afin de réveiller cet Hercule de l'astronomie, endormi aux pieds de son Omphale.

Alors, ce fut le soir de l'arrivée de Giese, à la veillée, qu'il eut l'audace de se présenter comme le prophète d'un Copernic déifié. Ces dames étaient allées se coucher, sauf Anna bien sûr. Son auditoire ne se composait plus que de l'évêque, du burgrave de Dantzig, d'Alexandre « le parent pauvre », du jeune futur coadjuteur, du bourgmestre Philippe et de Copernic, bien sûr, trônant dans son grand fauteuil, les mains posées sur le pommeau du bâton d'Euclide, Anna à ses côtés, épaule contre épaule. Un patriarche, oui, qui semblait totalement indifférent au dithyrambe que lui tressait son assistant :

— Si jamais il a été proposé un système hardi, c'est

le vôtre, maître. Il fallait contredire tous les hommes qui ne jugent que par les sens ; il fallait les persuader que ce qu'ils voient n'existe pas. En vain depuis leur naissance où le jour a frappé leurs regards, ils ont vu le Soleil s'avancer de l'Orient vers l'Occident, et traverser le ciel dans sa course lumineuse. En vain ils ont vu les étoiles faire le même chemin pendant la nuit ; Soleil, étoiles, tout semble immobile, il n'est de mouvement que dans la lourde masse que nous habitons. Mais il faut oublier le mouvement que nous voyons pour croire à celui que nous ne sentons pas. Ce n'est pas tout : il faut détruire un système reçu, approuvé par les trois parties du monde, renverser le trône de Ptolémée qui avait reçu les hommages de quatorze siècles. La révolution s'opère, et c'est un homme seul qui ose la proposer, un esprit séditieux qui en donne le signal, vous, ô mon maître !

Après sa péroraison d'un lyrisme ébouriffé, l'assistance applaudit à tout rompre, à l'exception du principal intéressé. Les yeux d'Anna s'embuèrent de larmes et, à la grande satisfaction de l'orateur, le joli coadjuteur se dressa en criant, à l'italienne, des « bravo ! ». Giese reprit ses esprits le premier : c'était dans son rôle de personnage le plus important de la petite assemblée :

— Puisque vous vous posez en apôtre de cette nouvelle théorie, écrivez donc votre évangile. Ensuite, partez par les routes et les chemins, de ville en ville, d'université en université, soyez le colporteur de l'héliocentrisme ! Soyez-en l'avant-garde avant qu'arrive le gros de la troupe, la grande armée : *Des révolutions des orbes célestes*.

— Vois, Tiedemann, comme j'ai raison, intervint Copernic. Vous parlez tous les deux d'évangile, alors qu'il s'agit d'apocalypse. Et voilà maintenant que tu évoques mon ouvrage en termes militaires. C'est bien de cela dont je ne veux pas. Quand tu parles d'armée, tu parles aussi de guerre et quand tu parles de guerre, tu parles de sang, de douleur, de mort. Qui donc a écrit, il y a de cela bien longtemps : « Je refuse le combat », toi ou moi ?

Copernic avait prononcé ces mots d'une voix calme et grave. Le sempiternel débat entre les deux vieux hommes d'Église allait recommencer. Il fallait couper court, et surtout ne pas laisser retomber l'enthousiasme que Rheticus avait provoqué par son discours. Il sortit de son pourpoint une liasse de papiers et dit, avec une vantardise évoquant celle de Paracelse :

— Cet évangile de l'héliocentrisme, selon les termes de monseigneur de Kulm, je l'ai écrit. Le voici.

— Eh bien, lisez-le, Joachim ! s'écria Giese.

— Hélas, madame, répliqua l'assistant en se tournant vers Anna, je l'ai rédigé en latin et…

— Mme Schillings comprend parfaitement la langue de Cicéron, coupa sèchement Copernic. Lisez, chevalier !

Le bourgmestre Philippe Teschner se leva alors et dit :

— Quant à moi, le latin n'est pas mon fort. Et, si monseigneur m'y autorise, le vieux soldat que je suis préfère les bras de Morphée à ceux d'Uranie.

Quand le bourgmestre fut sorti, suivi de près par le burgrave de Dantzig, Rheticus, après s'être excusé de n'avoir pas encore trouvé le titre de son ouvrage, s'accouda gracieusement à la tablette de la cheminée et commença sa lecture :

« À l'illustre Philippe Melanchthon, premier exposé sur les livres des révolutions du très savant homme et du très éminent maître Nicolas Copernic de Thorn, chanoine d'Ermlande, par un jeune mathématicien. »

— Tu commences mal, chevalier, lança Copernic. Dédier ton livre au pire de mes ennemis, à l'homme qui m'a condamné à mort !

— Laisse-le donc aller, s'irrita Giese, nous réglerons ces détails ensuite. Que nul n'interrompe le chevalier jusqu'à la fin de sa lecture !

Une heure durant, l'orateur lut son texte, comme un acteur son rôle, dans le silence le plus absolu, car c'était l'évêque qui avait ordonné cela, et non l'ami.

« … Mais que triomphe la vérité, que triomphe le mérite, que toujours les arts soient tenus en honneur, et que tout maître en son art mette au jour ce qui est de quelque utilité et qu'il le pratique de façon à apparaître comme quelqu'un qui cherche la vérité. »

Comme pour reprendre son souffle, Rheticus fit une pause et conclut :

« Il faut qu'il soit libre de son jugement celui qui veut philosopher. »

— Platon, *Didaskalos*, 1-3, récita alors Copernic.

Puis, soudain très vieux, il se leva en s'aidant du bâton d'Euclide et soutenu par Anna.

— Il se fait tard. Allons dormir. Nous reparlerons de tout cela une autre fois.

Puis, courbé sur sa canne, voûté, bras dessus bras dessous avec sa gouvernante, il s'en fut, sans autre adieu.

Le lendemain, il était pourtant parfaitement reposé, prêt à la bataille. Elle fut longue et rude. Rheticus fit mine de résister longtemps à propos de la dédicace à Melanchthon, pour mieux se battre ensuite sur des points qui lui semblaient plus importants. En fin politique, Giese proposa de remplacer le maître de Wittenberg par Albert de Prusse, puisque ce qui allait s'appeler *Narratio prima*, le *Premier Exposé*, rédigé par un réformé, devait partir à la conquête des pays luthériens, malgré l'opposition farouche à l'héliocentrisme de leurs fondateurs. Melanchthon et Luther, plaida l'évêque, ne pourront que plier à la demande de leur puissant coreligionnaire le grand-duc. Copernic explosa alors d'une de ses terribles colères. Hors de question, pour lui, de rendre le moindre hommage à celui qu'il traita de fourbe, de barbare teutonique, de meurtrier. Sans comprendre les raisons de cette haine, Rheticus sentit qu'on courait à la rupture. Il eut alors une idée qu'il trouva en lui-même inspirée.

— Nous nous trompons tous trois, dit-il. Comme vous le déclarez avec sagesse, maître, le *Premier Exposé sur les révolutions des orbes célestes* ne doit s'adresser qu'à ceux qui sont à même d'apprécier la grandeur de votre théorie, et qui ne risquent pas de tourner en dérision votre génie. Disciples de Pythagore, ils n'en useront qu'avec raison, même pour vous critiquer. Pour parodier Platon, nul ne lira ce livre s'il n'est géomètre.

Copernic et Giese cherchèrent alors des noms de professeurs de mathématiques de toutes les universités d'Europe, mais un tel était mort depuis longtemps, tel autre gâteux, celui-là enfin avait toujours été un imbécile, et l'était resté, selon toute vraisemblance.

— Johann Schöner, de Nuremberg, me semble la personne appropriée, susurra alors Rheticus. Il a d'ailleurs été mon second professeur d'astronomie. Remarquable enseignant.

— Ce cher Johann, bien sûr ! s'écria Giese en se frappant le front, comment n'y avais-je pas songé ! Je l'ai connu à Ferrare en 1504… Non, 1507. Ou peut-être à Padoue en…

— Schöner me semble effectivement le dédicataire idéal, coupa sèchement Copernic. Si j'ai bonne mémoire, il avait été un des rares à répondre de façon à peu près pertinente à mon *Résumé*, puis à mes *Révolutions*. Par ailleurs, il a l'heureuse idée de n'être ni luthérien ni papiste, mais érasmien, comme moi. Pourtant, je croyais que tu avais un certain contentieux avec lui, chevalier.

— De fait, il avait refusé de me communiquer votre œuvre, en prétendant qu'elle n'avait aucun intérêt. En lui dédicaçant le *Premier Exposé*, je l'oblige à sortir de sa prudente réserve et à choisir son camp.

— Son camp ! La guerre toujours ! gronda Copernic. Mais, bougre d'âne, ne comprends-tu pas qu'en refusant de communiquer mes écrits à n'importe qui, Schöner n'a fait que suivre mes consignes de discrétion ?

— Merci pour le « n'importe qui », maître, répliqua un Rheticus vexé. Alors, c'est dit, nous prenons Schöner ? Cela me permettra de donner un ton un peu plus plaisant, un peu moins pète-sec qu'avec Melanchthon.

— Ne renie point ce que tu as adoré, mon fils, sermonna plaisamment Giese, ravi qu'on ait trouvé un terrain d'entente sur ce point.

Car des points de litiges, il y en eut bien d'autres. À commencer par la partie IV, titrée *Que les empires changent avec le mouvement du centre de l'excentrique*. S'appuyant sur les prophéties d'Élie et les démonstrations de Copernic, Rheticus en venait à déduire que les royaumes sous la loi de Mahomet s'effondreraient dans cent ans exactement, en 1639 ou 1640.

— Veux-tu donc que la postérité se moque de nous, chevalier, si, divine surprise, ta prophétie ne se réalise pas ? ironisa Copernic. Ne penses-tu pas que nous aurons déjà assez à faire avec nos contemporains ?

— Quoi, maître ? Vous ne pensez donc pas que le cours des planètes et des étoiles ait une influence sur le destin des hommes et des empires ? Mais c'est en cela, maître, s'enflamma Rheticus, que votre théorie va bouleverser le monde, va offrir aux Saintes Écritures, à l'Apocalypse de Jean et à la Kabbale une lecture limpide qui éclairera l'avenir, qui nous donnera la date exacte de la fin des temps, du retour du Messie, de la parousie.

Copernic partit alors de son grand rire, qui se mua bien vite en un ricanement :

— Je te l'avais dit, Tiedemann, je te l'avais dit ! Ça commence ! Mes propres disciples sont des fous ! Je te présente en la personne du chevalier Rheticus le premier des charlatans qui vont se ruer comme une meute sur mes pauvres calculs et qui les déchiquetteront, babines retroussées, pour vomir ensuite leurs délires insanes. Folle époque ! La raison est maintenue dans l'obscurité ! Tu me demandes, chevalier, si je crois à l'influence des astres sur le destin des hommes ? Mais je l'ignore, moi, je ne suis qu'un petit faiseur de logarithmes, un arpenteur des étoiles. Je ne sais plus quel sophiste a tenté de faire une différence entre l'astrologue, selon lui noble mission de prophète, de sage, de poète ou que sais-je encore, et l'astronome, obscur tâcheron qui se contente de mesurer les angles entre Mars et l'horizon, d'aligner à s'en crever les yeux des colonnes de chiffres, de lever et d'abaisser les règles graduées de son arbalestrille, grelottant sous la bise d'hiver ou harcelé par les moustiques, les nuits d'été. Eh bien, moi, chevalier, je suis de ceux-là, je suis un manœuvrier des étoiles.

Copernic batailla longtemps, seul contre les deux autres, ou plutôt seul contre tous. Car tous, Rheticus, Giese, Melanchthon, Dantiscus, Luther, Schöner, les rois, les princes et les papes des temps passé, présent et futur, sont convaincus que la finalité de l'astronomie est de décrypter l'Histoire et de prédire l'avenir. Tous, sauf lui, qui ne s'en souciait pas : Copernic. Le compromis fut long à trouver. Chaque mot de ce passage sur les empires fut pesé, discuté, modifié, pour que le lecteur comprenne bien que cette opinion, ces prédictions étaient celles de l'auteur du livre, et non celles de « l'excellent maître » dont il évoquait les découvertes et les travaux.

Au bout de quinze jours enfin, le *Premier Exposé* satisfit les trois partis. Rheticus jugea alors le moment opportun de présenter aux deux vieux hommes d'Église l'hommage qu'il rendait à leur hospitalité, « Éloge de la Prusse », et dont il était très fier.

— Dans cet éloge, j'ai quitté Uranie, muse de l'astronomie, pour me placer sous l'égide de celle des hymnes, Polymnie, et celle de l'Histoire, Clio, expliqua-t-il faussement modeste, avant de commencer sa lecture.

Il n'en avait pas achevé le premier feuillet que Copernic s'esclaffa :

— La Prusse, nouvelle Rhodes, fille de Vénus et de la mer, amante d'Apollon ! Ah ! chevalier, ce n'est ni Polymnie ni Clio qui t'inspirent, mais Thalie, muse de la comédie.

— Laisse-le donc continuer, protesta Giese. D'ailleurs, tu n'as jamais eu aucun goût pour la poésie et les belles-lettres.

— Aucun goût, je te l'accorde, mais j'ai le dégoût très sûr.

Contenant sa colère, Rheticus poursuivit en évitant de regarder les épaules de son maître tressauter et les larmes couler le long de ses joues jusqu'à perler sa barbe, à force de contenir son rire. Le reste de l'éloge était de la même eau : un fatras mythologique, où tout ce qui comptait en Prusse catholique était dépeint comme l'Aréopage athénien, et le chapitre de Frauenburg comme une nouvelle Académie dont le Socrate serait, bien sûr, Copernic, sous-entendant ainsi que lui, Rheticus, serait son Platon. Sous cet amphigouri se cachait toutefois une grande habileté, une subtile rouerie. En décrivant aux luthériens les évêchés de Prusse comme un havre de paix et de prospérité, un paradis des arts et des belles-lettres au milieu d'une Chrétienté s'entredéchirant, il démontrait que l'héliocentrisme n'était ni papiste ni réformé, mais se situait ailleurs, au-dessus de la mêlée, sur un Olympe qui n'était ni à Rome ni à Wittenberg.

Giese le comprit fort bien, de même qu'il comprit que l'ensemble était également adressé à Copernic pour l'inciter à imprimer enfin ses *Révolutions*. Car ce n'était pas la guerre qu'elles provoqueraient, mais la paix universelle sur une Terre tournant heureuse autour du grand Soleil, tabernacle de Dieu.

Copernic, lui, faisait mine de ne pas avoir perçu cela. En s'acharnant à discuter des points de détail, en accablant de sarcasmes son malheureux disciple, il cherchait à gagner du temps, à surseoir puérilement au moment inéluctable où il devrait donner son imprimatur.

— Pourquoi signes-tu ta dédicace du nom d'Antinoüs ? Schöner serait-il donc ton empereur Hadrien et toi son giton ? Ça fait longtemps que j'ai compris, chevalier, que tu n'aimais pas les femmes. Tant pis pour toi, tu ne sais pas ce qui est bon. Tant mieux pour nous qui profitons de ce que tu dédaignes. Toutefois, je respecte tes penchants, sans les partager le moins du monde. Mais je n'aimerais pas du tout qu'avec cet « Antinoüs » incongru, on me soupçonne de ne pas être seulement ton « excellent maître », comme tu me fais l'honneur de m'appeler, mais aussi ta vieille maîtresse. La calomnie m'a trop souillé, tout au long de ma vie, et je commence à en devenir un peu las.

Rheticus s'était mordu les lèvres jusqu'au sang, pour se retenir de ne pas sauter à la gorge du hargneux vieillard. Il répondit enfin d'une voix étranglée :

— Il ne s'agit ici ni d'Hadrien ni de son favori. L'Antinoüs que j'évoque était le meilleur et le plus fidèle disciple de Platon. Comme je me flatte d'être le vôtre.

Copernic eut un geste désabusé de la main. Tel fut son seul imprimatur. Et il se désintéressa de la question. Rheticus voulait faire imprimer son *Premier Exposé* dans l'atelier de Wittenberg qui avait édité jadis les *Quatre-vingt-quinze thèses* de Luther. Giese l'en dissuada : même si Melanchthon donnait son autorisation, ce serait alors à Rome de porter le soupçon sur les sympathies religieuses du chanoine de Frauenburg, qui risquait d'y perdre le soutien et l'amitié du pape. L'évêque convainquit donc le chevalier d'éditer l'ouvrage à l'imprimerie de Dantzig. Après tout, argumenta-t-il, montrer que les presses prussiennes étaient au moins aussi bonnes que les autres, n'était-ce pas étayer par l'exemple l'éloge final de l'ouvrage ?

Ce que Giese ne précisa pas à Rheticus, c'est qu'il avait largement contribué à la fondation de cet atelier, et qu'il en touchait maintenant les dividendes.

Dès lors, les choses allèrent très vite. Tandis que Copernic s'était replié dans sa tour et Giese dans son palais épiscopal, Rheticus battit la campagne, parcourant en tout sens les grands chemins prussiens. Il se rendit d'abord à Dantzig, s'y fit héberger par le burgrave, ami de Giese et admirateur de Copernic, négocia avec l'unique imprimeur de ce grand port, qui lui avoua, quand il fut en confiance, continuer à professer Luther en secret, et lui offrit gratuitement l'impression tirée à part, en cinq exemplaires, des deux premiers cahiers. Pour obtenir d'autres avantages, Rheticus lui raconta que lui-même avait un père juif, sûr que l'autre en était aussi. Il en était. Mais l'auteur du *Premier Exposé* n'osa chercher avec l'artisan d'autres points communs que religieux ou concernant leur adhésion à l'héliocentrisme : l'imprimeur était un sage et vertueux père de famille. Quand ces tirés à part sortirent des presses, Rheticus expédia deux d'entre eux à Nuremberg pour Schöner, un à Montpellier pour Gasser, et un à Wittenberg pour Melanchthon. Puis il ordonna à Heinrich Zell de veiller à la bonne marche de l'impression de l'ensemble. En cela au moins, il pouvait lui faire confiance. Alors, il mit dans ses fontes les autres « bonnes feuilles », ainsi que la carte de toutes les Prusses, levée admirablement par son assistant, et s'en fut vers le levant, colporteur de la pensée copernicienne.

À Heilsberg, Dantiscus l'accueillit comme un fils parti depuis trop longtemps. Il lut avec avidité les deux cahiers du *Premier Exposé*, se pâma d'aise à la lecture de la prédiction sur les empires, lui fit dresser son thème astral et lui confia une nouvelle missive pour le grand-duc de Prusse. Avant de le congédier, il lui demanda également d'interférer auprès de Copernic pour que celui-ci consente enfin à lui envoyer une copie des *Révolutions*. Cette demande était sincère, Rheticus en était sûr. D'autant que l'évêque d'Ermlande avait donné un gage d'importance : il fermerait désormais les yeux sur le scandaleux concubinage de son chanoine de Frauenburg. Dantiscus était passé dans le camp de l'héliocentrisme, sans autre arrière-pensée que celle de savoir que le pape Paul III en était lui-même le meilleur partisan. Du coup, Rheticus jura au prélat qu'il ferait mieux que de lui envoyer une copie du manuscrit : il arracherait à son maître l'autorisation de faire imprimer ce nouvel almageste. L'évêque prit alors des mines de damoiselle montrant son premier ouvrage de broderie à sa vieille nourrice :

— Vous le savez peut-être, cher chevalier, mais je me pique parfois de poésie. Et j'ai commis cette petite ode à la danse des planètes, qui éclairera peut-être d'un rayon de fantaisie l'ardu ouvrage du grand savant, honneur et gloire de mon évêché…

Rheticus lut le poème, se récria sur sa beauté, digne d'Horace et de l'Arioste réunis, promit de le publier en exergue des *Révolutions*, tout en se demandant comment il allait imposer cette insanité à Copernic.

À Königsberg, l'hospitalité fut tout aussi chaleureuse. D'autant qu'Albert de Prusse se montra très satisfait de la carte dressée par Zell, mais qu'il croyait de Rheticus. Contrairement aux insinuations de Copernic, il décrypta parfaitement le document. De même qu'il comprit, toujours à la lecture des prédictions sur les empires, l'importance de la nouvelle théorie du mouvement des planètes. Le grand-duc promit alors à Rheticus de faire pression sur Melanchthon – le gros Luther, noyé dans sa bière et ses chamailleries avec le Diable, ne comptait plus – pour que celui-ci laissât se diffuser sans entrave les hypothèses du chanoine de Frauenburg. L'ultime grand maître des chevaliers Teutoniques, lui aussi, était conquis.

Rheticus revint alors, triomphant, à Dantzig. L'y attendait son *Narratio prima*, son *Premier Exposé*, parfaitement composé, sentant bon l'encre fraîche, la colle et le papier velouteux. Entre-temps, George Vogelinus, un philosophe et médecin célèbre à qui Achille Gasser avait communiqué un tiré à part, avait envoyé des vers fort éloquents, placés en tête du travail de Rheticus : « Cet opuscule renferme des choses qui furent inconnues aux hommes distingués dans l'Antiquité et qui seront admirées par les génies de notre temps. On y montre, par des considérations nouvelles, la raison de cette harmonie qui règne dans les mouvements célestes, et on fait mouvoir la Terre qui, auparavant, était regardée comme immobile. Que la docte Antiquité soit célèbre, à juste titre, par l'invention des arts, à la bonne heure, mais ni les éloges, ni la gloire ne doivent être refusés aux découvertes récentes ou aux études nouvelles. Les recherches modernes ne redoutent ni pareil jugement ni la sévère critique des esprits éclairés. La malignité de l'envie peut seule leur faire obstacle. Mais qu'importe l'envie ! Si ce travail a un petit nombre d'approbateurs, pourvu qu'il plaise aux vrais savants, cela suffira ! »

Mieux encore, Zell lui tendit une lettre de Melanchthon qui lui apprenait son élection à la charge de doyen de l'université de Wittenberg, et qu'il aurait tout loisir d'y enseigner ce qu'il voulait, même les théories les plus hétérodoxes. Joachim Rheticus prit alors le chemin du retour. Sa quête était achevée.

Il fit malgré tout le détour par Frauenburg et y resta une semaine. Ce furent sept jours délicieux. Rheticus se croyait presque revenu à la maison, entre papa et maman. Anna Schillings, en effet, s'y était réinstallée, après deux ans de clandestinité au manoir de Mehisack. Son vieil amant savait que désormais Dantiscus la laisserait en paix. Une semaine de bonheur entre elle et Nicolas, qui ne l'appelait plus chevalier, mais Joachim. Ce fut un déchirement quand il fallut les quitter à l'heure de la rentrée universitaire. Sur le seuil de la tour, alors que la grand-rue s'emplissait déjà de chalands et que les échoppes s'ouvraient, Rheticus se jeta aux pieds de Copernic, lui prit les mains qu'il mouilla de larmes et supplia :

— Père, père, publiez vos *Révolutions*. Le monde attend, le monde espère. Sans vous, la Terre demeurerait immobile sur les genoux de Ptolémée.

Le vieux chanoine lui posa la main sur la tête, comme pour le bénir, et lui dit doucement :

— Laisse-moi y réfléchir, Joachim. Il nous reste le temps, et c'est tout ce qu'il nous reste. Le temps. Mais toi, va ton chemin. Enseigne. Enseigne la Vérité. Va, maintenant, mon fils. Fais ce que dois.

Quand son disciple fut parti, Copernic demanda à Radom d'installer deux fauteuils sur la terrasse de la tour et d'y servir une collation pour lui et Anna. En cette fin de matinée d'été 1540, l'air était particulièrement doux, grâce à un joli vent venant de la terre. Jambes allongées sur des poufs persans, protégés de la fraîcheur par des fourrures, main dans la main, Anna et Nicolas s'amusaient comme deux enfants à cracher le plus loin possible les noyaux des olives que leur avait fait parvenir le cardinal de Capoue, Son Éminence Schönberg. Puis il se lassa de ce jeu, soupira, lâcha la main de sa compagne et dit :

— Vois-tu, ma douce dame, je ne suis pas de ce temps, je ne suis pas de cette époque. Dieu aurait dû me faire naître à Samos ou à Crotone, auprès de Pythagore, à Syracuse, en compagnie d'Archimède, ou en Égypte. Théon d'Alexandrie m'aurait offert sa fille, qui t'aurait singulièrement ressemblé, ma tendre Hypatie. Non, je ne suis pas de ce temps que je ne comprends plus. Hermès Trismégiste maudissait l'invention de l'écriture, qui, disait-il, tuait la mémoire, qui est le propre de l'homme. Il se trompait. Et moi, je dis que l'imprimerie est la plus terrible des armes que l'homme tourne contre lui-même. Je me trompe, Rheticus a raison. Je ne sais plus. Anna, mon Hypatie, depuis le temps que je t'en parle, jamais je ne t'ai demandé ce que tu en pensais : dois-je faire imprimer les *Révolutions*, au risque de mettre le monde à feu et à sang, ou dois-je continuer de me taire, laissant la rumeur courir, la calomnie s'amplifier, la sottise aller son train d'élucubrations ? Réfléchis longuement, pèse le pour et le contre, écris-le-moi si tu n'oses me le dire de vive voix.

— C'est tout réfléchi. Imprime, mon amour, imprime, répliqua Anna. Fais ce que dois.

Il se leva avec peine de son fauteuil, descendit l'escalier jusqu'à sa bibliothèque, et rédigea un mot rapide à Rheticus, qu'il confia, l'encre à peine sèche, à Radom, craignant de revenir sur sa décision. Puis, tel Pizarro brûlant ses vaisseaux, il informa Giese, Dantiscus, Schönberg et le pape lui-même de l'impression prochaine des *Révolutions des orbes célestes*.

Rheticus ne fut pas long à revenir. Sa charge de doyen à Wittenberg lui laissait toute liberté et il avait confié ses cours à son confrère et concurrent défait, Erasmus Reinhold, à qui Melanchthon avait également donné l'autorisation d'enseigner la théorie de Copernic, à la seule condition de ne pas trancher entre le chanoine polonais et Ptolémée.

Sitôt installé dans la tour de Frauenburg, Rheticus écouta longtemps les instructions de son maître. Elles étaient énormes. Copernic n'avait effectué lui-même que vingt-sept observations convenables, étalées sur une période de trente-deux ans. Et il n'avait jamais pu apercevoir Mercure, collée au Soleil à l'aube ou au crépuscule, noyée dans les brouillards de la lagune. Copernic exigea donc d'abord de Rheticus de répertorier toutes les observations planétaires dans les tables des auteurs anciens, afin de voir si, en les recopiant, il n'avait pas commis quelque erreur, et dans celles des autres astronomes du temps, comme Waltherus et Schöner. Ensuite, il devrait calculer la longitude de Mars sur une période de quinze siècles, étant bien entendu que désormais la planète rouge tournait autour du Soleil en quatrième place, derrière la Terre, et non plus autour de la Terre, en cinquième place, derrière le Soleil.

— Et puis, dit Copernic avec désinvolture, si tu pouvais lui enlever quelques épicycles, chevalier, tu aurais droit à ma gratitude éternelle.

Ce fut un cauchemar qui dura deux longs mois. Le capricieux astre vagabond semblait se promener sans but dans l'espace, s'éloigner, revenir, repartir en arrière, arrêter son voyage. Et le malheureux Rheticus, pour sauver les apparences, ne pouvait que multiplier les épicycles au lieu de les réduire. Une nuit, il faillit en devenir fou, et alors que tout dormait dans la tour, il crut qu'un mauvais esprit le saisissait aux cheveux et lui frappait la tête contre la cloison, jusqu'à l'assommer. Quand il se réveilla, il avait le front tuméfié et bleui.

— Je t'avais pourtant bien dit de faire attention, chevalier, la porte de ta chambre est fort basse. Baisse-toi, en sortant. Combien de fois devrai-je te le répéter ? Anna, frotte-lui donc le front avec de l'alcool de seigle. Il ne faudrait pas que ses blessures s'infectent.

Et tandis que la gouvernante s'exécutait avec une grande tendresse, Rheticus se demandait si Copernic ne prenait pas un malin plaisir à ses tourments. Il avait recommencé avec ses « chevaliers » et ses petites brimades. Mais le pire fut le commentaire de son maître quand, enfin, le disciple crut en avoir fini avec la maudite planète :

— Pas mal. Mais… Tu lui en fais faire, des galipettes, je veux dire des épicycles, à notre charmante voisine. Après tout, les Anciens étaient des hommes comme nous. Faillibles. Hipparque et Ptolémée n'avaient pas forcément d'aussi bons instruments de mesure que nous, ils ont pu se tromper dans leurs données. Il suffirait de réduire un certain nombre d'angles de quelques minutes par ci, d'en augmenter d'autres par là, bref d'offrir à Mars un orbe plus harmonieux et bien plus digne d'elle.

Ce n'était pas seulement d'un cynisme inouï. Il parlait comme un peintre expliquant à son élève une erreur de proportion ou de perspective. Copernic ne cherchait pas la Vérité du monde, mais sa Beauté.

— À propos, pendant que tu te colletais avec le dieu de la guerre, vois la préface que je me propose de dédier à Sa Sainteté Paul III.

Rheticus commença à lire avec fébrilité : « Votre autorité, disait Copernic, me servira de bouclier contre les méchants, malgré le proverbe qui prononce qu'il n'y a pas de remède à opposer à la morsure d'un calomniateur. Je suis certain que les savants et profonds mathématiciens applaudiront à mes recherches, si, comme il convient aux vrais philosophes, ils examinent à fond les preuves que j'apporte dans cet ouvrage. Si des hommes légers ou ignorants voulaient abuser de quelques passages de l'Écriture dont ils détournent le sens, je ne m'y arrêterais pas. Je méprise d'avance leurs attaques téméraires. Les vérités mathématiques ne doivent être jugées que par des mathématiciens. »

Le reste était à l'avenant, texte admirable, écrit dans un latin très pur, un appel vibrant à la tolérance, à la confrontation des idées, et surtout un plaidoyer de sa théorie d'une dignité de grand seigneur, complètement dépourvu de cette humilité qu'on aurait attendue d'un obscur chanoine s'adressant au premier de ses évêques. Même dignité pour justifier ses hésitations à publier. Nicolas Copernic, décidément, était un prince.

— Oh, mon maître…, commença Rheticus

— Désolé, chevalier, de ne pas t'avoir mentionné parmi les gens qui m'ont incité à cette publication, alors que tu le mérites plus que tout autre, mais il aurait été malvenu, dans une adresse au pape, de voir le doyen de l'université réformée de Wittenberg encadré par un cardinal tel que Nicolas Schönberg et un pieux évêque du nom de Tiedemann Giese. Cela t'aurait nui plus qu'autre chose. Je ne veux pas la mort du pécheur.

— Si vous aviez mis mon nom, je vous aurais supplié de le biffer. Ce serait plutôt à moi de vous remercier mille et mille fois de m'avoir éclairé de la lumière de la vérité. Et puis, un maître remerciant son disciple de son aide, ce n'est pas l'usage.

— Oh ! Les usages et moi ne sommes pas très amis… À ce propos, pour le choix de l'imprimeur, nous allons nous amuser un peu. Puisque nous avions édité ton *Premier Exposé* sur les très catholiques presses de Dantzig, nous ferons composer mes *Révolutions* avec les plombs très luthériens de l'imprimerie de Wittenberg.

— Mais vous prenez là un grand risque. Si Melanchthon refuse…

— S'il refuse ? Eh bien, il démontrera ainsi que sa croyance est cent fois plus obtuse que celle de messeigneurs Giese et Dantiscus. Il ne refusera pas, crois-moi. Trop malin, l'hypocrite. En faisant cela, mon cher chevalier, nous remuerons le bâton d'Euclide dans la fourmilière. Nous leur démontrons à tous que mêler les choses de la religion à celles de la philosophie de la nature est aussi absurde que dangereux. L'héliocentrisme n'a rien à faire de leurs querelles entre chapelles. Il a à faire directement avec Dieu. Il chante la beauté et l'harmonie de Sa Création, et ne se soucie pas de leurs pinaillages sur le sexe des anges, le nombril du premier homme ou la virginité de Marie.

Il se leva et fit signe à Rheticus d'approcher d'une des cloisons de la bibliothèque :

— Regarde cela, chevalier, regarde cette eau-forte. Elle fut gravée il y a bien longtemps par mon défunt ami Dürer et il me l'envoya en remerciement de mon *Résumé*. Sais-tu ce qu'il m'écrivait en accompagnement, le pauvre Albrecht ? « Il n'appartient qu'à Dieu de soumettre la beauté absolue à la mesure. » Cette eau-forte, chevalier, c'est l'héliocentrisme.

Rheticus se leva et s'approcha de la *Melancholia* de Dürer, dont il avait déjà vu des reproductions, à Nuremberg. Mais cette fois, il la comprenait. Il comprenait d'où venait cette terrible beauté. Le visage sombre de l'archange, c'était celui de Copernic, il y avait quarante ans peut-être, mais c'était lui. Sa posture, tête appuyée contre le poing gauche, regard tourné vers le ciel, main droite oubliant qu'elle tenait un compas, c'était la posture de Copernic quand il se perdait dans d'insondables méditations ; l'étrange édicule devant lequel il se tenait, au flanc duquel était posée une échelle et accrochés un sablier, une cloche et une balance, c'était l'échauguette de la terrasse de l'observatoire ; le chien endormi, c'était le chien de Copernic ; l'étendue d'eau brillant sous le soleil couchant couronné de son arc-en-ciel, c'était la baie de la Vistule. « Et l'angelot somnolent, qui serre une petite écritoire dans ses bras, c'est moi, c'est moi ! » songea Rheticus au comble de l'exaltation. Il toussota, prit un air dégagé, et dit enfin :

— Le grand Dürer est donc venu à Frauenburg ?

— Jamais, répliqua Copernic d'un ton neutre, et c'est bien cela le plus extraordinaire.

Il y eut un long moment de silence, qui finit par peser comme un malaise. Pour le dissiper, Rheticus badina :

— Vous me parliez tout à l'heure de monseigneur Dantiscus. Savez-vous qu'il est devenu l'un des plus chauds partisans de l'héliocentrisme ? La bonne influence de Sa Sainteté Paul III y est sans doute pour beaucoup. Je n'ai pas vu son nom dans vos remerciements. Voilà qui n'est pas très courtois de votre part, maître. Surtout qu'il aimerait tant figurer dans les *Révolutions*. Savez-vous ce dont il vous supplie ? De caser quelque part… euh, ceci.

Rheticus tendit à Copernic le poème que lui avait confié l'évêque d'Ermlande. Le vieux chanoine le lut en imitant à merveille la voix pédante de son évêque :

Phoebus, milieu du monde
Tu joues de nous comme d'un bilboquet
Qui allons à la ronde
Autour de ton éblouissant quinquet
L'éther nous lie à toi
As-tu peur qu'on se perde ?
Qu'astre sans vie, nous roulions…

Une fois achevée sa lecture, Copernic partit de son rire de géant. Il s'essuya les yeux de son grand mouchoir et dit enfin :

— Je vais lui écrire pour faire la louange de son « élégante et pertinente épigramme », et lui promettrai de la faire figurer en bonne place dans les *Révolutions*.

— Quoi, maître ! s'inquiéta Rheticus, mais vous allez défigurer votre œuvre, saborder votre beau navire !

Pour toute réponse, en fixant bien son interlocuteur dans les yeux, Copernic, avec une jubilation muette, déchira le poème en mille miettes. Ce cuistre de Dantiscus avait cru bon d'agrémenter son torchon de quelques vers astrologiques : « Vous devez d'abord maîtriser la doctrine que ces principes placent brièvement devant vous si vous voulez savoir quels destins gouvernent les événements futurs, quels désastres les étoiles hostiles apportent au peuple. »

Alors Copernic se rejeta dans son fauteuil, baissa les paupières. Son visage s'empreignit d'une intense satisfaction. De cruauté aussi. Enfin il avait trouvé la faiblesse de son ancien ennemi : la poésie. Il se délecta à l'avance de la stupeur et de la déception de Dantiscus quand, ouvrant le livre, il chercherait en vain une mention quelconque de son nom. Il avait humilié Copernic dans ce qu'il avait de plus cher au monde : Anna. Eh bien à son tour, maintenant, d'être blessé dans son talon d'Achille : sa vanité d'auteur.

XII

Rheticus ne quitta Frauenburg qu'après une année de séjour, en septembre 1541. Année ô combien fructueuse, car dans ses fontes, outre le manuscrit définitif des *Révolutions des orbes célestes*, une *Chorographie*, exposant les méthodes et les moyens pour dresser des cartes géographiques, écrite avec l'aide de Zell, et enfin une *Vie de Nicolas Copernic*, rédigée avec Giese, en secret du maître des maîtres.

À Wittenberg, l'accueil de Melanchthon fut glacial. Douze mois d'absence quand on vient d'être élu doyen de l'université, cela faisait quand même beaucoup. Rheticus dut subir un blâme public, devant le grand conseil, à qui il demanda pardon. Après cela, Melanchthon retrouva à son égard son affabilité ordinaire. Le refondateur de l'université de Wittenberg ne tenait absolument pas à perdre celui qu'il considérait, à juste titre, comme le meilleur mathématicien de son temps. Il savait fort bien que si on le bridait trop, Rheticus n'aurait aucun scrupule à aller chercher fortune ailleurs, à Cracovie, à la Sorbonne ou à Padoue, quitte à devenir le plus fervent des papistes. Il fut toutefois un point sur lequel il ne transigea pas : il refusa catégoriquement que les *Révolutions* fussent imprimées par la même presse d'où était sortie l'œuvre de Luther, de la Bible en langue allemande à ses *Propos de table*, où il réitérait sa condamnation de l'héliocentrisme impie et de son inventeur. Et puis, personne n'aurait compris que la principale imprimerie réformée se permette d'éditer un ouvrage entièrement dédié à celui que le même Luther désignait comme l'antéchrist : le pape Paul III.

Pour montrer que les pays luthériens étaient au moins aussi ouverts aux idées nouvelles que leurs ennemis catholiques, Melanchthon proposa à Rheticus de faire publier l'œuvre du chanoine polonais à Nuremberg, où l'imprimeur Petreius s'était spécialisé dans la publication d'ouvrages mathématiques et astronomiques. Cela tombait fort bien : c'était chez Petreius que Rheticus avait édité jadis sa maîtrise ès arts. Et puis, comme près de quatre-vingt-dix lieues séparaient les deux cités, Schöner pourrait surveiller à sa place la bonne marche de l'impression. Le vieux professeur à la faculté de Nuremberg lui devait bien cela. Le *Premier Exposé* n'avait-il pas contribué à la renommée de son dédicataire ?

Cet accord avec Melanchthon ayant été conclu de façon satisfaisante, Rheticus dut surseoir à ce voyage jusqu'à Nuremberg. Nouveau doyen de l'université de Wittenberg, il devait donner des gages ; et ces gages, c'était sa profession : l'enseignement. Il enseigna donc, et y prit du plaisir. Ses leçons portaient, comme avant son absence, sur l'astronomie du Persan Alfraganus et Ptolémée, mais cette fois fort critiques, car évoquant toujours l'héliocentrisme et son découvreur : Nicolas Copernic, dont l'anti-*Almageste* paraîtrait bientôt. Les étudiants affluaient à ses cours, les salles étaient pleines, on s'entassait partout, sur le rebord des fenêtres, à deux sur une chaise, en tailleur à même la dalle. Ce n'était pas seulement l'extraordinaire nouveauté de son propos qui faisait ainsi accourir des centaines d'auditeurs, mais la magie de son verbe, cette grâce qui l'illuminait comme l'auréole d'un saint, ce lyrisme qui emportait très haut son auditoire avant de le ramener sur terre, d'un trait d'esprit, d'un sourire.

Il citait de mémoire des passages entiers des *Révolutions*, les plus beaux, forcément les plus faciles, qu'il agrémentait d'envolées de son cru :

— Ainsi le Soleil est la pensée de Dieu, et chaque planète un mode de cette pensée. Oh, connaître la Pensée Divine ! Que font les Astres ? Que disent les Nombres ? Que roulent les Sphères ? Ils disent, ils chantent, ils roulent nos destins !

Un jour, quelqu'un dans l'assistance laissa exploser son enthousiasme en criant : « Voilà l'Orphée de l'Astronomie ! » Le mot fit fortune. L'université de Wittenberg aussi, et Melanchthon se frottait les mains. Il ne pouvait plus rien refuser à son ancien élève, sachant que les universités de Heidelberg et de Leipzig lui faisaient les yeux doux. C'est ainsi qu'il consentit malgré tout à laisser imprimer sur place deux des chapitres du premier livre des *Révolutions*, ceux qui étaient entièrement consacrés aux mathématiques. En les corrigeant une ultime fois, Rheticus constata, non sans orgueil, qu'il était nettement meilleur calculateur que son maître. Petite revanche bonne à savourer sur les humiliations qu'avait fait subir le vieux chanoine au jeune « chevalier ».

Il n'empêche. Dans sa préface à l'œuvre trigonométrique de Copernic, il en fit un grand éloge, le nimbant de mystère et accroissant ainsi l'impatience publique de se procurer enfin ce nouvel Almageste qui tardait tant à paraître. Et quand il paraîtrait, il inonderait le monde, payant ainsi largement Rheticus de sa peine.

Quand l'année universitaire 1541-1542 s'acheva, il put enfin se rendre à Nuremberg veiller à l'impression de ce livre tant attendu. Il lui fallut plus de dix jours pour atteindre la cité de Dürer et de Behaim. Les routes étaient dangereuses, car même si la fameuse guerre des paysans avait été écrasée dix ans auparavant, la convocation d'un concile par le pape Paul III et la création d'une nouvelle Inquisition avaient suscité des craintes dans tout l'empire de Charles Quint. Des révoltes, des émeutes, des jacqueries éclataient un peu partout en Allemagne, menées par des hobereaux, émules des chevaliers Hutten et Sickingen.

Il parvint malgré tout à Nuremberg sans embûches et se rendit tout droit, couvert encore de la poussière du chemin, dans l'atelier de l'imprimeur Petreius. Le travail était fort bien avancé, et la moitié de l'ouvrage était composée. Il n'y avait rien à redire. Pas une faute, ou seulement celles que l'œil même le plus attentif ne peut voir sans l'aide d'un deuxième regard, plus neuf.

— C'est parfait, maître Petreius. Vous ne faillissez pas à votre réputation. Et je constate aussi que le professeur Schöner n'a rien perdu de son acuité.

— Schöner ? Mais cette vieille barbe n'a jamais mis les pieds dans mon atelier ! rétorqua l'imprimeur, avec ce franc-parler de l'homme de métier qui connaît sa valeur et ses limites ainsi que celles des autres. Il a chargé le Dr Osiander de la supervision de ce chef-d'œuvre.

— Osiander ? Qu'est-ce que c'est que cette bête-là ?

Petreius, qui cachait une grande finesse d'esprit derrière des allures rustres d'artisan, frappa vigoureusement sa cuisse couverte de son tablier de cuir, d'une main maculée d'encre. Il s'esclaffa :

— Si Osiander était une bête, cher monsieur, ce serait un serpent, un scorpion. Ou un âne. Ce théologien confus est à Melanchthon ce que Savonarole fut à

Médicis. Hélas, en plus, il se pique de mathématiques. Le voilà maintenant qui se pavane en lisant à qui veut bien l'entendre les lettres qu'il a reçues de ce géant inspiré par Uranie, j'ai nommé Nicolas Copernic de Thorn, votre maître. Et pourtant, je vous le jure, le Ptolémée de Pologne n'est pas des plus tendres avec notre Torquemada nurembergeois. Si vous saviez les noms d'oiseaux dont il le gratifie, ce cher Osiander !

Pris de panique, Rheticus demanda à Petreius de s'expliquer plus clairement. Et l'imprimeur lui fit ce récit : quand Schöner lui avait remis le manuscrit des *Révolutions*, il avait prétendu que sa mauvaise santé ne lui permettrait pas de suivre leur composition et qu'il laissait ce soin à ce fameux Osiander. Le pasteur, très fier de se voir confier l'œuvre de celui dont il avait entendu parler comme le plus grand astronome du temps, se mit à la tâche avec zèle. D'où l'impeccable résultat sur les épreuves que Petreius avait montrées à Rheticus. Un jour enfin, Osiander finit par comprendre la signification et la portée des *Révolutions*. Alors, il se mit en tête de convaincre Copernic de relativiser sa théorie héliocentrique, de la réduire à une hypothèse d'école, sans plus de fondement que les autres, un simple jeu de l'esprit. Et il lui déclara qu'il voulait « le convertir ». La réponse du chanoine fut cinglante et disait peu ou prou : « Occupez-vous seulement de chasser la faute typographique, et ne vous mêlez pas du reste. » Cela ne dissuada pas Osiander de poursuivre sa mission d'évangélisation, avec cette douce et souriante obstination du fanatique, qu'il soit martyr ou bourreau : il sauverait Copernic de la damnation, malgré lui s'il le fallait. Rien de pire que ces gens qui veulent le salut des autres contre leur gré. Et il savourait, comme la plus délicieuse des ambroisies, les tombereaux d'injures sous lesquels le noyait son célèbre correspondant.

— Tonnerre de Dieu ! s'exclama Rheticus à la fin de ce récit. Pourquoi Copernic ne m'a-t-il pas averti de cela ? Et ce vieil imbécile de Schöner, qui s'est tu, lui aussi. Il va voir de quel bois je me chauffe ! Je m'en vais chez lui de ce pas.

— Minuit va bientôt sonner, suggéra suavement Petreius.

— Serait-ce la nuit de tous les sabbats que j'irais quand même lui secouer les puces.

— Je vous accompagne ! Je ne voudrais pas rater ça pour tout un empire.

La maison du vieil astrologue était à deux pas de l'atelier. Rheticus se mit à tambouriner le marteau contre la porte en criant des « ouvrez, là-dedans, ouvrez ! ». Une tête apparut enfin dans l'embrasure. C'était celle, embrumée de sommeil, du fils de Schöner, André.

— Joachim ! Que viens-tu faire ici, à cette heure ?

— Je veux voir ton père, sur-le-champ.

— C'est impossible, il dort. Et puis, ne crois-tu pas que tu lui as fait assez de mal comme ça, infâme sodomite !

Pour toute réponse, Rheticus ouvrit violemment la porte en grand et lança son poing en pleine face de l'autre, qui s'effondra sur le plancher du vestibule. Puis il monta quatre à quatre l'escalier menant aux chambres, suivi d'un Petreius se frottant les mains à la perspective du spectacle dont il allait être témoin. Schöner se dressait devant eux, livide, en chemise de nuit. Mais ce n'était pas le froid perçant qui le faisait trembler ainsi et balançait le pompon de son bonnet de nuit enfoncé jusqu'aux sourcils, tel un pendule de sourcier.

— Joachim, Joachim, je peux tout t'expliquer. Ce n'est pas ma faute, mais celle de Melanchthon. C'est lui qui m'a forcé à prendre Osiander comme réviseur des *Révolutions*.

— Allons, monsieur le professeur, vous n'êtes pas raisonnable, intervint l'imprimeur, jovial. Tout le monde sait, de Nuremberg à Wittenberg, qu'entre nos deux grands penseurs de la Réforme, ce n'est pas vraiment la lune de miel !

— Laissez-le finir je vous prie, maître Petreius, coupa Rheticus. Cela devient intéressant.

Schöner bégaya alors que Melanchthon lui avait instamment demandé de laisser à Osiander le soin de superviser l'impression de l'œuvre de Copernic, lui faisant comprendre que, s'il ne s'exécutait pas, il pourrait bien se voir chasser de son poste de professeur de mathématiques à l'école de Nuremberg. À son âge !

— Et puis, ajouta-t-il en gémissant, les folies héliocentriques de ton Copernic vont m'obliger à revoir toute mon œuvre, toutes mes prédictions, toutes mes révélations astrologiques sur le passé et l'avenir du monde.

— Ouais ! Eh bien cela, vieille catin, c'est ton problème, pas le mien ! conclut Rheticus, qui ajouta : je veux vous voir demain, dès le lever du soleil, Osiander et toi, à l'atelier de maître Petreius. Nous y réglerons quelques questions de détails.

Ces quelques questions de détails furent vite réglées. Osiander n'écrirait plus le moindre poulet à Copernic, mais adresserait toutes ses critiques, s'il en avait, à « l'Orphée de l'Astronomie », qui servirait éventuellement d'intermédiaire avec le maître de Frauenburg. S'il fallait changer la plus petite virgule au texte, Osiander en référerait d'abord à Petreius, qui avait désormais les mains libres pour trancher dans tout litige. Osiander approuva avec une véhémence onctueuse les décisions du jeune professeur. Un jour, il parviendrait à le convertir, lui aussi.

Rheticus repartit le cœur léger. Plus rien n'arrêterait la parution des *Révolutions*. Il pouvait désormais songer à lui et à ses propres intérêts. L'université réformée de Leipzig venait de lui faire des propositions alléchantes pour devenir son professeur de mathématiques. Il décida d'accepter : Leipzig était autrement prestigieuse que Wittenberg, il ferait partie de sa direction collégiale, qui avait une réputation de grande tolérance ; il y gagnerait beaucoup plus d'argent et de renommée. Mais surtout, ainsi, il se débarrassait de la pesante tutelle de Melanchthon, en lui faisant payer, par sa désertion, toutes ses manigances.

De ces enjeux-là, Osiander ne sut rien. Petreius avait fort bien dépeint le personnage : c'était un reptile, aussi froid que gluant. En le quittant, Rheticus avait évité de lui serrer la main. La chose est bien connue : les serpents n'ont pas de mains.

Le commissionnaire déposa sur la table l'énorme colis, se recula d'un pas pour mieux le contempler, comme si c'était lui qui avait composé ce gros cube de carton constellé de sceaux et de signatures diverses, preuve que les douanes avaient accepté son passage par-delà les frontières. Pour s'en débarrasser, Radom posa dans sa paume ouverte un rouleau d'une dizaine de zlotys pas trop rognés. Le commissionnaire disparut, après mille et une courbettes, et non sans avoir sifflé d'un trait la chope de bière que le colosse lui avait offerte.

— Ma mie, à toi l'honneur, ouvre-moi ça, dit Nicolas en tendant à Anna une paire de ciseaux en argent.

— Je refuse, mon doux. Cela ne me revient pas, mais plutôt à monseigneur de Kulm.

Anna posa un genou à terre, en une gracieuse révérence, tendit les ciseaux à Giese comme on remet les clés d'une ville à un roi vainqueur, et lui dit en un murmure chantant :

— À vous le rôle, mon très cher Tiedemann.

— Ô amis de la science, ô fervents soutiens de la philosophie naturelle et de la Vérité, clama alors l'évêque comme s'il avait devant lui une assemblée de mille personnes, alors que son auditoire se réduisait, outre Nicolas et Anna, à Alexandre Soltysi, à Radom et au jeune coadjuteur du maître des lieux. Ô amis de la Vérité absolue, voici enfin le Livre.

Avec des gestes solennels, il déchira l'emballage et quatre piles de cinq volumes chacune apparurent. Copernic se saisit de l'un d'entre eux, caressa la couverture de cuir frais, l'ouvrit en son milieu, le huma comme on renifle un bon vin, et dit, un vague regret dans la voix :

— Tout de même, c'est beau un livre imprimé.

Puis il chercha la première page.

— Tiens, qu'est-ce que cela ? « Au lecteur sur les hypothèses de cette œuvre. » On aurait tout de même pu m'informer…

Alors, debout, il commença la lecture de cette préface. Plus il avançait, plus son front rougissait, plus ses sourcils se fronçaient, signes qu'une de ses grandes colères allait éclater. À la fin il rugit :

— Ah, Rheticus, Judas, tu m'as trahi !

Sa face se congestionna, ses yeux se révulsèrent et il s'effondra à la renverse, de tout son long. Son crâne alla heurter le sol en un bruit sourd.

Il ne reprit conscience que deux heures plus tard, dans son lit. Mais était-ce bien conscience ? Toute la partie droite de son visage s'était paralysée en un rictus affreux qui lui découvrait les dents jusqu'aux molaires et lui fermait l'œil. Sa jambe et son bras droit non plus ne pouvaient plus bouger. Quand il put enfin parler, ce fut pour émettre des grognements inarticulés, où Giese crut reconnaître l'un de ses mots favoris pour qualifier ses ennemis : « Les frelons, les frelons ! » L'évêque lui tendit un papier et un fusain pour écrire de sa main gauche ; le malade refusa, en un aboiement. Puis il se mura dans le silence.

Quand Giese lut à son tour l'avertissement au lecteur, lui aussi désigna Rheticus comme responsable de ce texte infâme mais habile, détruisant toute crédibilité aux *Révolutions* : « Il n'est pas nécessaire que ces hypothèses soient vraies ni même vraisemblables ; une seule chose suffit : qu'elles offrent des calculs conformes à l'observation. Le philosophe exigera peut-être davantage la vraisemblance ; aucun cependant ne saurait ni atteindre, ni enseigner quoi que ce soit de certain, à moins qu'il ne lui soit révélé par Dieu. Laissons donc ces nouvelles hypothèses se faire connaître parmi les anciennes, nullement plus vraisemblables, d'autant plus qu'elles sont à la fois admirables et faciles et qu'elles mènent avec elles un trésor immense d'observations les plus savantes. »

Sitôt rentré à Kulm, l'évêque écrivit de sa plume la plus virulente une lettre incendiaire au coupable présumé de cet *Avertissement au lecteur*, l'accusant purement et simplement d'avoir tué Copernic. Il lui reprocha aussi de n'avoir pas publié, au lieu de cette vilenie, la *Vie de Copernic*, comme ils en étaient tombés d'accord, pour en faire l'heureuse surprise au principal intéressé. Pour que nul n'en ignore, il déclara également qu'il réitérerait ces accusations devant Dantiscus, le grand-duc Albert de Prusse, Nicolas Schönberg, cardinal de Capoue, dont la lettre de 1536 était reproduite au début de l'ouvrage, et au dédicataire des *Révolutions*, le pape Paul III lui-même. Giese précisait enfin à son correspondant qu'il était désormais *persona non grata* dans tous les évêchés prussiens et qu'il ne s'avisât pas de s'y aventurer, car il pourrait bien lui arriver malheur.

C'est pourquoi Rheticus n'assista pas aux funérailles de Copernic, qui eurent lieu à la fin mai 1543, après plus de sept mois d'une affreuse agonie. Une fois ce soleil éteint, ceux qui gravitaient autour de lui s'arrachèrent à leur orbite et devinrent des astres errants, des étoiles filantes, des comètes, dont nul Copernic n'aurait pu prédire et calculer la trajectoire. Ce fut surtout Rheticus qui s'égara. Quand il reçut son exemplaire imprimé des *Révolutions*, il partit de Leipzig pour Nuremberg comme un furieux, fermement décidé à étrangler Osiander de ses propres mains. Mais, bien sûr, son forfait accompli, le dévot pasteur avait disparu de la ville, pour Bâle où se tenait une importante réunion des réformés. Schöner, quant à lui, s'était barricadé dans sa demeure, et son fils avait enrôlé quelques sicaires fortement armés. *Querens quem devoret*, Rheticus voulut alors s'en prendre à Petreius. L'imprimeur le reçut avec des mines désolées et lui expliqua qu'Osiander lui avait imposé au dernier moment de remplacer la *Vie de Copernic* par sa désastreuse préface, le menaçant de faire fermer son atelier s'il n'obtempérait pas. Il avait assez d'influence sur le Conseil de la cité pour mettre ses menaces à exécution. Le serpent souriant avait déjà craché son venin sur les *Révolutions*. Et il y avait pris goût : Petreius conseilla à Rheticus de fuir Nuremberg en toute hâte, car Osiander avait suggéré au fils de Schöner de lui intenter un procès, pour sodomie.

De retour à Leipzig, en lisant la terrible lettre de Giese, Rheticus eut un instant l'envie de mettre fin à ses jours. Puis il se reprit, écrivit à l'évêque un long plaidoyer en sa faveur, lui expliquant les circonstances dans lesquelles l'avertissement avait été publié, jura qu'il se ferait désormais le plus ardent défenseur de la cause de son maître, et qu'enfin il comptait embrasser la foi catholique.

Il n'eut de réponse que plusieurs mois plus tard. Giese lui annonçait la mort de Copernic survenue le 24 mai 1543, inondant son propos de détails sordides sur l'agonie de son ami, la perte de son intelligence, comme s'il voulait culpabiliser plus encore son correspondant. Rheticus sombra alors dans la mélancolie. Ses cours se firent ennuyeux, et nul ne reconnaissait en lui « l'Orphée de l'Astronomie ».

Ce fut son ancien amant et secrétaire Heinrich Zell, devenu un géographe reconnu et estimé de tous, qui finit par le convaincre de prendre un congé illimité. Zell avait mobilisé pour cela toute la jeune garde de l'astronomie nouvelle, à commencer par son ancien concurrent Erasmus Reinhold qui professait maintenant la théorie de Copernic à Tübingen, Caspar Peucer, son ancien étudiant qui avait pris sa place à Wittenberg, Achille Gasser, qui avait initié le jeune Joachim à Zurich, et qui, beau caprice du destin, était devenu médecin à Feldkirch, où avait pratiqué le père de Rheticus avant d'y être brûlé vif. Ne manquait à l'appel que le sulfureux Paracelse : il était mort, deux ans avant Copernic, dans des circonstances qui restent, aujourd'hui encore, mystérieuses.

Étrange coalition en vérité que celle voulant ranimer la flamme vacillante de l'Orphée de l'Astronomie.

Tous étaient de fervents partisans de l'héliocentrisme, mais tous également, à l'exception peut-être de Reinhold, pratiquaient en secret les amours socratiques. Y a-t-il un lien entre les deux phénomènes, qui vont tous deux, à première vue, contre les apparences ?

Cédant à la pression conjuguée de ses amis, Rheticus, faute du bâton d'Euclide, prit celui du pèlerin et partit de ville en ville prêcher la bonne parole copernicienne. On le vit à Paris, auprès de Ramus, on le vit à Milan, auprès de Cardano. Il croyait chercher des disciples, il ne cherchait que de nouveaux maîtres. On perdit sa trace au bout d'un an et demi, puis il fut signalé égaré, à demi fou sur une île du lac de Constance, miné par de graves problèmes de santé. Puis il se remit suffisamment pour enseigner trois mois à Constance, avant de partir étudier la médecine à Zurich.

Quand, après quatre années d'errance, il revint enfin à Leipzig, il s'était métamorphosé. Il était redevenu « l'Orphée de l'Astronomie ». Mais ses ennemis ne l'avaient pas oublié. Le père de l'un de ses étudiants ouvrit un procès contre lui. Toujours la même chose ! On l'avait surpris dans des agissements contre nature avec le jeune garçon, un cousin du fils Schöner, l'ayant soûlé pour mieux le pervertir. On ne manqua pas de rappeler, à l'occasion du procès, que déjà, en 1528, le père du coupable avait été jugé et exécuté pour sorcellerie. Ce sont des choses qui ne trompent pas : le malin devait loger dans la famille.

Rheticus dut fuir. Le procès eut lieu en son absence, et se conclut par une sentence de cent un ans d'exil. Cent un ans ! C'en était presque drôle. Il courut alors d'université en université, chassé de l'une, appâté par l'autre, et finit par échouer sous les remparts de Cracovie.

Ce fut là que moi, Michael Maestlin, alors tout jeune

homme, j'assistai à ses leçons. Le monde avait changé. L'Europe était en feu, se déchirant elle-même pour les questions religieuses. Le pape Paul III qui, en ouvrant le concile de Trente, avait tenté d'initier une profonde réformation de son église, s'était aperçu trop tard que la théorie de Copernic allait à l'encontre de ce qu'il voulait : elle pourrait conduire les gens du peuple à penser qu'ils ne sont qu'une simple partie de l'ordre naturel, et non pas les maîtres de la nature, le centre autour duquel tout est ordonné. Et surtout, le lieu de l'incarnation du Christ et de la Rédemption, la Terre, était banalisé, écarté de son rôle unique et privilégié.

Le pape avait en plus, telle Pandore ouvrant sa boîte, réinstauré la Très Sainte Inquisition. Son tribunal y vit aussitôt un flambeau nouveau qui s'élevait du sein des ténèbres de l'ignorance et, selon sa mission, se hâta de poser sur cette flamme son éteignoir traditionnel. Copernic n'avait plus sa place dans ce monde de feu et de sang. On devait l'abolir, l'oublier. Les successeurs d'Alexandre Farnèse ne s'en firent pas faute, même si l'on puisa à loisir dans les calculs du maître des maîtres le fameux calendrier instauré par Grégoire et que nous, réformés, refusons. Quelle sottise ! À Cracovie, naguère havre de tolérance, on massacrait les Juifs, on pourchassait les luthériens. Rheticus, malgré tout, m'enseigna Copernic en secret.

Mais, quand je lui posai une fois la question de savoir pourquoi il n'avait pas clamé au monde la grande vérité découverte par le chanoine de Frauenburg, la réservant seulement à de rares disciples dont moi, Michael Maestlin, l'Orphée de l'Astronomie me répondit, après avoir éclaté de ce rire qui voulait imiter celui de Copernic, et qui aurait pu être celui de Dionysos…

Épilogue

Linz, le 6 février 1628

« … le rire de Dionysos… »

La phrase était inachevée. Le vieux Johannes retourna la lourde canne creuse, tapota l'embout de sa main tavelée pour essayer d'en faire sortir une page égarée ou collée au fond. Rien ne vint. Il plongea dans ce puits étroit un long fil de fer, le gratta contre les parois en bois d'olivier. Sans résultat. Le bâton d'Euclide était vide. Johannes venait de retrouver le précieux objet au fond d'un coffre où il l'avait oublié depuis si longtemps.

Qu'avait-il donc fait de ces derniers feuillets, reçus voici trente ans ? Était-ce un enfant, qui, jadis, s'en était emparé pour y dessiner quelque gribouillage ? Ou lui-même, Johannes, qui les avait égarés lorsqu'il avait dû fuir tel ou tel refuge devant ses persécuteurs, enfouissant à la hâte ces lettres dans la canne pour les préserver de l'autodafé ?

Cette canne, ce bâton d'Euclide – Johannes s'en souvenait maintenant avec un certain amusement –, son ancien maître Michael Maestlin lui en avait conté l'histoire. Selon ses dires, il l'avait eu en sa possession mais avait dû s'en séparer très tôt lorsque, de passage à Augsbourg, la bourse plate car il s'était ruiné à acheter un excellent astrolabe, il était tombé nez à nez avec Tycho Brahe, qui venait chercher dans la même boutique l'immense globe céleste qu'il s'était fait fabriquer. Ils avaient évoqué Copernic, Maestlin avait montré la canne au Danois et ce dernier la lui avait achetée à prix d'or. Il pouvait se le permettre, ce fils d'aristocrate à qui tout avait été donné dès sa naissance !

Quant à Maestlin, il se l'était procurée pour rien, cette canne, quelques années auparavant. Il l'avait tout bonnement volée. Certes, selon l'aveu qu'il lui avait fait jadis dans une de ses nombreuses lettres, Maestlin n'avait que seize ans lors de ce forfait. Mais était-ce bien une excuse ? Il venait de quitter Cracovie, où il avait fermé les yeux de son vieux maître Rheticus. Avant de revenir à Tübingen, il se devait de faire le détour par Frauenburg, en pèlerin de saint Copernic. Une très vieille dame à moitié aveugle, qui n'était autre qu'Anna Schillings, lui avait fait visiter la fameuse tour des remparts où Copernic avait vécu les dernières années de sa vie. Tous ses objets, tous ses meubles étaient religieusement conservés à leur place, comme si le maître allait revenir dans l'instant. Avant d'abandonner ce temple divin, dans le vestibule, Maestlin avait baisé la main de la vieille gardienne, jouant de tout son charme d'adolescent, auquel elle avait répondu par de maternelles coquetteries. Il avait pris alors le « bâton d'Euclide » au lieu de sa propre canne, qu'il avait intentionnellement placée à côté, près de la porte d'entrée. Si Anna avait remarqué cet échange, il aurait pu plaider la méprise, due à son immense émotion d'avoir mis ses pas dans ceux du dieu Copernic. Mais les yeux de la pauvre femme, que la vieillesse embuait de sempiternelles larmes, n'avaient rien vu de la substitution.

Sitôt de retour à l'auberge, Maestlin s'était précipité dans sa chambre et avait dévissé le pommeau d'ivoire jauni représentant un sphinx, secret que lui avait révélé Rheticus sur son lit de mort. L'étui de soie rouge était bien en place. Il en avait dénoué la cordelette de cuir et sorti un rouleau de papier. *La vie et l'œuvre de Nicolas Copernic de Thorn, écrite par son élève Georg Joachim Rheticus*, tel était le titre de ce manuscrit.

Sur le moment, la déception de Maestlin avait été grande, car ce n'était pas l'ouvrage qu'il s'attendait à trouver dans cette cache. Sur son lit de mort, Rheticus lui avait affirmé qu'y était recelé un trésor depuis longtemps disparu : les *Hypothèses sur le système du monde* d'Aristarque de Samos, ce mystérieux astronome d'Alexandrie qui, dix-sept siècles avant Copernic, avait affirmé que non seulement la Terre tournait sur son axe, mais aussi qu'elle parcourait un orbe circulaire autour du Soleil. Anna Schillings avait autorisé le jeune Maestlin à fouiller dans ses papiers et sa bibliothèque. Il n'y avait trouvé nulle trace de ce précieux ouvrage. Plus étrange encore, dans la préface du manuscrit original des *Révolutions*, adressée au pape Paul III et où il rendait hommage aux Anciens dont il se disait le simple héritier, Copernic avait biffé le nom d'Aristarque. Pourquoi ce repentir ? Copernic avait-il eu peur de subir le même sort que son lointain prédécesseur, ou bien était-ce une tricherie pour démontrer que lui et lui seul était l'inventeur de l'héliocentrisme ?

Tel était l'un des secrets que Maestlin avait voulu percer en rédigeant sa propre version de *La Vie de Copernic*, qu'il avait ensuite confiée à Johannes par morceaux, tremblant qu'on la découvrît dans son nid douillet de professeur à Tübingen. Son ancien maître, du reste, ne s'était jamais montré aussi prolixe que dans ces lettres du temps de leur jeunesse. Et aussi courageux. Car, par la suite, quand il s'était agi de soutenir et d'aider son élève qu'il disait son ami, dans ses Révolutions à lui, Johannes, Michael n'avait plus été que dérobades ou silence. Il tenait trop à sa petite chaire de Tübingen, à son aisance cossue, dans laquelle il se tenait toujours, d'ailleurs, ce vieillard à la santé indestructible ! Et Johannes avait dû gravir seul les chemins dangereux menant à la vérité.

De plus, Maestlin n'avait-il pas exagéré les faits, menti peut-être ? Johannes décelait quelques incohérences dans son récit. Par exemple, comment l'auteur aurait-il pu suivre les cours de Rheticus, à Cracovie, alors qu'il n'était âgé que de quatorze ans à l'époque de la mort du seul disciple de Copernic ? Et la vieille gardienne de la tour de Frauenburg, aurait-elle vécu centenaire pour qu'il la rencontrât en l'an 1574 ? Et encore, ces pensées et propos qu'il prêtait à l'auteur des *Révolutions*, qui semblaient être parfois une justification de ses envieuses lâchetés…

Mais cela n'avait plus d'importance. Car depuis, lui, Johannes, était allé plus loin, beaucoup plus loin, reléguant Copernic au rang de simple précurseur, à la place où le chanoine polonais lui-même avait relégué Aristarque et Ptolémée. N'avait-il pas reçu à son tour le bâton d'Euclide des propres mains de Tycho, presque trente ans auparavant ?

Johannes songea un instant avec fierté qu'il en avait peut-être été digne. Grâce à lui, en effet, sur le chemin pentu menant à la Vérité du monde, durant cet éternel voyage qu'est la philosophie naturelle, le pied se faisait plus léger. L'univers était devenu plus simple, plus harmonieux, aidé par ces trois lois de perfection, ce secret divin qui fait tourner les planètes sur des ellipses autour du Soleil, leur foyer.

Oui, tout cela grâce à lui, Johannes Kepler.

NOTES DE L'AUTEUR

La recréation, même libre, d'un personnage réel – ici, Nicolas Copernic – ayant laissé sa trace dans l'histoire ne peut se passer de pièces à l'appui. Il est d'usage, pour le romancier biographe, de se plonger avec passion et minutie dans le dossier de son héros tel que la tradition historique l'a constitué. Je n'ai pas échappé à la règle, et les sources anciennes et modernes dans lesquelles j'ai puisé sont trop nombreuses pour être énumérées ici [1]. Je tiens cependant à rappeler que les documents originaux (correspondance, manuscrits, etc.) manquent cruellement sur la vie de Copernic. La plus ancienne biographie que nous ayons du fondateur de l'astronomie nouvelle ne fut composée que cent ans après sa mort, par Pierre Gassendi (1592-1655). Ce dernier, compulsant les lettres et manuscrits laissés par Tycho Brahe pour composer la biographie de ce célèbre astronome danois, découvrit dans ses papiers des vers latins que Tycho avait dédiés post mortem à Copernic. Cette circonstance fortuite inspira à Gassendi l'idée de recueillir également des renseignements et des notes sur Copernic, et d'ajouter, comme supplément à sa volumineuse biographie

1. Je citerai toutefois un ouvrage peu connu mais source d'une grande inspiration : *La Structure poétique du monde : Copernic, Kepler*, de Fernand Hallyn (Seuil, Paris, 1987).

de Tycho Brahe [1], une courte notice sur l'astronome polonais [2].

Ces cinquante pages sont extrêmement précieuses pour les faits et les détails qu'elles renferment. Gassendi put probablement consulter la correspondance qui avait existé entre Copernic et Rheticus. Il dut aussi avoir communication des lettres de l'évêque de Warmie, Dantiscus (certaines élogieuses, d'autres menaçantes lorsqu'il s'était agi à plusieurs reprises d'ordonner au chanoine récalcitrant de se séparer d'Anna, la gouvernante avec laquelle il vivait en concubinage), et les lettres sans aucun doute chaleureuses de l'évêque de Kulm, Tiedemann Giese, le meilleur ami de l'astronome. Et c'est dans cette correspondance que Gassendi put recueillir tous les renseignements nécessaires.

Il est singulier que la plupart des biographes de Copernic ne citent jamais ce texte latin de Gassendi. Par la suite, et peut-être en partie à cause de cela, progressivement et comme insidieusement s'est établie contre Copernic une sorte de conjuration de l'oubli, ou tout au moins une légende grise. Comme le rappelle avec pertinence Louis Figuier [3], au XVIIe siècle le nom de Copernic était fort connu (Leibniz a rendu témoignage de son admiration pour le savoir et le caractère de Copernic, en l'appelant l'un des huit Sages de la Terre), mais son livre, condamné en 1616 par la congrégation de l'Index sous le pontificat de Paul V, était devenu fort rare. En effet, outre la première édition de 1543, quasi

1. *Tychonis Brahei, equitis Dani, astronomorum coryphaei, vitae Accessit Nicolai Copernici, Georgii Peurbachii, & Joannis Regiomontani, Astronomorum celebrium, vita*, Hagae Comitum (Den Haag), Vlacq, 1655.

2. Ce qui montre incidemment qu'à cette époque, l'astronomie et le système du monde de Tycho Brahe étaient davantage considérés que ceux de Copernic – perspective qui n'a basculé qu'à partir de la moitié du XVIIe siècle.

3. *Vies des savants illustres : savants de la Renaissance*, Hachette (Paris), 1870.

introuvable, il n'y en eut que deux autres, l'une en 1566, l'autre en 1617.

D'un autre côté, le procès intenté à Galilée avait montré à quel point il pouvait être dangereux de faire publiquement l'éloge de Copernic et de son système. Des Polonais instruits, qui avaient passé un temps considérable à recueillir des faits et des souvenirs relatifs à leur illustre compatriote, n'osèrent pas publier une histoire de sa vie, ou s'ils la publièrent, l'Inquisition romaine trouva le moyen de la faire disparaître.

Le XIXe siècle vit quelques tentatives honorables : l'éminent savant François Arago rédigea une belle notice biographique [1], tandis qu'en Pologne, en 1818, Jean Sniadecki [2], puis, en 1847, Jean Czynski [3] firent revivre (en polonais mais aussi en français, heureux temps de la francophonie !) le nom du plus illustre savant de leur pays.

Puis, certains historiens ont commencé à répandre l'image convenue du savant solitaire et craintif, errant à demi fou dans sa tour au-dessus d'une lagune brumeuse. D'autres encore ont insisté sur ses erreurs de calcul, en oubliant que Copernic ne disposait pas, et pour cause, de l'observatoire de Tycho Brahe. Pourquoi cet acharnement ? Ces biographes ont-ils eu une vision trop romantique de la Renaissance (héritée du siècle des Lumières), leur faisant regretter par exemple que Copernic ne fût pas un martyr de la science face à l'obscurantisme médiéval ?

Le comble est atteint avec Arthur Koestler qui, en 1959, dans un essai au demeurant passionnant, *Les Somnambules* [4],

---

1. « Biographies des principaux astronomes », in *Œuvres complètes de François Arago. Tome troisième. Notices biographiques. Volume 3*. Publiées d'après son ordre sous la direction de M. J.-A. Barral. Paris, Gide et J. Baudry ; Leipzig, T. O. Weigel, 1854.

2. *Discours sur Nicolas Copernic*, Varsovie, 1818.

3. *Kopernik et ses travaux*, Paris, 1847.

4. *The Sleepwalkers*, Hutchinson (London), 1959. Trad. fr. G. Fradier, Calmann-Lévy, Paris, 1960.

s'est acharné à présenter ce génie comme un vieux chanoine timoré, casanier, pingre, ingrat, hypocondriaque, libidineux… Bref, tous les péchés capitaux y passent, et Arthur Koestler n'est pas tendre : « De loin, Copernic fait figure d'intrépide héros révolutionnaire. À mesure que l'on s'approche on le voit peu à peu se transformer en un morne pédant, dénué du flair et de l'intuition de somnambule des vrais génies ; c'est un homme qui, s'étant emparé d'une bonne idée, en fait un mauvais système, besognant patiemment à entasser des épicycles et des déférents dans le plus triste, le plus illisible des livres célèbres. »

Aussi m'a-t-il semblé urgent de réparer l'image du « chanoine craintif » (tel est le titre du chapitre que Koestler consacre à notre héros) pour lui restituer sa dimension véritable : sous la plume du romancier biographe, le mou et ennuyeux chanoine redevient l'archétype de l'homme de la Renaissance qu'il a sans doute été, aimant la vie, la bonne chère, les arts et les idées nouvelles.

Après m'être abreuvé aux sources anciennes et modernes, ce n'est toutefois plus la stricte réalité historique de Copernic que j'ai recherchée, mais sa vérité cachée. Son secret. Car secret il y a. Comment un homme que rien, apparemment, ne distinguait des autres hommes, a-t-il osé renverser quinze siècles d'astronomie ? Par quel prodige, par quel gigantesque effort de la pensée put-il excentrer la Terre et poser le Soleil à sa place, au milieu ? Il fallait un génie singulièrement rebelle pour oser renverser ces vieux systèmes reçus avec un respect superstitieux, et transmis comme articles de foi à des professeurs qui, n'ayant d'autre ambition que de les rendre un peu moins obscurs, n'osaient élever le moindre doute sur ce qui venait des anciennes écoles.

Bien sûr, d'autres avant Copernic, et non des moindres, l'avaient envisagé, ce grand bouleversement du cosmos. Plutarque rapporte du système de Philolaos que la Terre tourne autour de la région du feu en parcourant le zodiaque, comme le Soleil et la Lune. Les principaux pythagoriciens enseignaient la même doctrine. La Terre, selon eux, n'est pas immobile au centre du monde ; elle tourne en cercle ; elle est loin d'occuper le premier rang parmi les corps célestes. Timée de Locres appelait les cinq planètes connues les « organes du temps », à cause de leurs révolutions, et ajoutait qu'il fallait supposer la Terre, non pas immobile, mais tournant au contraire sur elle-même, en se transportant dans l'espace. Et puis surtout, Aristarque de Samos, si longtemps avant Ptolémée [1]. Or, chose curieuse, les premières mentions de cet autre savant alexandrin ne furent exhumées des caves du Vatican qu'un an après la mort de Copernic. Bien plus proches de lui, Nicolas de Cues, Regiomontanus, Marsile Ficin et son propre maître Novara n'étaient pas satisfaits du système astronomique de Ptolémée.

Donc, ces hommes extraordinaires se doutaient que le monde ne pouvait être comme Ptolémée l'avait fixé. Son système était trop compliqué, et prenait, à force de rajouts, toutes les allures d'un monstre affreux. Pourquoi n'osèrent-ils pas le mettre à bas ? Ils en possédaient le génie. Rien ne les menaçait, ni bûcher ni index. Au contraire même, il semblait que l'Église romaine ne désirait que cela, n'aspirait qu'à ce qu'on révélât la création dans toute sa beauté et son équilibre. Pourtant, ils n'osèrent pas. Et ce fut l'un de leurs plus obscurs disciples qui s'en chargea.

Peut-être en ont-ils parlé, entre eux, au sein de ces académies qui florissaient en ce temps-là dans les cités italiennes, où les plus grands esprits se retrouvaient à la manière de Pythagore et de ses disciples. Autant ceux-ci redoutaient l'écriture, qui, pensaient-il, tuait la mémoire et le verbe, autant ceux-là se méfiaient de l'imprimerie, éditant sans discernement le pire et le meilleur, d'un côté aidant à reconstruire le temple harmonieux construit par les Anciens, de l'autre jetant à la foule les sottises ânonnées durant les siècles obscurs. L'imprimerie n'allait-elle pas engendrer les pires désordres, alors qu'eux cherchaient à découvrir le grand ordre universel ? Ainsi Marsile Ficin, l'homme qui,

---

1. Voir mon roman historique, *Le Bâton d'Euclide*, Lattès, 2001.

pourtant, fit renaître tout Platon et tout Aristote en les traduisant en latin, s'insurgeait que d'autres en fissent de même avec Archimède, Ptolémée et les géomètres alexandrins, redoutant qu'en mettant une explication mécanique de l'Univers à la portée de tous, l'Homme, pour qui cet Univers avait été créé, oublierait ou nierait Celui qui l'avait créé.

Cette méfiance des grands esprits de ce temps pour la chose imprimée et la parcimonie avec laquelle ils en usèrent expliquent peut-être en partie l'étrange formule utilisée par Copernic dans sa préface des *Révolutions*, adressée au pape Paul III, où il affirme avoir hésité à « faire voir le jour à l'œuvre qui était demeurée cachée chez moi non pas neuf ans seulement, mais déjà bien près de quatre fois neuf ans ». L'allusion plaisante à la durée de la gestation de la femme masque sans doute des symboles pythagoriciens, telles les neuf muses, les neuf sphères célestes dont Hésiode se disait inspiré au début de sa *Théogonie*, mais surtout, le Neuf était le nombre de Prométhée.

Au lieu d'en chercher les sens cachés, voyons la signification apparente. Pourquoi Copernic n'a-t-il pas donné la date exacte de l'achèvement de son œuvre au lieu de cette formule biscornue ? En tout cas, il la fait remonter à son retour d'Italie. « Déjà bien près de... » Un, deux, trois ans après peut-être ? Même pour un Prométhée tel que lui, ce délai semble très court... Il aurait pu exagérer, en laissant volontairement cette date dans le flou, pour faire croire à son lecteur que son travail était le fruit d'un lent mûrissement. Et ces longues années de silence ne sont-elle pas trente-six, autant que de décans dans le zodiaque ? Le 36 s'appelait « Monde » ou « Grand Quaternaire » pour les pythagoriciens.

De plus, en datant des années 1506 ou 1507 l'achèvement de son œuvre, il veut montrer qu'il s'attela à sa tâche colossale une fois achevé le long cycle de ses études en Italie, de retour « chez lui ». Si, dans le roman, je m'attarde sur les années italiennes de Copernic, c'est parce que je crois que c'est là-bas que se niche son secret. C'est là-bas, dans ce bouillonnement d'idées et de nouveautés, malgré les complots et les guerres, ou peut-être grâce à cela, qu'il trouva. Il ne s'agissait que d'intuition à laquelle manquait la rigueur de la mathématique, mais une intuition qui flottait dans l'air du temps, dans l'air italien, et que seul un étranger venu du septentrion pouvait goulûment aspirer. C'est toujours en Italie qu'il nous faut chercher…

Pour le romancier soucieux de pénétrer l'esprit profond de Copernic, d'autres mystères restaient à élucider, tournant autour de la publication du *Premier Exposé* de Rheticus trois années avant celle des *Révolutions*. Pourquoi Copernic a-t-il autorisé son disciple à divulguer sa théorie, au risque de s'en faire déposséder ? Pourquoi choisirent-ils pour l'édition du premier ouvrage, rédigé par un réformé, un imprimeur de Dantzig, en pays catholique, tandis que les *Révolutions* paraîtront à Nuremberg, foyer de la Réforme ? Pourquoi, en avertissement au lecteur de ce dernier ouvrage, cet étrange préambule anonyme, qui annonce que tout ce qu'on va lire maintenant n'est qu'hypothèses sans fondement, que l'héliocentrisme en somme n'est qu'une vaticination de poète, et qu'il faut le prendre comme tel ? Pourquoi enfin Copernic a-t-il omis dans ses remerciements le nom de Rheticus, malgré le rôle capital que celui-ci affirmait avoir joué dans cette publication ? Des réponses plausibles sont proposées dans ce livre…

Le lecteur curieux me suivra peut-être maintenant dans l'explication du choix de Michael Maestlin comme narrateur, par une suite de lettres qu'il aurait adressées à son ancien élève Johannes Kepler.

Cet authentique professeur de mathématiques (1580-1635) joua de fait un rôle important dans la vie de Kepler. Il fut l'un des premiers astronomes de renom à adhérer à la théorie de Copernic, bien qu'il ne parlât que du système de Ptolémée dans les cours qu'il donnait à l'université de Tübingen. Il se contentait de donner des précisions sur le système de Copernic aux étudiants les plus assidus, parmi lesquels le jeune Johannes Kepler, dont il fit un copernicien convaincu.

Ce fut Maestlin qui apprit à Kepler que la « scandaleuse » préface des *Révolutions* de Copernic, expliquant qu'il ne s'agissait que « d'hypothèses nullement plus vraisemblables que les anciennes », n'était pas de la main de Copernic. Ce fut lui aussi qui persuada Kepler d'abandonner son projet d'entrer dans le pastorat, et lui obtint à la place, en 1594, un poste de professeur de mathématiques à Graz. Lui encore qui fit imprimer à Tübingen, en 1596, le premier ouvrage de Kepler, *Le Secret du monde*. Leurs relations, du moins épistolaires, restèrent très étroites toute leur vie durant. Ainsi, dans une lettre à son professeur et ami, le 15 mars 1598, qui renferme une interprétation de l'horoscope, Kepler prédit que le fils que va bientôt avoir Maestlin atteindra l'âge adulte. Dans une lettre du 2 mai 1598, Kepler, qui vient de perdre l'un de ses enfants, ajoute ceci : « Un fils m'est né ainsi qu'à toi. Plût aux dieux que le tien s'en tire avec plus de chance. J'espérais une vie durable pour mon fils. » Et dans une lettre du 11 juin 1598, apprenant que Maestlin doit à son tour faire le deuil de son enfant, il compatit à la douleur de son ancien maître : « Pour ce qui est de la mort de ton fils nouveau-né, je suis attristé et je suis à même d'évaluer ta douleur qui est à la mesure de la mienne. »

Je donne ces détails uniquement pour montrer qu'il n'est pas absurde d'imaginer Maestlin entreprenant le travail gigantesque d'une biographie de Copernic aux seules fins de satisfaire la curiosité de son élève et ami (même si l'on sait que ce ne fut pas le cas). Donc, le point de départ du roman se place en 1595, lorsque le professeur d'astronomie et de mathématiques Michael Maestlin (45 ans) entreprend de raconter à son ancien disciple Johannes (34 ans) la vie de Copernic, et celle de celui qui fut son propre maître en astronomie, Joachim Rheticus. L'intérêt d'un certain recul historique dans la narration est évident. Cela permet d'abord de se plonger dans la pensée réformée, s'exprimant en langue allemande (ce qui explique que les noms polonais soient germanisés). Ensuite, si à cette date Copernic n'est pas encore mis à l'index, il est « au purgatoire » tant côté catholique que côté protestant, les deux factions se faisant la guerre partout en Europe. C'est aussi à cette époque que l'on réalise vraiment la portée de toutes les découvertes des générations précédentes (les *Essais* de Montaigne, datant de 1588, évoquent Copernic). En 1595, date à laquelle Kepler (car Johannes, c'est lui, le lecteur l'aura vite compris !) commence à concevoir son premier ouvrage, *Le Secret du monde*, dont il soumet le brouillon à son maître. Maestlin tient l'histoire de Copernic de son propre maître Rheticus – ce qui permet aussi de raconter brièvement le sort de celui-ci après la mort de Copernic. Le narrateur peut encore expliquer comment le système copernicien a été peaufiné par certains de ses disciples un peu partout en Europe. Enfin, ce procédé inscrit le premier volet de la série « Les Bâtisseurs du ciel » dans sa cohérence : Copernic passera le relais – symbolisé par la canne d'Euclide – à Kepler *via* Rheticus, Maestlin et Tycho Brahe, laquelle canne échoira finalement à Newton, par des chemins qu'il me reste encore à inventer…

La lettre imaginaire envoyée par Maestlin à Kepler, dans laquelle il lui annonce qu'il rédigera à son intention la biographie de Copernic, est en partie inspirée d'un texte bien réel de Maestlin, bien que plus tardif ; il s'agit d'un projet de postface à l'édition de 1617 des *Révolutions* de Copernic, postface qui n'a pas été publiée dans l'édition en question, mais qui figure en appendice du traité que Kepler publiera en 1618, *Sur l'admirable proportion des orbes célestes* (*Harmonices Mundi*).

On y découvre le « vrai » Maestlin : copernicien convaincu, au style littéraire polémique et de couleurs vives, n'hésitant pas à ridiculiser les cardinaux ignorants de la portée immortelle de l'œuvre de Copernic, rabaissés au même rang que ceux qui, jadis, contre toute évidence, avaient nié la rotondité de la Terre. Voici des extraits choisis de ce texte percutant – qui, encore une fois, rend légitime le choix de Maestlin comme narrateur du roman :

Il est paru, en 1616, à l'imprimerie de la Chambre apostolique, à Rome, un décret signé de la main de l'illustre cardinal de Sainte-Cécile et muni de son sceau, le 5 mars, dont le titre est : *Décret de la Sacrée Congrégation des Illustres Cardinaux de la Sainte Église romaine, spécialement chargés par Notre Saint-Père, le pape Paul V et par le Saint-Siège apostolique de la confection de l'index des livres, de leur permission, interdiction, correction ou impression dans toute la République chrétienne, décret à publier partout*.

Dans ce décret on lit, entre autres choses : « Puisqu'il est parvenu à la connaissance de la Sacrée Congrégation que cette fausse doctrine pythagoricienne, totalement en désaccord avec l'Écriture sainte, de la mobilité de la Terre et de l'immobilité du Soleil, que Nicolas Copernic enseigne, se répand maintenant et est même acceptée de beaucoup [...], par suite, pour qu'une pareille opinion ne s'insinue pas davantage pour mener la vérité catholique à sa perte, la Sacrée Congrégation a décidé que ledit livre : Copernic, *Des Révolutions*, devait être suspendu jusqu'à ce qu'il fût corrigé. »

Quelle est, je t'en prie, Lecteur bienveillant, ton opinion de ce décret des Illustres Cardinaux ? N'es-tu pas convaincu, lorsque tu lis le titre magnifique de la Congrégation, qu'on a envoyé à ladite commission les personnes spécialement les plus instruites et les plus savantes non seulement dans toutes les parties de la sainte théologie, de la jurisprudence, etc., mais aussi dans tous les domaines du savoir, de telle sorte qu'il ne leur échappe rien d'important dans ce qui, chaque jour, s'enseigne, s'écrit ou se répand dans le public ? Assurément des gens qui prétendent juger avec rigueur de la permission d'éditer des livres, de leur correction, de leur condamnation ou de leur proscription, devraient être ainsi faits. Par conséquent, tu diras que, dans la Sacrée Congrégation, certains membres ont dû être bien formés en matière de sciences mathématiques, parmi lesquelles l'astronomie ne tient pas le dernier rang.

Mais lorsque tu auras considéré un peu plus attentivement les termes de ce décret au sujet de l'astronomie de Copernic, sans aucun doute tu suspecteras avec moi que ces cardinaux n'ont pas lu le livre de Copernic, qu'ils ne l'ont jamais vu et même qu'ils l'ont ignoré, quand Copernic était encore du nombre des vivants et qu'il respirait encore.

[...] En effet, les livres de Copernic sur les *Révolutions des orbes célestes* ont été édités à Nuremberg en 1543 ; ils ont été précédés par l'ouvrage qui suit ici, c'est-à-dire la *Narratio* de Rheticus, adressée en 1539 à J. Schöner, diffusée par A.P. Gasser en 1540 et enfin imprimée à Bâle en 1541. Cette *Narratio* a été jointe à la réimpression des œuvres de Copernic à Bâle. Même la réputation de cette doctrine était parvenue quelques années avant la première édition aux oreilles d'autres savants. C'est ce qu'atteste pour lui-même Nicolas Schönberg, cardinal de Capoue, dans une lettre adressée à Copernic en 1536. C'est ce même Schönberg qui, de concert avec T. Giese, évêque de Kulm, et aussi bon nombre d'hommes très éminents et très savants, ont arraché à Copernic, par leurs sérieuses exhortations mêlées quelquefois de reproches, l'édition de ses livres, qu'il tenait en réserve « pour la quatrième neuvième année ». Enfin, vaincu par leurs exhortations, Copernic non seulement consentit à la publication de son ouvrage, achevé au prix d'un labeur digne d'Hercule, et permit à ses amis de faire l'édition depuis si longtemps demandée, mais même il adressa la préface, qui tenait lieu d'une dédicace, au pape Paul III. Or que cet ouvrage, qui véritablement dépasse les forces de l'industrie humaine, ait été désapprouvé soit par Paul III soit par aucun des pontifes romains suivants, jusqu'à Paul V, ou encore condamné, interdit, ou suspendu par les inquisiteurs, c'est ce que je n'ai trouvé dans aucun catalogue de livres interdits ni dans les ouvrages d'aucun auteur. En privé, assurément, l'ouvrage de Copernic a été l'objet d'attaques ou d'aboiements de la part de beaucoup de gens et, à l'aide de certains arguments étrangers au sujet, il a été raillé plutôt que combattu. Mais personne n'en est venu à bout avec des raisons propres et fondamentales, tirées de l'astronomie elle-même ou des mathématiques. Quelques personnes reconnaissent sans doute, dans Nicolas Copernic, un homme d'un esprit incomparable et avouent qu'elles devraient le présenter comme une merveille du monde, si elles ne craignaient que certains, qui tiennent mordicus aux anciennes opinions philosophiques, n'en prissent offense, c'est-à-dire si elles ne craignaient l'ombre du milan. Il est donc étonnant que les cardinaux de la Sacrée Congrégation condamnent seulement maintenant Copernic, dont ils n'ont encore jamais entendu parler et qui n'a encore jamais été réfuté fondamentalement.

[…]

Copernic a connu, auprès de ces cardinaux, la même fortune que celle que subit, en 743, Virgile de Salzbourg. Virgile était très expert en matière de choses divines et humaines. Par suite, en raison de sa singulière érudition et de sa sagesse, il s'introduisit à la cour des Princes, Charlemagne et Pépin, dont, en peu de temps, il fut très bien reçu ; dès lors, il fut tenu pour l'autorité suprême auprès de Odilon, roitelet des Bavarois. Ledit Virgile, étant instruit dans les disciplines mathématiques et en philosophie profane plus que ne le voulaient les habitudes chrétiennes, et s'appuyant sur la certitude de ses connaissances contre l'opinion vulgaire et même contre celle d'Augustin, Lactance et autres pères, avait enseigné, un jour, que la terre avait la forme d'un globe et que les hommes étaient partout répandus à sa surface. D'où il suit qu'il y a, sur terre, des hommes « antipodes », c'est-à-dire des hommes qui ont les pieds en sens contraire les uns des autres […]. Ces opinions parurent impies et contraires à la philosophie divine à Winfrid (né en Angleterre, celui-ci avait été désigné par le Pape comme évêque et légat apostolique en Germanie ; il avait changé son nom en Boniface et avait été nommé, par Charlemagne et Pépin, archevêque de Mayence). Comme Boniface avait été incapable de faire revenir Virgile sur son opinion, il soumit l'affaire au pape lui-même, Zacharie. La philosophie de Virgile paraît suspecte au pape aussi : il ordonne donc que le philosophe Virgile, s'il est prêtre, soit rejeté hors du temple de Dieu ou de l'Église, et qu'au cours d'un concile il soit démis de son sacerdoce, s'il a professé cette doctrine perverse.

Ne croiras-tu pas, excellent Lecteur, que les dignitaires du Saint-Siège et des archevêchés de cette époque (tu peux y ajouter les cardinaux) et tous ceux qu'ils ont employés dans leurs conseils à décider des cas douteux, ont été ramassés dans la rue pour être élevés à des dignités et des charges si élevées ? Car ces gens n'ont même pas su tirer des premiers rudiments de l'astronomie et de quelques expériences géographiques que la seule différence de longueur entre jours d'été et jours d'hiver par exemple à Rome, en Italie, en Allemagne ou encore en Angleterre, patrie de Boniface, suffisait à montrer que la surface de la terre n'est pas plate, et tout ce qui résulte nécessairement de cette thèse. Par conséquent une sage ignorance a pu tromper ces sages prêtres, au point de leur faire déclarer impies, profanes, ennemies de la philosophie divine, contes bleus et folies, capables de souiller et de contaminer la sagesse simple et pure du Christ, des choses qui avaient été, longtemps auparavant, démontrées par les philosophes et qui étaient enseignées dans les écoles ordinaires, des choses qui ne sont plus, aujourd'hui, l'objet d'argumentations subtiles, mais sont connues même des aveugles et des coiffeurs à la suite des multiples expériences de ceux qui naviguent depuis l'Europe vers les Terres Neuves, l'Amérique et le Pérou. Quoi qu'il en soit, le brave Virgile fut condamné pour hérésie. La même chose arrive aujourd'hui à Copernic et à son astronomie.

Après ce morceau de bravoure parfaitement authentique, revenons un bref moment sur la fiction romanesque. À deux ou trois exceptions près, tous les comparses qui traversent ce livre sont pris tels quels à l'histoire et aux chroniques. Mais je me suis plu à imaginer certains points de suture qui, échelonnés au long de leurs vies, les ont liés les uns aux autres, parce qu'ils avaient vécu dans les mêmes lieux, ou couru des aventures et des buts analogues. De simples concordances de lieux et de dates suffisent à nourrir ce plaisant exercice. C'est ainsi que les rencontres de Copernic avec Behaim, Dürer, Machiavel ou Alexandre Farnèse sont imaginaires, de même que sa liaison avec Giulia Farnèse. Mais elles auraient pu être réelles. L'irruption de Léonard de Vinci dans la séance solennelle de l'académie de Lyncée consacrée à la mémoire de Marsile Ficin n'est pas invraisemblable : on sait qu'en 1499, la victoire française sur le duc de Milan a chassé Leonardo, qui est revenu en homme célèbre à Florence en faisant le détour par diverses villes d'Italie. De même pour l'assassinat de Lucas Watzenrode par empoisonnement ; il n'est probablement pas mort ainsi, mais la conjecture romanesque s'inscrit dans la pure logique historique.

L'hypothèse que la célèbre gravure de Dürer, *Melancholia*, représente le jeune Copernic, est également de mon cru ; elle me paraît défendable, tout au moins sur le plan poétique et émotionnel. Cette œuvre ésotérique a donné lieu à maintes analyses, dont les plus intéressantes se trouvent réunies dans l'ouvrage de R. Klibanski, E. Panofski et F. Saxl, *Saturne et la mélancolie* (Gallimard, 1989).

Dresser une liste plus précise de ces jeux romanesques serait aussi fastidieux que prosaïque. Grâce aux brèves notices biographiques qui suivent (authentiques, elles), le lecteur exigeant fera mieux la part entre la réalité historique consensuelle (il s'est vraisemblablement passé ceci) et l'invention romanesque (il aurait pu se passer cela).

Le crâne de Copernic

Il est des événements impromptus qui viennent subitement concrétiser le lent labeur de l'imagination. À peine mon roman était-il achevé que, le 4 novembre 2005, une dépêche de l'Associated Press à Varsovie annonçait la découverte du crâne de Copernic !

Les archéologues savaient que son corps reposait quelque part sous le plancher de la cathédrale de Frombork, mais ils n'avaient jamais réussi à localiser exactement l'endroit, malgré des siècles d'interrogations et de recherches. Jusqu'au jour où un scientifique d'Olsztyn, le docteur Jerzy Sikorski, a trouvé des informations portant à croire que les chanoines de Frombork étaient ensevelis devant l'autel dont ils avaient la charge de leur vivant. Or, on savait que Copernic s'occupait de l'autel de la Sainte-Croix. De nouvelles recherches ont démarré aussitôt, et une exploration au scanner du sous-sol situé devant l'autel Sainte-Croix (aujourd'hui l'autel Saint-André) a permis de localiser exactement l'endroit où reposaient les corps. Les archéologues ont cherché celui d'un homme d'environ soixante-dix ans, ce qui a permis de ne déranger inutilement aucun squelette, sauf celui qui pouvait être la dépouille de l'astronome polonais.

Pour permettre l'identification, les scientifiques se sont contentés de prélever le crâne, lequel a été soumis aux chercheurs du Laboratoire central de criminologie à Varsovie. On a pu ainsi reconstituer, à l'aide des programmes informatiques, le visage de l'individu au moment de sa mort. L'image obtenue a ensuite été comparée aux portraits de Copernic exécutés de son vivant… Tous deux présentent la même asymétrie, et une légère déviation de l'arc du nez. En outre, Copernic arborait, sur un de ses portraits, une cicatrice sur le front ; or, une trace de blessure a été trouvée sur le crâne au même endroit. Il semble donc que la dépouille appartenait bel et bien au célèbre astronome !

Le visage reconstitué circule désormais sur Internet. Et que voit-on ? La visualisation exacte du visage du maître au soir de sa vie, tel que Rheticus le découvre (à travers l'imagination du romancier) pour la première fois en arrivant à Frauenbourg : un homme de grande stature au front haut et large, un nez long et bosselé, les yeux enfoncés profondément sous des sourcils drus, de larges rides sur le front. Bref,

© Max ptt

une belle et étrange laideur, rappelant davantage celle d'un vieux soldat que celle d'un homme d'Église... Singulier réconfort d'après-coup pour le romancier biographe, et parfaite démonstration de la façon dont l'intuition de l'écrivain peut approcher la vérité profonde d'un être.

L'affaire n'est pas terminée... Afin d'écarter le moindre doute concernant l'identification du crâne, les chercheurs polonais vont procéder à un test d'ADN. Copernic était un religieux, il n'avait donc pas de descendance, mais il avait de la famille : Lucas Watzenrode, son oncle, l'évêque de la Warmie, dont le lieu de repos est connu. Ses restes seront comparés à ceux retrouvés dans la cathédrale de Frombork !

L'anecdote me réjouit d'autant que, si les archéologues polonais avaient lu la notice biographique que François

Arago avait consacrée à Copernic (voir plus haut), ils n'auraient pas mis autant de siècles à localiser la dépouille de l'astronome sous le maître-autel. Voici en effet un extrait édifiant de cette notice… sans commentaire !

L'empereur Napoléon, en passant par Thorn en 1807, désira recueillir personnellement tout ce que la tradition avait conservé concernant Nicolas Copernic. Il apprit que la maison de l'illustre astronome était occupée par un tisserand. Il s'y fit conduire. Cette habitation de très mince apparence se composait d'un rez-de-chaussée et de deux étages. Tout y était conservé dans l'état primitif. Le portrait du grand astronome était suspendu au-dessus du lit, dont les rideaux de serge noire dataient du vivant de Copernic ; sa table, son armoire, ses deux chaises, tout le mobilier du savant était là.

L'empereur demanda au tisserand s'il voulait lui vendre le portrait du grand homme, qu'il aurait fait transporter dans le musée Napoléon au Louvre, mais l'artisan refusa, car il considérait ce portrait comme une sainte relique qui portait bonheur. L'empereur n'insista pas et respecta cette touchante superstition.

En quittant la maison de Copernic, Napoléon alla à l'église Saint-Jean visiter le tombeau de l'auteur de l'ouvrage sur les révolutions célestes. Le temps l'avait endommagé, l'empereur ordonna les réparations nécessaires et le fit transporter à côté du maître-autel, parce que là on pouvait le voir de tous les points de l'église. Ces travaux se firent aux frais de Napoléon. »

ANNEXES

1. Table des personnages

Contemporains de Copernic

Achillini, Alessandro (1463-1512). Philosophe, médecin et anatomiste italien, a enseigné à Bologne et à Padoue.

Adrien VI (1459-1523), né Adriaan Floriszoon. D'origine modeste, il se distingua dans les études au sein de l'Église, devint précepteur de Charles Quint et Inquisiteur, avant d'être élu pape en 1522 (ce fut l'unique pape originaire des Pays-Bas). C'est sous son règne que les pays scandinaves commencèrent à adopter le luthéranisme.

Albert de Prusse (1490-1568). Grand maître de l'ordre Teutonique. De la famille souabe des Hohenzollern, il adopta le protestantisme et, en 1525, transforma la Prusse et le Brandebourg, possessions de l'Ordre, en duché héréditaire. En 1544, il créa l'université de Königsberg, où il nomma professeur son ami Osiander en 1549. Albert finança également l'impression des *Tables pruténiques*, compilées par Erasmus Reinhold sur les nouvelles bases de l'astronomie copernicienne.

Alexandre Ier Jagellon (1461-1506). Fils de Casimir IV, d'abord grand-duc de Lituanie, puis roi de Pologne de 1501 à 1506. Auteur de la constitution fixant les bases du parlementarisme polonais. Son frère Sigismond lui succédera.

Apianus, Petrus (1495-1552). De son vrai nom Peter

Bienewitz, il enseigna les mathématiques et l'astronomie à Ingolstadt, et fut en faveur auprès de Charles Quint, qui lui donna le titre de chevalier de l'empire germanique avec un présent de 3 000 écus d'or. Apianus est l'auteur d'une *Cosmographia* (1524) qui eut plusieurs réimpressions, et de *Astronomicum caesareum* (1540), ouvrage à figures mobiles, l'un des livres les plus spectaculaires de l'histoire de l'astronomie.

Arioste (Ludovico Ariosto, 1474-1533). Poète italien fixé à la cour des ducs de Ferrare, auteur célébré du *Roland furieux*.

Bajazet II (1447-1512). Sultan de Turquie. Fit des incursions continuelles sur les États voisins d'Europe, envahissant notamment la Moldavie, la Croatie et la Carinthie, mais échoua à conquérir la Hongrie. Vainqueur de la fameuse bataille de Lépante contre la flotte vénitienne (1499), il finit par faire la paix avec Venise et la Hongrie (1503).

Basile III (1505-1553). Fils d'Ivan le Grand, il prolongea l'œuvre d'unification et de centralisation du pays autour de Moscou et de son grand prince. Père d'Ivan le Terrible, qui sera le premier à se faire proclamer « tsar ».

Behaim, Martin (1459 ?-1507). Cosmographe allemand, élève de Regiomontanus et navigateur. Il conseilla le roi du Portugal Jean II en matière d'explorations maritimes et mit au point un astrolabe en cuivre, plus précis que ceux qui existaient alors en bois. Après des expéditions le long des côtes africaines, il construisit à Nuremberg, en 1492, le fameux globe où il fit figurer les dernières conceptions géographiques de l'époque. Martin Behaim refit ensuite quelques voyages, et mourut à Lisbonne.

Bellini, Gentile (1431-1507). Peintre italien (frère de Giovanni), célèbre pour ses portraits des doges de Venise et pour celui de Mahomet.

Borgia, César (1475-1507). Prince de la Renaissance, fils naturel du cardinal Rodrigo Borgia (futur pape Alexandre VI), et frère de Lucrèce, avec qui il aurait eu un enfant. Nommé duc de Valentinois en 1498 par le roi de

France Louis XII, qui voulait faire du pape un allié, César Borgia servit en partie de modèle au *Prince* de Machiavel.

Borgia, Lucrèce (1480-1519). Fille naturelle du cardinal Rodrigo Borgia (futur pape Alexandre VI), sœur incestueuse de César, célèbre pour sa beauté autant que pour ses mœurs dissolues. Son premier mariage, avec Giovanni Sforza, est annulé par son père le pape. Son deuxième mariage, avec Alphonse d'Aragon, se termine par l'assassinat de ce dernier par son frère César. Son troisième mariage, avec Alphonse d'Este, l'établira à la cour des ducs de Ferrare comme protectrice des arts, célébrée par Arioste.

Borgia, Rodrigo (1431-1503). Né en Espagne, devient pape sous le nom d'Alexandre VI en 1492. Son règne au Saint-Siège est marqué par le népotisme et les scandales, sous les admonestations de Savonarole. Alexandre VI meurt brutalement le 18 août 1503 après une soirée de fête, peut-être empoisonné.

Brudzewo, Albert de (1445-1495). Astronome polonais, il professa avec éclat les mathématiques à l'académie de Cracovie, et compta au nombre de ses élèves Copernic.

Camerarius, Joachim (1500-1574). Humaniste et théologien allemand, disciple de Melanchthon et d'Érasme, a réorganisé les universités de Tübingen et de Leipzig. Il écrivit qu'on ne pouvait rien voir de plus beau que la main droite de Dürer !

Cao, Diogo. Navigateur portugais du XVe siècle qui effectua deux voyages le long de la côte atlantique de l'Afrique et découvrit, en 1483, l'embouchure du Congo.

Casimir IV Jagellon (1427-1492). Roi de Pologne en 1447. Il signe en 1466 le traité de Torun, où Dantzig et la Prusse orientale, possessions des chevaliers Teutoniques, sont placés sous suzeraineté polonaise. En 1474 il fait ouvrir la première imprimerie à Cracovie. Devient roi de Bohême en 1477 et roi de Hongrie en 1490.

Clément VII, pape (1478-1534). Jules de Médicis, élu pape en 1523. Tentant de contrer la puissance de Charles Quint en Italie, il déclencha le sac de Rome par les mercenaires allemands en 1527. Il dut se rendre et fut emprisonné quelques mois au château Saint-Ange. Pape et empereur finirent par s'accorder : Charles Quint fut couronné solennellement par Clément VII à Bologne en 1530. Les troupes impériales prirent Florence la même année, et Clément VII put y installer son fils illégitime Alexandre comme duc de Toscane. C'est sous son pontificat que, en 1533, Henri VIII d'Angleterre n'ayant pu obtenir de lui son divorce d'avec Catherine d'Aragon, décida de rompre avec le catholicisme pour fonder l'Église anglicane.

Colomb, Christophe (1451-1506). Navigateur italien, « découvreur » des Amériques en 1492. Meurt ruiné à Valladolid, persuadé d'avoir découvert la route des Indes par l'Occident.

Copernic, Andreas (vers 1471-1512 ?). Frère aîné de Nicolas, élevé comme lui par Lucas Watzenrode. Après s'être livré infructueusement au négoce, il fut nommé chanoine de Frombork. Son suicide est imaginaire.

Copernic, Barbara (vers 1445-1475 ?). Née Watzenrode, sœur de Lucas (évêque du diocèse d'Ermlande), elle épouse en 1464 Nicolaus Koppernigk, commerçant à Thorn et membre du conseil de la ville, dont elle eut deux garçons (Andreas et Nicolas) et deux filles.

Copernic, Nicolas (?-1483). Le père de Nicolas a vécu à Cracovie puis à Thorn. Marchand aisé et homme politique, il possédait une résidence hors la ville et des vignobles.

Cosme Ier de Médicis (1519-1574). Premier grand-duc de Toscane, il restaura la dynastie des Médicis, qui dirigeront ensuite Florence pendant deux siècles.

Dantiscus, Johann Flaschbinder, dit (1485-1548). Originaire de Dantzig (d'où son patronyme latin), il prit part à des expéditions militaires contre les Turcs et les Moldaves, et fit office pendant trente ans de secrétaire et de diplomate auprès du roi de Pologne. Poète néo-latin de renom, il devint évêque de Kulm, puis de Warmie en 1538. Tout en admirant l'œuvre scientifique de Copernic, il lui intima l'ordre de se séparer de sa gouvernante et maîtresse, Anna Schillings.

Dias, Bartholomé (1450-1500). Navigateur portugais attaché à la maison du roi Jean II le Parfait, qui ouvrit la route des Indes en passant le cap de Bonne-Espérance en 1487.

Dlugosz, Jan (1415-1480). Chroniqueur, il rédigea 12 volumes sur l'histoire de la Pologne entre 1455 et 1480.

Dürer, Albrecht (1471-1528). Le plus grand et le plus profond artiste de l'Allemagne, a exercé principalement à Nuremberg tout en effectuant plusieurs voyages en Alsace et en Italie. Auteur d'une œuvre immense : peintures, gravures sur bois, estampes au burin et à l'eau-forte, dessins. Proche de Melanchthon, il fut l'artiste de prédilection de l'empereur Maximilien. Sa gravure à l'eau-forte *Melancholia* est datée de 1514.

Érasme (1469-1536). Philologue et théologien néerlandais. De son nom Gérard de Praët, il adopta le pseudonyme de Desiderius Erasmus (le désiré très aimé). Fit des séjours en France, en Angleterre, en Italie. Considéré comme le plus grand humaniste de la Renaissance, Érasme a toute sa vie défendu une conception évangélique de la religion catholique. Il a maintes fois critiqué l'attitude du clergé et du pape, dont les comportements lui semblaient en opposition avec les Évangiles. Bien que ses idées et ses critiques à l'encontre du pape fussent proches de celles de Luther, il n'a jamais voulu adopter ni encourager la Réforme, ne souhaitant pas créer de schisme à l'intérieur de l'Église, fidèle par là à son idéal de paix et de concorde. En 1543, année de la mort de Copernic, ses livres furent brûlés publiquement à Milan en même temps que ceux de Luther. C'était la fin de la réforme humaniste de l'Église catholique.

Farnèse, Alexandre (pape Paul III) (1468-1549). Issu d'une riche famille et doué de nombreux talents, son avancement dans la carrière ecclésiastique fut assuré et rapide, malgré les extravagances de ses jeunes années. Son palais Farnèse excédait en magnificence toutes les autres places de Rome. Il était déjà, en deux occasions précédentes, passé à deux doigts de la tiare, quand le conclave de 1534 le proclama successeur de Clément VII. Copernic lui dédicaça ses *Révolutions*. Son pontificat, marqué par le concile de Trente

(1545-1547), fut l'un des plus fructueux dans les annales de l'Église.

Farnèse, Giulia (1475-1524). Sœur d'Alexandre. Mariée à l'âge de quinze ans à Orsini, elle devint la même année la maîtresse de Rodrigo Borgia, alors âgé de soixante ans ; leur liaison se poursuivit lorsque ce dernier devint pape en 1492 sous le nom d'Alexandre VI. Elle en eut au moins deux enfants. D'une fulgurante beauté, peinte par Raphaël, elle fit l'admiration de nombreux personnages. Sa liaison avec le jeune Copernic ne peut être prouvée, ni le contraire…

Faust, Johann (vers 1480-1540). Médecin, magicien et astrologue allemand semi-légendaire. De nombreuses œuvres littéraires et musicales ont pris le personnage pour héros.

Ferber, Mauritius (1471-1537). Successeur de von Lussainen à l'évêché d'Ermlande en 1523, il s'opposa farouchement au luthéranisme.

Ferdinand d'Autriche (1503-1564). Archiduc d'Autriche, souverain des Pays-Bas, roi d'Aragon et de Castille, roi de Sicile. Lorsque son frère Charles Quint abdiqua en 1556, Ferdinand lui succéda comme empereur romain germanique.

Ficin, Marsile (1433-1499). Philosophe et théologien italien, il voua sa vie à l'œuvre de Platon, qu'il traduisit en latin. Protégé par Cosme de Médicis, il dirigea l'académie de Careggi fondée par ce dernier, où il eut pour élève le futur souverain Laurent le Magnifique.

Fracastor, Jérôme (1478-1553). Savant et médecin italien. Professeur de philosophie à Padoue, il excella également comme géographe, astronome et mathématicien. Ses recherches sur les germes pathogènes anticipent celles de Pasteur.

Gasser, Achille Pirmin (1505-1577). Fils d'Achille Gasser qui, médecin à Feldkirch, avait recueilli Rheticus après l'exécution de son père, Achille Pirmin fit ses études de médecine en Avignon puis exerça à Feldkirch et à Augsbourg. Resté grand ami de Rheticus, il écrivit la préface de la *Narratio prima*.

Giese, Tiedemann (1480-1550), chanoine au chapitre d'Ermlande, évêque de Kulm puis de Warmie, il fut le plus proche ami de Copernic, l'encourageant notamment à publier ses *Révolutions*. Copernic lui légua ses écrits et sa bibliothèque.

Glimski (dates inconnues). Favori du roi Alexandre Ier de Pologne, intrigant de cour. Les actes qui lui sont attribués dans le roman sont inventés.

Glogow (ou Glogau), Jan de (1455-1507), professeur d'astrologie et d'astronomie à l'université Jagellon de Cracovie.

Hercule Ier d'Este (1431-1505). Duc de Ferrare et de Modène, qui attira à l'université de Ferrare de nombreux savants et artistes.

Hohenzollern, Othon Achille von. Personnage fictif.

Hutten, Ulrich von (1488-1523) et **Sickingen, Franz von** (1481-1523). Deux bouillants chevaliers allemands révoltés contre les privilèges exorbitants des princes. Instigateurs de la « guerre des paysans », ils furent mis au ban de l'empire.

Innocent VIII, pape (1432-1492). Né Giovanni Battista Cybo, consacré pape en 1484. Après avoir tenté en vain de lancer une croisade contre les Turcs, il finit par nouer des contacts avec le sultan Bajazet II, qui lui remit la Sainte Lance. Il autorisa l'Inquisition à agir en matière de sorcellerie et condamna en bloc les thèses de Pic de la Mirandole.

Isabelle de Castille (1451-1504). Dite Isabelle la Catholique, reine de Castille, puis d'Espagne aux côtés de son époux Ferdinand V roi d'Aragon. Elle fournit à Christophe Colomb les vaisseaux qui le conduisirent en Amérique.

Iserin, Georg (1480-1528), médecin de la ville de Feldkirch, brûlé pour sorcellerie. Père de Joachim Rheticus.

Jean Ier Albert de Pologne (1459-1501). Jean Olbracht, succède à son père Casimir IV sur le trône de Pologne en 1497. Il mena en vain une expédition en Moldavie contre les Turcs. À sa mort, son frère Alexandre lui succéda.

Jean II du Portugal (1458-1525). Roi du Portugal en 1481. Il refusa d'aider Christophe Colomb et commandita les explorations de la côte africaine pour découvrir la route maritime des Indes par l'Orient. Le traité de Tordesillas, signé en 1494, établit le partage des mers entre le Portugal, à l'est, et la Castille et l'Aragon, à l'ouest. Son surnom de « Jean le Parfait » se réfère au *Prince* de Nicolas Machiavel, à qui il servit en partie de modèle.

Jean de Médicis (1475-1521). Cardinal à l'âge de treize ans, élu pape en 1513 sous le nom de Léon X. Grand protecteur des arts, il fit travailler Raphaël. En politique, il s'opposa en vain à l'élection de Charles Quint au titre d'empereur du Saint Empire. En théologie, il tenta d'abord de négocier avec Martin Luther, puis l'excommunia en 1521.

Jules II, pape (1443-1513). Né Julien della Rovere, il fut élu au pontificat en 1503 et voulut faire de son État une grande puissance, formant notamment une Sainte Ligue contre la France. C'est lui qui créa la garde suisse, qui posa la première pierre de la basilique Saint-Pierre et qui favorisa Michel-Ange pour la décoration de la Sixtine.

Lussainen, Fabian von (1470-1523). Chanoine au chapitre d'Ermlande, conseiller de l'évêque Lucas Watzenrode. Devint à son tour évêque d'Ermlande en 1512, où il pencha pour les thèses de Luther.

Luther, Martin (1483-1546). Le principal auteur de la Réforme religieuse. À la suite de ses quatre-vingt-quinze propositions contre les indulgences, une simple querelle théologique se changea en une guerre qui menaça l'Europe d'une conflagration générale. Luther rejeta les commandements de l'Église, la loi du célibat ecclésiastique, les vœux monastiques, l'invocation des saints, la hiérarchie sacrée, et condamna les thèses de Copernic. Il épousa une jeune et belle religieuse dont il eut six enfants.

Machiavel, Nicolas (1469-1527). Penseur italien, diplomate, théoricien de la politique et de la guerre. Il développe sa conception politique dans *Le Prince* (1513), où il projette la reconstruction d'une Italie républicaine unie.

Maximilien Ier de Habsbourg (1459-1519). Fils de l'empereur Frédéric III, élu roi des Romains à la mort de son père en 1493. Combat la France lors des guerres d'Italie. En 1508 il se proclame empereur romain germanique, avec l'autorisation du pape Jules II. Son petit-fils Charles Quint lui succède.

Melanchthon, Philippe (1497-1560). Réformateur religieux allemand, disciple de Martin Luther. Comme humaniste, il a enseigné la théologie, le grec, la rhétorique, les sciences, mais il s'en prit violemment aux thèses de Copernic.

Michel-Ange (1475-1564). Peintre, sculpteur, poète et architecte italien de la Renaissance. A peint notamment le plafond de la chapelle Sixtine, et le *Jugement dernier* au-dessus de l'autel.

Novara, Domenico Maria di (1454-1504). Élève de Regiomontanus, il pratiqua l'astrologie et enseigna l'astronomie à l'université de Bologne. Esprit brillant et libre, il eut pour élève, assistant et collaborateur Nicolas Copernic, de 1496 à 1500. Il fut le témoin de la première observation remarquable de son disciple, et ils prirent tous deux conscience que les jours du modèle géocentrique de l'Univers de Ptolémée étaient comptés. Proche des néo-platoniciens de Florence, Novara reprochait au système de Ptolémée trop de complexité pour expliquer l'ordre limpide de la nature.

Novara, Giorgio da (?-1500). Penseur italien, brûlé à Bologne pour avoir nié la divinité du Christ.

Osiander, Andreas (1498-1552). Théologien protestant allemand. En 1523, il persuada Albert de Prusse, grand maître des chevaliers Teutoniques, de se convertir à Luther. En 1543, Osiander supervisa la publication du livre de Copernic *Des Révolutions*, et ajouta une préface anonyme qui voulait en atténuer la portée.

Paracelse (1493-1541). Philippe Aurélien Théophraste Bombast von Hohenheim, chimiste et médecin suisse, se fit nommer Paracelse parce qu'il estimait sa connaissance supérieure à celle de Celse. Itinérant dans toute l'Europe, peu apprécié en raison de sa personnalité caustique, de ses croyances religieuses radicales et de sa réputation de sodomite, il critiqua les principes de la médecine établie. Croyant à la magie et expliquant les maladies par l'influence des astres, il prétendait posséder la panacée universelle et avoir trouvé le secret du prolongement de la vie. Il promena de ville en ville sa science, ses extravagances et son charlatanisme, jusqu'à Salzbourg, où il mourut dans la misère.

Petreius, Johannes (1497-1550). Imprimeur à Nuremberg, spécialisé dans l'impression d'ouvrages mathématiques et astronomiques. Ami de Rheticus, c'est de ses presses que sortit la première édition des *Révolutions*.

Peucer, Caspar (1525-1602). Savant allemand, étudia les mathématiques, l'astronomie et la médecine à l'université de Wittenberg, où il devint gendre de Melanchthon.

Pic de la Mirandole, Jean (1463-1494). Humaniste italien célèbre par sa science et sa précocité, savant universel doté d'une mémoire prodigieuse, capable de tenir tête à quiconque sur n'importe quel sujet. Comme son maître, Marsile Ficin, il fut influencé surtout par Platon. Protégé par Laurent le Magnifique, ses thèses furent reconnues entachées d'hérésie et condamnées comme telles par Innocent VIII. Il mourut à peine âgé de trente et un ans.

Pomponazzi, Pietro (1462-1525). Philosophe et médecin italien, il enseigna à Padoue puis à Bologne. Ses thèses matérialistes lui valurent d'être taxé d'hérésie par l'Église.

Radom. Personnage fictif.

Reich, Félix (dates inconnues). Chanoine de Frauenburg. Influencé par la Réforme, il plaida devant ses confrères pour dire la messe en langue vulgaire et contre les turpitudes de la papauté.

Reinhold, Erasmus (1511-1553). Mathématicien et astronome allemand. En 1536, il fut nommé par Melanchthon professeur d'astronomie à l'université de Wittenberg. Plus tard auteur de tables astronomiques dites pruténiques, car commanditées par Albert de Prusse, son protecteur. Ces tables, faites d'après les observations de Copernic, contribuèrent à la diffusion de la théorie héliocentrique. C'est Reinhold qui, en combinant les observations de Ptolémée et de Copernic, assigna à l'année une longueur de 365 jours

5 heures 55 minutes 58 secondes, détermination qui fut adoptée pour la réforme du calendrier grégorien.

Rheden, Dietrich von (?-1556). Ecclésiastique allemand, représentant du duc Albert de Prusse à Rome auprès de Clément VII. Il finit archevêque impérial de Lübeck.

Rheticus, Joachim (1514-1574). Georg Joachim von Lauchen, surnommé Rheticus (le Rhétien), astronome, mathématicien, cartographe, médecin suisse. Après l'exécution de son père à Feldkirch, il étudia les mathématiques à Zurich et à Wittenberg, où, soutenu par Melanchthon, il professa durant deux années (1537-1539). Il se rendit ensuite auprès de Copernic, à Frauenburg, aida l'illustre astronome, dont il fut le seul disciple, dans les calculs de ses *Révolutions*, l'incita à les publier, en revit lui-même les épreuves et propagea courageusement les nouvelles idées à travers son propre ouvrage, *Narratio prima* (1540). Les éléments biographiques relatés dans le roman, dont son homosexualité et une *Vie de Copernic* jamais publiée, sont authentiques. Ses *Ephemeris ex fundamentis Copernici* (Leipzig, 1550) contiennent cependant des détails biographiques sur Copernic.

Savonarole, Girolamo (1452-1498). Moine et prédicateur italien, confesseur de Laurent de Médicis et de Pic de la Mirandole, organisateur des bûchers de vanité où les Florentins étaient invités à venir brûler leurs effets personnels trop luxueux. Précurseur de la Réforme protestante, il prêcha contre le luxe, la recherche du profit, la dépravation des puissants et de l'Église, la recherche de la gloire. Ses attaques contre le pape Alexandre VI lui valurent d'abord d'être excommunié, puis, ayant été livré à Rome par la bourgeoisie florentine, condamné au bûcher par un tribunal d'Inquisition.

Schillings, Anna (vers 1483-15 ??). Gouvernante et compagne de Nicolas Copernic. Son lien de cousinage avec l'astronome n'est pas avéré.

Schönberg, Nicolas (1472-1537). Ecclésiastique allemand, cardinal de Capoue. Fervent soutien de Nicolas

Copernic, il lui adressa en 1536 une lettre lui demandant de publier ses œuvres.

Schöner, Johann (1477-1547). Astrologue, astronome et cartographe de Nuremberg, ami de Rheticus, à qui ce dernier adressa sa *Narratio prima* de 1540. Schöner a composé l'horoscope de Copernic, précisant qu'il était né le 19 février 1473 à 4 heures 48 minutes de l'après-midi…

Sculteti (Soltysi), Alexandre (1485-1564). Chanoine du chapitre d'Ermlande à Frombork, ami de Nicolas Copernic. Son lien de parenté avec Bernard n'est pas établi.

Sculteti (Soltysi), Bernard (?-1518). Chanoine au chapitre d'Ermlande, ami de Copernic. Représentant du chapitre à Rome en 1500, il deviendra chapelain et camérier de Jean de Médicis (pape Léon X). Membre de la commission de réforme du calendrier lors du concile de Latran V (1512-1517), il attira l'attention sur le travail de Copernic. Dans le roman, son préceptorat auprès de Copernic est imaginaire.

Sforza, Bona (1494-1557). Fille du duc de Milan, épouse de Sigismond Ier Jagellon, roi de Pologne.

Sigismond Ier Jagellon (1467-1548). Fils de Casimir IV, succède à son frère Alexandre sur le trône de Pologne en 1507.

Soliman, dit le Magnifique (1495-1566). Neuvième sultan de la dynastie ottomane. Monté sur le trône en 1520, c'est sous son règne que l'Empire ottoman devint une grande puissance mondiale.

Stoss, Veit (1450-1533). Sculpteur allemand originaire de Nuremberg, appelé à Cracovie pour finir le grand autel de l'église Notre-Dame, puis le sarcophage de marbre pour Casimir IV.

Teschner, Philippe (dates inconnues). Fils bâtard de l'évêque d'Ermlande Lucas Watzenrode, élevé avec Nicolas et Andreas Copernic. Plus tard bourgmestre de Brauenburg, il combattit avec succès les chevaliers Teutoniques en 1521.

Vespucci, Amerigo (1451-1512). Navigateur et géographe au service de l'Espagne et du Portugal. À la suite de Christophe Colomb, il a effectué quatre grandes expéditions vers le Nouveau Monde. En 1507, le géographe allemand Martin Waldseemüller donna le nom d'Amérique aux contrées qu'Amerigo Vespucci avait fait connaître, sans même consulter l'intéressé !

Vinci, Léonard de (1452-1519). Homme d'esprit universel, à la fois artiste, scientifique, inventeur et philosophe, Léonard incarne l'esprit de la Renaissance et demeure l'un des grands hommes de cette époque.

Vogelinus, George (dates inconnues). Philosophe et médecin, ami de Achille P. Gasser. Il écrivit des vers en hommage à Copernic, qui furent placés en tête de la *Narration* de Rheticus.

Watzenrode, Lucas (1400-1512). Oncle de Nicolas Copernic, évêque d'Ermlande à partir de 1489, puissant personnage de Pologne. Les éléments biographiques rapportés dans le roman sont pour la plupart authentiques, à l'exception de sa mort par empoisonnement (tout en étant plausible sur le plan historique).

Werner, Johann (1468-1522). Astronome, mathématicien et géographe, disciple de Regiomontanus. Ses observations furent utilisées par Copernic.

Zell, Heinrich (1518-1564). Cartographe allemand, auteur notamment de relevés topographiques au Brandenbourg.

Zwingli, Ulrich (1484-1531). Théologien suisse, l'un des trois grands réformateurs, et, avec Calvin, le fondateur de l'Église réformée.

Autres personnages savants

Albategnius (850-929). Muhammad ben Geber al-Battani, astronome arabe et gouverneur de la Syrie. Il adopta le système de Ptolémée en le rectifiant sur plusieurs points. Ses travaux sont exposés dans les *Tables sabéennes*.

Alfraganus (al-Farghani). Astronome persan du IXe siècle, auteur d'un abrégé de l'*Almageste*, dont la vogue fut grande au Moyen Âge.

Alhazen (965-1039). Astronome, médecin, philosophe et physicien irakien (Ibn al-Haytham), célèbre pour ses découvertes en optique. Il fut au Moyen Âge un des traits d'union entre l'Antiquité et la Renaissance.

Alphonse X, dit le Sage (1221-1284). Roi de Castille et de León, personnalité hautement érudite qui fit travailler à Tolède des savants et traducteurs juifs, chrétiens et musulmans sur l'Astronomie, avec la composition des *Tables alphonsines*.

Al-Shatir, Ibn (1304-1375). Astronome de Damas, qui tenta de remplacer le point équant de Ptolémée par un épicycle supplémentaire – l'un des inspirateurs de Nicolas Copernic.

Apollonios de Perge (vers 262-200 av. J.-C.). Mathématicien et astronome lié à l'école d'Euclide, auteur d'un ouvrage sur les sections coniques.

Aristarque de Samos (vers 310-230 av. J.-C.). Originaire de l'île de Samos, il exerça à Alexandrie à une période située entre Euclide et Archimède. Il inventa une méthode permettant de calculer les distances relatives de la Terre au Soleil et à la Lune. Précurseur de Copernic, il défendit l'idée de la rotation de la Terre sur elle-même et en même temps autour du Soleil, et fut accusé d'hérésie.

Aristote (384-322 av. J.-C.). Élève de Platon, il perpétua le modèle de l'Académie en fondant à Athènes une école philosophique et scientifique : le Lycée. Son œuvre, encyclopédique, eut un impact considérable non seulement chez les intellectuels mais chez les acteurs de l'histoire. Ses traités techniques (*Physique*, *Du ciel*, *Météorologiques*, etc.) marquent la date de naissance de la science grecque.

Avicenne (980-1037). Philosophe, médecin, savant universel, Ibn-Sina fut l'un des génies les plus féconds de son temps.

Cues, Nicolas de (1401-1464). Savant et théologien allemand, l'un des premiers grands penseurs de la Renaissance. Il essaya de faire revivre, dans son *Traité de la docte ignorance*, le système pythagoricien, d'après lequel la Terre tourne autour du Soleil, et la philosophie atomiste, qui admet l'espace infini et la pluralité des mondes habités.

Euclide (IIIe siècle av. J.-C.). L'un des plus grands mathématiciens de l'histoire. Son œuvre est couronnée par les *Éléments*, vaste synthèse des mathématiques de l'époque classique.

Galien Claude (131-201). Médecin né à Pergame, mort à Rome. Point culminant de la médecine grecque, son œuvre régna sur la discipline jusqu'au milieu du XVIIe siècle.

Hermès Trismégiste. Le « Trois fois grand » (car inventeur de l'astronomie, constructeur de Babel et expert en alchimie), auteur légendaire de la *Table d'émeraude*, texte fondateur de l'hermétisme. L'Europe le découvre au XIIe siècle, grâce aux Arabes. On lui attribue la théorie du macrocosme et du microcosme (analogie entre l'Univers et l'Homme), qui, jusqu'à la fin du XVIe siècle, connaîtra une fortune considérable. Certains de ses textes (apocryphes) ont été traduits par Marsile Ficin.

Hipparque de Nicée (vers 180-125 av. J.-C.). Fondateur de l'astronomie de position, il établit des tables précises du mouvement de la Lune et du Soleil, découvrit la précession des équinoxes et réalisa le premier catalogue d'étoiles les classant par grandeurs suivant leur éclat. Il jeta aussi les bases de la trigonométrie sphérique et inventa la projection stéréographique pour la cartographie. Ses travaux sont connus grâce à Ptolémée.

Kepler, Johannes (1571-1630). Astronome et mathématicien allemand. Élève de Maestlin, assistant de Tycho Brahe, puis mathématicien imperial à Prague, il a notamment découvert les lois du mouvement elliptique des planètes. Personnalité très attachante, créatif dans presque tous les domaines, Kepler est l'un des plus grands hommes de science de l'histoire.

Maestlin, Michael (1550-1631). Astronome et mathématicien allemand. Il étudia la théologie et les mathématiques à Tübingen et se mit à voyager en Italie, où il prononça, en faveur du système de Copernic, un discours qui décida Galilée à abandonner définitivement le système de Pto-

lémée. Après son retour de l'Italie, il professa l'astronomie à Tübingen. Quoique partisan déclaré du système de Copernic, il enseignait néanmoins l'immobilité de la Terre, « à cause de sa position officielle de professeur », comme lui-même le donne à entendre dans son *Epitome astronomiae* (1582). Maestlin fut le maître de Kepler, et c'est là peut-être son plus beau titre de gloire. Il parut d'ailleurs le reconnaître lui-même en déclarant que, « avant Kepler, les savants n'avaient attaqué l'astronomie que par-derrière ».

Otho, Valentin (1561-1613). Mathématicien allemand. Il vint en 1575 à Wittenberg s'offrir à Rheticus pour l'aider dans ses travaux, hérita l'année suivante de ses papiers, notamment du manuscrit inachevé de sa trigonométrie avec tables, qu'il termina et publia en 1596. À sa mort, on retrouva dans ses papiers le manuscrit original des *Révolutions* de Copernic.

Peurbach, Georg von (1423-1461). Astronome et mathématicien autrichien, professeur et ami de Regiomontanus. Auteur d'une *Nouvelle Théorie des planètes*, où il tenta de perfectionner le système de Ptolémée, et, avec Regiomontanus, d'un *Épitomé de l'Almageste*, le meilleur compte-rendu de l'œuvre du savant alexandrin.

Philolaos (vers 400 av. J.-C.). Le plus éminent disciple de Pythagore, le premier à divulguer par écrit ses doctrines. On lui attribue l'idée que la Terre tourne autour d'un axe passant par son centre et autour d'un feu central (qui n'est pas le Soleil).

Platon (427-347 av. J.-C.). Philosophe grec, disciple de Socrate. Sa pensée est l'une des plus importantes de l'histoire de l'Occident. Ses idées astronomiques, fondées sur l'ordre géométrique, se trouvent disséminées principalement dans le *Timée*, dans *La République* et dans l'*Epinomis*.

Ptolémée, Claude (vers 85-165). Savant universel, né et mort en Égypte. On ne connaît pratiquement rien de sa vie, sinon qu'il fit des observations astronomiques à Alexandrie au cours des années 127-141, mais son œuvre abondante marque le couronnement de la science de l'Antiquité. Auteur de la *Grande Syntaxe*, plus connue sous le nom d'*Almageste*, qui est resté l'ouvrage de référence de l'astronomie jusqu'à Copernic et Kepler. Il y expose son système du monde, modèle mathématique qui rend compte des observations astronomiques. Dans sa *Géographie*, il décrit les méthodes de projection et dresse les premières cartes précises. Parmi ses autres ouvrages figurent un traité fondamental d'astrologie, connu sous le nom de *Tétrabible*, et les *Harmoniques*, sur la théorie mathématique des sons.

Pythagore (vers 580-490 av. J.-C.). Mathématicien, philosophe et astronome de la Grèce antique, fondateur d'une école philosophique, religieuse et scientifique. Pythagore formula l'idée d'une structure de l'Univers organisée selon les nombres. Il aurait enseigné la sphéricité de la Terre et du Soleil, l'obliquité de l'écliptique et la cause des éclipses.

Regiomontanus (1436-1476). De son vrai nom Johannes Müller, astronome, mathématicien et astrologue allemand, le plus important du XVe siècle. Pupille et ami de Peurbach, il découvrit les écrits de Nicolas de Cues, proches de la théorie héliocentrique. Regiomontanus resta cependant partisan du géocentrisme de Ptolémée. Après la mort de Peurbach, il enseigna en Italie, prit la suite de la traduction en latin de l'*Almageste* de Ptolémée, et acheva son *Épitomé*, qui influencera Nicolas Copernic. Il construisit à Nuremberg le premier observatoire astronomique d'Europe et y publia de très nombreuses tables astronomiques. En 1475 il retourna à Rome pour travailler, avec le pape Sixte IV, sur la réforme du calendrier. Regiomontanus mourut mystérieusement le 6 juillet 1476, vraisemblablement assassiné par le fils de George de Trébizonde, dont il avait critiqué les traductions ! Regiomontanus est, avec Peurbach, un des rénovateurs de l'astronomie ; tous deux ont reconnu et signalé les invraisemblances du système de Ptolémée.

Sacrobosco, Johannes (1195-1256). De son vrai nom John de Holywood, ce moine astronome et traducteur d'origine anglaise vécut à Paris. Auteur d'un *Traité de la sphère*, abrégé très simplifié de Ptolémée, qui connut plus de cent rééditions. Sacrobosco n'avait pas la formation mathématique suffisante pour en comprendre les principes de base.

Sénèque (vers 4 av. J.-C.-65 ap. J.-C.). Philosophe latin. Formé à l'école stoïcienne, il fit l'apologie de l'ascétisme et du renoncement aux biens terrestres. Auteur notamment des *Consolations*, de traités de morale et des *Questions naturelles*, où il émet quelques idées en astronomie qui dénotent l'inspiration d'un véritable génie. Précepteur de Néron, il reçut l'ordre de ce dernier de s'ouvrir les veines.

Simocatta, Théophylacte (VIIe siècle). Historien grec réputé pour son goût de la rhétorique, son style maniéré et sa médiocre intelligence historique. Nicolas Copernic a néanmoins traduit en latin ses *Épîtres* !

Timée de Locres (Ve s. av. J.-C.). Philosophe pythagoricien, auteur d'un *Traité sur l'âme du monde et sur la nature*, considéré comme l'inspirateur du *Timée* de Platon.

2. Les systèmes du monde, de l'Antiquité à Copernic

À partir du VIe siècle avant J.-C., les philosophes naturalistes, les astronomes et les physiciens ont bâti des « systèmes du monde » pour tenter de rendre compte des mouvements célestes et de l'organisation générale de l'Univers. Mise à part l'école des philosophes atomistes, qui a proposé un espace illimité empli d'un nombre infini de mondes (ce qui ne permet pas la représentation graphique), les autres systèmes du monde, qu'ils soient centrés sur la Terre (géocentriques) ou sur le Soleil (héliocentriques), supposent tous un Univers fini, enclos par une ultime sphère, celle des « étoiles fixes » (le passage du monde clos à l'espace infini sera une révolution post-copernicienne).

Les systèmes varient entre eux par l'ordre des orbes célestes. Les diagrammes ci-dessous illustrent les principaux systèmes du monde de l'Antiquité à Copernic. Ils sont extraits d'un ouvrage de l'Anglais Edward Sherburne, *Of the Cosmical System*, Londres, 1675. Les astres sont représentés par leurs symboles :

Terre	🌍	Mars	♂
Lune	☽	Jupiter	♃
Soleil	○	Saturne	♄
Mercure	☿	Étoiles fixes	✪
Vénus	♀		

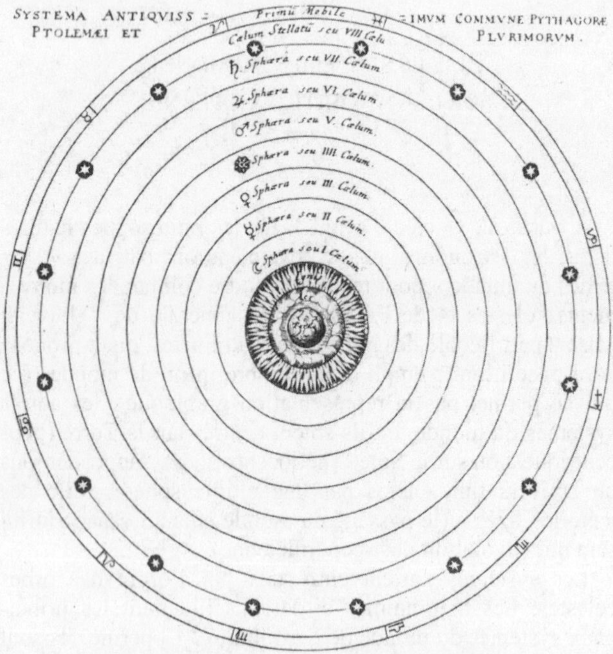

Système aristotélicien

Terre – Lune – Mercure – Vénus – Soleil – Mars – Jupiter – Saturne – Étoiles fixes – Premier Moteur

Adopté par Archimède, Cicéron, Ptolémée, Alphonse X, Peurbach

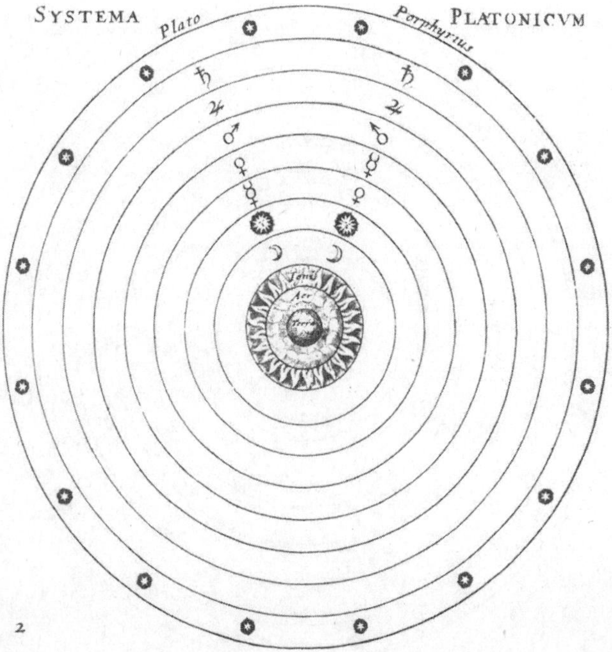

SYSTÈME PLATONICIEN

Terre – Lune – Soleil – Mercure – Vénus – Mars – Jupiter – Saturne – Étoiles fixes

Adopté par Apulée, Porphyre (qui inverse les positions de Mercure et Vénus), Marsile Ficin

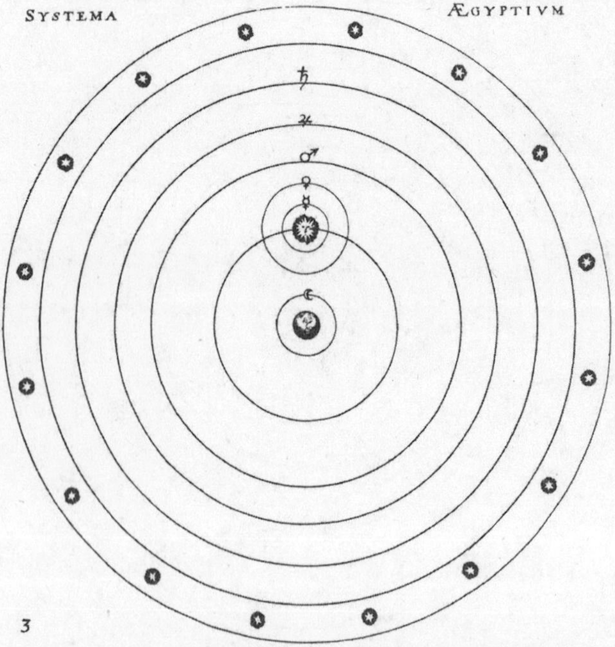

Système égyptien

Terre – Lune – Soleil (Mercure et Vénus tournant autour de lui) – Jupiter – Saturne – Étoiles fixes
Adopté par Vitruve, Martianus Capella, Macrobe, Bède

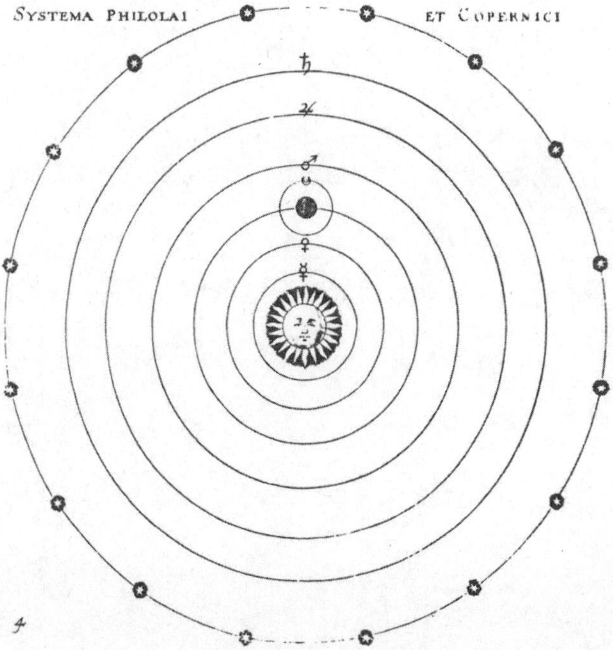

SYSTÈME COPERNICIEN

Soleil – Mercure – Vénus – Terre (Lune tournant autour d'elle) – Mars – Jupiter – Saturne – Étoiles fixes
Adopté par Philolaos, Aristarque de Samos, Cues, Copernic

3. ÉQUIVALENCES ENTRE NOMS DE VILLE ALLEMANDS ET POLONAIS (cf. carte p. 16)

Cracovie (Krakow)
Varsovie (Warsaw)
Königsberg (Kaliningrad)
Dantzig (Gdansk)
Thorn (Torun)
Heilsberg (Lidzbark)
Braunsberg (Braniewo)
Elbing (Elblag)
Allenstein (Olsztyn)
Mehisack (Mechowo)
Marienbourg (Malbork)
Kulm (Chlemno)
Loebau (Lubawa)
Frauenburg (Frombork)

Remerciements

Je salue très bas Olivier Ikor, mon maître en Histoire et en histoires.

Jean-Pierre Luminet dans Le Livre de Poche

Le Bâton d'Euclide n° 30422

642, les troupes du général Amrou investissent Alexandrie. Elles doivent brûler le million de livres que recèle la célèbre Bibliothèque. Car, à Médine, le calife Omar leur a donné l'ordre d'éliminer tout ce qui va à l'encontre de l'Islam. Un vieux philosophe chrétien, un médecin juif et surtout la belle et savante Hypatie, mathématicienne et musicienne, vont tenter de dissuader Amrou de détruire ce temple du savoir universel. Ils vont lui raconter la vie des savants, poètes et philosophes qui ont vécu et travaillé dans ces murs : Euclide, mais aussi Archimède, Aristarque de Samos qui découvrit que la Terre tournait autour du Soleil, Ptolémée et tant d'autres qui payèrent de leur vie leur combat pour la vérité. Le général Amrou obéira-t-il à Omar ? Les Arabes ont-ils vraiment brûlé la Bibliothèque ? Ou bien n'a-t-elle été victime, au fil des siècles, que de la folie des hommes ? En racontant le destin exceptionnel de ces grands esprits de l'Antiquité, Jean-Pierre Luminet alterne l'épopée, la nouvelle et le conte philosophique, dissimulant son érudition sous l'humour et la poésie.

Tycho Brahé, Johann Kepler… tout les oppose. Le premier est né au Danemark ; de ses ancêtres vikings, il a gardé le cheveu flamboyant, la gloutonnerie d'un ogre et une violence prête à éclater à la moindre occasion. L'autre est né vingt-cinq ans plus tard, en 1571, dans une misérable auberge de la Forêt-Noire ; son visage est grêlé par la vérole, il mange peu, boit moins encore et ne rit jamais. L'un, grâce à sa fortune, va bâtir le plus grand observatoire de tous les temps, accumulant des milliers d'observations célestes. L'autre court les universités et les palais, révèle des capacités prodigieuses de penseur et de calculateur… Après *Le Secret de Copernic*, et avec ce nouveau volume de la série *Les Bâtisseurs du ciel*, Jean-Pierre Luminet, astrophysicien, romancier et poète, fait revivre l'affrontement de ces deux génies, qui a changé la vision du monde.

Du même auteur :

LES TROUS NOIRS, Le Seuil, 1992.
NOIR SOLEIL, Le Cherche Midi éditeur, 1993.
LA PHYSIQUE ET L'INFINI, Flammarion, 1994.
LES POÈTES ET L'UNIVERS, Le Cherche Midi éditeur, 1996.
FIGURES DU CIEL, avec M. Lachièze-Rey, Le Seuil, BNF, 1998.
ÉCLIPSES, LES RENDEZ-VOUS CÉLESTES, avec S. Brunier, Bordas, 1999.
LE RENDEZ-VOUS DE VÉNUS, Lattès, 1999.
L'UNIVERS CHIFFONNÉ, Fayard, 2001.
LE BÂTON D'EUCLIDE, Lattès, 2002.
LE FEU DU CIEL, Le Cherche Midi, 2002.
ITINÉRAIRE CÉLESTE, Le Cherche Midi, 2004.
L'INVENTION DU BIG BANG, Le Seuil, 2004.
DE L'INFINI… : MYSTÈRES ET LIMITES DE L'UNIVERS, avec M. Lachièze-Rey, Dunod, 2005.
LE DESTIN DE L'UNIVERS : TROUS NOIRS ET ÉNERGIE SOMBRE, Fayard, 2006.
LES BÂTISSEURS DU CIEL, 2 : LA DISCORDE CÉLESTE, KEPLER ET LE TRÉSOR DE TYCHO BRAHÉ, Lattès, 2008.
LA FORME DE L'UNIVERS : 40 MINUTES POUR COMPRENDRE LE SIÈCLE, Belin, 2008.
LES BÂTISSEURS DU CIEL, 3 : L'ŒIL DE GALILÉE, Lattès, 2009.
BONNES NOUVELLES DES ÉTOILES (avec Elisa Brune), Odile Jacob, 2009.
LES BÂTISSEURS DU CIEL, 4 : LA PERRUQUE DE NEWTON, Lattès, 2010.

Composition réalisée par FACOMPO (Lisieux)

Achevé d'imprimer en Espagne en juin 2010 par
Litografia Rosès, Gava (08850)
Dépôt légal 1re publication : janvier 2008
Édition 04 – juin 2010
LIBRAIRIE GÉNÉRALE FRANÇAISE – 31, rue de Fleurus – 75278 Paris Cedex 06

31/2028/4